그들도 모두 하느님이 만들었다

The Lord God Made Them All

Korean translation copyright ©2019 by ASIA PUBLISHERS
Korean translation rights arranged with David Higham Associates limited,
through EYA (Eric Yang Agency)

수의사 *James Herriot*
헤리엇의 이야기 4

그들도 모두
하느님이 만들었다

제임스 헤리엇 지음 | 김석희 옮김

아시아

일러두기

1. 본문의 주는 모두 역주이며, 따로 표시 없이 괄호 속에 작은 글자로 넣었다.
2. 외국의 인명과 지명은 '외래어 표기법'에 따랐다.

이 세상의 모든 크고 작은 생물들,
모든 눈부시게 아름다운 것들,
모든 똘똘하고 경이로운 것들,
그들도 모두 하느님이 만들었다.

-세실 프랜시스 알렉산더(1818~1895)

1

　게이트(울타리에 연결된 출입문)가 머리 위로 떨어졌을 때 나는 정말로 집에 돌아온 것을 실감했다.

　내 마음은 공군에 복무하기 전의 시절로 금세 되돌아갔고, 리플리 농장에 마지막으로 왕진을 갔을 때가 생각났다. 왕진 목적은 리플리 씨가 전화로 말했듯이 "송아지 몇 마리의 불알을 까기" 위해서였다. 좀 더 정확히 말하면 무혈 거세기를 사용하여 송아지를 거세하기 위해서였다. 그의 전화를 받고 나는 내 오전 시간이 사라진 것을 깨달았다.

　앤슨홀로 왕진을 가는 것은 언제나 사파리 여행 같았다. 그 낡은 집은 물결처럼 오르락내리락하고 바퀴 자국이 깊이 패어 있는 길이 끝나는 지점에 있었고, 목초지를 굽이치며 가로지르는 그 길을 지나 목적지에 도달하려면 무려 일곱 개나 되는 게이트를 통과해야 했기 때문이다.

　게이트는 시골 수의사한테는 저주의 대상 가운데 하나였고, 요크서 데일스(영국 잉글랜드 북동부 요크셔 지방의 북쪽 지역)에 가축들의 탈출 방지용 도랑이 도입될 때까지 우리는 그것 때문에 자주 골치를 썩였다. 대부분의 농장에는 우리가 열어야 하는 게이트가 두세 개였으니까 그 정도는 어쩔 수 없다고 체념했지만, 일곱 개는 너무 많았다. 게다가 리플리 농장의 경우에는 게이트의 개수만이 아니라 그 성질도 문제였다.

첫 번째 게이트는 좁은 길로 들어가는 길목에 있었고, 녹슨 쇠로 만들어진 낡은 게이트이긴 했지만 그런 대로 정상적이었다. 빗장을 벗기면 경첩이 삐걱거리는 소리를 내기는 할망정 적어도 휙 열리긴 했다. 앞으로 휙 열리는 게이트는 그것뿐이었다. 다른 게이트들은 나무로 되어 있고, 이 고장에서는 '어깨 게이트'라고 불렸는데, 나는 게이트를 위로 들어 올려 맨 위의 가로대를 어깨 위에 올려놓고 끌어당겨 회전시키면서, 그 게이트가 왜 그런 이름을 얻게 되었는지 알 수 있었다. 이 게이트들은 경첩이 없이 위와 아래가 노끈으로 한쪽 끝에 묶여 있었다.

평범한 게이트인 경우에도 통과하려면 상당한 노력이 필요하다. 차를 세우고, 차에서 내려 게이트를 열고, 차를 몰고 게이트를 통과한 뒤, 다시 차를 세우고 차에서 내려 게이트를 닫아야 한다. 하지만 엔슨홀로 가는 길은 중노동이었다. 농장이 가까워질수록 게이트의 상태는 점점 더 나빠졌기 때문에 일곱 번째 게이트로 덜컹거리며 올라갈 때는 너무 힘이 들어서 숨을 헐떡거리고 있었다.

일곱 번째 게이트는 마지막 게이트이자 가장 만만찮은 난관이었다. 그것은 독자적 개성을 가진 악의적 존재였다. 수십 년 동안 헤아릴 수 없을 만큼 여러 군데가 낡은 목재로 땜질되고 수리되어서, 원래의 구조물은 전혀 남아 있지 않았을 것이다. 하지만 그것은 위험했다.

나는 차에서 내려 몇 걸음 전진했다. 이 게이트와 나는 숙적이었기 때문에 한동안 말없이 서로 마주서 있었다. 우리는 과거에도 여러 번 격전을 치렀는데, 게이트가 점수에서 나보다 앞서 있는 것은 분명했다.

불안정하고 헐겁게 못이 박혀 있어서 게이트가 흔들거리는 것은 제쳐놓고라도, 노끈으로 된 경첩이 게이트 아래쪽에 하나만 달려 있다는 게 문제였다. 그래서 게이트는 그 약한 축을 중심으로 회전할 수 있었지만, 이것이 치명적인 결과를 낳곤 했다.

나는 아주 조심스럽게 오른쪽으로 접근하여 노끈을 풀기 시작했다. 노끈이 다른 노끈들과 마찬가지로 나비넥타이 모양으로 단정하게 묶여 있는 것을 알고 나는 입맛이 썼다. 노끈이 완전히 풀리자 나는 서둘러 맨 위의 가로대를 움켜잡았다. 하지만 너무 늦었다. 게이트의 맨 아래쪽에 있는 가로대가 마치 살아 있는 생물처럼 튀어 올라 내 정강이를 호되게 때렸다. 내가 황급히 균형을 바로잡으려고 하자 이번에는 맨 위의 가로대가 내 가슴팍을 강타했다.

다른 때와 똑같았다. 내가 게이트를 한 번에 한 뼘씩 조심스럽게 들어 올리는 동안 게이트는 위와 아래에서 번갈아가며 나를 때렸다. 나는 게이트의 적수가 되지 못했다.

농가 문간에서 나를 지켜보고 있는 리플리 씨가 보였지만, 아무 도움도 되지 않았다. 내가 게이트를 열려고 씨름하는 동안 농부의 파이프에서는 담배연기가 모락모락 피어올랐다. 내가 목초지의 마지막 구간을 절뚝거리면서 걸어가 그 앞에 설 때까지 농부는 그 자리에서 꼼짝도 하지 않았다.

"아, 헤리엇 선생, 송아지들 불알을 까러 오셨군요?" 그가 꾸밈없는 우정이 담긴 미소를 짓자 짧고 억센 수염이 돋아난 볼에 주름이 잡혔다. 리플리 씨는 일주일에 한 번, 장날에만 면도를 했는데, 나머지 엿새 동안은 아내와 가축들만 그를 보니까, 아침마다 면도로 얼굴을 문질러봤자 아무런 의미가 없다는 꽤 논리적인 생각 때문이었다.

나는 허리를 숙여서 멍든 내 발목을 문질렀다.

"리플리 씨, 저 게이트! 정말 큰 골칫거리예요! 지난번에 내가 왔을 땐

저 게이트를 고쳐놓겠다고 굳게 약속했잖아요? 실은 게이트를 새로 달겠다고 했지요. 이젠 그 약속을 지킬 때도 되지 않았나요?"

"아아, 선생 말이 맞아요." 리플리 씨는 진심으로 동의한다는 듯이 고개를 끄덕이며 말했다. "내가 그렇게 말하긴 했지. 하지만 선생도 알다시피 이 세상에는 절대로 끝나지 않을 듯이 보이는 자질구레한 일들이 있는데, 새 게이트를 구하는 일도 바로 그런 일들 가운데 하나라오." 그는 안타까운 듯이 킬킬거렸지만, 내가 바짓가랑이를 걷어 올려 정강이에 길게 나 있는 멍 자국을 드러내자 걱정 어린 표정으로 바뀌었다.

"너무 심하군. 그걸 보고 결심했소이다. 내주까지는 반드시 새 게이트를 달아놓겠소. 진짜 약속하리다."

"하지만 리플리 씨, 지난번에 내 무릎에서 피가 흘러내리는 것을 보았을 때도 그렇게 말했어요. 방금 한 말과 똑같은 말이었죠. 그때도 약속하겠다고 했잖아요."

"알아요." 농부는 담배를 파이프에 재고 엄지손가락으로 꾹꾹 누른 다음, 만족할 때까지 담배연기를 빨아들였다. "마누라는 항상 내 기억력이 나쁘다고 타박하지만, 걱정 마시오, 헤리엇 선생. 나는 오늘 교훈을 얻었소이다. 선생이 다리를 다친 건 정말 미안한 일이지만, 그 게이트는 이제 두 번 다시 선생을 귀찮게 하지 않을 거요. 진짜 약속하리다."

"좋습니다." 나는 말하고, 무혈 거세기를 가져오려고 절뚝거리며 차로 돌아갔다. "그거야 어쨌든, 송아지들은 어디 있습니까?"

리플리 씨는 느긋하게 마당을 가로질러 외양간으로 통하는 쪽문을 열었다.

"송아지들은 저 안에 있소이다."

나는 가로장 너머로 무심하게 나를 바라보고 있는 거대한 털북숭이 머리들이 즐비하게 늘어서 있는 것을 보고, 잠시 그 자리에 선 채 꼼짝도 하지 못했다. 그러다가 떨리는 손가락 하나를 뻗어 그 소들을 가리켰다.

"저 녀석들 말인가요?"

농부는 즐겁게 고개를 끄덕였다.

"맞아요. 그게 그거요."

나는 앞으로 걸어가서 외양간을 들여다보았다. 거기에는 체격이 건장한 한 살배기 송아지가 여덟 마리 들어 있었는데, 그중 몇 마리는 호기심이 담긴 눈으로 나를 마주보았지만 나머지는 마구 날뛰면서 밀짚 사이에서 뒷다리를 높이 차올리고 있었다. 나는 농부를 돌아보았다.

"또 이러깁니까?"

"뭘?"

"당신은 나더러 여기 와서 송아지 몇 마리만 불알을 까달라고 했는데, 저건 송아지가 아니라 황소예요! 지난번에도 그랬죠. 저 외양간에 넣어두었던 괴물들, 생각나세요? 나는 겸자를 달다가 하마터면 내장이 터질 뻔했다고요. 앞으로는 송아지가 생후 석 달쯤 되면 거세를 시키겠다고 했죠? 사실은 그때도 진짜 약속하겠다고 하셨어요."

농부는 내 말에 동의한다는 뜻으로 진지하게 고개를 끄덕였다. 그는 내가 무슨 말을 하든 항상 내 말에 백 프로 동의했다.

"맞아요. 분명히 내가 그렇게 말했지."

"하지만 이 녀석들은 적어도 한 살은 되어 보이는데요?"

리플리 씨는 어깨를 으쓱하고 염세적인 미소를 지어 보였다.

"아, 그래요. 시간은 쉬지 않고 흐르니까. 쏜살같이 지나가지."

나는 차에 가서 국소마취제를 가지고 돌아왔다.

"알았어요." 나는 주사기를 채우면서 투덜거렸다. "당신이 송아지들을 잡을 수 있다면 나도 어떻게든 해볼게요."

농부는 벽의 갈고리에 걸려 있던 밧줄 올가미를 들고 달래는 듯한 말을 중얼거리면서 그 커다란 소들 가운데 한 마리 쪽으로 다가갔다. 그러고는 놀랄 만큼 쉽게 주둥이에 올가미를 걸었다. 올가미는 소가 농부 곁을 지나 돌진하기 직전의 완벽한 타이밍에 주둥이와 뿔을 통과했다. 농부는 밧줄을 벽에 박힌 고리에 끼우고 단단히 잡아당겼다.

"됐소이다, 헤리엇 선생. 별로 어렵지 않았지요?"

나는 아무 말도 하지 않았다. 이제 어려움을 겪을 사람은 바로 나였다. 내 환자들은 불알에 주삿바늘이 꽂히는 게 달갑지 않으면 뒷발로 발길질을 해댈 게 뻔했다. 내 작업은 그 발굽이 충분히 닿는 범위 안에서 이루어지고 있었다.

어쨌든 마취주사를 놓지 않을 수는 없었다. 나는 한 마리씩 다가오는 소들에게 팔다리를 얻어맞으면서 녀석들의 음낭 부위에 국소마취제를 주사했다. 그런 다음 실제로 거세하는 과정이 시작되었다. 피부를 절개하지 않고 정삭(불알의 상단부에서 샅굴의 안쪽 끝 사이에 있는 끈 모양의 조직)을 눌러서 뭉개는 무혈 거세법이다. 칼로 음낭을 절개하는 옛날 방식보다 크게 발전한 것은 의심할 여지가 없었다. 어린 송아지라면, 이 새로운 거세법은 겨우 몇 초밖에 걸리지 않는 간단한 일이었다.

하지만 커다란 가축들의 경우에는 사정이 전혀 달랐다. 살집 좋은 커다란 음낭을 잡으려면 거세기의 두 손잡이를 직각보다 더 넓게 벌려야 하고, 그런 다음에는 그 손잡이를 다시 닫아야 한다. 재미난 일이 시작되는 것은 바로 그때였다.

마취 덕분에 소는 아무 감각도 느낄 수 없었지만, 거세기의 두 손잡이를 닫으려고 안간힘을 쓰고 있던 나는 불가능한 일을 시도하고 있다는 느낌이 들었다. 하지만 극도로 압박을 받으면 인체가 어떤 일을 해낼 수 있는지는 놀라울 정도다. 내 콧등에서 구슬땀이 뚝뚝 떨어졌다. 내가 가쁜 숨을 몰아쉬며 남은 힘을 쥐어짜자, 거세기의 금속 손잡이가 조금씩 닫히다가 마침내 주둥이가 찰칵 소리를 내면서 맞물렸다.

나는 항상 한쪽을 두 번씩 집어서 정삭을 뭉갰고, 잠깐 쉬었다가 정삭 아래쪽에서 그 과정을 되풀이했다. 다른 쪽 불알에 대해서도 똑같은 처치를 한 다음 뒤로 물러나 벽에 털썩 기댄 채, 아직도 남아 있는 일곱 마리에 대해서는 생각지 않으려고 애썼다.

마지막 황소에 이를 때까지는 아주 오랜 시간이 걸렸다. 그 생각이 문득 내 머리에 떠오른 것은 눈을 부릅뜨고 입을 딱 벌린 채 그 마지막 황소와 씨름하고 있을 때였다.

나는 허리를 펴고 황소의 옆구리를 따라서 걸어갔다.

"리플리 씨, 직접 해보는 게 어때요?" 숨을 헐떡이면서 말했다.

"예?" 농부는 푸른 담배연기를 천천히 토해내면서 차분하게 나를 바라보고 있었지만, 내가 그를 평정 상태에서 갑자기 끌어낸 것은 분명했다. "그게 무슨 뜻이죠?"

"이 녀석이 마지막이라서, 내가 지금까지 한 말이 무슨 뜻인지 당신도 좀 이해했으면 싶어서요. 당신이 저 거세기의 집게를 닫는 걸 보고 싶네요."

그는 몇 분 동안 곰곰 생각하더니 입을 열었다.

"그러면 소는 누가 잡고 있을 거죠?"

"그건 걱정 마세요. 소를 고리에 바짝 당겨서 묶어두면 됩니다. 그리고 내가 당신을 위해서 다 준비하겠습니다. 그런 다음 당신이 얼마나 잘 해내는지 보기로 하죠."

그는 좀 미심쩍은 표정을 지었지만, 나는 내 뜻을 관철하기로 결심하고 그를 소의 엉덩이 쪽으로 정중하게 안내했다. 그리고 무혈 거세기에 소의 음낭을 끼우고, 리플리 씨의 손에 거세기 손잡이를 쥐어주었다.

"됐습니다. 시작하세요."

농부는 숨을 한 번 길게 들이마시고 마음을 다잡은 다음, 금속 손잡이에 압력을 가하기 시작했다. 하지만 손잡이는 꿈쩍도 하지 않았다.

나는 몇 분 동안 거기에 서서, 그의 얼굴이 붉어지다가 자줏빛으로 변하고 그의 눈이 튀어나오고 이마 혈관이 납빛으로 도드라지는 것을 지켜보았다. 마침내 그는 신음을 토하며 털썩 무릎을 꿇었다.

"안 돼. 안 되겠어. 아무 소용도 없어. 못하겠어."

그는 천천히 일어나 이마의 땀을 훔쳤다.

"하지만 당신은 내가 이 일을 해내기를 바라시죠?" 나는 그의 어깨에 손을 올려놓고 친절한 미소를 지었다.

그는 말없이 고개를 끄덕였다.

"아니, 괜찮아요. 내가 지금까지 줄곧 했던 말이 무슨 뜻인지, 이젠 아시겠죠? 원래 이건 아주 간단하고 사소한 일인데, 소들이 이렇게 클 때까지 내버려두면 어려워져요. 송아지가 생후 석 달쯤 되었을 때 불러주었다면 나는 여기 와서 몇 분 만에 일을 끝낼 수 있었을 겁니다. 안 그래요?"

"선생 말이 맞아요. 내가 바보였군요. 다시는 이런 일이 일어나지 않도록 하리다."

나는 정말로 만족스러웠다. 나에게 영감이 번득이는 순간은 별로 많지 않지만, 오늘 그런 순간이 나에게 찾아왔다는 확신이 마음속에서 부풀어 올랐다. 마침내 리플리 씨에게 내 말을 납득시킨 것이다.

들뜬 기분이 나에게 힘을 더해주었고, 나는 힘들지 않고 일을 끝냈다. 나는 자동차로 걸어가면서 정말로 우쭐했고, 차에 시동을 걸 때 차창을 향해 허리를 굽혀 절하는 농부를 보고는 뿌듯한 마음이 더욱 깊어졌다.

"고맙소, 헤리엇 선생." 그가 말했다. "오늘 아침에는 좋은 걸 배웠어요. 다음에 오실 때는 멋진 새 게이트를 달아놓을게요. 그리고 다시는 그렇게 큰 소의 불알을 까달라고 부탁하지도 않을 거요. 진짜 약속하리다."

이 모든 것은 오래전, 내가 공군에 입대하기 전에 일어났다. 그리고 이제 나는 민간인 생활에 나를 다시 끼워 넣으면서, 거의 잊어버렸던 옛날 일들을 다시 맛보고 있었다. 하지만 전화벨이 울린 순간, 나는 나에게 가장 중요한 것 – 헬렌이 손수 만든 요리 – 을 맛보고 있었다.

그것은 전통적인 로스트비프와 요크셔푸딩(밀가루·우유·달걀을 섞고 소기름을 첨가하여 구워낸 영국식 푸딩으로, 로스트비프와 함께 그레이비소스를 곁들여 먹는다)이 나오는 일요일 점심시간이었다. 아내는 내 접시에 푸딩 한 조각을 내려놓고 그 위에 그레이비소스를 붓고 있었다. 나는 전형적인 시골 수의사답게 여러 농장을 돌아다니며 일요일 오전을 보낸 뒤라서 무척 배가 고팠고, 내가 자주 생각했듯이 우리 영국 음식 중에서 엄선한 최상의 요리로 외국인 미식가에게 깊은 인상을 주어야 한다면 바로 이 요리를 내놓을 거라고 생각하고 있었다.

큼직한 요크셔푸딩과 그레이비소스는 알뜰한 농부의 아내들이 임시방

편으로 가족의 배를 채우려고 내놓는 음식이었다. "푸딩을 제일 많이 먹는 사람이 고기도 제일 많이 먹는다"는 말은 푸딩을 많이 먹게 하려는 교활한 자극제였지만, 그래도 푸딩은 정말 최고였다. 나는 포크에 가득 찍은 푸딩을 입에 넣고 씹으면서, 내 접시를 깨끗이 비우면 헬렌이 쇠고기와 그날 아침 텃밭에서 수확한 감자와 완두콩과 강낭콩으로 다시 접시를 가득 채워주리라는 것을 알고 행복했다.

날카로운 전화벨 소리가 잔인하게 내 공상을 방해했지만, 나는 무슨 일이 있어도 이 식사를 망칠 수는 없다고 속으로 다짐했다. 수의사에게 아무리 긴급한 일이라도 내가 식사를 끝낼 때까지는 기다릴 수 있을 터였다.

하지만 수화기를 들어 올릴 때 내 손은 떨리고 있었다. 그리고 전화선을 통해 들려오는 목소리를 들은 순간, 불안과 믿기 어려운 마음이 밀려와서 내 몸 전체에 넘쳐흘렀다. 상대는 리플리 씨였다. 오오, 제발. 일요일에 앤슨홀까지 고난에 찬 그 멀고 먼 길을 갈 수는 없어.

농부의 목소리가 내 귓전에 천둥처럼 울려 퍼졌다. 그는 아직도 멀리 떨어져 있는 나에게 자기 목소리가 닿으려면 고래고래 소리를 질러야 한다고 믿는 수많은 사람들 가운데 하나였다.

"수의사 선생이신가요?"

"네, 헤리엇입니다."

"아, 그럼 전쟁터에서 돌아오셨군요?"

"네, 그렇습니다."

"그럼 지금 당장 여기로 와주세요. 우리 암소 한 마리가 아주 좋지 않아요."

"무슨 일입니까? 급한 일인가요?"

"예, 급해요. 아무래도 다리가 부러진 것 같소."

나는 수화기를 귀에서 떼었다. 리플리 씨가 목청을 더욱 높였기 때문에 내 골이 울리기 시작했다.

"왜 그렇게 생각하시죠?" 물으면서 나는 갑자기 입이 바싹 말랐다.

"세 다리로 서 있어요." 농부는 소리를 질렀다. "그리고 나머지 다리 하나는 대롱대롱 매달려 있는 것 같소."

맙소사. 아주 심각해 보였다. 나는 방을 가로질러 음식이 담긴 접시를 슬픈 눈으로 바라보았다.

"알았습니다, 리플리 씨. 그쪽으로 가겠습니다."

"바로 오실 거죠? 지금 당장?" 그 고함 소리는 절박하게 들렸다.

"예, 바로 가겠습니다." 나는 수화기를 내려놓고 귀를 문지르면서 아내 쪽으로 돌아섰다.

헬렌은 식탁에서 눈을 들어 나를 바라보았다. 자기가 만든 요크셔푸딩이 김빠진 쓰레기로 변해가는 모습을 상상할 수 있는 여인의 고통스러운 얼굴이었다.

"설마 지금 당장 가야 하는 건 아니겠죠?"

"미안해, 여보. 이건 그냥 내버려둘 수 있는 문제가 아니야." 나는 다친 암소가 고통 속에서 이리저리 뛰어다니다가 골절이 더욱 심해지는 사태를 아주 쉽게 상상할 수 있었다. "그리고 그 양반 목소리는 필사적이었어. 빨리 가봐야 돼."

아내의 입술이 바르르 떨렸다.

"알았어요. 푸딩은 당신이 돌아올 때까지 오븐 속에 넣어둘게요."

나는 방에서 나올 때 아내가 접시를 치우는 것을 보았다. 우리는 그게 끝이라는 것을 둘 다 알고 있었다. 어떤 푸딩도 앤슨홀에 갔다 올 때까지 살아남을 수는 없을 것이다.

나는 대러비(가상의 마을로, 실제 지명은 노스요크셔에 있는 서스크)를 통과하면서 차츰 속도를 높였다. 자갈이 깔린 장터는 햇빛 속에서 잠든 채 일요일의 평화와 공허를 표현하고 있었다. 이 소도시의 주민들은 모두 닫힌 문 뒤에서 점심을 먹느라 바빴다. 시골로 나가자 나는 계속 액셀을 밟았다. 바싹 마른 돌담이 휙휙 스치고 지나갔다. 마침내 농장 진입로에 이르렀을 때 나는 충격을 느꼈다.

군에서 제대한 뒤 그곳에 간 것은 그때가 처음이었다. 전과는 달라진 풍경을 보게 될 거라고 기대했는데, 쇠로 된 낡은 게이트는 전보다 더 심하게 녹슬었다는 것을 빼고는 전과 똑같았다. 불길한 예감이 점점 강해지는 것을 느끼면서 나는 끈을 풀고 맨 위의 가로대를 어깨로 밀어 열었다. 그렇게 게이트들을 차례로 통과하여 마침내 일곱 번째 게이트에 이르렀다.

마지막이자 가장 지독한 이 게이트는 여전히 거기에 있었고, 달라진 것은 전혀 없었다. 이게 사실일 리가 없어. 나는 게이트를 향해 발끝으로 살금살금 다가가면서 속으로 중얼거렸다. 그 게이트를 마지막으로 본 이후, 나한테는 별의별 일이 다 일어났다. 나는 딴 세상에서 행군하고 훈련하고 항공술을 배우고 마침내 비행기를 조종하기까지 했지만, 그동안 이 삐걱거리는 게이트는 아무런 주의도 받지 않은 채 무심히 이곳에 서 있었다.

나는 게이트를 유심히 살펴보았다. 못이 헐거워져 흔들거리는 목재는 전과 마찬가지였고, 하나뿐인 노끈 경첩도 마찬가지였다. 아마 옛날의 그 노끈일 것이다. 도저히 믿을 수가 없었다. 그때 나는 다른 무언가를 알아차렸다. 리플리 씨는 가축들이 낡은 요새에 몸을 문질러 요새를 손 상시키거나 않을까 걱정한 게 분명했다. 그래서 게이트를 꽃줄로 장식하 듯 철조망을 쳐놓았던 것이다.

철조망은 세월이 흐르면서 무뎌졌을 것이다. 전처럼 심술궂을 리는 없 다. 나는 오른쪽 아래에 있는 끈을 조심스럽게 늦추고 위쪽 매듭을 주의 깊게 풀었다. 이번에는 게이트를 쉽게 열 수 있을 것 같다는 생각이 들려 는 순간, 노끈이 떨어지면서 게이트가 왼쪽 끈을 축으로 하여 옛날과 다 름없이 악의적으로 홱 열렸다.

게이트는 우선 내 가슴팍을 때린 다음 내 정강이를 강타했고, 이번에 는 철조망이 내 바지를 뚫고 들어왔다. 나는 미친 듯이 게이트를 떼어내 려 했지만 게이트는 위와 아래에서 번갈아 나를 때렸다. 내가 가슴을 보 호하려고 몸을 뒤로 젖혔을 때, 이번에는 다리가 미끄러지면서 뒤로 벌 렁 넘어졌다. 그리고 내 어깨가 길바닥에 닿았을 때, 게이트가 우지끈 소 리를 내면서 내 위로 쓰러졌다.

나는 과거에도 이 게이트에 여러 번 깔릴 뻔했지만, 마지막 순간에 간 신히 재난을 피하곤 했다. 하지만 이번에는 정말로 그 사고가 일어나고 말았다. 나는 몸부림을 치며 게이트 밑에서 빠져나오려 했지만 철조망이 내 옷을 꽉 움켜잡고 있었다. 꼼짝없이 덫에 걸린 것이다.

나는 안간힘을 써서 목재 위로 목을 길게 뺐다. 농장은 50미터밖에 떨 어져 있지 않았지만 아무도 보이지 않았다. 그런데 그건 이상한 일이었 다. 다친 암소를 걱정하던 농부는 도대체 어디에 있단 말인가? 나는 농부 가 두 손을 쥐어짜며 마당을 오락가락하고 있을 거라고 예상했는데, 마 당은 버려진 곳처럼 황폐해 보였다.

나는 소리를 질러 도움을 청할까 생각했지만, 그것은 너무나 어리석은 짓이었을 것이다. 다른 도리가 없었다. 나는 위쪽 가로대를 두 손으로 움켜잡고, 내 옷이 찢어지는 소리에 귀를 닫으려고 애쓰면서 위로 밀어 올렸다. 그러고는 아주 천천히 안전한 곳으로 가는 길을 열었다.

　나는 게이트를 그 자리에 그대로 눕혀두었다. 보통은 게이트를 통과하고 나면 조심스럽게 닫아두지만, 목초지에는 소가 한 마리도 없었고 어쨌든 나는 이놈의 게이트에 진저리가 나 있었다.

　나는 농가로 가서 문을 쾅쾅 두드렸다. 리플리 부인이 문을 열었다.

　"아, 헤리엇 선생님. 날씨가 좋죠?" 그녀는 풍만한 허리에 두른 앞치마를 매만지면서 말했다. 그 태평한 미소를 보자 남편의 미소가 생각났다.

　"예…… 그렇군요…… 맞습니다. 여기 암소를 보러 왔는데, 아저씨는 집에 계신가요?"

　그녀는 고개를 저었다.

　"아뇨. 아직 '여우와 사냥개'에서 돌아오지 않았어요."

　"뭐라고요?" 나는 그녀를 노려보았다. "그건 디버턴에 있는 술집이잖아요? 나는 여기 암소가 다쳐서 긴급히 왕진을 요청한 줄 알았는데요."

　"맞아요. 남편은 선생님한테 전화를 걸기 위해 거기까지 가야 했어요. 아시겠지만 우리 집엔 전화가 없거든요." 그녀는 더 활짝 웃었다.

　"하지만 내가 전화를 받은 지 한 시간은 지났어요. 아저씨는 벌써 돌아왔어야 할 텐데요."

　"맞아요." 그녀는 충분히 이해한다는 듯 고개를 끄덕이며 말했다. "하지만 남편은 거기서 친구들을 만났을 거예요. 남편 친구들은 일요일 오전에는 모두 '여우와 사냥개'에 가거든요."

나는 머리카락을 마구 휘저었다.

"아주머니, 나는 조금이라도 빨리 도착하려고 점심식사를 식탁에 놓아둔 채 뛰쳐나왔다고요."

"어머, 그래요? 우리는 점심을 먹었는데요." 그녀는 그 말이 나한테 위안이 될 거라고 생각하는 것처럼 대답했다. 사실 그 말은 굳이 할 필요도 없었다. 부엌에서 풍겨오는 강한 냄새는 로스트비프가 분명했고, 그 전에 요크셔푸딩을 먹었을 것은 의심할 여지가 없었다.

나는 한동안 아무 말도 하지 않다가 숨을 한 번 깊이 들이마셨다.

"어쨌든 다친 암소를 볼 수는 있겠죠? 어디 있습니까?"

리플리 부인은 마당 끝에 있는 외양간을 가리켰다.

"저기 있어요." 내가 자갈 깔린 마당을 가로지르기 시작하자 그녀가 뒤에서 소리쳤다. "남편이 돌아올 때까지 암소를 보고 계시면 돼요. 남편은 이제 곧 돌아올 거예요."

나는 어깨를 채찍으로 얻어맞은 것처럼 움찔했다. 그것은 무서운 말이었다. '이제 곧'은 요크셔에서 흔히 들을 수 있는 표현이었는데, 최고 두 시간까지 의미했다.

나는 쪽문을 열고 외양간에 있는 암소를 들여다보았다. 암소는 심하게 절뚝거렸지만, 내가 다가가자 밀짚 위에서 폴짝폴짝 뛰어다녔다. 암소가 뛸 때마다 다친 발은 마치 점을 찍듯 바닥에 콩콩 닿았다.

암소는 다리가 부러진 게 아니었다. 몸무게를 그 다리에 싣지는 못했지만, 다리가 대롱거리는 전형적인 골절 증상은 전혀 없었다. 나는 안도감이 밀려오는 것을 느꼈다. 대형 동물의 경우 골절은 대개 안락사를 의미했다. 석고붕대를 아무리 많이 감아도 골절 부위에 대한 압박을 줄일 수 없기 때문이다. 문제는 암소의 발에 있는 것 같았지만, 문제의 원인을 알아내려면 암소를 붙잡아야 하는데 내가 그럴 수는 없으니까 리플리 씨를 기다릴 수밖에 없었다.

나는 오후의 햇살 속으로 나가서, 완만한 오르막을 이루고 있는 목초지 너머로 디버턴의 교회탑이 나무들을 밀어내며 높이 솟아오른 광경을 바라보았다. 농부는 흔적조차 보이지 않았고, 나는 그가 오기를 기다리려고 건물들 너머에 있는 풀밭으로 터덜터덜 걸어갔다.

거기서 농가를 돌아본 나는 불쾌하고 화가 나면서도 평화로운 기분을 느꼈다. 오래된 농가가 대부분 그렇듯이 앤슨홀도 한때는 귀족의 장원이었다. 수백 년 전 어떤 귀족이 아름다운 곳에 저택을 지었다. 지붕은 금방이라도 무너져 내릴 것 같았고 높은 굴뚝 가운데 하나는 술 취한 것처럼 한쪽으로 기울어져 있었지만, 부채꼴 창살을 댄 창문들, 우아한 아치 모양의 문간, 건물의 웅장한 규모는 그 너머에 초록빛 구릉지를 향해 펼쳐져 있는 목초지와 함께 보는 사람의 눈을 즐겁게 해주었다.

그리고 그 정원의 돌담. 영화로웠던 과거에는 햇볕에 달구어진 돌담이 화려한 꽃들이 피어 있는 잘 손질된 잔디밭을 에워싸고 있었겠지만, 지금은 쐐기풀만 무성할 뿐이다. 나는 그 쐐기풀에 매혹되었다. 허리 높이까지 자란 쐐기풀이 돌담과 집 사이의 공간을 밀림처럼 빽빽이 메우고 있었다. 농부들은 형편없는 정원사로 악명이 높지만, 리플리 씨는 누구하고도 비교가 되지 않았다.

리플리 부인의 외침 소리가 내 공상을 방해했다.

"그이가 오고 있어요, 헤리엇 선생님. 방금 창문으로 보았어요." 그녀는 현관 쪽으로 돌아와서 디버턴 쪽을 가리켰다.

그녀의 남편은 정말로 오고 있었다. 검은 점 하나가 서두르는 기색도 없이 목초지 사이를 천천히 움직이고 있었다. 우리는 15분쯤 함께 서서 그를 지켜보았다. 마침내 그가 돌담에 난 좁은 틈새를 비집고 들어와 우리에게 다가왔다. 파이프에서 나온 연기가 그의 귀 주위에서 피어오르고 있었다.

나는 당장 공격을 개시했다.

"리플리 씨, 한참이나 기다렸어요! 나더러 당장 와달라고 하셨잖아요!"

"아, 나도 압니다. 알아요. 하지만 맥주 한 조끼도 마시지 않고 전화를 좀 쓰자고 부탁할 수는 없잖아요." 그는 머리를 한쪽으로 기울이고, 반박할 수 없는 논리에 안전하게 보호를 받으며 나를 보고 환하게 웃었다.

내가 막 입을 열려고 할 때 그가 다시 말을 이었다.

"그때 딕 헨더슨이 나한테 술을 한 잔 샀고, 그래서 나도 그 보답으로 한 잔 사야 했고, 내가 막 술집에서 나오려는데 바비 탤벗이 나타나서는 지난주에 나한테 사간 돼지들 이야기를 꺼냈지 뭐요."

그의 아내가 호기심으로 눈을 빛내며 대화에 끼어들었다.

"어머나, 그 바비 탤벗 말인가요? 오늘 아침에 그 양반도 거기 있었어요? 그 사람은 절대로 술집에서 멀리 떨어진 적이 없어요. 부인이 어떻게 참고 견디는지 모르겠어요."

"아아, 바비도 거기 있었지. 그 친구는 항상 술집에 죽치고 있으니까." 리플리 씨는 온화한 미소를 짓고, 파이프를 뒤꿈치에 대고 두드린 다음 대통을 다시 채우기 시작했다. "내가 또 누굴 만났는지 말해주지. 댄 톰슨은, 수술을 받은 뒤로는 한 번도 본 적이 없었는데, 오랜만에 보니까 살이 쭉 **빠졌더군**. 몸이 반쪽이 됐더라고. 술을 몇 조끼 마시는 건 댄한테 이로울 것 같아."

"댄이요?" 리플리 부인은 열띤 어조로 말했다. "어쨌든 그건 좋은 소식이네요. 내가 듣기로는 죽을 때까지 병원에서 나오지 못할 줄 알았다던데. 사람들이 모두 그렇게 생각했대요."

"실례합니다." 내가 끼어들었다.

"아니, 그건 소문일 뿐이었어." 리플리 씨가 말을 이었다. "신장에 돌멩이가 하나 있었을 뿐이야. 댄은 괜찮을 거야. 댄이 나한테 말하기를……."

나는 한 손을 들었다.

"리플리 씨, 암소를 볼 수 있을까요? 나는 아직 점심도 못 먹었어요. 당신 전화를 받고 내 아내는 점심식사를 다시 오븐 속에 집어넣었다고요."

"저런! 나는 거기 가기 전에 점심을 먹었다오." 그는 안심시키는 듯한 미소를 나에게 던졌고, 그의 아내는 나를 완전히 안심시키려고 고개를 끄덕이며 소리 내어 웃었다.

"그거 잘됐군요." 나는 쌀쌀하게 말했다. "그 말을 들으니 기쁩니다." 하지만 나는 그들이 내 말을 곧이곧대로 받아들인 것을 알 수 있었다. 빈정거림은 그들에게 통하지 않았다.

외양간에서 리플리 씨는 암소를 붙잡았고 나는 암소의 발을 들어올렸다. 발을 내 무릎 위에 올려놓고 발굽 깎는 칼로 두껍게 엉겨 붙은 오물을 긁어냈다. 그러자 문제의 원인이 나타났다. 문으로 비스듬히 비쳐드는 햇빛을 받아 둔탁하게 빛나는 것이 보였다. 나는 핀셋으로 징을 잡고 발에서 빼냈다. 그리고 그것을 들어올렸다.

농부는 몇 초 동안 눈을 깜박거리며 그것을 보고 있다가 어깨를 조용히 흔들기 시작했다.

"내 구두에 박혀 있던 징이로군. 헤헤헤. 그런데 정말 이상한데. 징은 자갈밭에서 떨어져 나간 게 분명해요. 자갈은 아주 미끄러우니까. 나도 한두 번 엉덩방아를 찧을 뻔한 적이 있었어요. 요전 날 마누라한테도 말했지만……."

"나는 정말 서둘러야 해요, 리플리 씨." 나는 농부의 말을 가로막았다. "아직 점심도 못 먹었다니까요. 잠깐 차에 가서 파상풍 예방주사를 가져오겠습니다."

나는 암소에게 주사를 놓고, 주사기를 내 주머니 속에 집어넣은 다음 마당을 가로지르기 시작했다. 바로 그때 농부가 뒤에서 불렀다.

"거세기를 가져왔나요, 헤리엇 선생?"

"거세기요?" 나는 멈춰 서서 그를 돌아보았다. 도저히 믿을 수가 없었다. "아, 예, 가져오긴 했지만, 설마 지금 송아지를 거세하고 싶은 건 아니겠죠?"

농부는 낡은 라이터를 찰칵 켜서 긴 불꽃을 파이프 대통에 갖다 댔다.

"한 마리뿐이오, 헤리엇 선생. 일 분도 걸리지 않을 거요."

그렇다면 좋다. 나는 트렁크를 열고 송아지 출산용 작업복 위에 놓여 있는 무혈 거세기를 꺼내면서 생각했다. 그것은 이제 별로 중요하지 않았다. 내 요크셔푸딩은 지금쯤은 바싹 말라서 도저히 먹을 수 없는 쓰레기가 되었을 테고, 쇠고기와 눈부시게 신선한 채소들은 쓰레기 소각로에서 재로 변했을 것이다. 모두 다 사라졌다. 이제 송아지 한 마리를 거세한다고 해서 달라질 것은 아무것도 없었다.

내가 돌아가자 마당 끝에 있는 문이 양쪽으로 활짝 열리더니, 검은색의 거대한 동물이 뛰쳐나왔다. 황소는 거기에 서서 앞발로 땅바닥을 긁고 심술궂게 꼬리를 휘두르며 눈부신 햇살 속에서 조심스럽게 주위를 둘러보았다. 나는 길게 뻗은 뿔과 거대한 어깨 근육과 차갑게 번득이는 눈을 바라보았다. 요란한 트럼펫 소리와 자갈 대신 모래만 있으면, 나는 마드리드의 투우장에 있는 듯한 기분이 들었을 것이다.

"저게 송아지예요?" 나는 물었다.

농부는 쾌활하게 고개를 끄덕였다.

"맞아요. 목을 묶을 수 있도록 저기 있는 외양간으로 녀석을 몰고 가는 게 좋겠어요."

분노의 물결이 나를 휩쓸었다. 나는 잠시 그에게 고함을 지르게 되지나 않을까 생각했지만, 묘하게도 나는 심한 피로감만 느꼈을 뿐이다.

나는 그에게 다가가서 그의 얼굴에 내 얼굴을 바싹 들이대고 조용히 말했다.

"리플리 씨, 우리가 지난번에 만난 지도 꽤 오래됐고, 그러니까 당신은 그때 나한테 한 약속을 지킬 기회가 충분히 있었어요. 기억하세요? 송아지가 어릴 때 거세를 시키겠다고, 그리고 게이트를 새로 달겠다고 약속했지요? 자, 보세요. 저 커다란 녀석을 보시고, 또 그 게이트가 내 옷을 어떻게 했는지 보라고요."

농부는 무언가에 걸려서 찢어진 내 바지를 걱정스럽게 바라보고, 찢어진 내 소매를 만지려고 손을 뻗었다.

"거기에 대해서는 정말로 죄송합니다." 그는 황소를 힐끗 바라보았다. "그리고 저 녀석의 덩치가 좀 크다는 건 나도 인정해요."

나는 아무 말도 하지 않았다.

잠시 후 농부는 고개를 젖히고 결심의 화신처럼 내 눈을 똑바로 들여다보았다.

"아아, 그건 옳지 않아요. 하지만 내 말 좀 들어보세요. 오늘 이 녀석 불알만 까주면 다시는 이런 일이 일어나지 않도록 할게요."

나는 그에게 손가락 하나를 흔들었다.

"하지만 당신은 전에도 그렇게 말했어요. 이번에는 정말로 진심인가요?"

그는 힘차게 고개를 끄덕였다.

"예, 진짜 약속하리다."

그 공허한 약속은 몇 번이나 들어서 이미 익숙해져 있었지만, 묘하게도 나는 예상과는 달리 별로 넌더리가 나지 않았다. 아마 그것은 내가 오랫동안 요크셔를 떠나서 때로는 내 성향에 맞지 않을 만큼 빠르게 변하는 세상을 보았기 때문일 것이다. 하지만 변치 않음을 보여주는 이 익숙한 상황이 나를 웃겼다. 나는 킬킬거렸다. 그러다가 소리 내어 웃기 시작했다. "하하하." 나는 큰 소리로 웃었다. "아하하하!" 리플리 부인도 따라 웃기 시작했다. "호호호!" 그녀는 나에게 동조했다. "호호! 호호!" 그러자 리플리 씨가 아주 신중하게 입에서 파이프를 떼고 웃었다. "헤. 헤. 헤헤헤." 그리고 우리 세 사람은 거기에 서서 함께 큰 소리로 웃으면서 일요일 오후를 보냈다.

바로 그때 황소가 경멸하듯 콧방귀를 뀌었다.

"사실……" 리플리 씨가 웃는 틈틈이 눈물을 닦으며 더듬거리듯 말했다. "내가 선생 입장이라면 이렇게 웃고 있지도 않을 거요."

2

황무지의 높은 곳을 달리는 길에는 울타리가 없었다. 내 차는 좁은 포장도로를 쉽게 벗어나 양떼가 벨벳처럼 짧게 잘라놓은 풀밭으로 굴러 들어갔다. 나는 시동을 끄고 차에서 내려 주위를 둘러보았다.

길은 풀밭과 히스 덤불을 뚫고 나가다가 그 너머에 있는 골짜기로 내려갔다. 이곳은 내가 방금 지나온 골짜기와 앞으로 지나갈 골짜기를 양쪽 다 내려다볼 수 있는 전망 좋은 터 가운데 하나였다. 요크셔 데일스 전체가 내 눈 아래 펼쳐져 있었다. 골짜기 바닥의 완만한 들판, 풀을 뜯고 있는 소떼, 가장자리가 군데군데 자갈로 덮여 있는 강들, 나무가 울창하게 우거진 강변.

돌담에 둘러싸인 목초지의 눈부신 초록빛은 언덕 비탈을 올라가다가 히스와 거친 풀이 세력을 얻기 시작하면 줄무늬를 그리며 끝없이 이어지는 돌담만 남았다. 돌담은 얼룩덜룩한 꼭대기까지 올라가서 황야의 시작을 알리는 헐벗은 산등성이 너머로 사라졌다.

나는 차에 몸을 기댔고, 바람이 차갑고 달콤한 공기를 내 주위에 불어보냈다. 내가 민간인 생활로 돌아온 지는 겨우 한 달밖에 되지 않았다. 공군에 있는 동안 나는 끊임없이 요크셔를 생각했지만, 요크셔가 얼마나 아름다운지는 잊고 있었다. 멀리서 그저 생각만 하는 것으로는 데일스를 몸이 짜릿해질 만큼 자극적이면서도 동시에 편안한 곳으로 만들어주는 평화로움과 한적함, 그리고 황야가 바로 가까이에 있다는 느낌을 불러일으킬 수 없었다. 도시의 군중과 단조로움, 그리고 탁한 공기 속에서는 내가 아무리 상상력을 동원해도 숨을 들이마실 때마다 풀냄새가 가슴을 가득 채우는 드넓은 초록빛 지붕 위에 나 혼자 서 있을 수 있는 곳을 생각해낼 수가 없었다.

그날 나는 마음을 어지럽히는 오전 시간을 보냈다. 가는 곳마다 변화의 세계로 돌아온 것을 상기하게 되었지만, 나는 변화를 좋아하지 않았다. 한 늙은 농부는 내가 그의 암소한테 주사를 놓자, "지금은 뭐든지 다 주사로 해결하는군" 하고 말했다. 그 말을 듣고 나는 흠칫 놀라서 손에 쥐고 있던 주사기를 내려다보고, 확실히 요즘에는 주사를 놓는 게 내가 하는 일의 대부분이라는 것을 문득 깨달았다.

나는 그 농부의 말이 무슨 뜻인지 알 수 있었다. 몇 년 전이라면 나는 아마 그의 암소한테 '물약'을 먹였을 것이다. 암소의 주둥이를 움켜잡고 물약 1파인트를 목구멍 속으로 부어넣었을 것이다.

우리는 아직도 암소한테 물약을 주입하기 위한 전용 약병을 가지고 다녔다. 그것은 빈 포도주병이었는데, 포도주병은 어깨 모양으로 각진 데가 없어서 물약을 쉽게 부어넣을 수 있었기 때문이다. 우리는 외양간 구석에 흔히 세워져 있는 당밀통의 검은 당밀을 물약에 섞을 때도 많았다.

이 모든 것이 사라지고 있었다. '뭐든지 다 주사로 해결한다'는 농부의 말은 세상이 다시는 예전으로 돌아가지 않으리라는 것을 다시 한 번 절실히 깨닫게 해주었다.

농업과 수의사 작업에 혁명이 시작되었다. 농사는 더 과학적이 되었고,

조상 대대로 신봉된 생각들은 버려지고 있었다. 수의사 업계에서는 홍수처럼 밀어닥칠 새로운 진보의 첫 조짐을 보여주는 시냇물의 흐름이 느껴졌다.

전에는 꿈도 꾸지 못했던 수술이 이루어졌고, 설파제는 전성기를 맞이했다. 무엇보다도 사람들을 흥분시킨 것은 더 좋은 상처 치료법이 긴급하게 필요했던 전쟁 덕분에 알렉산더 플레밍이 발견한 페니실린의 발전이 엄청난 추진력을 얻었다는 것이다. 최초의 항생제인 페니실린은 유선염 치료제가 유방 내 튜브 형태로 나와 있는 것을 제외하고는 아직 수의사의 손에 들어오지 않았지만, 우리의 재래식 치료법을 망각 속으로 휩쓸어버릴 치료제 군단의 전위부대였다.

영세농이 쇠락하기 시작한 조짐도 있었다. 암소 대여섯 마리에 돼지와 닭 몇 마리를 키우는 이런 영세농은 아직도 우리 고객의 태반을 이루었고, 그들은 정말로 흥미로운 사람들이었지만 이런 규모로 생계를 꾸려나갈 수 있을까 걱정하기 시작했고, 더 규모가 큰 농장주에게 가축을 팔아버린 사람도 몇 명 있었다. 1980년대인 지금은 우리 수의사들의 고객 가운데 소규모 영세농은 사실상 거의 남아 있지 않다. 내가 생각해낼 수 있는 영세농은 단지 평생 해왔다는 이유만으로 그 일을 지금도 고집스럽게 붙잡고 있는 노인 몇 명뿐이다. 그들은 옛날 가치관에 따라 살고 텔레비전과 라디오에 밀려난 옛날 요크셔 사투리를 쓰는 사람들, 내가 정말로 소중히 여긴 사람들 가운데 마지막 남은 사람들이다.

나는 마지막으로 숨을 한 번 길게 들이마시고 차에 올라탔다. 변화에 대한 불쾌감은 아직도 남아 있었지만, 앞유리창을 통해 헐벗은 꼭대기를 구름 속에 찔러넣은 거대한 산들을 보자 당장 기분이 좋아졌다. 겹겹이 늘어선 산들은 아래 세상의 영화 위로 우뚝 솟아 있고, 시간을 초월하여 처음도 끝도 없이 영원히 존재한다. 그 무엇도 그것을 파괴할 수 없다. 데일스는 전혀 변하지 않았다.

나는 한 군데 더 왕진을 한 뒤, 점심을 먹기 전에 또 왕진을 갈 곳이 없는지 보려고 스켈데일 하우스(저자가 근무한 동물병원의 별칭)로 돌아갔다.

여기도 모든 게 새로웠다. 내 동업자인 시그프리드(저자는 수의과대학을 졸업한 뒤 시그프리드 파년의 동물병원에 조수로 채용되었고, 그 후 공동경영자가 되었다)는 결혼하여 대러비에서 몇 마일 떨어진 곳에 살고 있었고, 헬렌과 나는 어린 아들 지미와 함께 병원 건물 중심부로 거처를 옮겼다. 나는 차에서 내려 부드럽고 아름다운 색깔의 벽돌벽을 기어오르고 있는 담쟁이를 바라보았다. 담쟁이는 지붕 아래에서 언덕들을 내다보고 있는 작은 방들까지 올라가 있었다. 헬렌과 나는 그 지붕 밑 방에서 결혼 생활을 시작했지만, 이제는 우리가 건물 전체를 쓰고 있었다. 물론 우리한테는 너무 컸지만, 널찍하고 조지 왕조 시대의 우아함을 풍기고 있는 이 낡은 집을 헬렌도 나도 무척 좋아했기 때문에 우리는 거기에 사는 데 만족하고 있었다.

건물은 내가 몇 년 전에 처음 보았을 때와 거의 똑같아 보였다. 전쟁 때 당국이 쇠난간을 고철로 징발해 갔다는 것과 지금은 우리 문패가 벽에 걸려 있다는 것이 유일한 차이점이었다.

헬렌과 나는 내가 총각 시절에 차지했던 방에서 잠을 잤고, 지미는 시그프리드의 동생인 트리스탄이 학교에 다닐 때 머리를 쉬기 위해 사용한 옷방에서 잠을 잤다. 트리스탄은 아쉽게도 우리 곁을 떠났다. 전쟁이 끝났을 때 그는 육군 수의부대의 장교였고, 결혼한 뒤 농산부의 가축 불임증 조사관이 되었다. 그가 떠난 뒤 우리 삶에는 슬픈 구멍이 남았지만,

다행히도 우리는 여전히 트리스탄과 그의 아내를 정기적으로 만날 수 있었다.

내가 현관문을 열고 복도로 들어가자 풀브 아로마의 냄새가 코를 찔렀다. 그것은 우리가 약품에 섞는 방향제 가루였고, 그 냄새는 집 곳곳에 항상 감돌고 있는 것 같았다. 그것은 우리 직업을 상징하는 냄새였다.

복도 중간쯤에서 나는 높은 담장에 둘러싸인 정원으로 나가는 문을 지나 약제실로 들어갔다. 약제실은 이미 그 중요성이 쇠퇴하고 있는 방이었다. 라틴어 이름이 새겨진 아름다운 모양의 유리병들이 즐비하게 늘어서서 나를 내려다보았다. 스피리투스 아이테리스 니트로시, 리쿠오르 암모니 아케타티스 포르티스, 포타시 니트라스, 소디 살리킬라스. 고상한 이름들이다. 내 머리는 수백 개의 약 이름과 그 약의 특성, 효능과 사용법, 말과 소, 양과 돼지, 개와 고양이에게 투여할 때의 적정량으로 가득 차 있었다. 하지만 이제 곧 나는 그것을 모두 잊어버리고 최신 항생제나 스테로이드(염증치료제)를 얼마나 많이 투여할 것인지에만 관심을 가져야 할 것이다.

스테로이드가 무대에 등장하려면 아직 몇 년이 더 지나야 했지만, 스테로이드가 등장한 결과로 또 하나의 작은 혁명이 일어날 것이다.

조제실을 나올 때 나는 하마터면 시그프리드와 부딪힐 뻔했다. 그는 복도를 따라 폭풍처럼 달려와서 흥분한 얼굴로 내 팔을 움켜잡았다.

"아아, 제임스! 바로 자네를 찾고 있었어. 오늘 아침에는 정말이지 지독한 꼴을 당했다네. 하이리스턴으로 이어진 그 샛길을 올라가고 있을 때 내 차의 배기관이 떨어져나가버렸지 뭔가. 그래서 지금 나는 교통수단이 없어. 정비소에서 새 배기관을 가져오려고 사람을 보냈지만, 그게 도착해서 내 차에 끼워질 때까지 나는 꼼짝도 못하는 상태야. 정말 미치겠어!"

"괜찮습니다. 내가 대신 왕진을 다닐게요."

"아니야, 제임스. 친절한 말이지만, 이런 일이 앞으로도 계속 일어나리라는 걸 모르겠나? 자네한테 말하고 싶은 건 바로 그거야. 우리한테는 예비차가 필요해."

"예비차요?"

"그래. 그렇다고 그게 반드시 롤스로이스일 필요는 없어. 이럴 때 쓸모 있는 차면 돼. 사실 나는 벌써 정비소의 해먼드한테 전화해서, 우리한테 적당한 차를 가져와서 보여달라고 부탁했어. 지금 밖에서 해먼드 목소리가 들리는 것 같은데."

내 동업자는 항상 즉각적인 행동을 취하는 사람이었다. 나는 그를 따라 현관문으로 갔다. 해먼드 씨는 우리가 살펴볼 차를 갖고 와 있었다. 1933년형 '모리스 옥스퍼드'였다. 시그프리드는 그 차를 향해 계단을 종종걸음으로 내려갔다.

"백 파운드라고 했죠, 해먼드 씨?" 그는 차 주위를 두세 바퀴 돌면서 검은 페인트를 칠한 차체에서 녹 조각을 떼어내고는 문을 열고 내장을 살펴보았다. "좋았던 시절은 지난 것 같지만, 잘 굴러가기만 한다면 외관은 중요하지 않아."

"튼튼하고 괜찮은 물건입니다, 파년 씨." 정비소 주인이 말했다. "보링 작업을 새로 한 뒤 2천 마일밖에 달리지 않았고, 어떤 오일도 거의 쓰지 않았습니다. 배터리는 새것이고 타이어도 상태가 좋습니다." 그는 길쭉한 콧등 위에 걸쳐져 있는 안경을 조정하고 여원 몸을 꼿꼿이 펴면서 사무적인 표정을 지었다.

"으음." 시그프리드가 발로 뒷범퍼를 흔들자 낡은 스프링이 신음소리를 냈다. "브레이크는 어때요? 산이 많은 이 고장에서는 브레이크가 중요한데."

"브레이크는 더할 나위 없이 좋습니다. 최상급이에요."

시그프리드는 천천히 고개를 끄덕였다.

"좋아요, 좋아. 내가 차를 몰고 동네 한 바퀴 돌고 와도 괜찮겠죠?"

"그럼요, 괜찮고말고요." 해먼드 씨가 대답했다. "마음껏 시험해보세요." 그는 어떤 일에도 동요하지 않는 침착성을 자랑하는 남자였다. 그래서 시그프리드가 운전대를 잡자 해먼드 씨는 자신만만하게 동승석에 올라탔다.

"제임스, 뒤에 타!" 내 동업자가 외쳤다. 나는 뒷문을 열고 곰팡내 나는 차 안으로 들어가서 해먼드 씨 뒤에 자리를 잡았다.

시그프리드는 갑자기 출발했다. 낡은 차는 굉음을 내며 삐걱거렸다. 정비소 주인은 겉으로는 침착해 보였지만, 우리가 트렝게이트 가를 따라 쏜살같이 달리는 동안 나는 그의 셔츠 칼라가 푸른 재킷 위로 2~3인치 올라오는 것을 보았다.

시그프리드가 교회 앞에서 좌회전하려고 속도를 늦추자 칼라는 조금 내려갔지만, 도로폭이 좁은 급커브를 연달아 전속력으로 통과할 때는 칼라가 다시 발작적으로 나타나곤 했다.

트렝게이트 가와 나란히 뻗어 있는 긴 직선도로에 이르자 해먼드 씨는 마음을 놓은 것처럼 보였지만, 시그프리드가 보드에 한쪽 발을 올려놓고 머리 위에 늘어진 나뭇가지 아래를 요란한 굉음과 함께 지나가자 나뭇가지에 앉아 있던 새들이 비명을 질렀고, 나는 해먼드 씨의 칼라가 다시 나타나는 것을 보았다.

길 끝에 이르자 시그프리드는 차를 멈춘 상태에서 왼쪽으로 돌았다.

"브레이크를 시험해볼 생각입니다, 해먼드 씨." 그는 쾌활하게 말하고 직선도로를 따라 트렝게이트 가 쪽으로 갑자기 돌진했다. 그는 차를 정말로 철저히 테스트할 작정이었다. 낡은 엔진의 굉음은 비명소리처럼 높아졌고, 온 동네가 놀랄 만큼 빠른 속도로 다가오자 해먼드 씨의 칼라가 다시 나타났고 이어서 셔츠까지 나타났다. 시그프리드가 힘껏 브레이크를 밟자 차는 난폭하게 오른쪽으로 회전했다. 차가 게처럼 옆으로 움직여 트렝게이트 가로 들어갈 때 해먼드 씨의 머리는 차 지붕에 밀착하여 꼼짝 못하게 되었고, 셔츠의 등 부분이 완전히 드러났다. 차가 멈춰 서자 해먼드 씨는 천천히 자기 자리로 미끄러지듯 돌아갔고 재킷이 다시 셔츠를 가렸다. 그는 한 번도 입을 열지 않았고, 위아래로 움직인 것을 제외하고는 어떤 감정도 드러내지 않았다.

병원 현관문 앞에서 우리는 내렸고, 동업자는 미심쩍은 듯이 턱을 문질렀다.

"브레이크를 밟으면 약간 오른쪽으로 쏠리던데요. 그 부분을 조정할 필요가 있을 것 같습니다. 아니면 혹시 지금 구할 수 있는 다른 차가 있나요?"

정비소 주인은 잠시 아무 말도 하지 않았다. 그의 안경은 비스듬히 비뚤어져 있었고 그는 백짓장처럼 창백했다. "예…… 예……." 그는 떨리는 목소리로 말했다.

"저기 다른 차가 있는데…… 어쩌면 원장님한테는 그 차가 적당할지도 모르겠군요."

"좋아요!" 시그프리드가 두 손을 맞비볐다. "점심을 먹은 뒤에 그 차를 가져오세요. 그러면 또 한 바퀴 돌면서 그 차를 테스트해봅시다."

해먼드 씨는 눈이 휘둥그레져서 몇 번이나 침을 삼켰다.

"알겠습니다…… 좋습니다, 파넌 씨. 하지만 오늘 오후에는 바쁠 거예요. 그래서 직원을 한 사람 보낼게요."

우리는 그에게 작별인사를 하고 건물 안으로 돌아갔다. 복도를 따라 걸으면서 시그프리드는 내 어깨에 팔을 둘렀다.

"제임스, 병원의 효율성을 높이는 쪽으로 또 한 걸음을 내디뎠군. 어쨌든……" 그는 미소를 지으며 쾌활하게 휘파람을 불었다. "나는 이런 막간극이 즐겁다네."

갑자기 나는 기분이 좋아지기 시작했다. 그렇게 많은 것들이 새로 생기고 달라졌지만, 데일스는 변하지 않았고 시그프리드도 변하지 않았다.

3

"안녕하세요! 안녕하세요!" 나는 큰 소리로 인사를 했다.

"안녕하세요! 안녕하세요!" 어린 지미도 내 바로 뒤에서 소리쳤다.

나는 고개를 돌려 아들을 바라보았다. 지미는 이제 네 살이었고, 벌써 1년 넘게 내 왕진을 따라다니고 있었다. 지미가 자신을 농업의 모든 측면에 정통한 농장의 베테랑으로 여기고 있는 것은 분명했다.

이렇게 큰 소리로 인사하는 것은 내 평소 버릇이었다. 수의사가 농장에 도착했을 때 농부를 찾기가 어려울 때가 많다. 농부는 목초지 너머 1킬로미터나 떨어진 트랙터 위에 점 하나처럼 보일 수도 있고, 집 안에 있는 경우는 드물었지만 나는 언제나 농가의 여러 건물들 사이에서 농부를 찾게 되기를 기대하고, 농부의 위치를 알아내는 수단으로 몇 번 인사말을 외치곤 했다.

우리가 왕진을 다니는 몇몇 농장은 뚜렷한 이유도 없이 주위에서는 사람을 찾을 수 없는 특징을 갖고 있었다. 현관문은 잠겨 있고, 그래서 우리는 헛간과 외양간과 양우리를 돌아다니며 농부를 찾지만, 우리의 외침 소리는 무심한 벽에 부딪혀 공허한 메아리로 돌아올 뿐이었다. 시그프리드와 나는 그런 농장을 '무인 농장'이라고 불렀고, 낭비된 시간은 대부분 그런 농장들 때문이었다.

지미는 아주 일찍부터 이 문제를 이해했고, 목청껏 소리를 지를 수 있는 기회를 조금은 즐긴 것도 분명했다. 나는 지미가 자갈 위를 뽐내듯이 걸으면서 몇 초마다 한 번씩 소리 지르는 것을 지켜보았다. 또한 지미는 새 장화를 신은 발로 거친 돌멩이 위를 덜거덕거리며 돌아다니면서 불필요한 소음도 내고 있었다.

그 장화는 지미의 자랑거리였고, 수의사 조수라는 지위를 결정적으로 인정받은 표시였다. 내가 처음 지미를 왕진에 데리고 다니기 시작했을 때 녀석의 첫 반응은 어린아이가 온갖 종류의 동물, 특히 어린 새끼들을 보았을 때의 단순한 기쁨이었고, 밀짚 속에 웅크리고 있는 새끼 고양이들을 발견하거나 우리 속에서 강아지들을 돌보고 있는 어미 개를 발견했을 때의 짜릿한 기쁨이었다.

하지만 오래지 않아 지미는 자신의 지평을 넓히기 시작했다. 활동에 참여하고 싶어 한 것이다. 집에 있는 장난감 상자의 내용물만큼 내 자동차 트렁크의 내용물에 대해서도 훤히 알게 되었고, 가루 위장약이 들어 있는 양철통이나 핥아먹는 약, 빨간 발포고약, 하얀 물약 따위가 들어 있는 상자 따위를 나에게 건네주는 것이 지미의 낙이었다. 마침내 지미는 누워 있는 암소를 보자마자 내가 시키기도 전에 차로 달려가서 칼슘과 플러터 밸브를 가져오기 시작했다. 지미는 가축의 질환을 진단까지 할 수 있게 된 것이다.

지미가 가장 좋아한 것은 헬렌이 잠자리에 늦게 들어가도 좋다고 허락해주면 나의 저녁 왕진에 동행하는 일이었다. 지미는 행복한 마음으로 차를 타고 어둠에 잠긴 시골로 들어가, 내가 암소의 젖꼭지를 꿰매는 동안 손전등을 젖꼭지에 비추어주었다.

농부들은 아이들에게 늘 그렇듯이 지미한테 친절했다. 가장 무뚝뚝한 농부까지도 우리가 차에서 내리면 "선생님한테 제자가 생겼네요" 하고 투덜거리듯 말하곤 했다.

그런데 이 농부들은 지미가 몹시 탐내는 것을 갖고 있었다. 바로 구두 창에 징을 박은 커다란 장화였다. 지미는 대체로 농부들을 찬탄했다. 농부들은 야외에서 평생을 보내고, 돌진하는 소떼 속으로 두려움 없이 들어가고 거대한 짐말의 엉덩이를 찰싹 때리는 힘세고 강건한 사나이들이었다. 나는 농부들―대부분 몸집이 작고 힘줄이 불거진 사나이들―이 90킬로그램 내지 100킬로그램이나 되는 볏가리를 어깨에 둘러메고 곡물 창고 계단을 올라가거나 담배를 입에 문 채 장화를 바닥 위로 미끄러뜨리면서 거대한 황소의 주둥이를 거뜬히 붙잡고 늘어지는 모습을 보고 지미가 깊은 인상을 받는 것을 알 수 있었다.

무엇보다도 지미의 마음을 사로잡은 것은 바로 그 장화였다. 튼튼하고 단단한 장화는 지미에게는 그것을 신은 남자들의 특징을 상징하는 것처럼 보였다.

그 문제가 곪아 터질 지경이 된 종기처럼 표면화된 것은 어느 날 우리가 차 안에서 대화를 나누고 있을 때였다. 아니, 대화를 나눈다기보다 내 아들이 연달아 질문을 퍼붓는 형태로 대화를 주도하고 나는 환자들을 생각하려고 애쓰면서 아들의 질문 공세를 피하기 위해 최선을 다하고 있었다. 이런 질문은 날마다 쉬지 않고 계속되었고, 많은 시련을 겪으면서 잘 다듬어진 공식을 따르고 있었다.

"아빠, 제일 빠른 기차는 뭐야? '블루 피터'야? 아니면 '플라잉 스코츠먼' 이야?"(블루 피터는 1947년, 플라잉 스코츠먼은 1923년에 제조된 증기기관차의 애칭)

"글쎄…… 그건 아빠도 잘 모르겠구나. 아마 블루 피터가 더 빠를 거야."

그러면 나는 더 어려운 처지에 빠져들었다.

"커다란 열차가 경주용 자동차보다 빨라?"

"어려운 질문이구나. 어디 보자…… 아마 경주용 자동차가 더 빠를 거야."

지미는 갑자기 전술을 바꾸었다.

"아까 갔던 농장에서 만난 아저씨는 덩치가 컸어?"

"그래, 확실히 덩치가 컸지."

"로빈슨 씨보다도 더 컸어?"

우리는 지미가 좋아하는 '큰 사람' 놀이를 시작한 것이다. 그리고 그 놀이가 어떻게 끝날지 나는 알고 있었지만, 내 역할을 맡았다.

"아, 그래. 더 컸어."

"리밍 씨보다도 컸어?"

"그야 물론이지."

"커클리 씨보다도 컸어?"

"그건 의심할 여지가 없어."

지미는 곁눈질로 나를 슬쩍 보았다. 나는 지미가 두 장의 트럼프로 카드놀이를 시작하려는 것을 알아차렸다.

"가스 아저씨보다도 컸어?"

스켈데일 하우스로 가스 검침을 하러 오는 키다리 신사는 언제나 내 아들의 관심을 모았기 때문에 이번에는 대답에 신중을 기해야 했다.

"글쎄…… 아빠는 그렇다고 생각해."

"하지만……" 지미의 입꼬리가 교묘하게 씰룩거리며 위로 올라갔다.

"새크리 씨보다도 컸어?"

그것은 회심의 결정타였다. 새크리 씨보다 큰 사람은 아무도 없었다. 새크리 씨는 2미터 가까운 키로 대러비의 주민들을 위에서 내려다보았다.

나는 패배를 인정하고 어깨를 으쓱했다.

"그렇구나. 새크리 씨만큼은 안 컸어."

지미는 씽긋 웃으면서 만족스럽게 고개를 끄덕였다. 그러고는 콧노래를 부르면서 동시에 손가락으로 대시보드를 드럼처럼 탁탁 두드리기 시작했다. 나는 곧 지미가 곤경에 빠져 있는 것을 알 수 있었다. 지미는 그 노래가 어떻게 진행되는지를 기억하지 못했다. 인내심은 지미의 강점이 아니었다. 지미가 몇 번 시도하다가 중단했을 때 분노가 빠르게 치미는 것이 분명했다.

마침내 가파른 언덕을 내려가 마을로 들어갈 때, '툼트툼트툼'에서 다음으로 넘어가려는 아들의 시도가 아무런 결실도 맺지 못하고 또 갑자기 멈추었을 때, 녀석은 나에게 대들 듯이 말했다.

"이 노래는 이제 싫어."

"그 말을 들으니 유감이구나." 나는 잠시 생각하고 덧붙였다. "네가 기억하려고 애쓰는 곡은 〈릴리부를레로〉(영국의 행진곡)인 것 같은데?"

"응, 바로 그거야!" 지미는 무릎을 탁 치고, 그 멜로디를 몇 번이고 되풀이해서 목청껏 불렀다. 이제 지미는 너무 기분이 좋아져서 한동안 마음속에 담아두고 있었던 말을 꺼냈다.

"아빠, 장화 사주면 안 돼?"

"장화? 하지만 신고 있잖니. 안 그래?" 나는 지미가 신고 있는 장화를 가리켰다. 지미가 농장으로 떠날 때면 헬렌이 항상 신겨주는 작은 장화였다.

지미는 슬픈 듯이 발을 내려다보고 나서 대답했다.

"이거 말고, 농부 아저씨들처럼 진짜 장화를 신고 싶단 말이야."

이것은 당황스러운 요구였다.

"하지만 너처럼 작은 아이는 그런 장화를 신지 않아. 네가 좀 더 크면⋯⋯."

"아니, 난 지금 신고 싶어. 제대로 된 진짜 장화를 신고 싶어."

처음엔 일시적인 변덕으로 생각했지만, 지미는 며칠 동안 작전을 계속했고, 헬렌이 아침마다 장화를 신겨줄 때 진저리가 난다는 표정을 짓거나 그 신발이 자기 같은 사나이에게는 전혀 어울리지 않는다는 메시지를 전달하기 위해 구부정한 걸음으로 걸어 다니는 방법으로 작전을 강화했다.

어느 날 밤, 마침내 헬렌과 나는 지미가 잠자리에 든 뒤 그 문제를 의논했다.

"그만한 크기의 농장용 장화가 있을까?" 내가 물었다.

헬렌은 고개를 저었다.

"나도 그렇게 작은 장화를 팔 거라고 생각지는 않지만, 어쨌든 찾아볼게요."

그런데 그런 생각을 하는 사내아이는 지미만이 아닌 모양이었다. 일주일도 지나기 전에 아내가 승리감으로 얼굴을 발갛게 물들이며, 내가 지금까지 본 것 중에 가장 작은 농장용 장화를 안고 돌아왔기 때문이다.

나는 웃음을 참을 수가 없었다. 장화는 아주 작았지만 완벽했다. 두꺼운 창, 두툼한 갑피와 길게 늘어서 있는 구두끈 구멍, 그리고 맨 위에 달려 있는 금속 고리까지 완벽하게 갖추어져 있었다.

그것을 보았을 때 지미는 웃지 않았다. 경외하는 태도로 그것을 다루었지만, 일단 장화를 신자 태도가 바뀌었다. 지미는 원래 천성적으로 솔직하고 쾌활했지만, 쫄바지 차림으로 그 장화를 신고 농가 마당을 활보하는 모습을 보면 마치 그 농장의 주인 같았다. 지미는 아주 꼿꼿한 자세로 쿵쿵거리며 걸어 다녔고, "안녕하세요! 안녕하세요!" 하는 외침 소리도 새로운 권위를 얻었다.

지미는 결코 버릇없는 개구쟁이가 아니었지만, 사내아이라면 누구나 가질 필요가 있는 악동 같은 면을 조금은 갖고 있었다. 지미는 자기주장을 내세우기 좋아했고, 아마 무의식적인 행동이겠지만 나를 놀리기도 좋아했다. 내가 "그거 만지지 마라" 하고 말하면 지미는 그 물건에서 멀어지곤 했지만, 나중에는 그것을 손가락으로 슬쩍 스치곤 했다. 그것을 불복종으로 해석할 수는 없었지만, 집 안에서 지미의 영향력을 확립하는 데 도움이 되었다.

또한 지미는 내가 곤란한 처지에 있을 때 그 상황을 이용하는 것을 부끄러워하지 않았다. 어느 날 오후에 개럿 씨가 양치기 개를 데려온 적이 있었다. 개는 다리를 심하게 절었고, 그래서 나는 개를 들어 진찰대 위에 올려놓았다. 그때 햇빛 받은 정원이 내려다보이는 창문 밖에 작은 머리 하나가 잠깐 나타났다.

나는 상관하지 않았다. 지미는 내가 작은 동물 환자를 다루는 것을 종종 지켜보았고, 그래서 나는 지미가 좀 더 가까이에서 보려고 진료실에 들어올 거라고 반쯤은 기대하고 있었다.

개가 다리를 절룩거리는 원인을 알아내기는 어려울 때가 많지만, 이 경우에는 그 원인을 당장 찾아냈다. 왼발 바깥쪽을 살며시 누르자 개가 움찔했다. 그리고 그 검은 발바닥 위에 작은 구슬 같은 장액 방울 하나가

43

나타났다.

"이 안에 뭔가가 있군요. 아마 가시일 겁니다. 마취제를 주사하고 발바닥을 째야겠어요."

창문 구석에 무릎 하나가 나타난 것은 내가 주사기를 채우고 있을 때였다. 나는 곤혹스러움을 느꼈다. 지미는 절대로 등나무를 기어오를 수 없었다. 그것은 위험한 짓이었고, 나는 그러지 말라고 분명히 일러두었다. 아름다운 덩굴식물의 가지는 집 뒷벽 전체를 굽이치며 올라갔고, 지면과 가까운 아래쪽은 다리통만큼 굵었지만 욕실 창문을 지나 지붕 쪽으로 올라가면 아주 가늘어졌다.

나는 잘못 본 모양이라고 생각하고 개 발바닥에 주사를 놓기 시작했다. 이 신제품 마취제는 아주 빨리 작용하기 때문에 1~2분만 지나면 그 부위를 힘껏 눌러도 개는 전혀 통증을 느끼지 않았다.

나는 메스로 손을 뻗었다.

"다리를 들어 올려서 가능한 움직이지 말고 꽉 잡고 계세요."

개럿 씨는 고개를 끄덕이고 입을 오므렸다. 그는 언제나 표정이 진지한 남자였고, 개를 몹시 걱정하고 있는 게 분명했다. 내가 가시의 존재를 알려주는 장액 방울 위에 칼을 대자 그는 불안한 듯 눈을 가늘게 떴다.

나에게 그것은 정신을 집중하여 하나의 일에 열중하는 순간이었다. 내가 그 이물질을 찾아내어 제거할 수 있다면 개는 순식간에 고통에서 벗어날 것이다. 나는 전에도 이런 환자를 많이 다루었는데 아주 쉽고 만족스럽게 치료를 끝낸 바 있다.

나는 칼끝으로 발바닥의 거친 조직에 조심스럽게 칼자국을 냈다. 바로 그 순간 그림자 하나가 창문을 가로질렀다. 나는 고개를 들었다. 지미였다. 이번에는 창문 반대쪽에 나타나, 창문의 중간쯤 높이에서 유리창을 통해 안을 들여다보며 생글생글 웃고 있었다.

녀석은 등나무 위에 올라가 있었지만, 그때 내가 할 수 있는 일은 재빨리 녀석을 한 번 노려보는 것뿐이었다. 나는 좀 더 깊이 칼자국을 내고 힘껏 눌러보았지만 상처에는 아무것도 보이지 않았다. 발바닥에 큰 구멍을 내고 싶지는 않았지만 더 아래쪽을 보려면 십자 절개를 할 수밖에 없었다. 내가 첫 번째 칼자국과 직각으로 메스를 움직이고 있을 때, 창문 위쪽 가장자리 바로 밑에 발 두 개가 대롱대롱 매달려 있는 것이 시야 끝에 잡혔다. 나는 작업에 집중하려고 애썼지만 발은 자꾸만 흔들거리며 창문을 걷어찼다. 나를 골리려는 속셈인 게 분명했다. 마침내 발은 사라졌지만, 그렇다면 발의 주인이 위험한 구역으로 올라가고 있다는 뜻이 아닌가. 나는 좀 더 깊이 파고 들어가 탈지면으로 상처를 닦아냈다.

드디어 무언가가 보였지만, 그것은 아주 깊이 박혀 있었다. 표면보다 훨씬 밑에서 부러진 가시 끝인 것 같았다. 나는 핀셋으로 손을 뻗으면서 사냥꾼의 스릴을 느꼈다. 바로 그때 머리가 또다시 나타났다. 이번에는 거꾸로 매달린 자세였다.

맙소사! 지미는 나뭇가지에 발을 걸고 거꾸로 매달려 있었다. 그 얼굴은 분명히 짓궂게 나를 곁눈질하고 있었다. 손님에게 예의를 차리기 위해 나는 창 밖에서 벌어지고 있는 곁다리 연극을 무시하려고 계속 애를 썼지만, 이건 좀 지나쳤다. 나는 유리창으로 뛰어가서 격렬하게 주먹을 휘둘렀다. 창 밖에서 연극을 하고 있던 녀석은 내가 화를 내자 깜짝 놀란 모양이었다. 당장 얼굴이 사라지고, 위쪽으로 기어오르는 희미한 발소리가 들렸기 때문이다.

하지만 그것도 별로 위안이 되지는 않았다. 꼭대기의 나뭇가지들은 아이의 몸무게를 지탱할 수 없을 것이기 때문이다. 나는 억지로 나를 재촉하여 하던 일로 돌아왔다.

"죄송합니다, 개럿 씨. 다시 다리를 들어주실래요?"

그는 희미한 미소로 응답했고, 나는 핀셋을 깊이 밀어 넣었다. 핀셋이 무언가 단단한 것에 닿아서 삐걱 소리를 냈다. 나는 그것을 잡고 살며시 끌어당겼다. 그러자—멋지군, 멋져—뾰족하고 반짝거리는 가시 끝부분이 밖으로 나왔다. 해낸 것이다.

그것은 수의사의 삶에 빛을 던져주는 사소한 승리들 가운데 하나였다. 내가 개럿 씨에게 미소를 지으며 개의 머리를 토닥이고 있을 때 위에서 딱 하는 소리가 들렸다. 이어서 꼬리를 길게 끄는 외침 소리가 들리더니 작은 형체가 고속으로 창문을 지나 정원에 쿵 하고 떨어졌다.

나는 핀셋을 내던지고 진료실을 뛰쳐나가 복도를 지나서 옆문을 통해 정원으로 들어갔다. 지미는 이미 계란풀 사이에 앉아 있었다. 나는 너무 마음이 놓여서 화를 낼 수도 없었다.

"안 다쳤어?" 나는 헐떡거리며 물었다. 지미는 고개를 저었다.

나는 지미를 일으켜 세웠다. 지미는 제대로 서 있을 수 있는 것 같았다. 나는 조심스럽게 지미의 온몸을 더듬어보았다. 다친 부위는 없는 것 같았다.

나는 지미를 집 안으로 데려갔다.

"엄마한테 가 있어."

진료실에 들어갔을 때 내 얼굴이 송장처럼 창백했던 모양이다. 개럿 씨가 흠칫 놀란 표정을 지었기 때문이다.

"꼬마는 괜찮은가요?" 개럿 씨가 물었다.

"예, 그런 것 같습니다. 하지만 그렇게 뛰쳐나가서 정말 죄송합니다. 내가 너무 서툴렀어요. 그런⋯⋯."

개럿 씨는 내 어깨 위에 손을 올려놓았다.

"더 이상 말하지 마세요. 나도 아이들을 키우고 있답니다." 그러고는 내 마음에 깊이 새겨지게 된 말을 했다. "부모가 되려면 강철 같은 신경이 필요해요."

나중에 차를 마시면서 나는 지미가 수란을 토스트 위에서 으깨고 있는 것을 지켜보았다. 이어서 녀석은 빵조각 위에 자두잼을 덕지덕지 바르기 시작했다. 나무에서 떨어진 것 때문에 전보다 더 나빠지지 않은 것은 천만다행이었지만, 그래도 나는 지미를 야단쳐야 했다.

"네가 아까 밖에서 한 짓은 아주 못된 짓이었어. 등나무에 올라가지 말라고, 내가 몇 번이나 말했어!"

지미는 잼 바른 빵을 물어뜯고 무표정하게 나를 바라보았다. 나는 천성적으로 늙은 암탉 같은 성질을 갖고 있어서, 오늘날까지도 지미와 나중에 태어난 딸 로지는 이것을 알아차리고, 내가 지나치게 까다롭게 굴면 불손하게도 쯧쯧 하고 혀 차는 소리를 내어 나를 당황하게 만드는 버릇이 들었다. 이 순간 나는 무슨 말을 해도 지미가 진지하게 받아들이지 않으리라는 것을 알 수 있었다.

"네가 계속 이런 식으로 하겠다면⋯⋯" 나는 잠깐 말을 멈췄다가 이었다. "농장에 왕진을 갈 때 너를 데리고 다니지 않을 거야. 환자를 치료할 때 도와줄 다른 아이를 찾아야겠군."

지미가 빵을 씹는 속도가 점점 느려졌다. 나는 훗날 나보다 훨씬 훌륭한 수의사가 될 꼬마 녀석의 반응을 찾았다. 나와 함께 대학을 다닌 한 동료는 말을 에둘러서 조심스럽게 하지 않았고, 무엇이든 거침없이 말했는데, 그 동료의 말을 30년 뒤에 인용하자면 지미는 '아버지보다 훨씬 향상된 존재'였다.

지미는 접시에 빵을 떨어뜨렸다.

"다른 아이?"

"그래. 못된 녀석을 데리고 다닐 수는 없어. 그러니 다른 아이를 찾을 수밖에."

지미는 1분쯤 곰곰 생각한 뒤 어깨를 으쓱하더니 그 상황을 철학적으로 받아들이는 듯했다. 다시 잼 바른 빵을 먹기 시작한 것이다.

그러다가 냉정하고 침착한 녀석의 태도가 갑자기 한순간에 자취를 감추었다. 지미는 빵을 먹다 말고 도중에 씹는 동작을 멈추더니, 눈을 크게 뜨고 놀란 눈으로 나를 쳐다보았다.

지미의 입에서 높고 떨리는 목소리가 새어나왔다.

"그럼 내 장화는? 그 아이가 신는 거야?"

4

"으악, 푸 만추 박사다!"(영국 작가 색스 로머[1883~1959]가 창조한, 세계 정복의 야욕을 가진 중국인 악당)

농부는 버터 바른 스콘을 접시에 내려놓고 겁에 질린 눈으로 부엌 창문을 통해 밖을 뚫어지게 바라보았다.

농부와 함께 차를 마시고 있던 나는 그의 시선을 따라가다가 하마터면 마신 차가 목에 걸려 사레가 들 뻔했다.

유리창 너머에는 거구의 동양인이 서 있었다. 마맛자국으로 얽은 얼굴 속에서 길게 찢어진 눈이 위협하듯 우리를 바라보았다. 왼쪽 뺨에는 귀에서 턱까지 흉측한 흉터가 남아 있었지만, 가장 눈길을 끄는 특징은 얼굴 한쪽에만 있는 콧수염이었다. 검게 윤나는 콧수염이 한쪽으로만 몇 센티미터나 길게 늘어져 있었다. 이국적인 색깔의 낙낙한 겉옷이 어깨에서 길게 흘러내렸고, 가슴팍에서 엇갈린 두 손은 소매 속에 깊숙이 찔러 넣고 있었다.

농부의 아내는 비명을 지르며 식탁에서 벌떡 일어났지만, 나는 꼼짝도 못하고 앉아 있었다. 요크셔 농장의 건물들과 목초지를 배경으로 서 있는 이 유령의 존재를 나는 도저히 믿을 수가 없었다.

농부 아내의 고조되는 비명 소리가 히스테리 상태에 이르렀을 때 그녀가 갑자기 입을 다물고 창문 쪽으로 천천히 다가갔다. 그녀가 가까워지자 덩치 큰 사내의 입이 차츰 누그러져 상냥한 웃음을 띠었다. 이어서 사내는 소매에서 한 손을 빼내더니 올리버 하디(20세기 초 미국의 코미디언. 스탠 로럴과 함께 '로럴과 하디'라는 콤비로 희극영화에 출연하여 인기를 끌었다)처럼 그녀에게 손가락을 흔들었다.

"이고르야!" 그녀가 헐떡이듯 말하고는 남편을 돌아보았다. "그리고 이고르가 입은 저 옷은 내가 입는 고급 실내복이야. 이 썩어빠진 놈, 당신이 저런 짓 하라고 이고르를 부추겼지!"

농부는 의자에 앉은 채 몸을 흔들며 웃어댔다. 그의 장난에 이보다 더 좋은 반응을 바랄 수는 없었을 것이다.

이고르는 최근 농장에 일하러 온 전쟁 포로였다. 전쟁이 끝났을 때는 이런 사람들이 수백 명이나 농장에 고용되어 있었고, 그것은 전반적으로 괜찮은 조치였다. 농부들은 풍부한 노동력이라는 형태로 예기치 않은 행운을 얻었고, 포로들은 농가의 푸짐한 식사로 영양분을 보충하면서 본국으로 송환될 때까지 야외에서 시간을 보내는 데 만족했다. 나는 개인적으로 내가 항상 안고 있는 문제 가운데 하나—내 일을 도와줄 일손이 부족하다는 문제—를 유예할 수 있었다. 지금 나는 대형 동물을 상대하는 거칠고 힘든 수의사 일을 기꺼이 도와주겠다는 사람이 늘 주위에 있다는 것을 알았다.

물론 포로들은 대부분 독일인이었지만 이탈리아인도 많았고, 이상한 일이지만 러시아인도 있었다. 중국인처럼 보이는 남자 수백 명이 독일군 군복을 입고 대러비 기차역에 내리는 것을 보았을 때, 처음에는 나도 놀랐다. 나중에야 나는 그들이 독일군에 강제로 징집되어 싸우다가 영국군에 포로로 잡힌 몽골계 러시아인이라는 것을 알았다. 이고르는 그 몽골계 러시아인 포로들 가운데 하나였다.

휴가철이 되면 이 시기에 친구가 된 독일인이나 이탈리아인들의 집을 찾아가는 농부 가족을 나는 알고 있다.

이고르 사건이 일어난 뒤, 나는 차에 올라타고 왕진 목록을 살펴보고 있을 때도 여전히 웃음을 멈추지 못했고, 농부는 아직도 아내한테 욕을 먹고 있었다.

"프레스턴, 스카스 로지, 다리를 저는 암소." 나는 목록을 읽었다. 스카스 로지는 차로 20분쯤 걸리는 곳이었다. 여느 때처럼 나는 속으로 여러 가능성을 검토해보았지만, 이런 사전 검토는 사실상 무의미했다. 아마 발에 염증이 생겼을 것이다. 고름이 있을지도 모르지만, 그렇다면 발굽용 나이프로 절개할 필요가 있을 것이다. 아니면 발을 접질렀을 수도 있다. 문제가 무엇인지는 곧 알게 될 것이다.

핼 프레스턴은 내가 도착했을 때 환자를 목초지에서 데려오고 있었다. 나는 차에서 내리지 않고도 진단을 내릴 수 있었다. 그 결과는 나에게 어떤 기쁨도 주지 않았다.

암소는 오른쪽 뒷발을 땅바닥에 거의 대지 않고 천천히 절뚝거리며 걷고 있었다. 그 다리는 짧아져서 몸 아래쪽으로 올라와 있었고, 골반 부위가 부풀어 오른 것은 대퇴골 상부의 커다란 돌기가 가죽을 밀어내고 있다는 것을 알려주었다. 상향 탈구. 전형적인 모양새였다.

"오늘 아침에 이렇게 됐어요." 농부가 말했다. "어젯밤에는 아주 건강했거든요. 도대체 무슨 일인지 알 수가……."

"더 말하지 않아도 됩니다, 프레스턴 씨. 문제가 뭔지 알고 있으니까요.

고관절 탈구예요."

"심각한가요?"

"예, 심각합니다. 탈구된 뼈의 골두를 원래 구멍에 도로 밀어 넣으려면 엄청난 힘이 필요합니다. 개의 경우도 힘든 일인데, 소는 아예 불가능한 경우도 있어요."

농부는 우울한 표정을 지었다.

"그건 곤란한데요. 이 녀석은 젖을 아주 많이 내는 좋은 암소예요. 뼈를 원위치로 돌려놓지 못하면 어떻게 됩니까?"

"다리를 절룩거리게 될 겁니다. 개들은 대개 좋은 거짓관절을 만들어내지만, 소는 달라요. 그래서 농부들은 대부분 다친 소를 도축하기로 결정하지요."

"맙소사. 난 그러고 싶지 않습니다!" 핼 프레스턴은 힘차게 턱을 문질렀다. "힘들어도 한번 시도해봐야죠."

"좋습니다. 내가 원하는 것도 바로 그거예요." 나는 차 쪽으로 돌아섰다. "병원으로 돌아가서 클로로포름 입마개를 가져오겠습니다. 내가 없는 동안 이웃을 돌아다니면서 힘센 사람을 몇 명 모아주세요. 최대한 많은 인력이 필요할 겁니다."

농부는 굽이치는 초록빛 목초지를 둘러보았다. 사방 몇 킬로미터 이내에 다른 집이라고는 하나도 보이지 않았다.

"내 이웃들은 멀리 떨어져 있지만, 오늘은 이웃들이 필요 없습니다. 여길 보세요."

그는 농가 부엌으로 나를 안내했다. 그곳서는 베이컨구이의 향긋한 냄새가 코를 찔렀다. 덩치 큰 독일인 네 명이 식탁에 앉아 있었다. 각자 앞에는 감자와 양배추, 베이컨과 소시지가 수북이 담긴 접시가 하나씩 놓여 있었다.

"건초 작업을 도와줄 인부로 이 사람들을 보냈어요." 프레스턴 씨가 설명했다. "이 사람들이 아주 쓸모 있어 보이는 건 나도 인정합니다."

"정말로 쓸모가 있지요." 나는 그들에게 미소를 짓고 손을 흔들어 인사를 했다. 그들은 벌떡 일어나 고개를 숙여 절을 했다. 나는 농부에게 말했다. "내가 없는 동안 당신은 식사를 하셔도 될 것 같네요. 30분쯤 뒤에 돌아오겠습니다."

내가 돌아오자 우리는 다친 암소를 작은 목초지로 데려갔다. 암소는 거의 쓸모없는 뒷다리를 질질 끌면서 고통스러운 듯 천천히 걸어갔다.

나는 암소의 머리에 입마개를 씌우고 클로로포름을 스펀지에 똑똑 떨어뜨렸다. 암소는 이상한 증기를 들이마시자 놀라서 눈을 크게 뜨고는 앞으로 비틀거리다가 풀밭에 맥없이 쓰러졌다.

나는 암소의 샅굴 부위에 둥근 막대기를 밀어 넣고, 막대기 양쪽 끝에 가장 덩치 큰 두 사내를 배치한 다음, 구절(말굽 바로 윗부분 뒤쪽 돌기) 위에 밧줄을 고정시키고 반대쪽 끝을 프레스턴 씨와 남은 두 명의 독일인에게 건네주었다.

준비는 갖추어졌다. 나는 골반 위로 허리를 숙이고, 불룩하게 부어오른 대퇴골두 위에 두 손을 놓았다. 골두는 여전히 그 자리에 머물러 있을까? 아니면 관골구 측면을 타고 올라가 제자리로 돌아가는 게 느껴질까?

어쨌든 지금이야말로 그것이 결정되는 순간이었다. 나는 숨을 깊이 들이마신 다음, "당겨요!" 하고 외쳤다. 밧줄을 잡은 세 남자는 밧줄을 힘껏 잡아당겼고, 내 양쪽에서 힘줄이 불거진 갈색 팔들이 막대기에 걸리는 압력을 견뎠다.

마취되어 잠든 동물을 한가운데에 놓고 벌어진 이 줄다리기는 유익하거나 교훈적인 구경거리는 아니었을 것이다. 과학적인 증거는 별로 없지만 시골 수의사들은 그런 경우가 많다.

하지만 나는 이론을 세우고 있을 시간이 없었다. 내 마음은 내 손 밑에서 불쑥 튀어나와 있는 그 뼈에 집중되어 있었다. "당겨요!" 하고 다시 소리쳤고, 다시 용을 쓰느라 끙끙대는 소리가 응답으로 돌아왔다.

나는 이를 악물었다. 뼈는 꿈쩍도 하지 않았다. 그렇게 힘껏 잡아당기는데도 거기에 저항할 수 있다는 것을 나는 도저히 믿을 수가 없었지만, 그것은 꼭 바위처럼 요지부동이었다.

낭패감이 고조되고 있던 바로 그때, 나는 손가락 밑에서 꿈틀하는 움직임을 느꼈다. 그 후 몇 초 만에 모든 일이 일어났다. 내가 미친 듯이 누르고 있던 대퇴골두가 올라오더니 딸깍 하고 큰 소리를 내면서 제자리로 쏙 들어간 것이다. 우리가 이겼다!

나는 기뻐서 두 팔을 휘둘렀다. "우와, 이젠 놔도 돼요!" 나는 암소의 머리 쪽으로 기어가서 입마개를 벗겼다.

우리는 암소를 들어 올려 가슴을 바닥에 대고 앉혔다. 의식이 돌아오자 암소는 눈을 껌벅거리며 머리를 흔들었다. 나는 수의사에게 가장 보람 있는 순간을 빨리 맞고 싶었다. 그리고 그 순간은 암소가 일어나서 전혀 다리를 절뚝거리지 않고 풀밭을 어슬렁어슬렁 걸어갔을 때 찾아왔다. 뜨거운 햇볕 속에서 구슬땀을 흘리고 있던 다섯 사람은 기쁨과 놀라움이 섞인 표정으로 그것을 바라보았다. 나는 전에도 그런 장면을 본 적이 있었지만, 그때마다 언제나 처음인 것처럼 새롭고 따뜻한 승리감이 솟아나는 것을 느꼈다.

나는 포로들에게 담배를 나누어주었고, 떠나기 전에 빈약한 독일어 실력으로 말을 건넸다.

"당케 쉰!(정말 고맙습니다)" 나는 열띤 어조로 말했고, 그 말은 진심이었다.

"비테! 비테!(천만에요)" 그들은 활짝 웃으며 외쳤다. 그들은 그 일을 즐겼고, 나는 이것도 그들이 집에 돌아가면 풀어놓을 이야기보따리가 될 거라는 느낌을 받았다.

며칠 뒤, 시그프리드와 나는 하퍼드에 있는 해리슨 씨네 농장에 도착하여 차에서 내렸다. 우리가 함께 온 것은 환자인 레드폴종 수소가 비협조적인 성질이라는 말을 듣고 공동 작업이 필요할 거라고 생각했기 때문이다.

농부는 우리를 울타리로 둘러싸인 '우리'로 데려갔다. 그곳에서는 스무 마리쯤 되는 소들이 순무를 먹고 있었다.

"저 녀석입니다." 농부는 거대하게 살찐 짐승을 가리키면서 말했다. "그리고 저게 바로 내가 전화로 말한 문제예요." 그는 소의 뱃구레에 대롱대롱 매달려 있는 축구공만 한 크기의 종양을 가리켰다.

시그프리드는 상대를 집어삼킬 것처럼 험악한 표정으로 농부를 노려보았다.

"이봐요 해리슨 씨, 진작 우리를 불렀어야죠. 왜 종양이 저렇게 커질 때까지 내버려두었습니까?"

농부는 모자를 벗고 생각에 잠긴 얼굴로 반쯤 벗겨진 머리를 긁었다.

"글쎄, 사정을 아시잖습니까. 전화를 걸려고 계속 생각했지만, 자꾸 잊어버려서 어영부영하다 보니 그만 시간이 이렇게 지났네요."

"지금은 어마어마하게 커졌어요." 시그프리드는 투덜거렸다.

"나도 압니다, 알아요. 저 녀석은 아주 사납고 거칠기 때문에 나는 혹이 저절로 떨어지기를 바랐어요. 저 녀석한테는 좀처럼 손을 댈 수가 없거든요."

"됐습니다." 시그프리드는 어깨를 으쓱했다. "굴레를 가져오세요. 저기 있는 저 우리로 녀석을 몰아넣읍시다."

농부는 떠났고, 내 동업자는 나를 돌아보았다.

"이보게 제임스, 저 종양은 겉보기만큼 무시무시하진 않아. 좁은 목에 마취제를 주사할 수만 있다면 저걸 결찰(생체의 한 부위를 실로 묶어서 잘라내는 시술법)로 순식간에 떼어낼 수 있을 거야."

농부는 굴레를 가지고 돌아오면서 작업복 차림의 까무잡잡하고 작달막한 사내 한 명을 함께 데려왔다.

"이 사람은 루이지예요." 농부가 말했다. "이탈리아 포로죠. 영어는 한마디도 못하지만, 온갖 일에 솜씨가 좋은 만능 일꾼이랍니다."

루이지가 솜씨 좋은 일꾼이라는 것은 나도 쉽게 상상할 수 있었다. 키는 작았지만 딱 바라진 어깨와 늠름한 팔은 그가 힘이 세다는 것을 말해주었다.

우리는 인사를 했고, 이탈리아인은 고개를 숙이고 진지한 웃음으로 우리의 인사에 답례했다. 그는 위엄 있고 자신만만한 분위기를 풍기고 있었다.

우리는 울타리 안에서 소를 잡느라 잠깐 뛰어다닌 뒤, 간신히 환자를 우리 안으로 몰아넣었다. 하지만 문제는 이제 막 시작되었을 뿐이라는 것을 곧 깨달았다.

레드폴종은 몸집이 큰 소라서, 성질이 고약한 소는 골칫거리가 될 수 있다. 이 살찐 소는 눈에 비열하고 심술궂은 표정을 띠고 있었다. 녀석한테 굴레를 씌우려는 시도는 모두 헛수고로 끝났다. 녀석은 밧줄을 잽싸게 뿌리치거나 우리에게 위협적으로 머리를 흔들었다. 한번은 녀석이 쿵쿵거리며 내 옆을 지나갈 때 내가 손가락을 녀석의 콧구멍에 쑤셔 넣었다. 하지만 녀석은 나를 파리처럼 털어버리고 뒷다리로 나를 걷어차고는 내 넓적다리를 강타했다. 하지만 이번 타격은 살짝 빗나갔다.

"꼭 코끼리 같군요." 나는 숨을 헐떡이며 말했다. "어떻게 녀석을 잡아야 할지 모르겠네요."

그런 동물에게 진정제를 주사하고 금속판으로 억누르는 것은 아직도 먼 미래의 일이었다. 시그프리드와 내가 침울한 얼굴로 녀석을 바라보고 있을 때 루이지가 앞으로 나섰다.

그는 한 손을 들고 우리에게 이탈리아어로 뭐라고 지껄였다. 우리는 아무도 그의 말을 알아듣지 못했지만, 그가 의례적인 몸짓으로 우리를 다시 울타리 쪽으로 안내했을 때 그의 의도를 알아차렸다. 분명히 그는 무언가를 할 작정이었다. 하지만 도대체 뭘 하려는 것일까?

그는 살금살금 수소에게 다가가더니, 번개처럼 빠르게 두 손으로 귀를 하나씩 움켜잡았다. 소는 당장 날뛰기 시작했지만 아까처럼 제멋대로 날뛰지는 않았다. 루이지는 귀를 둥글게 구부려서 소귀의 기다란 축에 눌러 댔다. 그것이 브레이크 같은 작용을 한 것 같았다. 소가 점점 속도를 늦추더니 이윽고 그 자리에 멈춰 섰기 때문이다. 소는 고개를 한쪽으로 기울이고, 호소하는 듯한 눈으로 그 작달막한 사내를 애처롭게 힐끔거렸다.

나는 그레이프라이어스 스쿨(영국 작가 찰스 해밀턴[1876~1961]이 연재소설에서 창조한 가상의 명문교) 교장한테 붙잡혀 있는 빌리 번터(앞의 연재소설에 나오는 주인공 남학생)의 그림을 연상하지 않을 수 없었고, 그 수소가 "아야, 아파! 내 귀를 놔줘요!" 하고 외치기를 기대했을 정도였다.

하지만 나는 그런 쓸데없는 생각에 잠겨 있을 시간이 별로 없었다. 상황을 완전히 지배하고 있는 루이지가 소의 뱃구레에 대롱대롱 매달려 있는 종양을 턱으로 가리켰기 때문이다.

시그프리드와 나는 앞으로 달려 나갔다. 우리는 누군가가 짐승의 귀를 잡아서 꼼짝 못하게 하는 것을 이제껏 본 적이 없었지만, 거기에 대해 논할 생각은 없었다. 지금이야말로 우리에게는 다시없는 기회였다.

나는 두 손으로 종양을 잡았고, 시그프리드는 종양의 목 부분에 마취제를 주사했다. 주삿바늘이 피부를 뚫고 들어갈 때 털로 덮인 다리가 움찔했다. 보통 상황에서라면 소는 우리를 우리 밖으로 걷어찼겠지만, 루이지가 다시 한 번 귀를 반쯤 비틀면서 뭐라고 꾸짖자 녀석은 당장 얌전해져서 우리가 일하는 동안 가만히 서 있었다.

시그프리드는 튼튼한 결찰실로 종양의 목 부분을 단단히 묶고 겸자로 피 한 방울 흘리지 않고 절단했다. 종양은 깔짚 위에 털썩 떨어졌다. 수술은 끝났다.

루이지는 소귀를 놓아주었고, 우리가 축하의 말을 건네자 가볍게 미소를 지으며 우아하게 머리를 끄덕였다. 그는 정말로 거대한 존재감을 가진 남자였다.

30년 넘게 지난 지금도 시그프리드와 나는 그에 대해 이야기한다. 우리는 둘 다 커다란 소의 귀를 잡으려고 애써보았지만 한 번도 성공하지 못했다. 그렇다면 루이지는 강철 같은 손목을 가진 아마추어였을 뿐일까? 아니면 소를 다뤄본 경험이 풍부한 농부였을까? 그리고 이탈리아 농부들은 평생 동안 연습한 뒤 그런 식으로 소를 잡을까? 우리는 아직도 모른다.

어느 조용한 여름날 저녁, 내가 왕진을 마치고 집으로 돌아가고 있을 때 어디선가 커다란 노랫소리가 들려왔다. 많은 목소리가 모인 풍부한 합창 소리였다. 그 소리는 어디인지 알 수 없는 곳에서 들려오는 것 같았다. 나는 차를 세우고 창문을 내렸다. 주위에는 산들이 높이 솟아 있고, 산꼭대기는 마지막 햇살 속에서 빛나고 있었다. 하지만 살아 있는 생물이라고는 울타리로 둘러싸인 산비탈에서 풀을 뜯고 있는 소와 양들뿐이었다.

그때 나는 높은 언덕 위에 올라앉아 있는 장원을 보았고, 수백 명의 러시아 포로들이 거기에 묵고 있다는 것을 기억해냈다.

그들이 고국의 노래를 부르고 있었다. 하지만 그 큰 저택의 창문에서 흘러나오는 소리는 우연히 모인 사람들의 노랫소리가 아니었다. 거기에는 훈련받은 거대한 합창단이 있었고, 가슴이 두근거릴 만큼 감동적인 화음으로 어우러진 깊은 목소리가 부드러운 공기 속에 감돌고 있었다.

나는 그들의 노래에 매혹되어 오랫동안 차 안에 앉아서 귀를 기울였다. 햇빛이 희미해지고 밤의 냉기가 차 안으로 들어온 뒤에야 나는 창문을 닫고 그곳을 떠났다.

몇 년 뒤에 나는 그 러시아인들이 고국에 돌아가서 처형을 당하거나 감옥에 갇혔다는 기사를 읽었다. 그들의 운명을 생각할 때마다 그 여름날 밤이 생각나고, 그들이 요크셔의 평화로운 고원에서 만들어낸 아름다운 음악이 떠오른다.

5

"그 말을 한 건 헤밍웨이였지?"

노먼 보몬트는 고개를 저었다.

"아뇨, 스콧 피츠제럴드예요."

노먼은 대개 알고 있었기 때문에 나는 그의 말에 반대하지 않았다. 사실 그것은 그의 매력 가운데 하나였다.

나는 수의대 실습생을 데리고 다니면서 일을 시키는 것이 즐거웠다. 그들은 필요한 물건을 나르거나 가져오고, 차에서 내려 게이트를 열어주고, 외로운 순회 왕진을 다닐 때 말벗이 되어주었다. 그 보답으로 그들은 토론과 관찰을 하면서 많은 지식을 습득했고, 학교에서 배운 것을 현장에서 확인하는 것은 그들에게는 매우 소중한 경험이었다.

하지만 전쟁이 끝난 뒤, 나와 이 젊은이들의 관계는 뚜렷한 변화를 겪었다. 그들이 나한테 배우는 것 못지않게 나도 그들에게 배우는 게 많았다.

그 이유는 수의학 교육이 비약적으로 진보했기 때문이다. 당국에서는 우리가 단순히 말을 치료하는 의사가 아니라 작은 동물을 상대하는 광활한 새 영역이 극적으로 열리고 있다는 것을 발견한 것 같았다. 농장의 동물들도 진보한 외과수술을 받게 되었고, 수의대 학생들은 근대적인 진료소와 수술실을 갖춘 새로운 수의과대학에서 그런 일들이 이루어지는 것을 볼 수 있었다. 그것은 그들에게 커다란 이점이었다.

말과 관련된 모든 것이 적혀 있는 내 손때 묻은 책들은 박물관의 전시품처럼 보일 만큼 참신한 대학교재용 전문서적들이 출판되고 있었다. 나는 아직 젊은이였지만, 내가 그토록 자랑스럽게 키워서 머릿속에 터질 것처럼 가득 차 있는 그 모든 지식이 점점 부적절해지거나 소용없어지고 있었다. 말발굽에 생기는 제관염, 말의 두 어깨뼈 사이에 생긴 관상융기, 항종, 비절연종, 파행증은 이제 별로 중요한 것 같지 않았다.

노먼 보몬트는 졸업반이었고, 지식이 끊임없이 샘솟는 만물박사였다. 나는 그 깊은 샘에서 솟아나오는 정보를 탐욕스럽게 들이마셨다. 하지만 수의학 분야를 제외하면 우리는 책과 독서를 좋아한다는 공통점을 갖고 있었다.

우리는 전문적인 이야기를 하지 않을 때는 대개 문학을 화제로 삼았고, 노먼과 함께 있으면 내 일상이 밝아졌고 농장을 돌아다니는 여행도 짧게 느껴졌다.

그는 무척 호감이 가는 젊은이였고, 스물두 살이라는 나이에 걸맞지 않게 격식을 차리는 다소 근엄한 성격을 가지고 있었다. 그런데도 건방져 보이지 않는 것은 세련된 유머 감각을 갖고 있었기 때문이다. 그는 아직 완성되지 않은 견실한 시민이었다. 내가 견실한 시민으로 성장하고 있는 사람을 본 적이 있다면, 그것은 바로 노먼이었다. 약간 조롱박과 비슷해 보이는 체격과 파이프 담배에 숙달하려고 단호히 노력하고 있다는 사실 때문에 그의 이런 인상은 더욱 강화되었다.

그는 파이프 담배를 피우는 데 좀 어려움을 겪고 있었지만, 나는 그가 결국 성공할 거라고 확신했다. 지금으로부터 20년 뒤의 그를 나는 분명히 눈앞에 그려볼 수 있었다. 20년 뒤의 그는 분명 뚱뚱해졌을 테고, 난 롯가에 아내와 아이들과 함께 앉아서 마침내 정복한 파이프 담배를 피우고 있을 게 분명했다. 정직하고 고결하며 신뢰할 수 있고 가정적인 남자일 뿐만 아니라 수의사로도 성공하여 번창하는 동물병원을 운영하고 있을 것이다.

회반죽을 쓰지 않고 쌓아올린 돌담이 차창 옆을 지나칠 때 나는 새로운 수술에 대한 이야기로 화제를 돌렸다.

"그런데 대학 병원에서는 암소한테 실제로 제왕절개 수술을 하고 있다는 건가?"

"그럼요." 노먼은 느긋한 몸짓으로 파이프에 성냥불을 갖다 댔다. "제왕절개는 아주 활발하게 이루어지고 있는 일상적인 수술이에요." 그가 이 말을 하고 나서 담배 연기를 토해낼 수 있었다면 그의 말은 더욱 무게를 가졌겠지만, 그는 대통에 담배를 너무 꽉 채워 넣는 바람에, 볼이 움푹 들어가고 눈알이 부풀어 오를 만큼 힘껏 빨았는데도 담배 연기를 들이마시지 못했다.

"자네는 자신이 얼마나 행운아인지 모르고 있어. 내가 외양간 바닥에 누워서 송아지를 받느라 노예처럼 고되게 일한 시간이 얼마나 되는지 아나? 태아를 절단하는 와이어로 송아지를 절단하고, 송아지 머리를 돌리거나 발을 잡으려고 용을 쓰느라 내 수명이 얼마나 줄었는지 몰라. 내가 방법을 알기만 했다면 멋지고 간단한 수술로 그런 고생을 면할 수 있었을 텐데 말이야. 그런데 그 수술은 어떤 거지?"

실습생은 우월감이 담긴 미소를 나에게 던졌다.

"실은 별로 대단한 것도 아닙니다." 그는 파이프에 다시 불을 붙인 다음, 담배를 대통에 재다가 손가락을 데고는 움찔했다. 그는 데인 손을 잠시 흔들고 나서 나를 돌아보았다. "그 수술에는 아무 문제도 없는 것 같아요. 시간은 한 시간쯤 걸리고, 중노동 같은 건 전혀 없습니다."

"굉장하군." 나는 부러운 마음으로 고개를 저었다. "내가 너무 일찍 태어났다는 생각이 들기 시작했어. 암양도 마찬가지겠지?"

"그럼요. 물론 그렇죠." 노먼은 쾌활하게 중얼거렸다. "암양, 암소, 암퇘지가 날마다 병원에 들락거리지만 아무 문제도 없어요. 암캐의 난소를 떼어내는 불임수술만큼 쉬운걸요."

"자네들은 정말 운이 좋아. 그런 수술을 많이 보면 이런 일에 도전하기가 훨씬 쉬워지지."

"맞습니다." 노먼은 두 손을 벌렸다. "하지만 대부분의 암소는 새끼를 낳을 때 제왕절개를 할 필요가 없어요. 그리고 저는 송아지 분만에 입회하는 걸 좋아합니다. 사례집에 기록할 게 늘어나니까요."

나는 그 말에 동의한다는 뜻으로 고개를 끄덕였다. 노먼의 사례집은 볼만한 가치가 있었다. 두툼한 노트에는 붉은 잉크로 쓴 표제 밑에 흥미로운 자료들이 꼼꼼하게 기록되어 있었다. 시험관들은 이런 노트를 보기를 원했고, 이 사례집은 졸업시험에서 노먼에게 추가 점수를 줄 만한 가치가 있었다.

그날은 은행이 쉬는 일요일이어서, 대러비 장터는 휴일을 즐기는 행락객과 관광객으로 온종일 북적거렸다. 그곳을 지나갈 때마다 나는 즐겁게 웃고 있는 사람들을 바라보면서 부러운 나머지 속이 좀 쓰리는 것을 느꼈다. 일요일에 일하는 사람은 별로 많지 않은 것 같았다.

나는 늦은 오후에 노먼을 하숙집 앞에 내려주고 차를 마시러 집으로 돌아갔다. 내가 차를 다 마시자마자 헬렌이 전화를 받으려고 일어났다.

"시캐모어 하우스의 부셸 씨예요. 암소가 새끼를 낳는대요." 헬렌이 말했다.

"이런, 제기랄. 일요일 저녁은 우리끼리 오붓하게 지낼 수 있을 줄 알았는데." 나는 찻잔을 내려놓았다. "곧 간다고 말해줘." 아내가 수화기를 내려놓자 나는 미소를 지었다. "그래도 한 가지는 좋은 점이 있군. 노먼이 기뻐할 거야. 사례집에 기록할 거리가 필요하다고 했거든."

내 생각이 옳았다. 내가 찾아가자 그는 기뻐서 두 손을 맞비볐고, 농장으로 차를 몰고 가는 동안 아주 기분이 좋았다.

"선생님이 초인종을 울렸을 때 저는 시를 읽고 있었어요. 저는 시를 좋아해요. 시에서는 인생에 적용할 수 있는 무언가를 발견할 수 있거든요. 제가 뭔가 흥미로운 걸 기대하고 있는 지금은 어떻습니까? '희망은 인간의 가슴속에서 영원히 솟아난다.'"

"알렉산더 포프(영국의 시인·비평가[1688~1744])의 『인간론』이군." 나는 투덜거리듯 말했다. 사실 나는 이 일에 노먼만큼 의욕을 느끼고 있지 않았다. 이런 경우, 무슨 일이 일어날지는 아무도 알 수 없었다.

"맞습니다." 젊은이는 소리 내어 웃었다. "선생님을 이기기는 쉽지 않군요."

우리는 농장 입구를 지나 마당으로 차를 몰고 들어갔다.

"자네가 읊은 시를 듣고 문득 어떤 시구가 생각났는데, 그게 머릿속에서 계속 윙윙거리고 있어. '여기 들어오는 자, 모두 희망을 버려라.'"

"단테의 『신곡』 지옥편이군요. 하지만 그렇게 비관적으로 생각지 마세요." 그는 장화를 신고 있는 내 어깨를 두드렸다.

농부는 우리를 외양간으로 안내했다. 창문 맞은편에 있는 우리 안에서 깔짚 위에 앉아 있던 작은 암소가 불안한 눈으로 우리를 쳐다보았다. 암소의 머리 위에 달린 널빤지에는 '벨라'라는 이름이 분필로 쓰여 있었다.

"암소가 별로 크지 않군요?" 내가 말했다.

"예?" 그는 무슨 말을 했느냐고 묻는 것처럼 나를 바라보았다. 그제야 나는 그의 귀가 잘 들리지 않는다는 것을 기억해냈다.

"암소가 좀 작다고요." 나는 소리를 질렀다.

농부는 어깨를 으쓱했다.

"예, 이 녀석은 발육이 시원찮았어요. 처음 새끼를 낳을 때도 애를 먹었지요. 하지만 젖은 잘 나왔어요."

나는 셔츠를 벗고 팔에 비누칠을 하면서 생각에 잠긴 눈으로 암소를 바라보았다. 그 좁은 골반은 마음에 들지 않았다. 수의사라면 누구나 그렇듯이 나도 그 골반 속에 들어 있는 송아지가 작았으면 좋겠다고 속으로 기도했다.

농부는 암소 엉덩이의 갈색 털을 발로 쿡쿡 찌르면서 일어나라고 소리를 질렀다.

"녀석이 꼼짝도 하려 들지 않아요. 온종일 진통을 했으니까 이젠 녹초가 됐겠죠."

나는 그 소리도 마음에 들지 않았다. 암소가 새끼를 낳으려고 오랫동안 힘을 썼는데도 성과가 없다면 뭔가 좋지 않은 일이 일어나게 마련이다. 그런데 이 작은 암소는 힘을 다 써서 탈진한 것처럼 보였다. 고개는 아래로 축 늘어졌고 눈꺼풀은 지친 듯 내려와 있었다.

암소가 일어나려 하지 않으면 내가 바닥에 엎드릴 수밖에 없었다. 맨가

습이 땅바닥에 닿자 자갈은 세월이 지나도 전혀 부드러워지지 않는다는 생각이 떠올랐다. 하지만 손을 암소의 질 속에 넣은 순간 나는 내 불편함을 잊어버렸다. 골반 개구부는 터무니없이 좁았고, 그 너머에 있는 것은 내 피를 얼어붙게 했다. 그곳엔 거대한 발굽 두 개가 있었고, 갈라진 발굽 표면 위에는 씰룩거리는 콧구멍이 뚫려 있는 거대한 주둥이가 놓여 있었다. 더 이상 더듬어볼 필요도 없었지만 나는 좀 더 힘을 써서 앞으로 밀고 들어갔다. 그러자 내 손가락이 마치 유리병 주둥이에 박혀 있는 코르크 마개처럼 작은 공간에 끼여 거대하게 부풀어 오른 이마에 닿았다. 내가 손을 잡아당기자 송아지 혀의 거친 표면이 잠깐 내 손바닥을 핥았다.

나는 무릎을 꿇고 앉아서 농부를 쳐다보았다.

"저 안에 코끼리가 한 마리 있는데요."

"예?"

나는 목청을 높였다.

"엄청나게 큰 송아지가 들어 있다고요. 그런데 그 송아지가 밖으로 빠져나올 여유가 전혀 없습니다."

"송아지를 잘라서 꺼낼 수는 없나요?"

"안 될 것 같습니다. 송아지는 살아 있고, 어쨌든 송아지한테 닿을 수가 없습니다. 작업할 여유 공간이 없어요."

"그거 참 곤란한데요. 이 녀석은 젖을 잘 내는 좋은 젖소예요. 도축장에 보내고 싶진 않아요."

나도 마찬가지였다. 그건 생각만 해도 싫었지만, 그 순간 밝은 빛이 새로운 지평선 너머에서 보이기 시작했다. 그것은 결단의 순간, 역사적인 순간이었다. 나는 실습생을 돌아보았다.

"바로 이거야, 노먼! 제왕절개 수술을 하기에 안성맞춤이야. 자네를 데려온 게 천만다행이군. 내가 잘못을 저지르지 않도록 자네가 나를 지켜줄 수 있으니까."

나는 흥분하여 숨이 좀 가빠졌고, 젊은이의 눈에 어른거리는 불안을 알아차리지 못했다.

나는 일어나서 농부의 팔을 잡았다.

"부셸 씨, 이 암소한테 제왕절개 수술을 하고 싶습니다."

"뭘 한다고요?"

"제왕절개요. 배를 갈라서 송아지를 꺼내는 겁니다."

"배에서 꺼낸다는 겁니까? 인간처럼?"

"맞습니다."

"그건 좀 이상한데요." 농부는 눈썹을 치켜 올렸다. "암소한테 그런 수술을 할 수 있는 줄은 몰랐습니다."

"이젠 할 수 있어요." 나는 쾌활하게 말했다. "지난 몇 년 동안 많이 발전했죠."

그는 한 손으로 입을 천천히 문질렀다.

"글쎄요…… 저 암소한테 그렇게 큰 구멍을 뚫으면 녀석은 죽어버릴 겁니다. 그보다는 차라리 도축장에 데려가는 게 나을 거예요. 그러면 고깃값으로 몇 파운드는 받을 수 있을 테고, 매도 먼저 맞는 편이 낫다는 게 내 평소 지론이거든요."

나는 중대한 기회가 덧없이 사라져가는 것을 알 수 있었다.

"하지만 이 암소는 여위어서 근수가 나가지 않습니다. 고기로는 별로 가치가 없을 거예요. 그런데 운이 좋으면 이 녀석한테서 살아 있는 송아지를 한 마리 얻을 수 있습니다."

나는 확고한 내 원칙의 하나—절대로 농부에게 무언가를 하라고 설득하지 않는다—를 어기고 있었지만, 그때는 일종의 광기에 사로잡혀 있었다. 부셸 씨는 한참 동안 나를 바라보다가 표정을 바꾸지 않은 채 고개를 끄덕였다.

"좋습니다. 필요한 게 뭐죠?"

"따뜻한 물이 두 양동이 필요하고, 비누와 수건이 있으면 됩니다. 그리고 괜찮다면 기구 몇 개를 집 안으로 가져가서 끓는 물에 소독하고 싶은데요."

농부가 떠난 뒤에 나는 노먼의 어깨를 탁 때렸다.

"이건 정말 완벽해. 햇빛도 충분하고, 살아 있는 송아지라는 목표물이 있고, 부셸 씨가 잘 듣지 못하는 것도 다행이야. 우리가 계속 낮은 목소리로 이야기하면, 수술하면서 내가 계속 자네한테 이것저것 물어볼 수 있을 거야."

노먼은 아무 말도 하지 않았다. 나는 노먼에게, 내가 농가 부엌에서 끓는 물에 기구를 소독하는 동안, 기구를 올려놓을 짚단을 준비하고 암소 주위에 짚을 뿌려두라고 말했다.

곧 모든 준비가 갖추어졌다. 주사기, 봉합사, 메스, 가위, 마취제, 솜이 짚단 위에 덮은 깨끗한 수건 위에 한 줄로 가지런히 놓였다. 나는 물에 살균제를 조금 풀고 농부에게 말했다.

"암소를 옆으로 눕힐 테니까 머리를 잡고 계세요. 소가 너무 지쳐서 그렇게 많이 움직이지는 않을 겁니다."

노먼과 내가 어깨를 밀자 암소는 저항도 하지 않고 옆으로 털썩 쓰러졌다. 농부는 암소의 목에 무릎을 댔다. 소의 기다란 왼쪽 옆구리가 우리 눈앞에 완전히 노출되었다.

나는 노먼을 팔꿈치로 쿡 찔렀다.

"어디를 절개하면 되지?" 나는 속삭이는 소리로 물었다.

노먼은 헛기침을 했다.

"글쎄요, 그게 여기쯤……." 그는 애매하게 가리켰다.

나는 고개를 끄덕였다.

"혹위를 절개할 때와 거의 같다는 거지? 하지만 아마 그보다는 좀 낮은 곳일 거야."

나는 30센티미터쯤 되는 절개 부위에서 털을 깎아내기 시작했다. 그 커다란 송아지가 나오려면 큰 구멍이 필요할 터였다. 이어서 나는 마취제를 그 부위에 재빨리 주사했다.

이런 수술을 할 때는 국소 마취만 하고, 대부분의 경우 암소는 수술하는 동안 조용히 누워 있거나 서 있는 경우도 있다. 소는 물론 아무것도 느끼지 못하지만, 수술 도중에 갑자기 뒷다리로 일어나 달아나는 암소가 이따금 있기 때문에, 그럴 때면 나는 소들의 내장이 땅바닥에 떨어지는 것을 막으려고 애쓰면서 필사적으로 뒤를 따라가야 한다.

하지만 그것은 모두 미래의 일이었다. 이 첫 번째 수술을 할 때만 해도 나는 그런 일이 일어날 것을 전혀 걱정하지 않았다. 나는 피부를 절개하고 근육층과 복막을 절개한 뒤, 불룩 튀어나온 분홍색과 흰색의 조직 덩어리에 직면했다.

나는 손가락으로 그것을 찔렀다. 안에는 무언가 단단한 것이 들어 있었다. 이게 송아지일까?

"그게 뭐지?" 나는 작은 소리로 물었다.

"예?" 내 옆에 무릎을 꿇고 있던 노먼이 발작적으로 펄쩍 뛰어올랐다. "그게 무슨 말씀이세요?"

"저것 말이야. 혹위야? 아니면 자궁이야? 상당히 아래쪽에 있으니까 자궁일 수도 있겠군."

실습생은 두어 번 침을 삼켰다.

"예…… 예…… 자궁이 맞습니다."

"좋아." 나는 안심하여 미소를 짓고, 대담하게 그 부위를 절개했다. 그러자 그 안에 가득 차 있던 거대한 풀 덩어리가 분출하듯 쏟아져 나오고, 이어서 가스가 터져 나오더니 더러운 갈색 액체가 흘러나왔다.

"맙소사!" 나는 숨을 헐떡거렸다. "혹위야. 피와 풀이 뒤섞인 저 더러운 꼴을 좀 봐." 나는 더러운 액체가 밀물처럼 혹위에서 쏟아져 나와 복강 속으로 사라지는 광경을 보면서 큰 소리로 신음했다. "노먼, 도대체 뭘 하고 있나?"

나는 바싹 다가온 젊은이의 몸이 덜덜 떨리고 있는 것을 느낄 수 있었다.

"그냥 거기 앉아만 있지 말고, 저기 있는 바늘에 실을 꿰어서 나한테 줘. 빨리!" 나는 소리쳤다.

노먼은 벌떡 일어나 짚단으로 달려갔다가 바늘을 쥐고 돌아왔다. 떨리는 손가락에서 봉합사로 쓰이는 장선이 길게 늘어져 있었다. 나는 입 안이 바싹 마르는 것을 느끼면서 내가 엉뚱한 기관에 잘못 뚫어놓은 커다란 구멍을 말없이 꿰맸다. 그런 다음 우리 두 사람은 혹위에서 빠져나온 내용물을 솜과 소독약으로 마구 닦아냈다. 하지만 그 내용물의 대부분은

이미 우리 손이 닿지 않는 곳으로 달아난 뒤였다. 광범위한 부위가 오염
될 것은 분명했다.

우리가 할 수 있는 일을 다 끝내자 나는 바닥에 주저앉아 실습생을 바
라보았다. 그리고 귀에 거슬릴 만큼 쉰 목소리로 으르렁거리듯 말했다.

"이 수술에 대해서는 뭐든지 다 아는 줄 알았어."

그는 놀란 눈으로 나를 바라보았다.

"대학 병원에서는 이런 수술을 꽤 많이 해요."

나는 그를 노려보았다.

"제왕절개 수술을 몇 번이나 보았지?"

"글쎄요…… 어어…… 실은 한 번밖에 못 봤어요."

"한 번? 나는 아까 자네 말을 듣고 자네가 전문가인 줄 알았어! 어쨌든
한 번밖에 못 봤다 해도 거기에 대해 조금은 알고 있을 거 아냐."

"문제는……" 노면은 자갈 위에서 두 무릎을 이리저리 움직였다. "그
게 말이죠…… 사실 저는 교실 뒤쪽에 있었어요."

나는 빈정거리는 투로 으르렁거렸다.

"알았어. 그러니까 자네는 수술 장면을 별로 보지 못했군?"

"그런 셈이죠." 젊은이는 고개를 숙였다.

"자네는 바보 멍청이야!" 나는 심술궂은 목소리로 속삭였다. "자신만
만하게 남을 가르치려면 거기에 대해 훤히 알고 있어야지. 자네는 이 훌
륭한 암소를 죽였어. 그렇게 많은 오탁물이 복강을 다 오염시켰으니까
복막염에 걸려서 죽을 게 뻔해. 우리가 지금 바랄 수 있는 건 송아지를
산 채로 꺼내는 것뿐이야." 나는 괴로워하는 그의 얼굴에서 애써 눈길을
돌렸다. "어쨌든 수술을 계속하세."

처음에 내가 당황하여 몇 번 고함지른 것을 제외하면 모든 대화는 '피아니시모'(아주 약하게)로 이루어졌고, 부셸 씨는 무슨 일이냐고 묻는 듯한 눈길을 계속 우리에게 던지고 있었다.

나는 내 미소가 그를 안심시키기를 바라며 억지로 그에게 미소를 던지고 다시 일에 착수했다. 송아지를 산 채로 꺼내는 것은 말하기는 쉽지만, 어떤 식으로든 송아지를 꺼내는 것은 엄청난 중노동이 되리라는 것을 나는 곧 깨달았다. 내가 이제는 혹위라는 것을 알고 있는 기관 아래로 팔을 깊숙이 찔러 넣자 복강 바닥에 놓여 있는 매끄럽고 힘센 기관이 손에 닿았다. 그 안에는 석탄 자루처럼 꼼짝도 않는 단단하고 거대한 것이 들어 있었다.

그 기관의 표면을 더듬어가자 미끄러운 벽을 밀고 있는 단단한 것에 이르렀다. 그것은 틀림없는 송아지 무릎의 윤곽이었다. 송아지를 찾기는 했지만 절개한 곳에서 너무 멀리 떨어져 있었다.

나는 팔을 빼고 노먼에게 다시 말을 걸었다.

"교실 뒤쪽에 있었다 해도……" 나는 신랄하게 물었다. "혹시 다음에 무엇을 했는지는 알아차리지 못했나?"

"다음에요? 아아, 예……" 노먼은 입술을 핥았다. 나는 그의 이마에 땀방울이 송골송골 맺힌 것을 볼 수 있었다. "자궁을 밖으로 끄집어내야 합니다."

"밖으로 끄집어내라고? 저 바닥에서 절개한 자리로 들어 올리라는 뜻인가?"

"맞습니다."

"맙소사! 킹콩도 그 피투성이 자궁을 들어 올릴 수는 없을 거야. 사실 나는 자궁을 1센티도 움직일 수 없어. 한번 만져봐."

나처럼 셔츠를 벗고 팔에 비누칠을 한 노먼은 팔을 소의 배 속에 집어 넣었다. 그리고 한동안 나는 그의 눈이 튀어나오고 얼굴이 시뻘게지는 것을 지켜보았다. 잠시 뒤에 그는 팔을 빼고 수줍게 고개를 끄덕였다.

"선생님 말씀이 맞네요. 꿈쩍도 않는데요."

"할 수 있는 일은 한 가지뿐이야." 나는 메스를 집어 들었다. "자궁을 절개하고 송아지 무릎을 움켜잡겠어. 그것 말고는 잡을 게 없어."

미지의 어둠 속에서 보이지 않는 것을 만지작거리는 것은 어렵고 위험한 일이었다. 내 팔은 암소의 질 속에 어깨까지 파묻혀 있었고, 내 혀는 불안 때문에 벌어진 입에서 밖으로 밀려나와 있었다. 나는 뭔가 중요한 것을 자를까봐 겁이 났지만, 내가 송아지 무릎 때문에 불룩해진 곳에 칼날을 넣어 절개할 수 있을 때까지 내가 몇 번이나 상처를 낸 것은 바로 내 손가락이었다. 그 부위를 절개한 지 1초 뒤에 나는 털난 다리를 손으로 감싸 쥐었다. 이제야 드디어 일이 제대로 되어가고 있었다.

나는 아주 조심스럽게 절개 부위를 1센티미터씩 넓혀갔다. 구멍을 충분히 크게 내고 싶은 마음은 굴뚝같았지만, 눈에 보이지 않는 곳에서 손의 감각에만 의존하여 작업하는 것은 무서운 일이다. 그런 작업을 안전하고 확실하게 하기는 어려웠다.

어쨌든 나는 송아지를 빨리 꺼내고 싶어서 견딜 수가 없었다. 나는 칼을 옆에 내려놓고는 송아지 다리를 움켜잡고 들어 올리려 했다. 그리고 또 다른 작은 악몽이 앞에 놓여 있다는 것을 당장 깨달았다. 송아지는 터무니없이 무거웠고, 그 송아지를 햇빛 속으로 들어 올리려면 엄청난 힘이 필요했다. 요즘에는 제왕절개 수술을 할 때면 반드시 농장에서 일하는 덩치 크고 힘센 젊은이를 불러서 웃통을 벗어 붙이고 송아지를 들어 올리는 일을 거들 준비를 하라고 이르지만, 오늘은 나를 도와줄 사람이 노먼뿐이었다.

"이리 오게." 나는 숨을 헐떡거리며 말했다. "나를 좀 도와줘."

우리는 함께 손을 밀어 넣어 송아지를 잡아당기기 시작했다. 나는 송아지 무릎을 밀어내고 발을 이쪽으로 돌리는 데 성공했다. 무릎보다는 발이 손으로 잡아당기기에 더 좋았지만, 큰 송아지를 절개 부위까지 들어 올리는 것은 여전히 고통스러울 만큼 힘든 일이었다.

우리는 이를 악물고 낑낑대면서 송아지를 위로 끌어올렸다. 마침내 나는 송아지의 다른 쪽 뒷다리를 잡을 수 있었다. 이제 우리가 송아지 발을 각각 하나씩 잡고 끌어올리는데도 전혀 움직일 기미가 없었다. 암소의 옆구리에서 송아지를 끌어내려 애쓰고 있다는 것을 제외하면, 힘든 난산이라는 것은 똑같았다. 우리는 뒤로 드러누워 마지막 남은 힘까지 다 짜내어 송아지 발을 잡아당겼다. 숨을 헐떡거리고 땀을 뻘뻘 흘리며 송아지를 잡아당기다가 나는 갑자기 깨달음의 물결이 밀려오는 것을 느꼈다. 수의사라면 누구에게나 이따금 그런 깨달음이 찾아오는 법이다. 나는 이 힘든 일을 애당초 시작하지 않았더라면 얼마나 좋았을까 하고 진심으로 생각했다. 암소를 도축장에 보내겠다는 부셸 씨의 제안에 따르기만 했다면 나는 지금쯤 평화롭게 차를 몰고 왕진을 다니고 있을 것이다. 그런데 실제로는 여기서 죽을 고생을 하고 있었다. 그리고 내 육체적 고통보다 더 나쁜 것은 다음에 무슨 일이 일어날지 내가 전혀 모르고 있다는 통렬한 깨달음이었다.

하지만 송아지는 점점 끌려나오고 있었다. 꼬리가 나타났고, 이어서 민을 수 없을 만큼 거대한 가슴팍이 나타났고, 마침내 두 어깨와 머리가 갑자기 쑥 빠져나왔다.

노먼과 나는 쿵 하고 엉덩방아를 찧었고, 송아지는 우리 무릎 위에서 뒹굴고 있었다. 그리고 나는 어둠 속의 한 줄기 빛처럼 송아지가 코를 불며 머리를 흔들고 있는 것을 보았다.

"우와, 정말 큰 녀석이군요!" 농부가 외쳤다. "게다가 기운이 철철 넘치네요."

나는 고개를 끄덕였다.

"예, 아주 큰 녀석이에요. 내가 지금까지 본 송아지들 중에서 가장 큰 부류에 속합니다." 나는 송아지의 뒷다리 사이를 더듬어보았다. "생각했던 대로 수놈이네요. 정상적인 방법으로는 절대 낳을 수 없었을 겁니다."

내 관심은 다시 암소한테 쏠렸다. 자궁이 어디 있었지? 자궁이 사라져버렸다. 또다시 나는 암소의 몸속을 미친 듯이 더듬었다. 몇 미터나 되는 태반이 내 손에 뒤엉켰다. 빌어먹을. 태반이 내장들 사이에 떠 있어봤자 아무 도움도 되지 않을 것이다. 나는 태반을 끌어내어 바닥에 떨어뜨렸지만 자궁은 여전히 찾을 수 없었다. 내가 끝내 자궁을 찾지 못하면 어떻게 될까. 생각만 해도 가슴이 두근거렸다. 잠시 그 생각을 하면서 떨고 있을 때 내 손가락이 깔쭉깔쭉한 절개 부위에 닿았다.

나는 자궁을 최대한 많이 햇빛 속으로 끌어냈다. 그러자 내가 원래 절개한 곳으로 송아지가 통과하면서 절개 부위가 더 넓어졌고, 길게 찢어진 상처가 자궁경부 쪽으로 사라져서 보이지 않게 된 것을 알 수 있었다. 그것을 알아차린 나는 맥이 탁 풀리고 불안해졌다.

"봉합사." 내가 손을 내밀자 노먼이 새 바늘을 나에게 건네주었다. "상처

가장자리를 잡고 있게." 나는 노먼에게 말하고 상처를 꿰매기 시작했다.

　나는 최대한 빨리 일했고, 찢어진 상처가 눈에 보이지 않게 될 때까지는 잘 해내고 있었다. 나머지 작업은 일종의 수난이었다. 내가 저 밑에 있는 눈에 보이지 않는 조직을 바늘로 여기저기 찌르는 동안 노먼은 험상스러운 표정으로 상처 가장자리를 꼭 잡고 있었다. 이따금 나는 그의 손가락을 바늘로 찔렀고, 때로는 내 손가락을 찌르기도 했다. 게다가 더 복잡한 일이 일어나서 나를 당황하게 했다.

　송아지는 이제 제 발로 일어나서 비틀거리며 어정버정 돌아다니고 있었다. 갓 태어난 동물들이 제 다리로 일어나 돌아다니는 모습은 언제나 나를 매혹시켰지만, 이 순간에는 그것이 귀찮은 골칫거리였다.

　아무도 설명할 수 없는 본능으로 젖을 찾고 있던 송아지는 암소의 옆구리를 계속 코로 밀어붙였고, 때로는 암소 옆구리에 뚫린 구멍 속에 머리를 처박고 곤두박질로 푹 쓰러지기도 했다.

　"다시 어미 배 속으로 돌아가고 싶은가 봐요." 부셸 씨가 웃으면서 말했다. "정말 위크한 녀석이네요."

　'위크'는 기운이 넘친다는 뜻의 요크셔 사투리인데, 그 말이 이 송아지보다 더 잘 들어맞는 경우는 없었다. 나는 눈을 반쯤 감고 턱을 단단히 고정시킨 채 일하면서 송아지의 축축한 주둥이를 팔꿈치로 계속 밀어내야 했다. 하지만 내가 송아지를 밀어내는 만큼 빨리 송아지는 다시 쳐들어왔고, 나는 송아지가 구멍 속으로 코를 밀어 넣을 때마다 바닥에 흩어져 있는 지푸라기와 흙을 복강의 내장 위에 흩뿌리는 데 넌더리를 내면서도 체념한 눈으로 바라보았다.

　"저것 좀 봐." 나는 신음 소리를 냈다. "암소 배 속은 가뜩이나 오물투성이가 되어 있는데, 그걸로도 모자란 것처럼 더 엉망을 만들고 있군."

노먼은 대답하지 않았다. 눈에 보이지 않는 상처를 필사적으로 붙잡고 있었기 때문에 그의 입은 헤벌어지고 핏줄이 도드라진 얼굴에는 땀이 줄줄 흘러내리고 있었다. 그리고 한 곳을 뚫어지게 노려보는 그의 눈 속에서 나는 수의사가 되기로 결심한 게 과연 현명한 선택이었을까 하는 의구심이 점점 커지고 있는 것을 읽을 수 있었다.

더 이상 장황하게 설명하지 않겠다. 그 기억은 너무나 고통스럽다. 영원처럼 길게 느껴지는 시간이 지난 뒤 나는 마침내 자궁의 찢어진 부위를 최대한 멀리까지 봉합한 다음, 암소의 복강에서 많은 잡동사니를 꺼내고, 모든 곳에 살균제 가루를 듬뿍 뿌렸다고 말하는 것만으로도 충분하다. 이어서 나는 계속 작업에 참견하는 송아지의 방해를 받으며 근육층과 피부를 꿰맸고, 마침내 수술이 끝났다.

노먼과 나는 두 노인네처럼 아주 천천히 일어났다. 굳은 등을 똑바로 펴는 데에는 꽤 오랜 시간이 걸렸다. 나는 노먼이 허리를 문지르고 있는 것을 보았다. 이어서 우리는 둘 다 온몸에 피와 오물이 엉겨붙어 있었기 때문에 그것을 북북 문지르고 긁어서 벗겨내는 작업에 착수했다.

암소의 머리 옆에 앉아 있던 부셸 씨는 자기 위치를 떠나 복부의 꿰맨 자국을 살펴보았다.

"봉합이 말끔하게 잘 됐군요. 그리고 송아지도 굉장해요."

정말 굉장한 송아지였다. 송아지는 이제 몸이 다 말랐고, 불안정한 다리에 의지한 몸은 흔들거리고 있었지만 아름다웠고, 사이가 넓게 벌어진 유순한 눈은 호기심으로 가득 차 있었다. 하지만 그 '말끔한 봉합'은 생각하고 싶지도 않은 것들을 감추고 있었다.

항생제는 아직 일반화되지 않았지만, 어쨌든 나는 암소가 살 가망이 전혀 없다는 것을 알았다. 내가 농부에게 설파제 가루를 준 것은 그저 형식적인 제스처에 지나지 않았다. 나는 그 가루약을 하루에 세 번 암소에게 먹이라고 농부에게 말했다. 그런 다음 되도록 빨리 농장을 떠났다.

우리는 말없이 차를 몰았다. 모퉁이를 두어 번 돈 뒤에야 나는 나무 밑에 차를 세우고 핸들에 머리를 묻었다.

"빌어먹을." 나는 신음 소리를 냈다. "지독한 실수를 저질렀어."

노먼은 긴 한숨으로 대답했을 뿐이다. 나는 말을 이었다.

"그런 수술을 한 번이라도 본 적이 있나? 그 지푸라기며 흙이며 혹위에서 나온 오물이 그 가엾은 암소의 창자 사이로 다 들어갔지. 수술이 끝날 때쯤 내가 무슨 생각을 하고 있었는지 아나? 옛날 모자를 환자의 몸속에 남겨놓은 외과의사 이야기를 생각하고 있었지. 이 수술도 그것 못지않게 나빴어."

"알아요." 실습생은 목이 졸린 것처럼 작은 목소리로 말했다. "그리고 다 제 탓이에요."

"아니, 그렇지 않아. 모든 걸 혼란 상태에 빠뜨린 건 모두 내 잘못이야. 나는 너무 당황해서 자네를 탓하려 했지. 자네한테 호통치고 잔소리를 하면서 괴롭혔어. 자네한테 사과하겠네."

"아닙니다. 아니에요……."

"아니야. 나는 괜찮은 수의사로 여겨지고 있는데, 거의 모든 것을 잘못했어." 나는 다시 신음 소리를 냈다. "게다가 무엇보다도 자네한테 야비하게 굴었어. 정말 미안하네."

"아니, 선생님은 절대로 그러시지 않았어요. 절대로…… 저는……."

"어쨌든…… 노먼, 정말 고마워. 자네는 나한테 큰 도움이 되었어. 자네는 열심히 애썼고, 자네가 없었다면 나는 해내지 못했을 거야. 가서 맥주라도 한잔하세."

초저녁 햇살이 마을 선술집의 술청으로 비쳐들고 있었다. 우리는 조용한 구석에 앉아서 맥주잔을 기울였다. 우리는 둘 다 더웠고 지쳐 있었다. 게다가 할 말도 더 이상 없는 것 같았다.

침묵을 깬 것은 노먼이었다.

"그 암소가 살아날 가망이 있을까요?"

나는 칼에 베이고 구멍이 난 내 손가락을 잠시 살펴보았다.

"아니. 복막염은 피할 수 없고, 내가 그 암소의 자궁에 상당히 큰 구멍을 꿰매지 않고 남겨둔 건 확실해." 그 기억이 떠오르자 나는 몸서리를 치면서 내 이마를 탁 때렸다.

나는 살아 있는 벨라를 다시는 못 볼 거라고 생각했지만, 이튿날 아침에 내가 병적인 호기심 때문에 맨 먼저 한 일은 벨라의 생사 여부를 알려고 수화기를 든 것이었다.

저쪽에 신호가 가는 것을 알려주는 '따르릉, 따르릉' 소리가 한참 동안 계속되는 것 같았지만, 이윽고 부셸 씨가 전화를 받았다.

"헤리엇 선생이군요. 암소는 일어나서 먹고 있습니다." 그의 목소리는 별로 놀란 것 같지 않았다.

내가 그의 말을 이해할 수 있기까지는 몇 초가 걸렸다.

"암소가 몸을 움직이는 게 좀 둔해 보이거나 불편해 보이지는 않습니까?" 나는 쉰 목소리로 물었다.

"아뇨, 전혀 아닙니다. 귀뚜라미처럼 쾌활해요. 건초 한 다발을 다 먹어

치웠고, 그 녀석한테서 젖을 두 갤런이나 짰답니다."

나는 그의 다음 질문을 꿈속에서처럼 들었다.

"실은 언제 뽑으러 오실 건가요?"

"실…… 아, 예……" 나는 정신을 차리려고 머리를 흔들었다. "2주 뒤에 가겠습니다. 2주 뒤에."

첫 왕진에서 그런 공포를 겪었기 때문에, 봉합사를 제거할 때 노먼이 함께 있는 것이 기뻤다. 상처 주위에는 부기가 전혀 없었고, 내가 실을 뽑는 동안 벨라는 행복하게 되새김질을 하고 있었다. 가까운 우리 안에서는 송아지가 즐겁게 뛰놀며 공중에 발길질을 하고 있었다.

나는 묻지 않을 수 없었다.

"부셀 씨, 암소가 어떤 증상도 보이지 않았나요?"

"예." 농부는 천천히 고개를 저었다. "아무 변화도 없었어요. 모르는 사람이 보면, 녀석한테 무슨 일이 일어났는지 전혀 모를 겁니다."

내 최초의 제왕절개 수술은 그렇게 끝났다. 그 후 몇 년 동안 벨라는 여덟 마리의 송아지를 누구의 도움도 받지 않고 정상적으로 분만했다. 그것은 내가 아직도 믿을 수 없는 기적이다.

하지만 노먼과 나는 그것을 알 수 없었다. 우리는 그저 의기양양할 뿐이었고, 그 가슴 벅찬 느낌은 기대도 하지 않기 때문에 훨씬 더 달콤했다.

차를 몰고 떠날 때 나는 젊은이의 미소 짓는 얼굴을 보았다.

"이보게 노먼, 그게 자네한테 도움이 되는 실습이야. 자네는 불쾌한 충격도 많이 겪지만 유쾌한 놀라움도 겪게 돼. 나는 소의 복막염에 멋지게 저항한 이야기를 자주 들었는데, 다행히 그건 사실이었어."

"모든 게 믿기 어려울 만큼 경이롭지 않은가요?" 그는 꿈꾸듯이 중얼거렸다. "내 기분을 어떻게 설명할 수가 없어요. '생명이 있는 곳에 희망이 있다' 같은 인용구로 머리가 가득 차 있는 것 같아요."

"그래, 정말이야. 그건 존 게이(영국의 시인·극작가[1685~1732])의 『병자와 천사』에서 인용한 거 아닌가?"

노먼은 손뼉을 쳤다.

"잘 아시네요."

"어디 보자." 나는 잠시 생각했다. "'하지만 그것은 유명한 승리였다'는 어때?"

"로버트 사우디(영국의 계관시인[1774~1843])의 『블렌하임 전투』죠?"

나는 고개를 끄덕였다.

"좋은 인용구가 있는데요, '위험이라는 이 쐐기풀에서 우리는 안전이라는 꽃을 딴다.'"

"훌륭해. 셰익스피어의 『헨리 5세』."

"아니, 『헨리 4세』입니다."

나는 반박하려고 입을 열었지만 노먼은 자신만만하게 한 손을 들었다.

"소용없어요. 제가 옳아요. 그리고 이번에는 제가 무슨 말을 하고 있는지 저도 정확히 안다고요."

6

양심적인 수의사라면 누구에게나 환자를 죽이는 일은 생각만 해도 끔찍한 노릇이다. 내가 말하는 것은 자비로운 경우가 많은 안락사가 아니라 치료를 시도하다가 부주의로 죽이는 경우다.

이런 일은 아마 많은 수의사가 경험했을 것이고, 내게도 일어났던 것 같다. 확신할 수는 없지만 그 기억은 아직도 나에게 달라붙어 떠나지 않는다.

제약회사의 한 젊은 판매원이 병원을 찾아와서 소발이 썩는 병에 놀라운 효과를 발휘하는 경이로운 신약에 대해 이야기한 것이 발단이었다.

당시에는 이 병이 꽤나 골칫거리였다. 이름으로 판단하면 수세기 전에 생긴 병이었고, 발굽이 갈라진 소과동물의 발굽 사이에 있는 좁은 공간에 작은 상처나 찰과상을 통해 '푸시포르미스 네크로포루스'라는 미생물이 침입하면 이 병에 걸렸다.

이 병에 걸리면 감염 부위의 조직이 실제로 죽어서 발이 퉁퉁 붓고 다리를 심하게 절뚝거리게 된다. 건강한 암소도 단순히 통증 때문에 빠른 속도로 건강을 잃을 수 있었다. 중세적인 병명은 죽은 조직이 고약한 냄새를 풍긴다는 사실에서 유래했다.

우리가 전에 사용한 치료법은 지루한 방법에서부터 영웅적인 방법에 이르기까지 다양했다. 암소의 뒷발은 원래 들어 올리도록 되어 있지 않았기 때문에, 감염된 것이 앞발이라는 것을 알면 나는 항상 안심했다. 감염된 것이 뒷발인 경우에는 소독약을 바르는 것조차 지루하고 힘든 일이었다. 그게 효과가 없으면 황산구리 같은 부식제에 적신 솜을 환부에 대고 붕대로 감아주었다. 농부들에게 인기 있는 치료법은 타르와 소금을 환부에 바르는 방법이었다. 하지만 이것은 약을 바르는 사람의 머리 위에서 소발이 휙휙 소리를 내며 움직이는 성가시고 불쾌한 방법이었다.

그래서 제약회사 판매원이 'M&B 693'을 정맥에 주사하면 병이 금방 나을 거라고 말했을 때 나는 그 말을 믿을 수가 없었다.

실제로 나는 그 젊은이를 비웃었다.

"자네들도 먹고살아야 한다는 건 알지만, 이건 자네들의 과장된 이야기 중에서도 가장 터무니없는 이야기처럼 들리는군."

"정말로 효과가 있다니까요." 그가 말했다. "임상시험도 충분히 했고, 정말로 효험이 있다는 걸 보증합니다."

"그러면 소발을 만질 필요가 전혀 없다는 거네?"

"그럼요. 진단할 때만 만지면 됩니다. 그런 다음에는 발에 대해서는 잊어버려도 됩니다."

"효과가 나타날 때까지 시간이 얼마나 걸리지?"

"이삼 일이면 충분합니다. 그리고 제가 보증하는데 암소는 24시간 이내에 훨씬 좋아지는 경우도 있습니다."

아름다운 꿈처럼 들렸다.

"좋아. 그 약을 좀 보내주게. 한번 써볼 테니까."

그는 종이철에 메모를 하고 눈을 들어 나를 바라보았다.

"한 가지 주의할 점이 있는데, 이 약은 자극이 센 편입니다. 그러니까 피하에 주사하지 않도록 조심해야 합니다. 안 그러면 농양이 생길 수 있거든요."

그가 현관문 밖으로 나가는 것을 지켜보면서 나는 이 약 덕분에 우리 일 중에서도 가장 불쾌한 일이 정말로 막을 내릴지 궁금했다. 나는 이미 유익한 M&B 알약으로 환자를 치료한 경험이 있어서 그 알약에 감사해야 할 이유가 있었다. 그 약은 우리 환자에게 작은 기적을 일으켰던 것이다. 하지만 정맥 주사가 발의 괴사를 치료할 수 있다는 말은 믿기 어려웠다.

약이 도착하자 이번에는 내가 농부들을 설득하느라 애를 먹었다.

"목에 주사를 놓다니, 도대체 뭘 하고 있는 거요? 발에다 주사를 놓아야 할 거 아뇨?" 또는 "주사만 놓을 거요? 발에 발라줄 약은 안 줄 거요?" 이것이 전형적인 반응이었다. 나도 가축 주인들과 똑같은 의심을 품고 있었기 때문에 내 대답은 미적지근했다.

하지만 그 약은 젊은이가 말한 대로 놀라운 효과를 발휘했기 때문에 모든 사람의 태도가 완전히 달라졌다. 하루도 지나기 전에 소가 멀쩡하게 걸어 다니고 부기가 가라앉고 통증이 사라진 경우도 많았다. 정말 마법을 부린 것 같았다.

그것은 거대한 진보였고, 나는 행복감의 절정에 있을 때 로버트 맥스웰의 암소를 보았다. 붉게 부어오른 발, 고통스러운 듯 팔짝팔짝 뛰는 걸음걸이, 악취 나는 고름—암소에게는 이 증상들이 다 있었다.

사실은 상태가 너무 심해서 나는 더 기뻤다. 최악의 상태—날카로운 통증 때문에 심하게 절룩거리고 발굽 사이의 조직이 발가락이나 발꿈치에서 삐죽 튀어나와 있는 상태—가 가장 빨리 회복된다는 것을 이미 알아차렸기 때문이다.

"이 녀석을 치료하려면 힘이 좀 들겠네요." 농부가 투덜거리듯이 말했다. 40대 후반인 그는 몸집이 작은데도 활동적이었고, 그 지역에서는 꽤 똑똑한 농부들 가운데 하나였다. 그는 농부 토론회에서 항상 활발하게 활동했고 늘 열심히 배우고 가르쳤다.

"전혀 그렇지 않습니다, 맥스웰 씨." 나는 쾌활하게 말했다. "이 병의 치료제로 주사약이 새로 나왔거든요. 발에 붕대를 감을 필요는 없어요. 그건 이제 영원히 사라졌답니다."

"글쎄요. 어쨌든 고마운 일이군요. 소발을 움켜잡고 매달리는 건 정말 못할 짓이지요." 그는 암소 다리 위로 허리를 숙이고 아래를 내려다보았다. "그 신약은 정확히 어디에 주사합니까?"

"목에요."

"목이라고?"

나는 싱긋 웃었다. 이 반응은 아무리 많이 보아도 싫증이 나지 않았다.

"맞아요. 경정맥에 주사하는 겁니다."

"요즘엔 날마다 새로운 게 나오는군요." 맥스웰 씨는 어깨를 으쓱하며 빙긋 웃었다. 맥스웰처럼 지적인 농부들은 자기주장을 별로 내세우지 않았다.

"주둥이를 잡고 계세요." 내가 말했다. "됐습니다. 머리를 조금 돌려주세요. 좋아요." 나는 손가락으로 목을 눌러 경정맥을 도드라지게 했다. 경정맥이 호스처럼 도드라졌을 때 거기에 주삿바늘을 꽂았다. M&B 용액은 약 2분 만에 혈류 속으로 모두 흘러 들어갔다. 나는 주삿바늘을 뺐다.

"자, 됐습니다." 나는 약간 젠체하면서 말했다.

"그것뿐이오? 다른 건 없나요?"

"다른 건 하나도 없습니다. 괜찮아요. 저 암소는 이제 며칠만 지나면 건강해질 겁니다."

"글쎄요. 모르겠는데요." 맥스웰 씨는 어중간한 미소를 지으며 나를 바라보았다. "선생 같은 젊은이들은 나를 계속 놀라게 해요. 나는 평생 동안 낙농을 해왔지만 당신들은 내가 꿈에도 생각지 못한 일들을 하고 있다니까."

나는 일주일쯤 뒤에 농부들 모임에서 그를 만났다.

"그 암소는 어떻습니까?" 내가 물었다.

"선생 말대로, 놋쇠로 만든 종처럼 튼튼하다오. 그 약 덕분에 괴사가 정말로 말끔히 없어졌어요. 그건 의심할 여지가 없어요. 꼭 마법을 부린 것 같아요."

내가 환한 미소를 짓기 시작했을 때 그의 표정이 바뀌었다.

"그런데 암소 목에 엄청나게 큰 혹이 생겼어요."

"그러니까 내가 주사를 놓은 부위에 혹이 생겼다는 겁니까?"

"그래요."

내 행복감은 자취를 감추었다. 농부의 그 말이 마음에 들지 않았다. 내 머리에 처음 떠오른 생각은 용액의 일부를 피하에 주사한 게 분명하다는 것이었다. 하지만 내가 주삿바늘을 뺐을 때 바늘에서 피가 여전히 분출하고 있었던 게 기억에 남아 있는 듯했다.

"그거 참 이상하군요. 이유를 알 수가 없는데요."

맥스웰 씨는 고개를 저었다.

"나도 마찬가지요. 선생이 떠난 직후에 그 암소의 온몸에 파리약 스프레이를 뿌려주었는데, 그 파리약이 주삿바늘에 찔린 상처에 들어갈 수 있었을까요?"

"아뇨…… 그건 절대 아닙니다. 그런 말은 들어본 적이 없습니다. 내일 내가 가서 그 암소를 한번 보는 게 좋겠습니다."

이튿날 아침, 나는 맨 먼저 맥스웰의 농장으로 왕진을 갔다. 농부의 말은 과장이 아니었다. 암소의 목에 혹처럼 부풀어 오른 것이 뚜렷이 눈에 띄었지만, 그 부위가 주사 자국에만 한정돼 있지는 않았다. 부어오른 부위는 경정맥을 따라 뻗어 있었다. 혈관 자체는 밧줄로 만든 것처럼 단단한 감촉이었고, 부어오른 부위 주변에 수종이 있었다.

"정맥염에 걸렸네요. 어찌된 일인지, 내가 놓은 주사를 통해 혈관이 감염됐습니다."

"어떻게 그런 일이?"

"나도 모르겠습니다. 용액이 한 방울도 새어나오지 않은 건 확실하고, 내 주삿바늘도 깨끗했거든요."

농부는 암소의 목을 유심히 살펴보았다.

"종기 같지는 않은데. 안 그래요?"

"예, 종기는 아닙니다."

"그러면 턱까지 올라가 있는 저 길고 단단한 덩어리는 뭐죠?"

"그건 혈전입니다."

"뭐라고요?"

"혈전요. 혈관 속에 커다란 덩어리가 있습니다." 이 모든 책임은 나 자신에게 있다고 생각했기 때문에 나는 이 간단한 병리학 강의를 즐기고 있지는 않았다.

맥스웰 씨는 살피는 듯한 눈으로 나를 바라보았다.

"그럼 이제 어떻게 됩니까? 우리는 뭘 하죠?"

"대개는 이삼 주 안으로 부차적인 순환이 시작됩니다. 즉 다른 혈관이 그 일을 이어받는 거죠. 그동안 혼합 술폰아미드 가루약을 먹이도록 하세요."

"아, 예, 암소가 귀찮아하는 것 같지는 않더군요." 농부가 말했다.

그게 한 줄기 희미한 빛이었다. 암소는 이야기를 나누고 있는 우리를 만족스러운 얼굴로 계속 돌아보고 있었다. 이제 나는 그 암소가 선반에서 여물을 조금 끌어내고 있는 것을 보았다.

"예…… 맞습니다…… 암소는 전혀 걱정스러워 보이지 않아요. 이런 일이 일어나서 유감이지만, 암소가 좋아지는 건 단지 시간문제일 겁니다."

그는 소의 꼬리가 붙어 있는 부위를 잠깐 긁어주었다.

"뜨거운 물로 목욕을 시켜주면 도움이 될까요?"

나는 고개를 저었다.

"그 부위는 절대 건드리지 마세요. 핏덩어리가 터지면 위험할 겁니다."

나는 가루약을 건네주고 떠났지만, 내가 실수한 것을 알았을 때면 느끼는 불쾌감을 맛보고 있었다. 나는 핸들을 움켜잡고 낮은 목소리로 욕을 뱉었다. 내가 뭘 잘못했지? 지금은 당연시되는 살균한 일회용 주삿바늘과 주사기가 당시에는 아직 알려져 있지 않았지만, 시그프리드와 나는 항상 주사기를 끓는 물로 소독하고 수술용 알코올에 담가놓은 상태로 케이스에 넣어 가지고 다녔다. 그 이상은 할 수 없었다. 농부의 파리약 스프레이가 영향을 미친 걸까? 그것도 믿기 어려웠다.

어쨌든 나는 암소가 아파 보이지는 않았다고 생각하면서 나 자신을 달랬다. 이런 환자들은 오래지 않아 회복되었다. 하지만 불쾌한 사실은 남았다. 그 소는 내가 손을 대기 전에는 단순히 발에 염증이 생겼을 뿐이었는데, 이제는 경정맥염에 걸렸다.

이튿날 아침 헬렌이 아침식사를 차려주었을 때 전화벨이 울렸다. 로버트 맥스웰이었다.

"녀석이 죽었소." 그가 말했다.

나는 몇 초 동안 내 앞의 벽을 바보처럼 멍하니 바라본 뒤에야 겨우 입을 열 수 있었다.

"죽어요……?"

"오늘 아침 우리에 누워 있는 걸 발견했는데, 그냥 털썩 쓰러진 것 같아요."

"맥스웰 씨…… 나는…… 어어……" 나는 몇 번이나 헛기침을 해야 했다. "정말 유감입니다. 이렇게 될 줄은 전혀 예상치 못했습니다."

"그럼 무슨 일이 일어난 거죠?" 농부의 목소리는 이상하게 시큰둥했다.

"생각할 수 있는 이유는 한 가지뿐입니다. 색전증이에요."

"그게 뭐죠?"

"혈전 조각이 떨어져 나와서 혈류 속으로 들어가면 그런 일이 일어납니다. 색전이 심장에 다다르면 대개 죽게 되죠."

"알겠소. 그럼 그게 원인이겠군요."

나는 침을 꿀꺽 삼켰다.

"다시 한 번 말씀드리지만, 정말 유감입니다, 맥스웰 씨."

"아, 예……" 잠시 침묵이 흘렀다. "소를 키우다 보면 이런 일은 으레 일어나게 마련이지요. 그냥 선생한테 알려드리려고 전화했을 뿐이오. 그럼 안녕히 계세요."

나는 수화기를 내려놓으면서 속이 거북해지는 것을 느꼈다. 이 느낌은 내가 식탁에 앉아 접시를 바라볼 때까지도 계속되었다.

"여보, 아침 안 드실 거예요?" 헬렌이 물었다.

나는 집에서 만든 맛있는 햄을 슬픈 눈으로 내려다보았다.

"미안해, 여보. 속이 안 좋아서 못 먹겠어."

"그러지 마요." 아내는 미소를 지으며 접시를 내 쪽으로 밀어주었다. "당신이 일에 대해 걱정하는 건 알지만, 그것 때문에 음식을 마다한 적은 없잖아요."

나는 비참하게 어깨를 으쓱했다.

"하지만 이번 경우는 달라. 지금까지 암소를 죽인 적은 한 번도 없었어."

물론 내가 정말로 암소를 죽인 적이 없는지는 확실히 알지 못했고 앞으로도 영원히 모르겠지만, 그 일은 오랫동안 내 마음에서 떠나지 않았다. 나는 "잠자리에 들려고 옷을 벗을 때는 근심걱정도 함께 벗어던져라"는 나폴레옹의 금언을 신봉하는 사람이고, 불면증이 무엇인지도 몰랐지만, 이제 부어오른 정맥과 거기에 떠 있는 혈전을 생각하면 숨이 막혀서 밤잠을 설칠 때가 많았다.

그런데 로버트 맥스웰이 나에게 전화했을 때의 태도는 아무래도 이상하게 여겨졌다. 이런 재난이 일어나면 대부분 격분했을 테고, 맥스웰이 나를 비난했다 해도 자연스러웠을 것이다. 하지만 그는 무례하게 굴지도 않았고 나를 탓하려 하지도 않았다.

물론 그가 나를 고소할 가능성은 있었다. 그는 선량한 사람이었지만, 어쨌든 경제적 손실을 입었고, 법률가가 아니더라도 내가 문제를 일으킨 장본인이라는 주장을 얼마든지 설명할 수 있을 터였다.

하지만 고소장은 끝내 날아오지 않았다. 실은 농부한테서도 거의 한 달 동안이나 아무 소식이 없었다. 이제까지 나는 그의 농장을 정기적으로 방문했기 때문에, 그가 수의사를 바꾼 모양이라고 생각했다. 나는 좋은 고객을 잃었고, 그것도 역시 유쾌한 일은 아니었다.

그러던 어느 날 오후 전화벨이 울렸다. 또 로버트 맥스웰이었다. 그는 여전히 조용한 목소리로 말했다.

"우리 농장에 와서 암소 한 마리를 봐주세요. 뭔가 잘못된 것 같아요."

안도감이 나의 온몸을 꿰뚫었다. 다른 일에 대해서는 한 마디도 않고, 아무 일도 없었던 것처럼 도움을 청했다. 데일스에는 너그러운 농부가 많았고, 로버트 맥스웰도 그런 농부들 가운데 하나였다. 나는 그가 입은 손실을 어떤 식으로든 보상해줄 수 있기를 바랄 뿐이었다.

이번 환자는 내가 빨리, 그리고 가능하면 극적으로 치료해줄 수 있는 병에 걸렸기를 바랐다. 내가 이 농장의 손실을 보상해주어야 할 이유는 충분했다.

맥스웰 씨는 여느 때처럼 차분하고 공손한 태도로 나를 맞았다.

"어젯밤에 내린 비는 정말 단비였어요. 목초가 바싹 말라가고 있었거든요." 지난번의 불행한 일 따위는 아예 없었던 듯한 말투였다.

암소는 커다란 홀스타인종이었다. 암소를 본 순간, 손쉬운 승리를 얻고 싶다는 소망은 당장 사라졌다. 암소는 등을 활처럼 구부리고 퀭한 눈으로 앞에 있는 벽을 노려보며 수척한 모습으로 서 있었다. 내가 보기 싫어

하는 것 가운데 하나는 벽을 노려보고 있는 암소다. 우리가 다가가도 암소는 전혀 관심을 보이지 않았다. 나는 즉석에서 진단을 내렸다. 이것은 외상성 위염이었다. 암소는 철사를 삼킨 게 분명했다. 마땅히 수술을 해야겠지만, 지난번에 바로 이 외양간에서 그런 일을 겪은 뒤라 수술한다는 생각은 별로 내키지 않았다.

하지만 암소를 진찰하기 시작하자 증상이 왠지 터무니없다는 것을 깨달았다. 혹위에 청진기를 대보니 부글거리는 소리를 내면서 잘 움직이고 있었다. 내가 두 어깨뼈 사이를 꼬집어도 암소는 투덜거리지 않았다. 그저 내 쪽으로 고개를 돌려 불안에 찬 눈으로 나를 바라본 뒤 다시 벽으로 주의를 돌렸을 뿐이다.

"좀 여위었군요." 내가 말했다.

"예, 맞아요." 맥스웰 씨는 주머니 속에 두 손을 깊이 찔러 넣고 침울한 얼굴로 암소를 살펴보았다. "그런데 이유를 모르겠어요. 먹이도 제일 좋은 것만 주었는데, 지난 며칠 사이에 급속히 상태가 나빠졌어요."

맥박, 호흡, 체온은 모두 정상이었다. 이것은 기묘한 일이었다.

"처음에는 산통인 줄 알았어요." 농부가 말을 이었다. "계속 자기 배를 걷어차려고 했거든요."

"배를 걷어차요?" 무언가가 내 마음속에서 꿈틀거렸다. 그것은 신장염의 증상인 경우가 많았다. 그리고 내 결정에 못을 박듯 암소는 꼬리를 올리더니 피가 섞인 오줌을 배수로로 내뿜었다. 나는 암소 뒤쪽에 있는 웅덩이를 살펴보았다. 피 속에 고름이 점점이 떠 있었다. 나는 비로소 암소의 병명을 알았지만 전혀 기쁘지 않았다.

나는 농부를 돌아보았다.

"신장에 문제가 생긴 것 같습니다, 맥스웰 씨."

"신장요? 신장이 어떻게 됐는데요?"

"염증이 생겼어요. 어떤 식으로든 세균에 감염되었는데, 신우신염이라고 부르지요. 아마 방광도 감염되었을 겁니다."

농부는 두 볼을 부풀렸다.

"심각한가요?"

그에게만큼은 밝은 대답을 해주고 싶었지만, 이것이 대개 치명적인 질병인 것은 의심할 여지가 없었다. 나는 피할 수 없는 죽음이 다가오는 것을 느꼈다.

"그런 것 같습니다. 아주 심각합니다."

"무언가가 크게 잘못되었다는 느낌이 들었어요. 그래도 무슨 방법이 없을까요?"

"있습니다. 혼합 술폰아미드를 써보고 싶습니다."

농부는 재빨리 나를 바라보았다. 그것은 내가 정맥염에 사용한 약이었다.

"그 약은 정말 최고예요." 나는 서둘러 말을 이었다. "이런 암소들이 전에는 치료해도 나을 가망이 없었지만, 설파제가 등장한 뒤로는 희망을 가질 수 있게 됐지요."

그는 침착한 눈으로 한참 동안 나를 바라보았다.

"그럼 좋습니다. 빨리 시작하는 게 좋겠네요."

"내가 경과를 계속 지켜보겠습니다." 나는 가루약을 농부에게 건네주면서 말했다.

그리고 실제로 나는 그 암소를 계속 지켜보았다. 날마다 그곳에 갔고,

그 암소가 살아나기를 간절히 바랐다. 하지만 나흘이 지나도 전혀 차도가 없었다. 사실은 서서히 쇠약해지고 있었다.

나는 맥스웰 씨 옆에 서서 불룩 튀어나온 암소의 갈비뼈와 골반뼈를 바라보며 착잡한 기분에 빠져들었다. 암소는 전보다 더 여위었고, 여전히 피가 섞인 오줌을 누고 있었다.

첫 번째 비극이 일어난 지 얼마 지나기도 전에 또 다른 비극이 일어날 거라고 생각하자 도저히 참을 수가 없었다. 하지만 죽음이 임박했다는 확신은 내 마음속에서 점점 커져가고 있었다.

"술폰아미드 덕분에 아직 살아 있는 겁니다. 하지만 더 강한 약이 필요한 것 같네요."

"더 강한 약이 있나요?"

"예, 페니실린이죠."

페니실린. 경이로운 신약. 최초의 항생제. 하지만 수의사들이 주사할 수 있는 형태로는 아직 나와 있지 않았다. 우리가 가진 것은 유선염 치료제로 쓰이는 작은 튜브뿐이었다. 튜브에는 기름 속에 페니실린이 300밀리그램씩 들어 있었다. 튜브의 주둥이를 암소 젖꼭지에 끼우고 튜브를 짜면 내용물이 젖통 속으로 들어갔다. 그것은 종래의 유선염 치료법에 비하면 마법 같다고 할 만큼 놀라운 진보였다. 하지만 아직 수의사 경력이 짧은 나는 그때까지 항생제를 동물의 피하에 주사해본 적이 없었다.

내가 평소에는 창의적인 사람이 아니지만, 갑자기 기발한 생각이 떠올랐다. 나는 차로 가서 유선염 튜브 한 다스가 들어 있는 상자를 찾아, 주사기 아랫부분에 그 튜브 주둥이를 끼워 넣는 전례 없는 시도를 했다. 튜브 주둥이는 주사기에 딱 들어맞았다.

나는 과학적인 이론가가 아니기 때문에 내가 옳은 일을 하고 있는지 어떤지는 몰랐지만, 주삿바늘을 암소 엉덩이에 찔러 넣고 튜브 상자가 완전히 빌 때까지 튜브를 차례로 주사기에 끼워 근육층 깊숙이 항생제를 주입했다. 페니실린이 그런 형태로도 흡수될까? 그것은 나도 알 수 없었다. 하지만 적어도 페니실린을 거기에 주입했다고 생각하면 위안이 되었다. 그것은 희망의 불꽃이었다.

나는 사흘 동안 이 치료를 되풀이했고, 사흘째 되는 날에는 내 치료법이 어느 정도 효과를 발휘하고 있다는 것을 알았다.

"보세요!" 나는 맥스웰 씨에게 말했다. "이제 등이 활처럼 휘어 있지 않아요. 긴장이 풀린 것 같습니다."

농부는 고개를 끄덕였다.

"그렇군요. 전처럼 배가 홀쭉하지도 않네요."

암소가 평온하게 서서 주위를 둘러보고 이따금 선반에서 여물을 한 입 잡아당겨 먹는 모습은 나에게는 승리의 나팔소리 같았다. 신장의 통증은 가라앉고 있는 게 분명했다. 농부는 오줌도 이제는 전처럼 거무스름한 색깔이 아니라고 말했다.

그날 이후 나는 미친 것 같았다. 콧구멍으로 승리의 냄새를 맡으면서 작은 튜브에 든 약을 날마다 암소에게 주입했다. 암소에게 적당한 투여량이 정확히 얼마인지 몰랐기 때문에(당시에는 아무도 알지 못했다) 나는 그저 닥치는 대로 투여량을 늘리기도 하고 때로는 줄이기도 하면서 페니실린 주사를 계속했고, 그동안 암소의 상태는 꾸준히 좋아졌다.

마침내 내가 승리했다고 확신할 수 있는 행복한 날이 왔다. 내가 주사를 놓고 있을 때 암소가 두 다리를 벌리더니 수정처럼 맑은 오줌을 폭포

수처럼 분출했다. 나는 뒤로 물러나서 환자의 변화를 마치 처음 보는 것처럼 자세히 관찰했다. 첫날의 그 앙상했던 골격은 통통한 살로 덮였고, 암소의 털은 건강한 윤기로 빛나고 있었다. 암소는 병에 걸려 살이 빠졌을 때만큼 빨리 정상으로 돌아갔다. 그것은 놀랄 만했다.

나는 빈 상자를 던졌다.

"맥스웰 씨, 이 녀석은 거의 다 나았다고 말할 수 있을 것 같은데요. 내일 한 번만 더 치료하면 끝날 겁니다."

"그럼 내일 다시 오시는 거죠?"

"네, 마지막으로."

농부의 얼굴이 진지해졌다. 그는 나에게 더 가까이 다가섰다.

"알겠습니다. 그렇다면 선생한테 불평할 게 있는데……."

맙소사. 마침내 그 정맥염에 대해 나를 비난할 작정이군. 그런데 하필이면 이럴 때를 골라서 나를 공격하다니 정말 지독하군. 내가 성공으로 우쭐해져 있는 이런 순간에 말이야. 인간의 본성은 아주 기묘할 수 있고, 내가 암소를 치료하느라 오랫동안 애쓴 뒤 농부가 나를 혼내주기로 결심했다 해도, 거기에 대해 내가 할 수 있는 일은 아무것도 없었다. 농부가 뭐라 해도 나는 감수할 수밖에 없을 것이다.

"아, 그래요?" 나는 떨리는 목소리로 대답했다. "그게 뭔데요?"

그는 앞으로 몸을 숙여 집게손가락으로 내 가슴을 톡톡 두드렸다. 그의 얼굴은 위협으로 가득 차서 아까와는 완전히 달라져 있었다.

"날마다 선생이 가신 뒤에 내가 청소 말고는 할 일이 없는 줄 아세요?"

"청소라니…… 그게 무슨……" 나는 바보처럼 멍하니 그를 바라보았다.

그는 한 팔을 크게 휘둘러 외양간 바닥을 가리켰다.

"저 지저분한 꼴을 좀 보세요! 이걸 내가 다 치워야 해요!"

나는 바닥에 흩어져 있는 빈 튜브들, 거기에 딸려 있는 설명서, 그리고 버려진 상자를 내려다보았다. 나는 일하면서 경솔하게도 그런 쓰레기를 아무렇게나 내던졌던 것이다.

"아이쿠, 죄송합니다." 나는 중얼거렸다. "미처 알아차리지 못……."

농부의 요란한 웃음소리가 내 말을 가로막았다.

"아니, 내가 선생을 잠깐 놀린 거요. 물론 선생은 알아차리지 못했겠죠. 내 암소를 치료하느라 정신이 없었으니까요." 그는 내 어깨를 탁 때렸다. 나는 그것이 그 나름대로 감사 인사를 하는 방식이라는 것을 알았다.

그것이 내가 항생제를 주사한 첫 경험이었다. 방법은 좀 이상했지만 나는 거기서 중요한 것을 배웠다. 하지만 그 농장에서 나는 수의학에 대해 배운 것보다 세상을 살아가는 방식에 대해 배운 것이 더 많았다. 그 후 30년이 넘도록 나는 맥스웰 씨와 왕래를 계속했지만, 그는 얼마든지 나를 탓할 수 있었던 그 재난을 단 한 번도 입에 올린 적이 없었다.

오랜 세월 동안 나도 다른 사람들의 실수 때문에 불운을 겪은 적이 있었고, 내가 마음만 먹었다면 그들을 상대로 얼마든지 소란을 피울 수도 있었다. 그럴 때 나에게는 따라야 할 행동 규범이 있었으니, 로버트 맥스웰처럼 행동하자는 것이었다.

7

"이봐, 짐." 트리스탄이 생각에 잠긴 얼굴로 '우드바인' 담배를 피우면서 말했다. "나는 어떤 여자의 호감이 염소 똥으로 표현되는 집이 또 있는지 궁금할 때가 많아."

조용할 때면 나는 종종 스켈데일 하우스에서 보낸 총각 시절을 생각하곤 했다. 내가 트리스탄의 발언을 생각해낸 것도 그런 한가한 시간이었다. 나는 업무일지를 보고 있다가 그 말에 놀라서 눈을 들어 그를 쳐다본 것이 생각났다.

"그건 좀 이상하잖아? 나도 방금 같은 생각을 하고 있었어. 확실히 그건 기묘한 일이야."

우리는 방금 식당에서 나온 참이어서, 아침 식탁에 대한 내 기억은 아주 또렷했다. 가정부인 홀 부인은 우리에게 온 편지를 항상 우리 접시 옆에 놓아두었는데, 시그프리드의 자리에는 그랜틀리 양이 보낸 염소 똥이 들어 있는 양철통이 놓여서 마치 승리의 표상처럼 그 장면을 지배하고 있었다.

그것은 갈색 종이에 싸여 있었지만, 그게 뭔지는 우리도 다 알고 있었다. 그랜틀리 양은 항상 높이가 15센티미터쯤 되는 빈 코코아통을 용기로 사용했기 때문이다. 그랜틀리 양은 친구들한테서 빈 코코아통을 수집

하거나 아니면 코코아를 무척 좋아하거나 둘 중 하나였다.

한 가지 명백한 사실은 그녀가 염소를 무척 좋아한다는 것이었다. 사실 염소는 그녀의 삶을 지배하는 것 같았다. 그것은 정말 이상야릇한 일이었다. 염소를 키우는 일은 마음만 먹으면 얼마든지 영화계에 들어갈 수 있을 만큼 아름다운 금발 미녀에게는 어울리지 않는 취미였기 때문이다.

그랜틀리 양의 또 한 가지 야릇한 점은 한 번도 결혼하지 않았다는 것이었다. 나는 그녀의 집에 갈 때마다 그녀 같은 여자가 남자를 멀리할 수 있다는 데 놀라곤 했다. 그녀는 서른 살쯤 되었고, 포동포동한 몸매에 우아한 다리를 갖고 있었다. 이따금 그녀의 아름다운 얼굴 윤곽을 보면, 약간 단호해 보이는 턱이 구혼자가 될 만한 남자들에게 겁을 주어 쫓아버린 게 아닐까 하는 생각이 들었다. 하지만 그녀는 쾌활하고 매력적이었다. 나는 그녀가 결혼을 원하지 않았을 뿐이라고 결론지었다. 그녀는 멋진 집을 가졌고 돈도 많은 게 분명했다. 그녀는 완벽한 행복을 누리고 있는 것 같았다.

염소 똥이 호감의 표시인 것은 의심할 여지가 없었다. 그랜틀리 양은 가축 사육을 아주 진지하게 생각했고, 기생충이나 다른 이상을 발견하기 위해 실험실에서 정기적으로 가축의 똥을 검사해야 한다고 주장했다.

이 대변 샘플은 언제나 시그프리드 파넌에게 직접 배달되었고, 나는 이것을 별로 대수롭게 여기지 않았다. 내가 그녀의 숫염소 눈에 박혀 있던 여물 조각을 빼내서 그녀를 기쁘게 해준 지 며칠 뒤인 어느 날 아침 낯익은 양철통이 내 아침식사 접시 옆에 놓여 있는 것을 볼 때까지는 그랬다. 그 양철통에 붙은 라벨에는 '수의사 제임스 헤리엇 님'이라고 적혀 있었다.

그것이 마치 기사 작위를 수여하는 것처럼 어떤 공을 세운 사람을 칭

찬하는 의사 표시라는 사실을 깨달은 것은 바로 그때였다. 옛날 봉건시대의 기사들은 자기가 섬기는 귀부인에게 호평을 받았다는 표시로 안장 앞가지에 장갑을 달거나 창끝에 스카프를 묶고 다녔지만, 그랜틀리 양의 경우에는 그것이 염소 똥이었다.

내가 염소 똥을 받았을 때 시그프리드의 얼굴에는 약간 놀란 표정이 떠올랐다. 나도 좀 우쭐한 기색을 보였을지 모르지만 시그프리드는 걱정하지 않아도 되었을 것이다. 보름 뒤에는 양철통이 다시 시그프리드의 접시 옆에 나타났다. 그리고 어쨌든 그것은 당연한 일이었다. 순전한 남성적 매력이 이 상황에 관여하면, 시그프리드가 훨씬 앞서 있는 것은 분명했기 때문이다. 트리스탄은 대러비의 젊은 여자들을 열심히 쫓아다녀서 상당한 성공을 거두고 있었다. 나도 나름대로 여자들과 교제하고 있어서 거기에 대해 불평할 이유는 없었지만, 시그프리드는 우리와 차원이 달랐다. 그는 여자들을 미치게 만드는 것 같았다.

시그프리드는 여자들을 쫓아다닐 필요가 없었다. 여자들이 그를 쫓아다녔기 때문이다. 훤칠한 키에 수려한 용모를 가진 남자의 저항할 수 없는 매력에 대해 들은 적이 있는데, 그게 사실이라는 것을 나는 그를 안 지 얼마 되기도 전에 깨달았다. 그리고 그의 타고난 매력과 당당한 태도를 거기에 보태면, 염소 똥이 정기적으로 그의 접시 옆에 놓이는 것은 피할 수 없는 일이었다.

사실은 트리스탄과 나도 시그프리드만큼 자주 그랜틀리 양의 집에 왕진을 가서 염소들을 보살폈지만, 그 상황은 오랫동안 변하지 않았다. 앞에서도 말했듯이 그녀는 상당한 부자인 것 같았다. 염소들이 사소한 병에 걸려도 우리를 불렀고, 우리에게는 대규모 농장주만큼이나 좋은 고객이었기 때문이다.

하지만 어느 날 아침 전화로 그녀의 목소리를 들었을 때 이번에는 사소한 일이 아니라는 것을 알았다. 그녀는 당황하여 어쩔 줄 모르는 것 같았다.

"헤리엇 선생님, 티나가 못에 걸려서 어깨가 심하게 찢어졌어요. 당장 와주실 수 있으면 좋겠는데……."

"예, 마침 시간이 있으니까 당장 갈 수 있습니다. 지금은 급한 일이 없으니까요. 곧 가겠습니다."

만족감의 따뜻한 기운이 내 몸에 잔물결처럼 퍼져갔다. 찢어진 상처를 꿰매기만 하면 되는 일일 테고, 나는 봉합하는 일을 좋아했다. 쉽고 간단한 일이지만 고객에게는 깊은 인상을 주었다. 나는 그랜틀리 양이 염소의 질병에 대해 이것저것 물을 때보다 훨씬 편안한 입장에 서게 될 것이다. 대학에서는 염소에 대해 사실상 아무것도 가르쳐주지 않았고, 나는 여기저기서 읽은 단편적인 지식으로 어떻게든 뒤지지 않고 따라가려고 애썼지만, 내가 결코 염소 전문가가 아니라는 것을 깨닫고 마음이 편치 않았다.

내가 막 방을 나가려고 할 때 트리스탄이 많은 시간을 보내는 푹신한 안락의자에서 천천히 몸을 일으켰다. 아침을 먹은 이후 지금까지 나는 구름처럼 피어오르는 담배 연기 밑에서 《데일리 미러》지가 부스럭거리는 소리로만 트리스탄의 존재를 알아차리고 있었다.

그는 하품을 하고 기지개를 켰다.

"그랜틀리 양이지? 나도 함께 가겠어. 드라이브를 하고 싶어."

나는 빙긋 웃었다.

"좋아. 그럼 같이 가자." 그는 언제나 좋은 길동무였다.

그랜틀리 양은 몸에 딱 맞는 연하늘색 작업복 차림으로 우리를 맞았다. 비단처럼 매끄러운 옷감으로 지은 그 작업복은 위아래가 붙어 있었지만, 그런 옷을 입어도 그녀의 매력은 조금도 줄어들지 않았다.

"와주셔서 정말 고마워요. 저를 따라오세요."

그녀를 따라가는 것은 그럴 만한 가치가 있었다. 실제로 트리스탄은 염소 우리에 들어갈 때 계단을 보지 못하고 앞으로 넘어져서 털썩 무릎을 꿇었다. 그랜틀리 양은 그에게 잠깐 눈길을 던진 다음, 저쪽 끝에 있는 염소 우리 쪽으로 서둘러 걸어갔다.

"저 염소예요." 그녀가 말하고는 한 손으로 두 눈을 가렸다. "나는 차마 못 보겠어요."

티나는 아름다운 흰색 자넨종 염소였다. 하지만 어깨에서 아래쪽으로 기다란 V자를 그리며 찢어진 상처가 그 아름다움을 망쳐놓고 있었다. 피부가 찢어져서 매끄러운 극상근과 극하근이 고스란히 드러나 있었다. 견갑골의 등뼈가 엉겨 붙은 피 속에서 하얗게 빛나고 있었다.

엉망이었지만, 나는 기쁜 나머지 두 손을 맞비비고 싶어지는 것을 애써 억눌러야 했다. 상처는 별로 깊지 않았고, 나는 그것을 쉽게 처리할 수 있었지만 꿰매는 과정에서는 내가 아주 훌륭해 보일 수 있었다. 벌써부터 나는 마지막 바늘을 찔러 넣고 거의 눈에 보이지 않는 상처를 가리키며 "이젠 훨씬 좋아 보이지 않나요?" 하고 말하는 내 모습을 상상했다. 그러면 그랜틀리 양은 기뻐서 열광할 것이다.

"예…… 예……" 나는 손상된 부위를 꼼꼼히 조사하면서 전문가다운 태도로 중얼거렸다. "이건 심하군요. 정말 심해요."

그랜틀리 양은 두 손을 깍지 끼었다.

"하지만 구해줄 수 있으시죠?"

"물론입니다." 나는 무게 있게 고개를 끄덕였다. "꿰매는 작업은 만만치 않고 시간도 꽤 걸리겠지만, 이 염소는 분명 이겨낼 겁니다."

"다행이네요." 그녀는 길게 안도의 한숨을 내쉬었다. "뜨거운 물을 좀 가져올게요."

나는 곧 수술 준비를 갖추었다. 바늘, 솜, 가위, 봉합사, 겸자 따위가 깨끗한 수건 위에 가지런히 놓였다. 트리스탄은 티나의 머리를 잡았고, 그랜틀리 양은 언제라도 거들 준비를 하고 불안한 얼굴로 우리 주위를 맴돌았다.

나는 다친 부위를 꼼꼼히 닦아내고 소독용 살포제를 뿌린 다음 상처를 꿰매기 시작했다. 그랜틀리 양도 곧 행동을 개시하여, 내가 한 바늘 꿰맬 때마다 실을 자르도록 가위를 건네주곤 했다. 출발은 아주 순조로웠지만, 상처가 너무 커서 시간이 좀 걸릴 것 같았다.

나는 가벼운 대화를 나누려고 마음속으로 화젯거리를 찾았다.

그때 트리스탄이 끼어들었다. 나와 같은 생각을 한 게 분명했다.

"염소는 정말 멋진 동물이에요." 그가 쾌활하게 말했다.

"아, 예……" 그랜틀리 양은 환한 미소를 지으며 그를 건너다보았다. "나도 동감이에요."

"생각해보면 염소는 아마 가장 오래된 가축일 겁니다." 트리스탄이 말을 이었다. "선사시대에 염소를 길들였다는 증거가 많아요. 염소를 그린 동굴 벽화가 있고, 그 후에는 전 세계의 고대 서적들이 염소의 존재를 언급하고 있거든요. 염소는 역사시대 이후 줄곧 인간 세계의 일부였어요."

염소 옆에 쭈그려 앉아 있던 나는 놀라서 그를 쳐다보았다. 트리스탄은 온갖 것에 흥미를 보였지만, 내가 아는 한 염소는 거기에 포함되어 있지 않았다.

"그리고 또 하나……" 그가 말을 이었다. "염소는 정말 놀라운 신진대사 기능을 갖고 있지요. 다른 동물은 쳐다보지도 않을 먹이를 소화해내고, 그 먹이로 풍부한 젖을 만들어내죠."

"정말 그래요." 그랜틀리 양이 속삭이듯 말했다.

트리스탄은 껄껄 웃었다.

"염소는 기개도 대단해요. 어떤 기후 조건에서도 강인하게 살아가고, 아무리 덩치가 큰 동물과 맞서도 전혀 두려워하지 않고 언제든지 공격할 준비가 되어 있죠. 그리고 염소는 대부분의 동물을 순식간에 죽일 수 있을 만큼 독성이 강한 풀을 먹어도 끄떡없다는 것도 잘 알려진 사실이지요."

"염소는 정말 놀라운 동물이에요." 그랜틀리 양은 내 친구를 바라보며, 머리를 돌리지도 않고 나에게 가위를 건네주었다.

나도 대화에 참여해야 한다는 생각이 들었다.

"확실히 염소는 아주……." 나는 그렇게 말을 시작했다.

"하지만 정말로……" 트리스탄이 또다시 끼어들어 유창하게 말했다. "나에게 가장 매력적으로 느껴지는 것은 염소의 다정한 품성입니다. 염소는 붙임성이 있고 사교적이에요. 사람들이 염소를 그렇게 깊이 사랑하게 되는 것은 바로 염소의 그런 성질 때문인 것 같습니다."

그랜틀리 양은 진지하게 고개를 끄덕였다.

"맞아요. 정말 그래요."

내 동료는 한 손을 뻗어 선반에 있는 건초를 손가락으로 만졌다.

"당신은 염소들을 제대로 먹이고 있군요. 이곳엔 모든 종류의 조사료(건초나 짚처럼 지방·단백질·전분 따위의 함유량이 적고 섬유질이 많은 사료)가 다 들어 있어요. 엉겅퀴와 관목, 거친 식물까지 섞여 있네요. 염소들이 풀보다 그런 먹이를 더 좋아한다는 것도 알고 있겠군요. 이곳 염소들이 그렇게 건강한 것도 당연합니다."

"고맙습니다." 그녀는 살짝 얼굴을 붉혔다. "물론 나는 농축사료도 주고 있어요."

"통곡물이겠죠?"

"맞아요. 항상 그걸 준답니다."

"좋아요. 아주 좋습니다. 그건 혹위의 산성도를 유지해줍니다. 산성도가 낮아지면 혹위의 벽이 비대해지고 셀룰로오스를 소화시키는 박테리아의 활동이 억제된다는 건 아시겠죠?"

"어어, 아뇨…… 사실 그런 전문 용어로는 알지 못했어요." 그녀는 트리스탄이 무슨 예언자라도 되는 것처럼 그를 뚫어지게 바라보고 있었다.

"아아, 괜찮습니다." 트리스탄은 쾌활하게 말했다. "당신은 제대로 하고 있어요. 그게 중요한 점이죠."

"가위를 건네주실래요?" 나는 투덜거리듯 말했다. 허리를 구부린 자세 때문에 경련을 일으킬 것 같았고, 그랜틀리 양이 나를 까맣게 잊어버린 듯한 느낌이 점점 강해져서 기분이 좀 상하기도 했다.

하지만 나는 끈질기게 봉합을 계속했다. 내 마음의 절반은 노출된 부위가 차츰 피부로 덮이는 것을 감사하는 마음으로 지켜보았고, 나머지 절반은 트리스탄이 염소 우리의 구조와 규모, 통풍장치와 상대 습도에 대해 거드름을 피우며 이야기하는 것을 들으면서 놀라움을 금치 못하고 있었다.

한참 뒤 내가 마지막 한 바늘을 꿰매고 지친 몸을 폈을 때도 그랜틀리 양은 거의 알아차리지 못했다.

"이젠 좀 괜찮아 보이죠?" 나는 말했지만, 그 말도 내가 예상했던 영향은 주지 못했다. 트리스탄과 그랜틀리 양은 다양한 염소 품종의 상대적 장단점을 논하는 데 열중해 있었기 때문이다.

"정말로 토겐부르크종과 앵글로누비아종을 좋아하세요?" 그녀가 물었다.

"물론입니다." 트리스탄은 재판관처럼 고개를 기울였다. "둘 다 훌륭한 동물이에요."

그랜틀리 양은 내가 일을 끝낸 것을 그제야 알아차렸다.

"정말 고맙습니다." 그녀는 멍하니 말했다. "너무 애쓰셨어요. 진심으로 감사드려요. 이젠 두 분 다 안에 들어가서 커피라도 한 잔 드세요."

우리가 우아한 거실에서 무릎 위에 커피잔을 올려놓자 트리스탄은 아까와 다름없는 기세로 말을 이었다. 그는 염소의 번식, 조산, 젖을 뗀 새끼 염소의 이유식 문제를 깊이 다루었고, 염소 뿔을 자르기 위한 마취 문제를 다룬 짧은 논문을 깊이 파고들었다. 그때 그랜틀리 양이 내 쪽으로 고개를 돌렸다. 그녀는 아직도 트리스탄에게 매료되어 있는 게 분명했지만, 단지 예의상일 뿐일지라도 나를 대화에 끌어들이는 게 좋겠다고 생각한 건 의심할 여지가 없었다.

"헤리엇 선생님, 실은 한 가지 걱정거리가 있어요. 이웃집 농부와 목초지를 함께 쓰고 있어서 우리 염소들이 그 사람네 양들과 함께 풀을 뜯을 때가 많아요. 그런데 그 집 양들이 콕시듐증에 걸렸다는 말을 들었어요. 우리 염소들이 옮을 가능성은 없나요?"

나는 생각할 시간을 가지려고 커피를 한 모금 길게 들이마셨다.

"글쎄요…… 어어…… 제 생각은……."

그때 내 친구가 내 말을 자르며 또다시 힘들이지 않고 끼어들었다.

"그럴 가능성은 거의 없습니다. 콕시듐증을 일으키는 기생충에는 여러 가지 유형이 있는데, 대부분은 특정한 숙주한테만 감염되지요. 그러니까 그 점에 대해서는 걱정하실 필요가 없을 것 같습니다."

"고마워요." 그랜틀리 양은 나에게 마지막 기회를 주기로 작정한 것처럼 다시 나에게 말을 걸었다. "그러면 기생충은 어떻죠? 양들의 기생충이 우리 염소들한테 옮을 수도 있나요?"

"글쎄요……" 내 커피잔이 받침접시 안에서 덜그럭거렸다. 나는 이마에서 땀방울이 솟아나는 것을 느낄 수 있었다. "그건……."

"그렇습니다." 트리스탄이 또다시 나를 도와주려고 슬며시 끼어들어 낮은 소리로 중얼거렸다. "헤리엇 선생이 방금 말하려고 했듯이 기생충병은 다른 문제예요. 현실적으로 감염될 위험이 아주 큽니다. 양과 염소에 공통으로 기생하는 선충류는 같은 종류니까요. 항상 정기적으로 구충제를 먹여야 합니다. 내가 간단한 프로그램을 드릴 수 있다면……."

나는 의자에 더 깊숙이 앉아서 트리스탄이 일을 진척시키도록 내버려두고, 그가 최신 구충제와 그것이 모양선충과 헤몬쿠스와 오스터타크 위충한테 어떤 작용을 하는지에 대해 박식하게 설명하는 것을 건성으로 듣고 있었다.

마침내 이야기가 끝났고 우리는 밖으로 나와서 차로 걸어갔다.

"열흘 뒤에 실밥을 뽑으러 오겠습니다." 나는 대문 밖까지 배웅 나온 그랜틀리 양에게 말했다. 내가 그 집에서 한 말 가운데 분별있는 말은 그 한 마디뿐이라는 생각이 들었다.

나는 차를 몰고 수백 미터를 달린 뒤에 차를 세웠다.

"언제부터 염소 애호가가 되었지?" 나는 신랄하게 물었다. "그리고 저기서 설파한 그 막강한 지식은 도대체 어디서 얻은 거야?"

트리스탄은 킬킬거리다가 머리를 뒤로 젖히고는 마구 웃어댔다.

"미안해, 짐." 그는 겨우 웃음이 가라앉자 나에게 말했다. "너도 알다시피 나는 몇 주 뒤에 졸업시험을 봐야 하잖아. 그런데 시험관 한 사람이 염소를 좋아한다는 말을 들었어. 그래서 어젯밤에 염소에 관한 문헌을 찾아서 맹렬히 공부했지. 그런데 오늘 그 지식을 과시할 수 있는 기회를 얻었으니, 정말 신비스럽지 않아?"

아아, 그렇군. 그 말은 납득이 갔다. 트리스탄은 스펀지처럼 정보를 흡수하는 두뇌를 갖고 있었다. 나는 그가 그 많은 문헌을 한 번만 읽어도 영원히 잊어버리지 않을 거라고 믿을 수 있었다. 학창 시절에 나는 같은 것을 여섯 번쯤은 되풀이 읽어야만 겨우 이해할 수 있었다.

"알았어." 나는 말했다. "어젯밤에 읽은 것들을 나한테 보여주는 게 좋을 거야. 내가 그렇게 무식한 줄은 나도 미처 몰랐어."

일주일쯤 뒤에 재미있는 후속편이 있었다. 시그프리드와 내가 아침을 먹으러 식당에 들어가고 있을 때, 내 동업자가 도중에 걸음을 멈추고 식탁을 뚫어지게 바라보았다. 낯익은 갈색 포장지에 싸인 코코아 양철통이 식탁에 놓여 있었지만, 자리는 시그프리드가 아니라 트리스탄의 자리였다. 그는 천천히 다가가서 라벨을 읽었다. 나도 보았다. 틀림없었다. 거기에는 이렇게 쓰여 있었다. '트리스탄 파넌 씨.'

시그프리드는 아무 말도 하지 않고 식탁의 상석에 앉았다. 곧 트리스탄이 들어와서 양철통을 흥미롭게 살펴보고는 식사를 하기 시작했다.

식탁에서는 한 마디도 오가지 않았다. 우리 세 사람은 말없이 앉아 있었지만, 적어도 우선 당장은 트리스탄이 우두머리라는 부인할 수 없는 사실이 방 안의 모든 것 위에 무겁게 드리워져 있었다.

8

"얘가 앰버예요." 로즈 간호사가 말했다. "선생님한테 진찰을 부탁하고 싶었던 게 바로 이 강아지예요."

나는 그 강아지의 귀와 옆구리에 나 있는 연갈색의 부드러운 털을 바라보았다.

"왜 이 녀석한테 앰버라는 이름을 붙여주셨는지 알겠네요. 햇빛 속에서는 마치 호박(amber)처럼 주황색으로 빛나겠는데요."

간호사는 소리 내어 웃었다.

"정말 묘한 일이지만, 얘를 처음 보았을 때 마침 날이 화창했어요. 그래서 그 이름이 문득 떠올랐답니다." 그녀는 나를 슬쩍 곁눈질했다. "아시다시피 내가 이름을 잘 짓잖아요."

"아, 그건 의심할 여지가 없죠." 나는 미소를 지으면서 말했다. 그것은 우리 사이의 작은 농담이었다. 로즈 간호사는 집 뒤꼍에 작은 유기견 보호소를 만들고, 소규모 공연이나 벼룩시장을 열거나 자기 돈을 써서 보호소를 운영하고 유지했는데, 그 보호소를 거쳐서 가는 동물들에게 이름을 지어주는 데 일가견이 있었다.

그녀는 돈만 쓰는 게 아니라 귀중한 시간도 쏟아 붓고 있었다. 정규 간호사로서 인류를 위해서도 충분히 봉사하는 생활을 하고 있었기 때문이다. 나는 그녀가 어떻게 동물들을 위해 싸울 시간까지 낼 수 있는지 궁금할 때가 많았다. 그것은 나에게 수수께끼였지만 나는 그녀에게 탄복하고 있었다.

"이 녀석은 어디서 왔습니까?" 내가 물었다.

로즈 간호사는 어깨를 으쓱했다.

"헤블턴 거리를 돌아다니고 있는 걸 발견했어요. 아무도 얘를 모르고, 경찰서에 문의한 사람도 없었어요. 버려진 게 분명해요."

나는 분노로 목구멍이 조여지는 익숙한 감각을 느꼈다.

"이렇게 예쁜 녀석한테 어떻게 그런 짓을 할 수 있죠? 길거리에 내버리고는 혼자 힘으로 살아가라고 그냥 떠나버리다니."

"그런 사람들은 저마다 놀라운 이유를 갖고 있어요. 앰버의 경우에는 가벼운 피부병에 걸렸기 때문일 거예요. 그래서 그 사람들은 겁이 난 거죠."

"적어도 수의사한테 데려갈 수는 있었을 텐데요." 나는 우리 문을 열면서 투덜거렸다.

나는 강아지의 발가락 주위에 털이 빠져서 맨살이 드러난 부위가 몇 군데 있는 것을 알아차렸다. 내가 무릎을 꿇고 발을 조사하자 앰버는 내 볼에 코를 밀어대면서 꼬리를 흔들었다. 나는 앰버를 바라보았다. 축 늘어진 귀, 단단한 턱, 사람을 의심하지 않는 눈이 보였다.

"얼굴은 하운드 같은데요. 하지만 나머지 부분은 어떨까요? 품종이 뭐라고 생각하세요?"

로즈 간호사는 깔깔 웃었다.

"그건 수수께끼예요. 나는 품종 알아맞히기 연습을 많이 하지만 얘는 전혀 모르겠어요. 폭스하운드가 실수로 래브라도나 달마시안과 짝짓기를 한 게 아닐까 생각했지만, 잘 모르겠어요."

나도 알 수 없었다. 갈색과 검은색과 흰색 무늬가 얼룩져 있는 몸은 하운드의 체형이 아니었다. 발은 아주 크고, 끊임없이 움직이는 꼬리는 길고 가늘었다. 그리고 온몸에 미묘한 금빛 광채가 있었다.

"품종이 무엇이든 아름답고 성질도 좋군요."

"예, 정말 귀여운 녀석이에요. 얘한테 집을 찾아주는 건 전혀 어렵지 않을 거예요. 얘는 더할 나위 없이 완벽한 애완견이에요. 몇 살쯤 되었다고 생각하세요?"

나는 빙긋 웃었다.

"확실히는 알 수 없지만 아직 어려 보이네요." 나는 앰버의 입을 벌리고 더럽혀지지 않은 깨끗한 이빨을 살펴보았다. "아홉 달이나 열 달쯤 된 것 같습니다. 덩치는 크지만 아직 강아지일 뿐이에요."

"나도 그렇게 생각했어요. 다 자라면 몸집이 정말로 커질 거예요."

간호사의 말을 입증하려는 듯이 어린 암캐는 뒷발로 일어나서 앞발을 내 가슴에 댔다. 나는 강아지의 웃는 입과 그 눈을 다시 한 번 바라보았다.

"앰버, 네가 정말로 마음에 드는구나."

"고맙습니다." 로즈 간호사가 말했다. "우리는 이 피부병을 되도록 빨리 치료해야 돼요. 그래야 앰버를 입양할 집을 찾을 수 있어요. 가벼운 습진이겠죠?"

"아마…… 그럴 겁니다. 눈 주위와 볼에도 털이 빠진 부위가 있네요."

개의 피부병은 사람과 마찬가지로 다루기가 어렵다. 원인을 알아내기도 어렵고 치료하기도 어렵다. 나는 털이 빠진 부위를 손가락으로 만져보았다. 발과 얼굴 양쪽에 증상이 나타난 것은 마음에 걸렸지만, 피부는 건조하고 건강했다. 어쩌면 대단치 않은 병일지도 모른다. 나는 잠깐 나타난 망령을 마음 구석으로 쫓아냈다. 그것에 대해서는 생각하고 싶지 않았고, 로즈 간호사를 걱정시킬 생각도 전혀 없었다. 그녀가 이미 안고 있는 걱정거리만으로도 충분했다.

"아마 습진일 겁니다." 나는 활기차게 말했다. "이 연고를 밤과 아침에 환부에 잘 문질러서 발라주세요." 나는 산화아연과 라놀린이 든 상자를 건네주었다. 좀 구식 방법이긴 하지만 몇 년 동안 나한테 큰 도움이 되었고, 간호사가 앰버를 잘 먹이면 약도 효험이 있을 것이다.

앰버의 소식을 듣지 못한 채 2주가 지나자 나는 안심했다. 앰버가 지금쯤은 좋은 집에서 자기를 사랑해주는 사람들과 함께 살고 있을 거라고 생각하면 나도 기분이 좋았다.

그런데 어느 날 아침 로즈 간호사의 전화를 받고 나는 냉엄한 현실로 돌아왔다.

"헤리엇 선생님, 털이 빠진 부위가 전혀 낫질 않아요. 사실은 점점 퍼지고 있어요."

"퍼진다고요? 어디로요?"

"다리 위쪽과 얼굴로요."

내 마음 구석에 웅크리고 있던 망령이 입을 우물거리고 손짓 발짓을 하면서 뛰어올랐다. 제발 그것만은 아니기를.

"곧 가겠습니다." 나는 말하고, 차를 타러 가는 길에 현미경을 집어 들었다.

앰버는 전처럼 반갑게 나를 맞아주었다. 눈은 기뻐서 춤을 추었고 꼬리는 채찍처럼 힘차게 움직였다. 하지만 얼굴과 다리에 깔쭉깔쭉하게 드러난 맨살을 보자 나는 속이 느글거렸다.

나는 강아지를 안고는 털이 빠진 부위에 코를 대고 킁킁 냄새를 맡았다.

로즈 간호사는 놀라서 나를 바라보았다.

"뭐 하시는 거예요?"

"쥐냄새가 나는지 맡아보고 있습니다."

"쥐냄새요? 거기서 쥐냄새가 나요?"

"네."

"그러면 그게 무슨 뜻이죠?"

"옴입니다."

"맙소사." 간호사는 입을 한 손으로 틀어막았다. "그건 좀 위험한 병이잖아요?" 그녀는 독특한 몸짓으로 두 어깨를 뒤로 젖혔다. "전에도 옴에 걸린 강아지를 겪어봤으니까 나름대로 맞붙어 싸울 수 있어요. 설파제로 목욕을 시켜서 옴을 깨끗이 낫게 할 수 있었지만, 다른 개들한테 옮길 위험이 있어요. 그게 걱정이에요."

나는 앰버를 내려놓고 갑자기 피로를 느끼며 일어섰다.

"옴진드기가 일으키는 옴을 생각하고 계시는 것 같은데, 이건 그보다 더 나쁜 것 같습니다."

"더 나쁘다고요?"

"모든 점으로 미루어보아 모낭충이 아닌가 싶어요."

그녀는 고개를 끄덕였다.

"모낭충에 대해서는 들은 적이 있어요. 그게 더 심각한가요?"

"예…… 고칠 수 없는 경우가 많습니다."

"맙소사. 전혀 몰랐어요. 앰버가 별로 긁지 않아서 나도 걱정하지 않았어요."

"예, 바로 그겁니다." 나는 찌푸린 얼굴로 말했다. "진드기에 감염된 개들은 거의 쉬지 않고 몸을 긁는데 그건 치료할 수 있지만, 모낭충에 감염된 개들은 가벼운 불쾌감만 보이는 경우가 많아서 우리도 대개 속아 넘어갑니다."

내 마음속의 망령은 이제 아주 커졌다. 나는 망령이라는 이 말을 문자 그대로의 의미로 쓰고 있다. 이 피부병은 내가 수의사 자격증을 딴 이후 줄곧 나를 따라다니며 괴롭혔기 때문이다. 나는 훌륭한 개들이 이 병에 걸려 오랫동안 치료를 받다가 결국 안락사당하는 것을 수없이 보았다.

나는 자동차 뒤칸에서 현미경을 들어올렸다.

"어쩌면 내가 성급한 결론을 내렸는지도 몰라요. 그랬으면 좋겠지만, 그걸 알아낼 방법은 이것뿐입니다."

나는 앰버의 왼쪽 앞다리에 맨살이 드러나 있는 부위를 눌러서 짜고 칼날로 긁어냈다. 긁어낸 부스러기와 장액을 유리 슬라이드에 놓고, 그 위에 수산화칼륨을 몇 방울 떨어뜨리고 커버 유리로 덮었다.

로즈 간호사는 내가 기다리는 동안 커피 한 잔을 갖다주었다. 나는 부엌 창문으로 들어오는 햇빛 속에 현미경을 놓고 접안렌즈를 들여다보았다. 거기에 그것이 있었다. 보고 싶지 않은 것을 보고 내 위장이 단단히 졸아들었다. 모낭충. 머리, 굵고 짧은 다리 여덟 개가 달려 있는 가슴, 시가 모양의 몸통. 게다가 한 마리가 아니었다. 현미경의 시야 전체에 진드기가 우글거리고 있었다.

"역시 그거네요. 의심할 여지가 없습니다. 정말 유감입니다."

그녀의 입 양끝이 아래로 내려갔다.

"하지만…… 우리가 할 수 있는 일이 아무것도 없나요?"

"있습니다. 시도해볼 수는 있죠. 나는 앰버한테 반했으니까 열심히 시도할 겁니다. 너무 걱정하지 마세요. 지금까지 모낭충성 옴에 걸린 환자를 몇 마리 치료했거든요. 항상 같은 약을 사용해서……." 나는 차로 돌아가서 트렁크를 뒤졌다. "이겁니다. 오딜렌이라는 약이죠." 나는 그녀의 눈앞에 양철통을 들어올렸다. "어떻게 바르는지 보여드릴게요."

앰버가 꼬리를 흔들고 나를 핥았기 때문에 감염된 부위에 로션을 바르는 일은 쉽지 않았지만, 마침내 일을 끝냈다.

"날마다 이렇게 해주세요. 그리고 일주일쯤 뒤에 알려주세요. 때로는 오딜렌이 놀라운 효과를 발휘하기도 한답니다."

로즈 간호사는 많은 동물을 구한 여자답게 단호히 턱을 내밀었다.

"약속해요. 정성을 다해서 꼼꼼하게 할게요. 우리는 성공할 수 있어요. 그렇게 나빠 보이진 않아요."

내가 아무 말도 하지 않자 그녀는 말을 이었다.

"하지만 다른 개들은 어떻게 하죠? 옮지 않을까요?"

나는 고개를 저었다.

"그게 모낭충의 또 다른 기묘한 점입니다. 다른 동물한테 옮는 경우는 극히 드물어요. 옴진드기처럼 전염성이 강하지 않으니까 그런 걱정은 하지 않아도 됩니다."

"그건 다행이네요. 하지만 도대체 개는 처음에 어떻게 그 병에 걸리죠?"

"그것도 신비로워요. 수의사들은 모든 개가 일정한 수의 모낭충을 피부 속에 갖고 있다고 확신합니다. 하지만 왜 어떤 개는 옴에 걸리고 어떤 개는 걸리지 않는지는 아직 밝혀지지 않았습니다. 때로는 한 배에서 태어난 여러 마리가 함께 옴에 걸리는 경우도 있으니까, 유전이 그것과 관계가 있는 것은 확실합니다. 하지만 이해할 수 있는 일이에요."

나는 로즈 간호사에게 오딜렌 깡통을 건네주고 그곳을 떠났다. 이 병에 대한 내 경험은 모두 좋지 않은 결과로 끝났지만, 이번은 예외일지도 모른다. 나는 그러기를 바라야 했다.

일주일 뒤에 간호사한테서 연락이 왔다. 오딜렌을 아주 세심하게 발라주었지만 피부병은 다리 위쪽으로 계속 번져가고 있다는 것이다.

나는 서둘러 달려갔다. 앰버의 얼굴을 본 순간 내가 걱정했던 일이 일어난 것을 알았다. 털이 빠진 부위가 더 넓어져서 앰버의 얼굴은 보기 흉하게 변형되어 있었다. 처음 왕진을 왔을 때 나를 사로잡은 그 아름다운 모습을 생각하면 그 변모는 마치 한 대 얻어맞은 듯한 충격이었다. 꼬리를 흔드는 쾌활한 성격은 여전했지만, 그게 오히려 전체 상황을 악화시키는 것 같았다.

무언가 다른 방법을 써볼 수밖에 없었다. 포도상구균이 2차적으로 피하에 침입하면 치료에 방해가 된다는 사실을 고려하여, 나는 앰버에게 포도상구균의 독성을 무독화한 변성 독소를 주사했다. 나는 또한 당시 피부병 치료제로 인기를 얻고 있던 비소 용액을 이용한 치료도 병행했다.

열흘이 지나도 간호사의 전화가 없자 나는 희망을 갖기 시작했다. 그래서 아침식사가 끝난 뒤 로즈 간호사의 전화를 받았을 때는 쓰라린 실망감을 맛보았다.

간호사의 목소리는 떨리고 있었다.

"헤리엇 선생님, 실은 앰버가 계속 나빠지고 있어요. 어떤 방법도 효과가 없는 것 같아요. 이젠 앰버를……."

나는 그 말을 중간에 가로막았다.

"알았습니다. 한 시간 이내에 갈 테니까, 아직은 희망을 버리지 마세요. 이런 병은 회복하는 데 몇 달이 걸리는 경우도 있거든요."

나는 보호소로 차를 몰고 가면서 내 말이 단순한 위로에 불과했을 뿐이라는 걸 알았다. 그 말에 실질적인 내용은 전혀 없었다. 하지만 로즈 간호사는 개를 안락사시키는 것을 무엇보다 싫어했기 때문에 나는 무언가 그녀에게 도움이 되는 말을 하려고 애썼다. 그녀의 손을 거쳐간 수백 마리의 동물들 가운데 그녀의 희망을 좌절시킨 것은 내가 기억하는 한 겨우 몇 마리뿐이었다. 만성 신장병이나 심장병으로 절망적인 곤경에 빠진 나이 많은 개들, 또는 디스템퍼(개홍역)에 걸린 강아지들이었다. 다른 개들의 경우에는 새 집에 입양될 수 있을 만큼 건강해질 때까지 그녀는 싸움을 멈추지 않았다. 그리고 로즈 간호사만이 아니라 나 자신도 앰버에게 그런 짓을 한다는 건 생각하기도 싫었다. 녀석이 가진 무언가가 나를 완전히 사로잡아버렸다.

보호소에 도착했을 때도 어떻게 하면 좋을지에 대해 아무런 생각도 떠오르지 않은 상태였다. 그래서 내가 입을 열었을 때 나는 내 입에서 나온 말에 스스로도 얼마쯤 놀라고 있었다.

"앰버를 우리 병원으로 데려가려고요. 그러면 날마다 내가 직접 치료할 수 있어요. 당신은 다른 개들을 돌보느라 할 일이 많으니까요. 앰버에게 당신이 할 수 있는 일은 다 했다는 건 나도 알지만, 이 일은 내가 직접 맡겠습니다."

"하지만…… 선생님도 바쁘시잖아요. 어떻게 시간을 내시겠어요?"

"저녁마다, 그리고 잠깐씩 짬이 날 때마다 틈틈이 치료할 수 있습니다. 이런 식으로 하면 계속 경과를 확인할 수 있어요. 앰버를 반드시 고쳐주고 싶습니다."

병원으로 차를 몰고 돌아오면서 나는 내 감정의 깊이에 놀랐다. 수의사로 일하는 동안 동물을 반드시 치료해주고 싶다는 이런 강박적인 욕망을 자주 느꼈지만, 앰버의 경우보다 더 강한 욕망을 느낀 적은 없었다. 그 어린 녀석은 나와 함께 차에 타고 있는 것을 기뻐했다. 앰버는 이것도 일종의 놀이로 여기는 것 같았다. 앰버는 여기저기 뛰어다니고, 내 귀를 핥고, 앞발을 대시보드 위에 올려놓고 유리창을 통해 밖을 내다보았다. 나는 병으로 흉터가 남고 오델린으로 얼룩지긴 했지만 행복해 보이는 앰버의 얼굴을 보고 핸들을 손으로 탁 때렸다. 모낭충성 옴은 골치 아픈 병이었지만, 앰버는 좋아질 것이다.

그것은 내 인생에서 기묘하게 생생한 에피소드의 시작이었다. 30년이 넘게 지난 옛날 일인데도 여전히 그때처럼 생생하다. 병원에는 개를 입원시켜서 치료할 수 있는 시설이 없었다. 당시에는 입원실을 갖춘 동물병원이 극히 드물었다. 하지만 나는 뒷마당의 낡은 마구간에 앰버가 지낼 수 있는 숙소를 마련했다. 마구간의 마방 하나에 합판으로 울타리를 둘러치고 짚을 깔아서 잠자리를 만들었다. 마구간은 낡았지만 튼튼한 건물이었고 외풍도 없었다. 거기에 있으면 앰버는 편안하고 아늑할 터였다.

내가 확실하게 한 것이 한 가지 있었다. 나는 헬렌이 이 일에 전혀 관여

하지 못하게 했다. 우리가 고양이 오스카를 입양했다가 나중에 주인이 나타나는 바람에 돌려주어야 했을 때 헬렌이 얼마나 고통을 겪었는지를 나는 잊지 않았다. 그리고 헬렌이 앰버를 보면 당장 좋아하게 되리라는 것도 알고 있었다. 하지만 나는 정작 나 자신에 대해서는 까맣게 잊고 있었다.

수의사들은 환자에게 지나치게 열중하게 되면 일을 오래 계속할 수 없다. 나는 내 동료들이 대부분 동물에 대해 그 동물의 주인만큼 감상적이 된다는 것을 경험으로 알고 있었기 때문에 그렇게 되지 않으려고 애썼지만, 무슨 일이 일어나고 있는지 미처 알아차리기도 전에 나는 앰버에게 열중하게 되었다.

나는 직접 앰버를 먹이고, 깔짚을 갈아주고, 치료를 했다. 낮에도 되도록 자주 앰버를 보았지만, 이제 와서 앰버를 생각하면 배경은 항상 밤이다. 11월 말이었기 때문에 오후 4시만 지나면 금세 어둠이 내렸고, 마지막으로 왕진을 간 곳에서는 외양간에 불을 켜고 희미한 불빛 속에서 더듬거리며 작업해야 했다. 집에 돌아오면 나는 항상 뒷마당으로 차를 몰고 가서 마구간을 헤드라이트로 비추었다.

내가 문을 열면 앰버는 항상 거기에 있었다. 합판 위에 앞발을 올려놓고 나를 환영하기 위해 기다리고 있었다. 밝은 헤드라이트 불빛 속에서 길고 노란 귀가 빛나고 있었다. 그것이 오늘날까지 내 마음속에 남아 있는 앰버의 모습이다. 앰버가 타고난 기질은 결코 변하지 않았다. 내가 앰버에게 불쾌한 짓을 하는 동안에도 녀석의 꼬리는 끊임없이 휙휙 소리를 내면서 깔짚을 채찍질했다. 나는 앰버의 민감한 피부에 로션을 바르고, 포도상구균의 독성을 무력화한 변성 독소를 주사하고, 경과를 확인하기 위해 피부를 긁어서 부스러기를 모았다.

며칠이 지나고 몇 주가 지났지만 앰버는 전혀 차도가 없었다. 나는 좀 필사적이 되었다. 과거에 그런 것들을 써봤지만 아무 소용이 없었는데도 설파제나 데리스로 앰버를 목욕시켰고, 특허를 받고 시판되는 온갖 치료제도 사들이기 시작했다. 수의업계에서는 치료가 잘되지 않는 병은 반드시 다양한 엉터리 '치료제'를 낳는다. 나는 불안을 느끼면서도 그런 치료제에 어떤 마법 같은 요소가 있을지도 모른다는 희망을 품고 그 어린 앰버에게 얼마나 많은 샴푸와 세정액을 퍼부었는지 헤아릴 수도 없을 정도였다.

헤드라이트 불빛 아래에서 진행되는 이 야간 진료는 내 생활의 일부가 되었고, 어쩌면 맹목적으로 무한정 계속되었을지도 모른다는 생각이 든다. 하지만 유난히 캄캄했던 어느 날 밤, 빗줄기가 마당에 깔린 자갈을 세차게 때리고 있을 때, 나는 그 어린 강아지를 난생처음 본 듯한 기분이 들었다.

피부병은 이제 몸 전체에 퍼져 있었다. 털은 다 빠지고 헝클어진 털뭉치만 드문드문 남아 있을 뿐이었다. 기다란 귀는 이제 더 이상 황금빛이 아니었다. 귀는 얼굴과 머리의 나머지 부위와 마찬가지로 털이 다 빠진 상태였다. 온몸의 피부는 두꺼워지고 쭈글쭈글해지고 푸르스름한 빛을 띠었다. 내가 손으로 눌러 짜면 고름과 장액이 서서히 스며 나와 내 손가락 주위로 올라오곤 했다.

나는 앰버가 내 주위를 뛰어다니면서 나를 핥고 꼬리를 흔드는 동안 깔짚 위에 털썩 주저앉아 있었다. 몸 상태는 끔찍했지만 앰버의 본성은 변하지 않았다.

하지만 이런 상태가 계속될 수는 없었다. 나는 앰버와 나의 여정이 끝났다는 것을 알았다. 나는 생각하려고 애쓰면서 앰버의 머리를 쓰다듬었다. 비쩍 마른 얼굴 속에서 앰버의 쾌활한 눈이 애처로웠다. 내 고통은 다양한 요소로 이루어져 있었다. 나는 앰버를 너무 좋아하게 되었다. 나는 실패했고, 앰버를 도와줄 사람은 아무도 없었다. 로즈 간호사와 나뿐이다. 그리고 그것도 또 다른 문제였다. 그렇게 자신만만한 말을 늘어놓은 내가 이제 와서 그 착한 간호사에게 무슨 말을 하겠는가?

내가 그녀에게 전화할 용기를 낸 것은 이튿날 점심때였다. 나는 이 상황에 대해 사무적인 태도를 취하려고 애쓴 나머지 퉁명스럽게 말한 게 아닌가 싶다.

"아무래도 틀린 것 같습니다. 갖은 방법을 다 써봤지만 계속 나빠졌어요. 안락사를 시키는 게 가장 친절한 조치일 겁니다."

간호사의 목소리에는 충격이 뚜렷이 드러나 있었다.

"하지만…… 그건 너무 터무니없는 것 같아요. 겨우 피부병 때문에."

"압니다. 누구나 다 그렇게 생각하죠. 하지만 이건 무서운 병이에요. 최악의 경우에는 한 동물의 삶을 망칠 수도 있어요. 지금 앰버는 몹시 불쾌할 겁니다. 그리고 이제 곧 고통을 느끼게 되겠죠. 앰버가 그런 상태로 계속 살게 할 수는 없습니다."

"네, 선생님의 판단을 믿어요. 불필요한 일은 하지 않으리라는 건 나도 알아요."

긴 침묵이 흘렀다. 나는 그녀가 목소리를 가다듬으려 애쓰고 있는 것을 알 수 있었다. 이윽고 그녀가 차분하게 말했다.

"병원에서 짬이 날 때 내가 거기 가서 앰버를 만나고 싶어요."

"제발 그러지 마세요. 그러지 않았으면 좋겠어요."

다시 침묵이 흐른 뒤 그녀가 말했다.

"알았어요. 모든 걸 선생님께 맡기겠어요."

그 직후에 나는 급한 환자를 보러 왕진을 갔고, 오후 내내 일에 쫓겼다. 그렇다고 해서 나중에 해야 할 일에 대해 생각하는 것을 완전히 막을 수는 없었지만, 바쁘게 일하면 적어도 그 생각에 사로잡히는 것은 피할 수 있었다. 내가 뒷마당으로 차를 몰고 들어가 차고 문을 연 것은 여느 때처럼 캄캄한 밤이었다.

모든 것이 다른 때와 똑같았다. 앰버는 헤드라이트 불빛 속에 있었다. 합판에 앞발을 올려놓고, 몸이 함께 흔들릴 만큼 힘차게 꼬리를 흔들고, 기뻐서 입을 벌리고 헐떡거리며 나를 반갑게 맞이하고 있었다.

나는 진정제인 바르비투르산염과 주사기를 주머니에 넣고 울타리 안으로 들어갔다. 오랫동안 나는 앰버와 야단스럽게 놀아주었다. 나를 향해 팔짝팔짝 뛰어오르는 앰버를 토닥이고 말을 걸었다. 그런 다음 주사기에 약을 가득 채웠다.

"앉아, 앰버."

앰버는 고분고분 엉덩이를 바닥에 대고 털썩 앉았다. 나는 앰버의 오른쪽 앞다리의 관절 위쪽을 꽉 잡아서 요골 정맥이 도드라지게 했다. 털을 깎을 필요는 없었다. 털이 다 빠져버렸기 때문이다. 내가 주삿바늘을 정맥에 밀어 넣자 앰버는 이건 또 무슨 놀이일까 궁금해하면서 호기심에 찬 눈으로 나를 바라보았다. 나는 이럴 때마다 늘 하던 말을 지금은 할 필요가 없다는 것을 깨달았다. "이 아이는 아무것도 모를 겁니다." "이건 마취제를 조금 많이 투여하는 것뿐이에요." "이게 이 아이를 편안하게 보내는 방법입니다." 그러나 그곳엔 슬퍼하며 내 말을 들어줄 주인이 없었다. 지금은 우리 둘뿐이었다.

앰버가 깔짚 위에 쓰러지자 나는 "착한 녀석" 하고 중얼거렸다. 그러면서 내가 여느 때처럼 그런 말을 했다면 그것은 분명 사실이었을 거라고 확신했다. 앰버는 까불면서 장난을 치다가 무의식 상태에 빠질 때까지 아무것도 알지 못했고, 정말로 그것은 이제 곧 고문실이 될 감옥에서 탈출할 수 있는 쉬운 방법이었다.

나는 우리에서 나와 자동차 헤드라이트를 껐다. 차가운 어둠 속에서 뒷마당이 그렇게 황량하게 보인 적은 없었다. 몇 주 동안 앰버를 치료하려고 애쓴 뒤라서 상실감과 좌절감이 나를 삼킬 듯이 밀려왔지만, 마지막으로 최소한 앰버가 궁극적인 고통을 면하게 해줄 수는 있었다. 치료할 수 없는 모낭충성 옴에 걸린 개들을 기다리는 것은 내장농양과 패혈증이다.

오랫동안 나는 무거운 짐을 짊어지고 다녔다. 그렇게 오랜 세월이 지난 지금도 나는 여전히 그 무게를 느낀다. 앰버의 비극은 너무 일찍 태어났다는 것이었기 때문이다. 오늘날에는 유기인산염과 항생제를 장기간 투여하면 대부분의 모낭충성 옴은 치료할 수 있지만, 이런 약들은 내가 그것을 필요로 했던 당시에는 구할 수 없었다.

모낭충성 옴은 여전히 무서운 질병이지만, 우리는 현대식 무기로 끈질기게 그것과 맞서 싸웠고, 지난 몇 년 동안은 대부분의 전투에서 승리를 거두었다. 나는 대러비에서 이 병에 걸렸다가 살아남은 훌륭한 개를 몇 마리 알고 있다. 길을 가다가 건강하고 윤기 나는 털을 자랑하는 그 개들을 보면 앰버가 내 마음에 되살아난다. 배경은 항상 어둡고, 앰버는 항상 헤드라이트 불빛 속에 있다.

9

"저것 좀 보세요." 농부가 말했다.

"뭘 말입니까?" 그때 나는 암소를 '세정'하고 있었다. 즉 새끼를 낳은 뒤 자궁에 남은 태와 태막 따위를 걷어내고 있던 참이어서 내 손은 암소의 자궁 속에 깊이 묻혀 있었다. 내가 고개를 돌려보니 농부는 내 환자 밑의 외양간 바닥을 가리키고 있었다. 나는 암소의 젖통에서 콘크리트 바닥으로 내뿜는 하얀 소젖 네 줄기를 보았다.

그는 싱긋 웃었다.

"우습지 않나요?"

"별로 우습지 않은데요. 이건 내 손이 자궁을 헤집고 있기 때문에 일어나는 반사작용입니다. 젖을 분비시키는 뇌샘에 작용해서 젖이 나오는 거죠. 암소를 세정해주고 있을 때 그런 식으로 젖을 분비하는 경우를 자주 봅니다."

"하지만 웃겨요." 농부는 소리 내어 웃었다. "어쨌든 빨리 끝내시는 게 좋을 겁니다. 안 그러면 선생님 청구서를 지불할 때 우유 몇 리터 값을 빼고 드릴 거예요."

때는 1947년, 폭설이 내린 해였다. 나는 그 전에도 그 후에도 그렇게 많은 눈은 본 적이 없다. 기묘한 것은 폭설이 시작될 때까지 한참 시간이 걸렸다는 점이다. 11월에는 아무 일도 일어나지 않았고, 크리스마스에도 눈이 내리지 않았지만, 그 후 날이 점점 추워지기 시작했다. 1월 내내 북동풍이 불었다. 북극에서 곧바로 내려오는 바람이 분명했다. 도저히 참을 수 없는 강풍이 며칠 계속된 뒤에는 대개 눈이 내려서 날씨가 조금은 따뜻해지곤 했다. 하지만 1947년에는 그렇지 않았다.

날마다 우리는 더 이상 추워질 수는 없다고 생각했지만, 날마다 점점 더 추워졌다. 그러다가 1월의 마지막 며칠 동안은 바람에 실려 아주 고운 눈송이가 나타났다. 눈송이는 너무 작아서 보이지 않을 정도였지만, 그것은 눈다운 눈의 전조였다. 2월 초에 커다란 눈송이가 우리 시골에 쉬지 않고 엄청나게 내리 퍼붓기 시작했다. 우리는 눈이 그렇게 쌓이면 어떻게 해볼 도리가 없다는 것을 알았다.

눈은 몇 주 동안 계속되었다. 때로는 조용하게 내려서 익숙한 표지물을 장막처럼 덮어버렸고, 때로는 맹렬한 눈보라가 휘몰아치기도 했다. 또 짬짬이 혹한이 닥쳐서 길바닥을 유리처럼 미끄러운 빙판으로 바꾸어버렸다. 반반하게 다져진 눈길에서 차를 몰 때는 시속 20킬로미터로 기어가다시피 했다.

스켈데일 하우스의 기다란 정원은 하얀 담요 밑으로 사라졌다. 내가 날마다 뒷마당에 세워둔 차까지 눈을 뚫고 가느라, 담장을 따라 도랑처럼 깊은 통로가 한 줄기 생겨났다.

마당 자체도 날마다 눈을 퍼내야 했고, 마당으로 들어가는 커다란 여닫이문을 여는 것도 힘든 중노동이었다. 하루는 꽁꽁 얼어붙은 눈더미에 문이 끼여서 꼼짝도 하지 않았다. 내가 할 수 있는 일은 아무것도 없었기 때문에, 그 문은 겨울이 끝날 때까지 계속 열린 채 있었다.

우리는 환자한테 가기 위해 먼 길을 걸어서 갔다. 대부분의 농장길이 막혀버렸기 때문이다. 고지대에는 우리가 아예 갈 수 없는 농장이 몇 개 있었다. 그것은 정말 안타까운 일이었다. 수의사의 도움을 받지 못해 죽은 동물이 많았기 때문이다. 버트 킬리가 나한테 전화를 걸어온 것은 헬리콥터가 이런 고립된 농장에 식량을 투하하고 있었던 3월 중순경이었다.

그는 여름에도 황량한 고지대의 황무지에 고립되어 있는 사람들 가운데 하나였다. 나는 그의 목소리를 듣고 깜짝 놀랐다.

"전화선이 끊긴 줄 알았는데요." 나는 말했다.

"아니, 전화선은 살아 있습니다. 어떻게 살아남았는지는 모르지만." 젊은 농부의 목소리는 여느 때처럼 쾌활했다. 그는 고지대의 척박한 땅에서 송아지들을 키우며 간신히 생활을 꾸려나가는 수많은 농부들 가운데 하나였다.

"하지만 곤경에 빠졌어요." 그가 말을 이었다. "폴리가 방금 새끼를 낳았는데 젖이 나오질 않네요." 폴리는 킬리네 농장에 하나밖에 없는 돼지였다.

"저런, 큰일이군요."

"정말 곤란합니다. 새끼를 잃는 것도 곤란하지만, 내가 걱정하는 건 테스예요."

"아…… 예……." 실은 나도 테스를 생각하고 있었다. 테스는 이제 여덟 살 된 버트의 딸인데, 어린 새끼돼지를 특히 좋아했다. 그래서 자신만의 새끼돼지를 가질 수 있도록 암퇘지 한 마리를 생일선물로 사 달라고 아버지를 졸랐다. 암퇘지가 도착한 지 며칠 뒤에 테스가 생일선물로 받은 암퇘지를 보여주면서 기뻐하던 모습이 생각났다.

"저 애는 폴리예요." 테스는 우리 안에서 깔짚을 코로 밀어대고 있는 암돼지를 가리키면서 말했다. "제 거예요. 아빠가 주셨어요."

나는 우리 안으로 허리를 숙여 돼지를 살펴보았다.

"그래, 나도 알아. 너는 행운아야. 정말 예쁘고 훌륭한 돼지구나."

"맞아요." 어린 소녀의 눈이 기쁨으로 반짝였다. "저는 날마다 먹이를 주고, 폴리는 제가 쓰다듬게 해줘요. 폴리는 정말 착해요."

"물론 그렇겠지. 아주 착해 보여."

"그리고 있잖아요." 테스의 얼굴이 진지해지더니 목소리가 마치 음모를 꾸미는 듯한 음색이 되었다. "폴리는 3월에 새끼를 낳을 거예요."

"그래? 그럼 너는 분홍색 새끼들을 많이 돌보게 되겠구나." 나는 두 손을 한 뼘 간격으로 벌렸다. "새끼돼지들은 꼭 이만한 크기란다."

테스는 그렇게 작은 새끼들을 돌볼 생각에 감격하여 말을 잇지 못하고, 그저 행복한 미소를 지으며 돼지우리 벽을 움켜잡고 팔짝팔짝 뛰기 시작했다.

전화로 버트 킬리의 목소리를 들었을 때, 이 모든 장면이 기억에 되살아났다.

"폴리가 유선염에 걸린 것 같진 않나요? 혹시 젖통이 붉게 부어오르지 않았어요? 식욕은 어때요?"

"식욕은 왕성합니다. 젖통도 염증을 일으키지 않았고요."

"그렇다면 그건 전형적인 무유증이에요. 피튜이트린(호르몬제) 주사를 맞아야 하는데, 어떡하죠? 그 동네는 벌써 몇 주 동안이나 고립되어 있어서요."

요크셔 농부는 웬만해서는 날씨 때문에 농장이 고립되어 있다는 사실을 인정하지 않지만, 지금은 예외적인 상황이라서 버트도 내 말에 동의할 수밖에 없었다.

"압니다. 어떻게든 길을 뚫어보려고 애썼지만, 눈을 치우면 금세 또 그만큼 쌓이는 거예요. 어쨌든 산길은 3킬로미터나 막혀 있어서 이렇게 시간만 죽이고 있습니다."

나는 잠시 생각하고 말했다.

"새끼돼지들한테 혹시 소젖을 먹여봤나요? 우유 1리터에 달걀 한 개와 글루코스(포도당) 한 숟갈을 넣으면 돼지젖 대용으로 나쁘지 않아요. 설사하는 송아지들 때문에 글루코스를 갖고 있다는 건 알고 있습니다."

"물론 먹여봤어요. 그걸 요크셔푸딩 통에 넣고 새끼돼지들의 코를 그 속에 담가보았지만, 녀석들은 그걸 쳐다보려고도 하지 않아요. 어미젖을 잘 빨아서 배 속에 조금이라도 넣을 수만 있다면, 그게 시발점이 되어서 대용 젖이라도 시험 삼아 한번 먹어볼지 모르는데."

그 말이 옳았다. 새끼돼지들이 처음 빠는 그 한 모금의 젖은 무엇과도 비교할 수 없었다. 새끼들이 초유를 먹지 못하면, 배가 텅 빈 그 작은 생명체는 놀랄 만큼 빠른 속도로 쇠약해지고, 결국은 죽게 된다.

"새끼들이 다 죽을 것 같아요." 버트가 말했다. "테스가 뭐라고 할지 모르겠군요. 테스는 아마 가슴이 찢어질 겁니다."

나는 수화기를 손가락으로 톡톡 두드렸다. 어떤 생각이 마음속에 떠오르고 있었다.

"딱 한 가지 방법이 있어요. 데너뱅크까지는 길이 뚫려 있으니까, 그 쪽 대기까지는 내가 갈 수 있습니다. 거기서부터 당신 농장까지는 평탄하니까, 스키를 타면 갈 수 있을 거예요."

"스키를 타요?"

"최근에 내가 스키를 좀 탔지요. 하지만 당신 농장만큼 먼 곳에는 가본 적이 없어요. 그래서 해낼 수 있을지 확신할 수는 없지만 한번 해볼게요."

"그렇게 해주신다면 정말 고맙겠습니다. 내가 걱정하는 건 내 어린 딸이랍니다."

"나도 마찬가지예요. 어쨌든 한번 해보겠습니다. 지금 출발할게요."

데너뱅크 꼭대기에서 나는 제설차가 쌓아둔 눈벽에 최대한 가깝게 차를 대고, 차에서 내려 스키를 신었다. 내가 스키를 제법 잘 탄다고 자만한 것은 인정할 수밖에 없다. 오랫동안 눈과 추운 날씨가 계속된 덕분에 보너스로 멋진 스키 슬로프를 이용할 수 있게 되었기 때문이다. 나는 열광적인 스키 애호가들 몇 명과 함께 기회가 있을 때마다 언덕 비탈로 달려 나갔고, 얼어붙을 듯이 추운 공기 속을 몇 번이고 미끄러져 내려오는 것은 그야말로 내가 지금까지 겪어본 일 가운데 가장 상쾌한 일이라고 생각했다. 나는 스키에 관한 책까지 사서 읽었고, 내가 스키에 무척 능숙해지고 있다고 자부했다.

무유증 치료에 필요한 것은 피튜이트린이 든 약병과 주사기뿐이었다. 나는 그것을 주머니에 넣었다.

정상적인 상황에서 킬리네 농장에 가려면 곧은길을 3~4킬로미터 달리다가 오른쪽으로 구부러져 브랜덜리라는 고지대 마을 쪽으로 가야 했다. 이 두 번째 길의 중간쯤 되는 외딴 곳에 킬리네 농장이 자리 잡고 있었다.

하지만 내가 수백 번이나 온 적이 있는 이 지역도 오늘만큼은 지금까지 한 번도 온 적이 없는 낯선 곳일 수 있었다. 돌담은 눈에 깊이 파묻혀

밭도 없고 길도 없고, 입을 딱 벌리고 있는 하얀 눈밭 여기저기에 전신주 꼭대기만 삐죽삐죽 튀어나와 있을 뿐이었다. 그것은 섬뜩할 만큼 으스스한 광경이었다.

내가 스키를 신지 않았다면 물결치는 눈더미 속으로 얼마나 깊이 가라앉았을지 모른다. 나는 불안이 언뜻 고개를 드는 것을 느꼈지만, 해보겠다고 약속했으니 어쩔 수 없었다. 어쨌든 목초지를 가로지를 수는 있을 것이다. 삼각형의 두 변을 잘라내는 것과 비슷할 터였다. 나는 킬리네 농장이 어두운 스카이라인 바로 밑에 있는 우묵한 분지에 있을 거라고 확신했다.

이것은 내 인생에서 영광스러운 에피소드는 아닌 듯하다. 내가 아마추어처럼 1킬로미터쯤 미끄러져 갔을 때 다시 눈이 내리기 시작했다. 눈은 갑자기 시작된 것 같았고 결코 세찬 눈보라는 아니었지만, 나를 주위와 완전히 단절시키는 하얀 베일 같았다. 나는 방향감각을 잃어버렸기 때문에 계속 가는 것은 아무 의미가 없었다. 소용돌이치는 눈보라의 장막도 뚫을 수 없었다. 이제 나는 겁에 질렸다는 사실을 감출 수 없었다. 눈을 반쯤 감은 채 꼼짝도 않고 추운 눈밭에 서서 나는 생각했다. 눈이 그치지 않으면 어떻게 될까? 사실 나는 아직도 그게 궁금하다. 그 황무지에서 몇 킬로미터를 헤매도 인가를 만나지 못했을 수도 있었기 때문이다.

눈보라가 시작되었을 때처럼 갑자기 그쳤기 때문에 그 의문에 대한 해답은 영원히 얻지 못할 것이다. 나는 가슴을 두근거리며 주위를 둘러보았다. 저 멀리 하얀 눈밭에 내 차의 지붕이 검은 얼룩처럼 보였다. 정말 반가운 광경이었다. 나는 올림픽 스키 선수처럼 내 차 쪽으로 돌아가기 시작했다. 그 차에 눈길을 계속 고정시키고 있었기 때문에 내 눈알은 튀어나와 있었을 게 분명하다.

스키를 뒷좌석에 던져 넣고 시동을 걸자 안도감이 온몸으로 퍼져갔다. 데너뱅크를 떠나 대러비로 이어지는 길로 돌아온 지 한참 뒤에야 내 맥박도 겨우 정상으로 돌아왔다.

"버트." 나는 전화로 말했다. "정말 미안하지만, 가지 못했어요. 갑자기 눈이 쏟아져서 그냥 돌아올 수밖에 없었어요."

"돌아가셨다니 다행입니다. 선생님이 출발하신 뒤로 계속 걱정했거든요. 여기서는 눈밭에서 길을 잃고 죽은 사람이 많아요. 선생님이 한번 해보겠다고 하셨을 때 말렸어야 하는 건데." 그는 잠시 말을 끊었다가 생각에 잠긴 듯한 말투로 중얼거렸다. "폴리가 젖을 내게 할 수 있는 다른 방법이 없을까요?"

그 말을 들은 순간 내가 자궁에서 태를 꺼내고 있을 때 하얀 젖을 외양간 바닥에 분출한 암소의 모습이 문득 떠올랐다. 그리고 다른 것도 생각났다. 내가 암퇘지의 자궁을 검사하고 있을 때에도 같은 일이 일어났던 것이다.

"어쩌면 방법이 있을지도 몰라요." 나는 불쑥 말했다.

"무슨 말씀이세요?"

"암퇘지의 몸속에 손을 넣어본 적이 있나요?"

"예?"

"암퇘지를 내진해본 적이 있냐고요?"

"그러니까…… 돼지의 자궁 속에 손을 넣어본 적이 있냐는 말씀인가요?"

"맞아요."

"아뇨, 없습니다. 그런 일은 수의사 선생님들한테 맡기고 있죠."

"그럼 지금 해보세요. 따뜻한 물과 비누를 준비하고……."

"잠깐만요. 폴리의 자궁 속에는 새끼가 남아 있지 않은데요. 그건 분명합니다."

"나도 새끼가 남아 있을 거라고는 생각지 않아요. 하지만 내 말대로 하세요. 팔을 비누로 잘 씻고, 집에 있는 소독제를 사용하세요. 그런 다음, 암퇘지의 질 속으로 손을 넣어 자궁경부에 닿을 때까지 더듬어가세요. 암퇘지는 새끼를 낳은 지 얼마 안 됐으니까 자궁경부는 아직 열려 있을 겁니다. 손가락 하나를 자궁 속에 넣어서 자궁을 조금 흔들어주세요."

"세상에! 도대체 무엇 때문에 그런 짓을 하라는 겁니까?"

"그렇게 하면 젖이 나오는 경우가 많아요. 이유는 그거니까 어서 하세요."

나는 수화기를 내려놓고 점심을 먹으러 갔다. 식사하는 동안에도 나는 폴리 생각에 정신을 파느라 어린 지미의 질문에 건성으로 대답했고, 헬렌은 그런 나를 계속 힐끔거렸다. 헬렌은 무언가 내 마음을 차지하고 있다는 것을 알았고, 그래서 전화벨 소리에 내가 벌떡 일어났을 때도 아마 놀라지 않았을 것이다.

전화를 건 사람은 버트였다. 그는 숨을 헐떡이고 있었지만 쾌활한 목소리로 말했다.

"효과가 있었어요! 선생님 말씀대로 자궁을 흔든 다음 젖을 짜보았더니 모든 젖꼭지에서 젖이 나왔어요. 전에는 한 방울도 나오지 않았는데, 꼭 마법을 부린 것 같았어요."

"새끼들은 젖을 먹고 있습니까?"

"먹다마다요! 전에는 한 모금이라도 먹으려고 기를 썼는데 지금은 모두 한 줄로 조용히 엎드려서 열심히 젖을 빨고 있답니다. 정말 귀여운 모습이에요."

"그거 잘됐군요. 하지만 아직 우리가 승리한 건 아닙니다. 새끼들은 중요한 초유를 마셨지만 폴리는 내일이나 오늘밤에 다시 젖이 마를지도 몰라요. 그러면 또 손을 자궁 속에 넣어야 할 겁니다."

"그래요?" 버트의 목소리에서 열의가 사라졌다. "이젠 다 끝난 줄 알았는데……."

사실 버트는 그 유별난 짓을 여러 번 되풀이해야 했고 폴리는 끝내 젖을 충분히 내지 못했다. 하지만 새끼들은 양철통에 든 대용 젖을 마실 수 있게 될 때까지 잘 견뎌냈다. 새끼들은 모두 목숨을 건졌다.

1947년의 폭설 뒤에는 내가 기억하는 한 가장 아름다운 여름이 찾아왔다. 하지만 4월 말에도 고지대에는 여전히 하얀 눈이 돌담 뒤에 남아 있었고, 초록빛 황무지를 배경으로 거대한 짐승의 갈빗대처럼 남아 있는 하얀 잔설이 눈에 띄었다. 하지만 길은 깨끗했고, 버트 킬리의 어린 암소를 보러 가는 여행에는 지난번과 같은 극적인 면은 전혀 없었다.

내가 일을 마치자 테스는 사랑하는 폴리와 그 가족을 보여주려고 나를 돼지우리로 데려갔다.

"예쁘죠?" 폴리는 어미 주위에서 놀고 있는 열두 마리의 새끼들을 들여다보면서 말했다.

"정말 예쁘구나. 새끼를 키워보려는 너의 첫 시도는 대성공을 거두었지만, 사실 거기에 대해서는 아빠한테 감사해야 할 거야. 아빠는 정말 훌륭한 일을 하셨어."

곁에서 버트는 그 일을 기억해내고 쓴웃음을 지으며 얼굴을 찡그렸다.

"아마 그럴 겁니다. 하지만 그럴 만한 가치가 있었어요. 어쨌든 사람은 꼭 해야 한다면 평소에는 꿈에도 생각지 못한 일도 할 수 있으니, 정말 놀랍죠."

10

"여보, 괜찮아?"

나는 옆자리에서 안절부절못하고 있는 아내를 걱정스러운 눈으로 돌아보았다. 우리는 브로턴에 있는 라스칼라 극장에서 1파운드 9펜스짜리 좌석에 앉아 있었지만, 나는 우리가 거기에 있으면 안 된다고 생각했다.

그날 아침에 나는 그런 내 불안을 말로 표현했다.

"오늘이 반공일인 건 알지만, 아기가 언제 나올지 모르니까 대러비 근처에 있는 게 더 안전하지 않을까?"

"난 그렇게 생각하지 않아요." 헬렌은 우리의 외출을 거른다는 생각조차 믿을 수 없다는 듯이 까르르 웃었다. 아내의 말뜻은 나도 충분히 알 수 있었다. 외출은 우리의 바쁜 생활에서 긴장과 피로를 풀 수 있는 오아시스나 마찬가지였기 때문이다. 나에겐 전화와 진창과 고무장화에서 벗어날 수 있는 탈출구였고, 아내에게는 일을 잠시 내려놓고 쉴 수 있는 시간일 뿐만 아니라 다른 사람이 요리해서 차려주는 음식을 먹는 사치를 의미했다.

"하지만 진통이 빨리 오면 어떡하지? 당신이 웃고 있는 건 좋지만, 우리 둘째가 스미스 책방이나 자동차 뒷좌석에서 태어나는 건 당신도 바라지 않잖아?"

나는 모든 게 걱정이었다. 그래도 지미가 태어날 때만큼 나쁘지는 않았다. 당시 공군에 복무하고 있던 나는 몹시 쇠약해져서 몸무게가 10킬로그램이나 빠졌지만, 그게 다 고된 훈련 때문만은 아니었다. 이 증상에 대해 농담하는 사람도 많지만, 내게는 전혀 우스운 일이 아니었다. 아이가 태어나는 일에는 정말이지 나에게 절실히 와 닿는 무언가가 있었고, 요즘 나는 들뜬 기분으로 헬렌을 따라다니면서 일거수일투족을 지켜보는 데 많은 시간을 보냈고, 그런 나를 헬렌은 재미있어했다. 나는 도저히 침착할 수가 없었다. 내 기질에는 애당초 요가 수행자처럼 침착한 면이 전혀 없지만, 지난 이틀 동안 긴장은 계속 고조되었다.

하지만 오늘 아침에 헬렌은 매우 완강했다. 그렇게 사소한 이유 때문에 자신의 반공일을 빼앗길 생각은 전혀 없었고, 이제 우리는 여기 라스칼라 극장에 들어와 있었다. 화면에서는 험프리 보가트(미국의 영화배우 [1899~1957])가 내 주의를 끌려고 애를 쓰고 있었지만, 옆에서 아내가 계속 몸을 꼼지락거리면서 이따금 배를 쓰다듬고 있었기 때문에 내 혈압은 꾸준히 올라가고 있었다.

나는 아내를 곁눈질로 열심히 주시하고 있었다. 그런데 아내가 갑자기 경련하듯 몸을 움찔하더니, 입술이 벌어지면서 낮은 신음 소리를 냈다. 아내가 나를 돌아보며 "여보, 아무래도 나가는 게 좋겠어요" 하고 속삭이기도 전에 내 온몸에서는 땀방울이 솟아나고 있었다.

나는 어둠 속에서 관객들이 뻗고 있는 다리에 발이 걸려 비틀거리며 아내를 데리고 경사진 통로를 올라갔다. 나는 공포에 사로잡힌 나머지, 극장 뒤쪽에 손전등을 들고 서 있는 여자 안내원에게 이르기도 전에 위기가 닥칠 거라고 생각했다.

거리로 나와서 겨우 몇 미터 떨어진 곳에 서 있는 우리 차를 발견했을 때는 정말 고마웠다. 차가 출발했을 때 나는 낡은 스프링이 삐걱거리고 덜그럭거리는 것을 이제야 알아차린 듯한 느낌이 들었다. 내 차가 롤스로이스라면 얼마나 좋을까 하고 생각한 것은 내 평생 그때뿐이었다.

대러비까지는 40킬로미터였지만, 그 거리를 달리는 시간이 영원처럼 길게 느껴졌다. 헬렌은 옆자리에 조용히 앉아서 이따금 눈을 감고 깊은 숨을 몰아쉬었다. 그럴 때마다 내 심장은 갈비뼈를 북처럼 두드렸다. 대러비에 도착하자 나는 차를 오른쪽으로 돌려 장터 쪽으로 내달렸다.

헬렌이 놀란 눈으로 나를 바라보았다.

"어디로 가는 거예요?"

"그야 물론 브라운 간호사한테 가는 거지."

"그렇게 바보처럼 굴지 말아요. 아직 그럴 시간은 아니에요."

"하지만…… 당신이 어떻게 알아?"

"그냥 알아요." 헬렌은 까르르 웃었다. "전에도 아기를 낳아봤잖아요. 기억 안 나요? 그냥 집으로 가요."

나는 불안에 가득 찬 마음을 안고 스켈데일 하우스로 차를 몰았다. 계단을 올라갈 때 나는 헬렌의 침착성에 경탄했다.

우리가 침대에 들어갔을 때도 마찬가지였다. 아내는 별로 편안하지 않은 건 분명했지만 아주 참을성 있게 누워 있었다. 내가 나누어가질 수 없는 불가피한 고통을 차분하게 받아들이고 있는 모습이었다.

나는 자다 깨다를 반복하면서 시나브로 잠에 빠져들었던 것 같다. 아내가 내 팔을 쿡쿡 찔렀을 때는 어느새 오전 6시가 되어 있었기 때문이다.

"여보, 갈 시간이에요." 아내의 말투는 지극히 사무적이었다.

나는 깜짝상자에서 튀어나오는 인형처럼 침대에서 뛰쳐나와 옷을 주워 입고, 이럴 경우에 대비하여 우리와 함께 머물고 있던 루시 처고모에게 층계참 너머로 소리쳤다.

"우리 나가요!"

그러자 문 뒤에서 희미한 대답이 들려왔다.

"알았어. 지미는 내가 돌봐줄게."

내가 침실로 돌아오자 헬렌은 옷을 입고 있었다.

"여보, 벽장에서 여행 가방을 가져오세요."

나는 벽장문을 열었다.

"여행 가방?"

"네, 그거요. 내 잠옷과 화장도구, 아기옷, 그리고 내게 필요한 물건이 거기에 다 들어 있어요. 어서 그걸 가져오세요."

나는 나오는 신음을 억누르며 여행 가방을 꺼낸 뒤, 거기에 서서 기다렸다. 지난번에는 전쟁 때문에 이 모든 것을 놓쳤고 그것을 아쉬워한 적이 많았지만, 지금 이 순간에는 내가 차라리 다른 곳에 있기를 바라고 있는 건 아닌지 알 수가 없었다.

바깥은 아름다운 5월의 아침이었다. 맑은 공기는 새벽의 신선함으로 가득 차 있었다. 그 신선함은 새벽에 왕진을 부탁하는 전화를 받았을 때 느끼는 짜증을 수없이 달래주었지만, 오늘 차를 몰고 텅 빈 장터를 질러가는 나에게는 그것도 전혀 효과가 없었다.

우리는 집에서 1킬로미터만 가면 되었다. 나는 불과 몇 분 뒤에 '그린사이드 조산원' 밖에 차를 세웠다. 그린사이드 조산원이란 이름은 꽤 거창한 느낌을 주지만, 실제로는 브라운 간호사의 작은 집이었다. 집 위층에는 오랫동안 이 동네 아이들의 탄생을 지켜본 침실이 두 개 있었다.

나는 문을 두드린 다음, 문을 밀어서 열었다. 브라운 간호사는 나에게 재빨리 미소를 던지고는 헬렌의 어깨를 팔로 감싸 안고 위층으로 데려갔다. 부엌에 남겨진 나는 이상하게 외롭고 무력한 기분을 느꼈지만, 그때 어떤 목소리가 뒤죽박죽된 내 생각에 끼어들었다.

"어이 짐, 멋진 아침이야."

브라운 간호사의 남편인 클리프였다. 그는 부엌 한구석에 앉아 아침을 먹고 있었는데, 마치 길거리에서 나를 만나기라도 한 것처럼 태평하게 말을 걸어왔다. 그는 한시도 얼굴을 떠난 적이 없어 보이는 환한 웃음을 띠고 있었지만, 나는 그가 식탁에서 일어나 내 손을 잡고 "자, 진정하게" 라든가 그런 종류의 말을 해주기를 반쯤 기대하고 있었던 것 같다.

하지만 그는 접시에 수북이 담긴 베이컨과 달걀, 소시지와 토마토를 계속 차분하게 먹고 있었다. 그가 오랫동안 그 부엌에 서서 덜덜 떨고 있는 수백 명의 남편들을 보았을 거라는 점을 나는 그제야 깨달았다. 클리프에게는 익숙한 광경이었던 것이다.

"아, 예……" 나는 대답했다. "나중에는 더워질 것 같네요."

그는 멍하니 고개를 끄덕이고 접시를 식탁 한쪽에 있는 빈 그릇 옆으로 밀어낸 다음, 빵과 마멀레이드 쪽으로 주의를 돌렸다. 브라운 간호사는 아기 전문가일 뿐만 아니라 유명한 요리사이기도 했다. 그녀의 남편은 덩치가 아주 컸고 이 지역의 도급업자 밑에서 화물트럭을 모는 운전수였다. 브라운 간호사는 그런 남편이 아침에 배가 고파서 기절하지 않도록 아침을 든든히 먹어야 한다고 믿는 게 분명했다.

나는 그가 마멀레이드를 빵에 듬뿍 바르고 있는 것을 지켜보면서, 위층

마룻바닥이 삐걱거리는 소리에 마음이 움츠러들고 있었다. 저 침실에서는 무슨 일이 일어나고 있을까?

클리프는 빵을 씹으면서, 내가 남편들 중에서 마음이 불안한 타입의 남편이라는 걸 알아차린 모양이었다. 환하고 친절한 미소를 나에게 보내주었기 때문이다. 그는 우리 마을에서 가장 다정하고 친절한 남자들 가운데 하나였고, 지금도 마찬가지였다. 그가 상냥하게 말했다,

"걱정 말게, 젊은이. 잘될 거야."

그의 말은 꽤 위로가 되었고 나는 그곳에서 빠져나왔다. 당시에는 남편이 아내의 출산에 입회한다는 이야기는 들어본 적이 없었고, 지금은 해산 과정을 다 지켜보는 것이 풍조지만, 나는 요즘 젊은이들의 강한 정신력이 그저 경탄스러울 뿐이다. 헤리엇이라면 출산 도중에 기절하여 실려 나가리라는 것을 나는 분명히 알고 있다.

병원에 돌아오자 시그프리드는 나를 많이 배려해주었다.

"자네는 조산원 근처에서 어슬렁거리고 있는 게 좋을 거야. 오전 왕진은 나 혼자 다닐 테니 마음을 편히 가지라고. 만사가 다 잘될 거야."

마음을 편히 갖기는 어려웠다. 나는 예비 아빠들이 정말로 오랫동안 실내를 오락가락하며 서성거린다는 것을 알았고, 내 경우에는 그것을 약간 변형하여 신문을 거꾸로 든 채 읽으려고 애썼다.

오래 기다리던 전화벨이 울린 것은 11시쯤이었다. 전화를 걸어온 사람은 내 주치의이자 친구인 해리 앨리슨이었다. 말할 때면 언제나 쾌활하게 외치는 소리로 말했고, 병실에 그가 들어와 있기만 해도 강장제처럼 활기를 돋우어주었다. 오늘 아침에는 그 우렁찬 목소리가 감미로운 음악처럼 들렸다.

"지미한테 여동생이 생겼네!" 그 말에 이어서 요란한 웃음소리가 들려왔다.

"우와! 정말 고맙네, 해리. 고마워. 최고로 멋진 소식이야." 나는 수화기를 잠시 가슴에 대고 있다가 내려놓았다. 그러고는 발을 질질 끌면서 거실로 가서 내 신경이 진동을 멈출 때까지 의자에 기대 앉아 있었다.

이어서 나는 충동적으로 벌떡 일어났다. 나는 꽤 분별 있는 편이지만 어리석은 짓을 하는 기질을 타고났다고 말할 수 있을 것이다. 그래서 나는 당장 조산원에 가봐야 한다고 마음먹었다.

당시에는 출산 직후에 남편이 아내와 아기를 마음대로 만날 수 없었다. 지미가 태어났을 때 아기를 보고픈 나머지 너무 일찍 갔다가 퇴짜를 맞은 경험이 있었기 때문에 알고 있었다. 하지만 그래도 나는 갔다.

내가 조산원으로 뛰어 들어가자 브라운 간호사는 여느 때처럼 미소를 짓지 않았다.

"또 이러시기예요?" 그녀는 약간 퉁명스럽게 말했다. "지미가 태어났을 때 말씀드렸잖아요. 아기를 씻길 시간 정도는 주셔야 한다고. 하지만 제 말을 완전히 무시하신 것 같네요."

내가 수줍어하며 고개를 숙이자 그녀는 마음이 누그러졌다.

"좋아요. 이왕에 오셨으니까 위층에 올라가셔도 좋아요."

헬렌은 내가 전에 본 것과 똑같은 표정을 짓고 있었다. 피곤해 보였지만 발갛게 상기된 얼굴이었다. 나는 감사하는 마음으로 아내에게 입을 맞추었다. 우리는 아무 말도 않고 서로에게 미소만 지었다. 그런 다음 나는 침대 옆의 요람을 들여다보았다.

내가 요람을 들여다보자 브라운 간호사는 입을 꽉 다물고 가늘게 뜬 눈으로 나를 유심히 바라보았다. 지난번에는 내가 갓 태어난 지미의 모습에 너무 놀라서, 아기한테 뭔가 잘못된 게 있느냐고 물어서 브라운 간호사를 화나게 했다. 그런데 이번에도 나는 똑같은 기분을 느꼈다. 갓 태어난 딸의 얼굴은 완전히 찌그러진 것처럼 쭈글쭈글하고 빨갛게 부풀어 있었다. 전에도 그랬듯이 충격이 나를 덮쳤다.

나는 간호사를 쳐다보았다. 그녀는 내가 화를 자아내는 말을 하기를 기다리고 있는 게 분명했다. 평소에는 늘 미소를 띠고 있는 그녀의 얼굴이 험악하게 일그러져 있었다. 내 입에서 한 마디라도 잘못된 말이 나오면 그녀는 내 정강이를 걷어찼을 것이다.

"귀엽네요." 나는 힘없이 말했다. "정말 귀여워요."

"좋아요." 그녀는 나를 보는 데 신물이 나 있었다. "그만 나가세요."

그녀는 나를 아래층으로 안내했고, 바깥문을 열면서 날카로운 눈으로 나를 노려보았다. 그 영리하고 작달막한 여인은 힘들이지 않고 아주 쉽게 내 마음을 읽을 수 있었다. 그녀는 지적 능력이 떨어지는 사람에게 말하는 것처럼 천천히 말했다.

"저 아이는…… 사랑스럽고…… 건강한…… 아기예요……." 그러고는 내 코앞에서 문을 쾅 닫았다.

고맙게도 그녀의 말은 나에게 도움이 되었다. 차를 몰고 그곳을 떠날 때 나는 그녀의 말이 옳다는 것을 알았기 때문이다. 그리고 오랜 세월이 지난 지금, 잘생긴 아들과 아름다운 딸을 보면 그때 내가 한 짓이 믿어지지 않는다.

병원으로 돌아오자, 높은 언덕 위에 있는 농장으로 왕진을 와달라는 요청이 나를 기다리고 있었다. 거기로 가는 여행은 행복한 꿈 같았다. 내 걱정은 끝났고, 모든 자연이 나와 더불어 기뻐하고 있는 듯했다. 때는 1947년 5월 9일이었다. 내가 기억하는 가장 완벽한 여름이 막 시작되고 있었다. 태양은 밝게 빛나고, 부드러운 산들바람이 차 안으로 소용돌이 치며 들어왔다. 주위를 둘러싸고 있는 산들의 향기가 바람에 실려왔다. 초롱꽃과 앵초와 제비꽃의 은은한 향기가 풀밭에 온통 흩어져, 나무 그늘 사이로 흐르고 있었다.

나는 환자를 진찰한 뒤, 높은 언덕마루에서 내가 좋아하는 오솔길을 산책했다. 흙이 밟혀 다져진 오솔길이 언덕 가장자리를 따라 뻗어 있었다. 샘(저자의 반려견)이 종종걸음으로 내 뒤를 따라왔다.

나는 아지랑이 속에서 잠자고 있는 들판을 바라다보았다. 쪽모이세공 같은 목초지가 물결처럼 굽이치며 펼쳐져 있었다. 언덕 비탈에서는 작년에 고사한 갈색 고사리 줄기에서 어린 고사리가 파랗게 솟아나오고 있었다. 도처에서 새로운 생명이 기쁨의 메시지를 외치고 있었다. 그것은 저 아래 대러비에 누워 있는 내 어린 딸에게 너무나도 잘 어울리는 풍경이었다.

우리는 딸애를 로즈메리라고 부르기로 결정했다. 아주 예쁜 이름이고, 나는 아직도 좋아하지만, 그 이름은 오래가지 않았다. 로즈메리는 일찌감치 로지가 되었고, 나는 거기에 한두 번 이의를 제기했지만 소용이 없었다. 그래서 딸애의 이름은 오늘날까지도 로지로 남아 있다. 딸은 이제 우리 동네에서는 닥터 로지다.

5월의 그날, 나는 하려던 일을 제때에 멈추었다. 이 언덕 비탈에 무리 지어 나 있는 푹신한 히스 위에 누워서 햇볕을 쬐는 것이 여느 때의 내 습관이었지만, 그날은 막 자리를 잡고 누우려다가 갑자기 오늘 해야 할 일이 생각난 것이다. 나는 서둘러 집으로 돌아가서, 전국 곳곳에다 내 기쁜 소식을 전화로 알리기 시작했다.

모두 열광적으로 기뻐해주었지만, 이 상황에 없어서는 안 될 요소를 포착한 것은 역시 트리스탄이었다.

"아기의 탄생을 축하해야지. 축하주를 마셔야 돼, 짐." 그는 진지하게 말했다.

나는 무엇이든 할 준비가 되어 있었다.

"물론이지. 언제 올 거야?"

"일곱 시에 갈게." 그는 기운차게 말했다.

저녁에 스켈데일 하우스 거실에 모인 사람은 시그프리드와 트리스탄, 알렉스, 그리고 나까지 네 명이었다. 알렉스는 내 가장 오랜 친구였다. 우리는 다섯 살 때 글래스고에서 함께 학교에 다니기 시작한 사이였다. 그는 서부와 이탈리아에서 5년을 보낸 뒤 군대에서 나오자, 헬렌과 나와 함께 몇 주를 보내려고 대러비에 왔다. 오래지 않아 그는 시골 생활에 매료되었고, 지금은 새로운 인생을 시작할 작정으로 농사와 부동산 중개를 배우고 있었다. 그가 오늘 밤 나와 함께 있어줘서 즐거웠다.

트리스탄은 머릿속에 떠오른 생각을 혼잣말로 중얼거리면서 손가락으로 의자 팔걸이를 톡톡 두드리고 있었다. 그의 표정은 변화가 없고 진지했지만 눈은 왠지 횅해 보였다.

"여느 때라면 '드로버스 암스'(선술집)에 가겠지만, 오늘 밤에는 큰 파티가 열리니까 거기에 가는 건 좋지 않아." 그가 중얼거렸다. "우리한테는 평화롭고 조용한 곳이 필요해. 그럼 어디 보자. '조지와 드래곤'은 어떨까. 그곳 맥주는 훌륭하지만, 술통에 좀 무관심한 게 탈이야. 보관을 잘못해서 시큼한 맛이 나는 술을 마신 적이 있거든. 물론 '크로스 키스'도 괜찮지. 거기서 파는 캐머런(맥주)을 한 조끼 마시는 것도 좋아. 그리고 통에서 따른 기네스(맥주)는 아주 괜찮아. '토끼와 꿩'도 잊어서는 안 되지. 거기서 파는 씁쓰레한 맥주는 최고야. 순한 맥주는 그저 그렇지만." 그는 잠시 말을 멈추었다가 계속했다. "'로드 넬슨'도 그렇게 나쁘진 않아. 거기서는 아주 믿을 만한 맥주를 팔고 있지. 그리고 물론······."

"잠깐만, 트리스." 내가 끼어들었다. "오늘 저녁에 헬렌을 보러 브라운 간호사네 집에 갔다 왔는데, 클리프 씨가 자기도 합석해도 되냐고 묻더라고. 우리 아기가 그 양반 집에서 태어났으니까 그의 단골 술집에 가는 것도 좋을 것 같지 않아?"

트리스탄이 눈을 가늘게 떴다.

"어느 술집인데?"

"'블랙 호스'야."

"아아, 그렇군." 트리스탄은 생각에 잠긴 눈으로 나를 바라보고 손가락 끝을 한데 모았다. "나도 '블랙 호스'에서 맥주를 몇 번 마셨는데, 너무 더운 곳에 보관되어 있어선지 견과류 맛이 좀 지나친 것 같았어." 그는 불안한 듯이 창밖을 내다보았다. "오늘은 무척 더운 날이었어. 그러니까······."

"그만 좀 해!" 시그프리드가 벌떡 일어났다. "꼭 화학자처럼 말하는군. 네 입에서 나오는 건 결국 맥주일 뿐이야."

트리스탄은 충격을 받고 말없이 형을 쳐다보았지만, 시그프리드는 쾌활하게 내 쪽으로 눈길을 돌렸다.

"제임스, 좋은 생각인 것 같네. 클리프 씨와 함께 '블랙 호스'에 가세.

거긴 조용하고 아담한 술집이야.”

실제로 우리가 술집에 들어가서 의자에 앉았을 때 나는 더할 나위 없이 적당한 술집을 택했다는 느낌을 받았다. 저녁 햇살이 마맛자국처럼 옴폭옴폭한 참나무 탁자와 등받이가 높은 나무 의자에 황금색 빛줄기를 던지고 있었다. 나무 의자에는 농부 몇 명이 술잔을 들고 앉아 있었다. 이 작은 술집에는 말쑥하고 산뜻한 것은 전혀 없었지만, 100년 동안 변하지 않은 가구가 평온하고 차분한 분위기를 자아내고 있었다. 우리에게는 안성맞춤인 곳이었다.

몸집 작은 술집 주인인 레그 월키가 우리를 반갑게 맞이하고, 조끼에 든 맥주를 우리 잔에 따라주었다.

시그프리드가 잔을 들어올렸다.

“제임스, 무엇보다 먼저 로즈메리에게 장수와 건강과 행복을 빌어주고 싶네.”

“고맙습니다.” 나는 친구들에게 둘러싸여 있다는 것을 갑자기 실감하면서 말했고, 다른 사람들도 “건배, 건배” 하고 말하면서 술을 마시기 시작했다.

얼굴에 항상 미소를 띠고 있는 클리프는 술잔을 반쯤 비운 뒤 술집 주인을 돌아보았다.

“술이 더 좋아졌는데? 전보다 훨씬 좋아졌어.”

레그가 겸손하게 절을 하자 클리프가 나를 돌아보며 말했다.

“이보게 짐, 자네도 알다시피 나는 오래전부터 러셀 씨와 랭엄 씨가 내 절친이라고 말해왔지. 나는 이 두 사람을 아주 소중하게 여긴다네.”

모두 껄껄 웃었다. 이렇게 하여 행복한 잔치를 벌일 무대가 차려졌다.

나는 걱정했던 일이 끝나서 아주 기분이 좋았다.

두어 잔을 마신 뒤 시그프리드가 내 어깨를 두드렸다.

"나는 이만 가볼게. 마음껏 즐기게. 내가 얼마나 기쁜지, 이루 말할 수 없을 정도야."

나는 그가 가는 것을 지켜보았고, 그를 굳이 붙잡지 않았다. 그가 옳았다. 우리에게는 병원이 있었고, 누군가가 진료실을 지켜야 했다. 그리고 오늘 밤은 내가 자축하는 밤이었다.

모든 것이 완벽해 보이는 편안한 저녁이었다. 알렉스와 나는 글래스고에서 보낸 어린 시절을 회상했고, 트리스탄은 스켈데일 하우스에서 보낸 총각 시절의 추억을 이야기했고, 클리프 브라운의 활짝 웃는 얼굴은 자비로운 달처럼 모든 것을 환하게 비추었다

인간에 대한 애정이 내 마음속에서 더욱 커졌다. 나는 주위에 있는 사람들에게 계속 술을 샀다. 마침내 나는 돈을 꺼내는 데 싫증이 나서, 지갑을 아예 술집 주인에게 건네주었다. 그날 오후 은행에 다녀왔기 때문에 지갑에는 지폐가 가득 들어 있었다.

"레그, 이 지갑에서 술값을 꺼내가요."

"알았어요." 그는 표정 하나 바꾸지 않고 대답했다. "그러면 일이 한결 쉬워지죠."

확실히 일은 훨씬 쉬워졌다. 내가 잘 알지 못하는 남자들이 술잔을 들어 올리고 내 딸아이를 위해 몇 번이고 건배를 하면, 나는 그저 미소를 지으며 답례로 내 술잔을 들어 올리기만 하면 되었기 때문이다.

이제 문 닫을 시간이 되었다고 술집 주인이 말했지만, 축하 파티를 끝내는 것은 불가능해 보였다.

작은 술집이 텅 비자 나는 주인에게 다가갔다.

"우린 아직 집에 갈 수 없어요."

그는 당혹스러운 표정으로 나를 바라보았다.

"선생님도 법을 아시잖아요."

"하지만 오늘은 특별한 밤이잖아요?"

"그건 그렇지만……" 그는 잠시 망설였다. "그럼, 이렇게 하시죠. 나는 문을 잠글 테니, 선생님은 아래로 내려가서 지하실에서 한두 잔만 더 하세요. 끝마무리로."

나는 그의 어깨에 팔을 둘렀다.

"레그, 정말 좋은 생각이에요. 그럼 아래로 내려갑시다."

우리는 계단을 내려가 술집 지하실로 들어가서 불을 켜고 뚜껑문을 닫았다. 술통과 나무상자들 사이에 자리를 잡자 나는 일행을 둘러보았다. 원래의 네 명 외에 지금은 젊은 농부 두 명, 동네의 식료품점 주인, 대리비 수도과 직원이 합류해 있었다. 우리는 빈틈없이 잘 짜여진 훈훈한 분위기의 작은 집단이었다.

지하실에서는 술을 마시기가 훨씬 쉬웠다. 술집 주인이 번거롭게 조끼로 술을 따라줄 필요도 없었다. 우리가 그냥 술통으로 가서 꼭지를 틀기만 하면 술이 쏟아져 나왔다.

"레그, 지갑에는 아직 돈이 충분히 남았죠?" 나는 외쳤다.

"예, 충분합니다. 걱정 말고 마음껏 드세요."

우리는 계속 마셨고, 파티 분위기는 시들해질 줄을 몰랐다. 바깥문을 쾅쾅 두드리는 소리가 들린 것은 자정이 지나서였다. 레그는 잠시 귀를 기울이고 있다가 위층으로 올라갔다. 그는 곧 돌아왔지만, 레그보다 먼

저 푸른색의 긴 바지가 뚜껑문을 통해 내려오고, 이어서 휴버트 쿨 순경의 하얀 얼굴과 헬멧이 나타났다.

경찰관의 우울한 눈길이 천천히 우리 위를 지나가자, 즐거웠던 모임에 침묵이 내려앉았다.

"술을 마시기에는 좀 늦지 않았나요?" 그는 억양이 없는 단조로운 말투로 물었다.

"아, 예⋯⋯" 트리스탄이 쾌활하게 작은 웃음소리를 냈다. "특별한 경우라서요. 헤리엇 선생 부인이 오늘 아침에 딸을 낳았거든요."

"아, 그래요?" 구약성서처럼 차분한 얼굴이 뼈만 앙상한 횃대 위에서 내 친구를 내려다보았다. "윌키 씨가 오늘 밤 영업 연장 허가를 신청했는지, 기억나지 않는데요."

쿨 순경이 할 수 있는 말 중에서는 가장 농담에 가까운 말이었다. 그는 절대로 농담을 하지 않았기 때문이다. 우리 읍내에서 그는 엄격하고 매사를 규칙에 따라 행하는 고지식한 사내로 알려져 있었다. 쿨 순경이 주위에 있을 때는 밤에 전조등을 켜지 않고 자전거를 타는 것도 용납되지 않았다. 그는 이 위법 행위에 특히 엄격했다. 그는 교회 성가대에서 노래를 불렀고, 그의 도덕성은 흠잡을 데가 없었다. 그는 지역사회 활동에도 열심히 참여했고, 올바른 일은 다 했다. 그런 사람이 50대 중반의 나이에도 아직 순경인 것은 이상한 노릇이었다.

트리스탄은 곧 충격에서 벗어났다.

"하하하, 물론 그렇겠죠. 하지만 이건 즉흥적으로 마련한 자리거든요. 어쩌다 보니까 그냥 얼떨결에 이렇게 되어버린 겁니다."

"이 모임을 뭐라고 불러도 좋지만, 댁들은 법률을 위반하고 있고, 또한 그걸 알고 있어요." 덩치 큰 순경은 가슴 주머니의 단추를 풀고 수첩을 꺼내 펼쳤다. "여러분 이름을 적어야겠어요."

뒤집힌 나무상자 위에 걸터앉아 있던 나는 무릎을 움켜잡았다. 행복한 밤이 이렇게 끝나다니! 읍내에서는 별다른 일이 일어나지 않았으니까, 아마 내일 아침에는 이 사건이 《대러비 타임스》에 대문짝만 하게 실릴 것이다. 친구들까지 이 일에 말려들었으니 사건은 어마어마해 보일 것이다. 그리고 한쪽 구석에 잔뜩 움츠리고 서 있는 가엾은 레그는 정말로 큰 처벌을 받을 것이다. 그게 다 내 탓이었다.

하지만 트리스탄은 아직 물러서지 않았다.

"쿨 씨." 그는 냉정하게 말했다. "당신한테 실망했어요."

"예?"

"실망했다고요. 당신이라면 이런 경우 좀 다른 태도를 보여줄 거라고 기대했는데."

순경은 꿈쩍도 하지 않았다. 그는 연필을 수첩에 대고 받아쓸 자세를 취했다.

"나는 경찰입니다, 파넌 씨. 그리고 내게는 수행해야 할 의무가 있지요. 당신 이름부터 시작하는 게 좋겠군요." 그는 주의 깊게 이름을 적은 다음 눈을 들었다. "그런데 주소는 어디죠?"

"보니까……" 트리스탄은 순경의 질문을 무시하고 말했다. "당신은 귀여운 줄리를 까맣게 잊어버린 것 같군요."

"줄리가 어쨌다는 거죠?" 쿨 순경의 길쭉한 얼굴에 처음으로 약간의 생기가 나타났다. 그가 사랑하는 요크셔테리어를 트리스탄이 언급하자, 순경은 급소라도 찔린 듯한 반응을 보인 것이다.

"분명히 기억하는데······" 트리스탄이 말을 이었다. "헤리엇 선생은 줄리가 새끼를 낳던 날 밤에 잠도 안 자고 몇 시간 동안이나 줄리 옆에 앉아 있었지요. 헤리엇 선생이 아니었다면 당신은 강아지들만이 아니라 줄리까지도 잃었을지 몰라요. 벌써 몇 년 전 일이지만 나는 또렷이 기억하고 있다고요."

"그게 오늘 밤 일과 무슨 관계요? 아까도 말했듯이 나한테는 수행해야 할 의무가 있다니까요."

그는 수도과 관리 쪽으로 몸을 돌렸다.

트리스탄은 다시 공세로 돌아섰다.

"하지만 헤리엇 선생이 두 번째로 아빠가 된 이런 밤에는 당신도 우리와 함께 맥주 한 잔쯤 마실 수 있을 텐데요. 그것도 어떤 의미에서는 당신의 의무예요."

쿨 순경은 동작을 멈추었고 표정이 한결 누그러졌다.

"줄리는 아직도 건강하게 지내고 있습니다."

"나도 알아요." 나는 말했다. "나이에 비해서는 아주 건강한 편이죠."

"줄리가 그때 낳은 강아지들 가운데 한 마리는 아직도 내가 키우고 있지요."

"물론 알고 있습니다. 녀석을 데리고 몇 번 나한테 진찰을 받으러 오셨잖아요."

"예······ 맞아요." 쿨 순경은 저고리를 끌어올리더니 바지 주머니를 뒤져서 큼지막한 회중시계를 꺼냈다. 그리고 생각에 잠긴 얼굴로 그 시계를 들여다보았다.

"이젠 나도 근무가 끝났군요. 그러니까 여러분과 함께 한잔할 수 있겠죠. 우선 경찰서에 전화 한 통만 하고 올게요."

"좋지요!" 트리스탄은 재빨리 술통으로 가서 술을 또 한 잔 따랐다.

순경은 전화를 걸고 돌아오자 엄숙하게 술잔을 들어 올렸다.

"꼬마 아가씨의 행복을 위해 건배!" 그는 술을 쭈욱 들이켰다.

"고맙습니다, 쿨 씨." 나는 대답했다. "정말 친절하시군요."

그는 낮은 계단에 걸터앉아 헬멧을 나무상자 위에 올려놓고 술을 또 한 모금 길게 들이켰다.

"산모도 아기도 건강하겠죠?"

"예, 둘 다 건강합니다. 한 잔 더 하세요."

놀랍게도 그는 수첩을 까맣게 잊어버린 것 같았고, 파티 분위기는 빠르게 원래 상태로 돌아갔다. 위기에서 벗어났다는 안도감이 축제 기분을 더욱 고조시켰고, 즐거움은 무제한의 지배력을 발휘했다.

"여긴 너무 덥군." 얼마 후 쿨 순경은 말하고 저고리를 벗었다. 이 상징적인 몸짓으로 마지막 장벽이 무너졌다.

하지만 그 후 두 시간 동안 아무도 정말로 취하지는 못했다. 물론 쿨 순경은 예외였다. 우리는 큰 소리로 웃고 추억에 잠기고 모든 신체 감각을 강화시켰지만, 쿨 순경은 다양한 단계를 지나 고주망태가 되었다.

첫 단계에서는 세례명의 관계에 대해 역설했고, 다음에는 인간과 개가 세상에 태어나는 경이로움에 대해 열정적으로 이야기하면서 눈물을 흘릴 만큼 감상적이 되었다. 맨 마지막 단계는 더 불길했다. 그는 공격적으로 변해가고 있었다.

"이봐 짐, 한 잔 더 할 거지?" 그것은 질문이라기보다 명령이었다. 셔츠만 입은 키 큰 사람이 약간 비틀거리면서 술통 꼭지 위로 허리를 숙이고 술잔에 술을 받을 준비를 한 채 그렇게 말했기 때문이다.

"아니, 됐습니다." 나는 대답했다. "나는 충분히 마셨어요."

그는 근엄한 얼굴로 나를 바라보며 눈을 깜박거렸다.

"한 잔 더 안 하겠다고?"

"솔직히 말하면 더 이상 마실 수가 없어요. 나는 당신보다 훨씬 전부터 술을 마시기 시작했으니까요."

그는 자기 술잔에 거품 이는 맥주를 가득 따르고 나서 말을 이었다.

"그러면 당신은 겁쟁이야. 그리고 내가 참을 수 없는 게 한 가지 있다면, 내가 절대로 참지 못하는 게 한 가지 있다면, 그건 바로 빌어먹을 겁쟁이야."

나는 알랑거리는 미소를 지어 보였다.

"정말 죄송합니다. 하지만 정말로 술이 여기까지 올라왔어요. 그리고 벌써 두 시 반이에요. 이젠 모두 집으로 돌아가야죠."

다른 사람들도 모두 그렇게 생각하는 것 같았다. 내 말을 듣고 모두 자리에서 일어났기 때문이다.

"간다고?" 그는 싸울 듯이 나를 노려보았다. "왜 그래? 아직 초저녁인데." 그는 화난 듯이 맥주를 벌컥벌컥 들이켰다. "함께 마시자고 초대해 놓고, 곧바로 가겠다고 말하다니, 그건 옳지 않아."

"자, 자, 휴버트." 작달막한 레그 윌키가 미소를 지으며 그에게 살며시 다가갔다. 그는 무려 30년 동안이나 집에 가고 싶어 하지 않는 손님을 살살 달래어 술집에서 쫓아낸 경험에서 나오는 온후함을 발산하고 있었다. "착하게 굴어야죠. 우리 모두 즐거운 시간을 보냈고, 당신을 만나서 정말 반가웠지만, 이젠 모두 집으로 돌아가고 있어요. 그런데 당신 재킷은 어디 있죠?"

우리가 저고리를 입히고 헬멧을 머리 위에 올려놓는 동안 순경은 계속 중얼거리고 투덜거렸지만 우리가 하는 대로 내버려두었다. 우리는 그를 데리고 어두운 계단을 올라갔다. 밖으로 나오자 나는 그를 내 차 뒷좌석에 태웠고, 트리스탄과 알렉스가 그의 양쪽에 앉았다. 클리프는 앞자리에 앉았다.

우리가 떠나기 전에 술집 주인이 창문을 통해 내 지갑을 건네주었다. 지갑은 납작할 정도로 얄팍해져 있었다. 예금보다 더 많은 돈을 인출하지 않도록 조심하라고 항상 친절하게 충고해주는 내 거래은행 지점장이 이 사실을 알면 침대 속에서 불안하게 몸을 뒤척거릴 거라는 생각이 문득 머리에 떠올랐다.

나는 잠들어 있는 읍내를 지나 장터 쪽으로 이어지는 좁은 길로 구부러졌다. 장터가 다가오자, 길 가장자리에 가로등 불빛을 받으며 서 있는 두 사람을 제외하고는 자갈 깔린 광장이 텅 비어 있었다. 나는 그 두 사람이 경찰 간부인 볼스 경감과 로스트론 경사인 것을 알아보고 흠칫 놀랐다. 그들은 뒷짐을 지고 날카로운 눈으로 주위를 둘러보며 말쑥한 모습으로 꼿꼿이 서 있었다. 근처에서 저질러지는 어떤 범죄도 그들은 놓치지 않을 것 같았다.

뒷좌석에서 갑자기 비명이 들렸다. 나는 너무 놀라서 하마터면 가게 진열창을 뚫고 들어갈 뻔했다. 휴버트도 경찰 간부들을 보았던 것이다.

"저건 로스트론이란 놈이야!" 그는 고함을 질렀다. "나는 저 녀석이 싫어! 저 녀석은 오랫동안 나를 미워했어. 내가 녀석을 어떻게 생각하는지 녀석한테 똑똑히 말해주겠어!"

뒷좌석에서 팔들이 어지럽게 움직이더니, 그가 차창을 내리고 고함을 지르기 시작했다.

"이 빌어먹을 썩을……!"

나 때문에 뭔가 끔찍한 일이 일어날 것 같다는 두려움이 그날 밤 두 번째로 나를 덮쳤다.

"진정시켜!" 나는 고함을 질렀다. "제발 입을 막아!"

하지만 뒷좌석에 탄 친구들은 나를 앞질러 행동을 개시했다. 휴버트의 외침 소리가 갑자기 뚝 그쳤다. 트리스탄과 알렉스가 그를 바닥에 끌어내리고 그 위에 엎드려 온몸으로 억눌렀다. 우리가 두 경찰관에게 이르렀을 때 트리스탄은 실제로 휴버트의 머리 위에 앉아 있었다. 밑에서는 무언가에 틀어막혀 약해진 소리만 나올 뿐이었다.

우리가 지나가자 경감은 고개를 끄덕이며 미소를 지었고 경사는 상냥하게 인사를 했다. 그들의 생각을 읽기는 어렵지 않았다. 헤리엇 선생이 또 야간 왕진을 갔다가 집으로 돌아가고 있군. 저 젊은이는 정말 부지런한 수의사야.

그들의 동료가 내 뒤쪽 바닥에서 몸부림을 치고 있었기 때문에 나는 우리가 광장을 빠져나가 모습도 보이지 않고 소리도 들리지 않는 곳에 다다를 때까지는 마음을 놓을 수 없었다. 휴버트도 바닥에서 일어나는 것이 허락되었을 때는 호전성을 많이 잃어버린 것 같았다. 사실 그는 졸린 단계에 다다라 있었고, 집에 도착하자 조용히 그리고 꽤 안정된 걸음으로 정원의 사잇길을 올라갔다.

스켈데일 하우스로 돌아오자 나는 침실로 올라갔다. 더블베드와 옷장과 화장대가 놓여 있는 큰 방은 헬렌이 없으니까 으스스할 만큼 휑뎅그

렁해 보였다.

나는 그 낡은 집의 전성기 때 옷방으로 쓰였던 길고 좁은 방으로 통하는 문을 열었다. 그 방은 트리스탄과 내가 둘 다 총각이었을 때 트리스탄이 잠을 자던 방이었지만, 지금은 지미의 방이었다. 지미의 침대는 내 친구의 침대가 있던 자리에 놓여 있었다.

나는 잠자고 있는 트리스탄을 자주 내려다보았듯이, 내 아들을 내려다보았다. 나는 잠자는 트리스탄의 천사 같은 천진함에 경탄하곤 했지만, 그런 트리스탄조차도 잠자는 어린아이와는 상대가 되지 않았다,

나는 어린 지미를 굽어보다가, 방 건너편 구석에서 로지를 맞아들일 준비를 하고 있는 요람을 힐끔 돌아보았다.

이제 곧 이 방에서는 두 아이가 자게 될 터였다. 나는 풍족해지고 있었다.

11

"나, 비긴스요."

나는 한 손으로 수화기를 꽉 움켜잡았고, 다른 손의 손톱은 손바닥을 파고들었다. 비긴스 씨는 우유부단함 때문에 항상 나를 괴롭혔다. 그는 수의사에게 전화하는 것을 최후의 수단으로 생각했고, 이 마지막 수단을 취하기로 결심하는 일은 그에게는 언제나 지독한 고통이었다. 게다가 내가 어떻게든 그의 농장에 가더라도, 그는 순순히 내 조언을 받아들이려 하지 않고 제 고집만 내세웠다. 나는 지금까지 한 번도 그를 만족시킨 적이 없었다.

그는 내가 공군에 입대하기 전에도 나를 괴롭혔고, 전쟁이 끝난 지 한참 지난 지금도 여전히 거기에 살고 있었다. 다른 점이 있다면 전보다 좀 더 늙었고 좀 더 고집이 세어졌다는 것이었다.

"무슨 일입니까, 비긴스 씨?"

"아아…… 어린 암소한테 문제가 생겨서."

"알겠습니다. 오늘 오전에 그 암소를 보러 가겠습니다."

"아니, 잠깐만." 비긴스 씨는 전화를 걸기는 했지만 내가 농장에 오기를 원하는지는 아직 결심하지 못한 듯했다. "정말로 녀석을 볼 필요가 있을까?"

"글쎄, 그건 잘 모르겠는데요. 암소는 어떻게 하고 있습니까?"

긴 침묵이 흘렀다.

"그냥 죽은 듯이 누워 있소."

"죽은 듯이 누워 있다고요?" 나는 되물었다. "그건 좀 심각하게 들리는데요. 되도록 빨리 가겠습니다."

"그런데 말이오, 항상 그렇게 죽은 듯이 누워 있지는 않았소."

"그럼 그렇게 누워 있은 지 얼마나 됐습니까?"

"겨우 이틀밖에 안 됐소."

"그냥 털썩 쓰러졌단 말이죠?"

"아니, 그런 게 아니라……" 내 바보 같은 질문에 그의 목소리가 성난 기색을 띠었다. "일주일 동안 열심히 버티다가 이제 쓰러진 거요."

나는 숨을 길게 들이마셨다.

"그러니까 암소는 일주일 동안 아프다가 이제 쓰러졌고, 그래서 당신은 나한테 전화를 걸기로 결심했군요?"

"아, 그렇지. 그 녀석, 쓰러질 때까지는 아주 팔팔했소."

"알았습니다, 비긴스 씨. 곧 가겠습니다."

"아, 하지만…… 하지만…… 선생은 정말로 그럴 필요가 있다고 생각……"

나는 수화기를 내려놓았다. 이 대화가 아주 오래 계속될 수도 있다는 것을 나는 힘겨운 경험을 통해 알고 있었다. 어쩌면 환자가 이미 가망 없는 상태일 수 있다는 것도 알고 있었지만, 당장 달려가면 암소를 위해 뭔가를 해줄 수 있을지도 모른다.

10분도 지나기 전에 나는 농장에 도착했고, 비긴스 씨는 그의 전형적인 태도—바지에 찔러 넣은 두 손, 움츠린 어깨, 희끗희끗해지기 시작한 눈썹 밑에서 미심쩍은 듯이 나를 쳐다보는 눈—로 나를 맞이했다.

"늦었군." 그가 투덜거렸다.

나는 차에서 한 발을 내린 채 동작을 멈추었다.

"혹시 암소가 죽었나요?"

"아직은 죽지 않았지만 거의 죽은 거나 마찬가지요. 지금 그 녀석한테 무언가를 해주기에는 너무 늦은 것 같소."

나는 이를 갈았다. 이 암소는 일주일 동안 아팠고, 나는 전화를 받은 지 10분 만에 도착했지만, 농부의 말투는 명확했다. 암소가 죽으면 당신 탓이야. 당신이 너무 늦게 왔다고.

"아, 그렇군요." 나는 너그러워지려고 애쓰면서 말했다. "암소가 죽어가고 있다면 내가 할 수 있는 일은 아무것도 없네요." 그러고는 다시 차에 올라탔다.

비긴스 씨는 고개를 숙이고 커다란 고무장화로 돌멩이를 걷어찼다.

"모처럼 왔는데 보지도 않고 갈 거요?"

"너무 늦었다고 말씀하셔서……."

"하지만 선생은 수의사잖소."

"알겠습니다. 그게 원하는 거라면." 나는 다시 차에서 내렸다. "어디 있습니까?"

그는 망설였다.

"추가 비용을 청구할 거요?"

"아닙니다. 나는 여기까지 왕진을 왔고, 내가 할 수 있는 일이 없다면 출장비만 받으면 됩니다."

아주 익숙한 광경이었다. 비쩍 마른 어린 암소가 우리 속 어두운 구석에 누워 있었다. 움푹 들어간 눈은 흐리멍덩했고, 다가오는 죽음 때문에 안구진탕증(안구가 무의식적으로 움직이는 현상)으로 몇 초에 한 번씩 눈알이 움직이고 있었다. 체온은 37도가 조금 넘었다.

"당신 말이 맞습니다, 비긴스 씨. 이 암소는 죽어가고 있어요."

나는 체온계를 가방에 집어넣고 떠나려 했다.

머리를 어깨 사이에 파묻고 암소를 내려다보고 있던 농부는 고개를 들더니 나에게 우울한 눈길을 던졌다.

"어딜 가는 거요?"

나는 놀라서 뒤를 돌아보았다.

"다른 데로 왕진을 갈 겁니다. 당신 암소는 정말 안됐지만, 사람이 도와줄 수 있는 단계가 지났어요."

"그러니까 아무 조치도 않고 그냥 가버리겠다?" 그는 공격적인 눈으로 나를 노려보았다.

"하지만 이 암소는 죽어가고 있어요. 당신 입으로 그렇게 말했잖습니까?"

"그렇긴 하지만 수의사는 내가 아니라 당신이오. 살아 있으면 희망이 있다는 말도 있잖소. 그게 내가 항상 들은 말이오."

"이 경우는 아닙니다. 그건 확실해요. 이 암소는 지금 당장이라도 죽을 수 있습니다."

그는 계속 암소를 내려다보았다.

"봐요. 숨을 쉬고 있잖소? 그런데도 이 녀석한테 기회를 주지 않을 거요?"

"글쎄요…… 원하신다면 혈관에 흥분제를 주사해볼 수는 있습니다."

"그건 내가 원하는 바가 아니오. 당신은 어떻게 해야 좋을지 알고 있겠지."

"좋습니다. 그럼 시험 삼아 한번 해보겠습니다." 나는 주사기를 가지러 자동차로 돌아갔다.

혼수상태에 빠진 암소는 내가 경정맥에 주삿바늘을 찔러도 아무것도 알지 못했다. 내가 주사를 놓고 있을 때 비긴스 씨가 다시 입을 열었다.

"그 주사는 비싸겠지요? 얼마나 합니까?"

"솔직히 말하면 나도 모릅니다." 내 머리가 빙글빙글 돌기 시작했다.

"청구서를 보낼 때는 물론 주사값이 얼만지 아시겠지?"

나는 대꾸하지 않았다. 마지막 한 방울이 혈관 속으로 들어가자 암소는 앞다리를 쪽 뻗고 아무것도 보이지 않는 눈으로 잠시 앞쪽을 뚫어지게 바라보다가 숨을 거두었다. 나는 잠시 암소를 지켜보다가 암소의 심장에 손을 올려놓았다.

"죽은 것 같습니다, 비긴스 씨."

그는 재빨리 허리를 구부렸다.

"당신이 죽였소?"

"물론 아닙니다. 암소는 갈 준비가 되어 있었을 뿐이에요."

농부는 턱을 문질렀다.

"그놈의 자극제를 너무 많이 주사한 거 아니오?"

나는 대답하지 않고 주사기를 거두었다. 되도록 빨리 이곳을 떠나고 싶을 뿐이었다.

내가 차로 가려고 하자 비긴스 씨가 내 팔을 붙잡았다.

"암소는 왜 죽은 거요?"

"그건 나도 모릅니다."

"모른다고? 당신은 그 주사로 내 돈을 낭비했소. 수의사라면 마땅히 알아야 하잖소?"

"맞습니다. 마땅히 알아야죠. 하지만 이 경우에는 암소가 이미 죽어가고 있었어요. 사인을 알아내려면 부검을 해야 할 겁니다."

농부는 흥분한 나머지 자기 코트를 잡아당기기 시작했다.

"이건 우스꽝스러운 짓거리야. 암소 한 마리가 이렇게 죽어 있는데, 무엇 때문에 죽었는지 아무도 모르다니…… 어떤 것도 사인이 될 수 있겠지요?"

"글쎄요…… 아마 그럴 겁니다."

"그럼 탄저병일 수도 있겠군!"

"그건 아닙니다. 탄저병은 아주 급격히 상태가 나빠지는데, 이 암소는 일주일이 넘도록 아팠다고 하셨잖습니까?"

"아니오. 그렇게 아프진 않았소. 그냥 좀 이상하다 싶더니 결국 총알처럼 빠르게 털썩 쓰러졌지."

"하지만……."

"그리고 이 도로변에 사는 프레드 브램리네 암소가 지난달에 탄저병에 걸렸잖소?"

"예, 그건 맞습니다. 탄저균 검사에 양성 반응을 보인 사례가 하나 있었죠. 하지만 그건 죽은 상태로 발견된 암소에게서 검출되었어요."

"그런 건 아무래도 좋아요!" 비긴스 씨는 턱을 앞으로 쑥 내밀었다. 《대러비 타임스》에 기사가 나왔는데, 탄저균은 사람한테도 위험하고 치명적이기 때문에 갑자기 죽은 동물은 모두 탄저균 검사를 해야 한다고 쓰여 있더군. 우리 암소도 탄저균 검사를 받고 싶소."

"좋습니다. 원한다면 해드리죠. 마침 현미경을 가져왔으니까."

"현미경이라고? 그러면 돈이 많이 들 것 같은데. 그건 비용이 얼마나 듭니까?"

"비용은 필요 없습니다. 돈은 농산부가 줄 겁니다." 나는 그렇게 말하고 집 쪽으로 걸어가기 시작했다.

비긴스 씨는 만족하면서도 뚱한 얼굴로 고개를 끄덕이고는 눈썹을 치켜 올렸다.

"어딜 가는 거요?"

"집 안으로 들어가려고요. 농산부에 전화해서 신고해야 합니다. 농산부의 허락을 받기 전에는 아무것도 할 수 없어요." 그가 심란한 표정을 지었기 때문에 나는 덧붙였다. "걱정 마세요. 전화요금은 드릴 테니까."

내가 전화로 농산부 직원에게 말하는 동안 그는 줄곧 내 옆에 서 있었다. 내가 그에게 그의 정식 이름과 농장 이름과 암소 품종 따위를 물어보자 그는 초조한 듯 안절부절못했다.

"이런 것까지 해야 하는 줄은 몰랐소." 그는 투덜거렸다.

나는 밖으로 나와 자동차 트렁크에서 부검용 칼을 꺼냈다. 그것은 내가 죽은 동물한테만 사용하는 크고 위험한 조각칼이었다.

비긴스 씨는 그것을 보고 눈이 휘둥그레졌다.

"그 겁나게 큰 칼은 생김새부터가 마음에 들지 않는군. 그걸로 뭘 하려는 거요?"

"피를 좀 채취하는 것뿐입니다." 나는 허리를 숙이고 암소의 꼬리가 엉덩이에 붙어 있는 곳에 칼집을 내고 흘러나온 피를 유리 슬라이드에 문질러 발랐다. 그리고 이것을 현미경과 함께 농가 부엌으로 가져갔다.

"이젠 뭐가 필요합니까?" 비긴스 씨가 찌무룩한 얼굴로 물었다.

나는 주위를 둘러보았다.

"싱크대와 창가에 있는 저 탁자를 쓰고 싶은데요."

싱크대는 더러운 접시로 가득 차 있었다. 농부는 항의하듯 신음 소리를 내면서 그 그릇들을 치웠다. 그동안 나는 슬라이드를 불에 쬐어 혈액의 막을 고정시켰다. 그런 다음 싱크대로 가서 슬라이드 위에 메틸렌블루를 부었다. 그 과정에서 하얀 싱크대 바닥에 작은 푸른색 웅덩이가 생겼다. 내가 수도꼭지에서 나오는 찬물로 슬라이드를 씻은 뒤에도 그 푸른색은 여전히 남아 있었다.

"이렇게 엉망을 만들어놓다니. 이것 좀 봐요!" 비긴스 씨가 소리를 질렀다. "싱크대가 퍼렇게 물들었소. 오후에 마누라가 집에 오면 난리를 치겠군."

나는 억지로 미소를 지었다.

"걱정 마세요. 그건 얼룩이 아닙니다. 아주 쉽게 지워질 거예요." 하지만 나는 농부가 내 말을 전혀 믿지 않는 것을 알 수 있었다.

나는 슬라이드를 불에 쬐어 말리고, 현미경을 탁자에 놓고 접안렌즈를 들여다보았다. 예상대로 나는 적혈구와 백혈구의 통상적인 패턴만 발견했다. 탄저균은 단 하나도 보이지 않았다.

"아무것도 없습니다. 도축업자를 부르셔도 됩니다."

비긴스 씨는 두 볼을 부풀리고 한 손으로 참을성 있는 손짓을 해 보였다.

"저렇게 엉망진창을 만든 게 다 헛수고라니." 그는 한숨을 내쉬었다.

나는 차를 몰고 떠나면서, 처음 있는 일도 아니지만 비긴스 씨를 이기는 건 도저히 불가능하구나 하고 생각했다. 그리고 한 달이 지난 어느 장날, 그가 병원에 들어왔을 때 그 확신은 더욱 강해졌다.

"우리 암소 하나가 목설병(혀에 종기가 나서 딴딴하게 굳어져 움직일 수 없는 병)에 걸렸소." 그는 선언하듯 말했다. "혀에 발라줄 요오드를 좀 주쇼."

시그프리드는 일지를 펼쳐놓고 왕진갈 곳을 확인하고 있다가 고개를 들었다.

"당신은 좀 시대에 뒤떨어져 있군요, 비긴스 씨." 시그프리드는 미소를 지으며 말했다. "지금은 그보다 훨씬 좋은 약이 있답니다."

농부는 여느 때처럼 고개를 숙이고 눈썹 아래에서 상대를 노려보는 자세를 취했다.

"선생의 신약에는 관심 없소. 내가 늘 쓰던 약을 주쇼."

"하지만 비긴스 씨, 혀에 요오드를 바르는 치료법은 몇 년 전에 사라졌습니다. 몇 년 전부터 우리는 요오드화나트륨을 정맥에 주사하는 방법을 써왔는데, 요오드를 바르는 것보다는 그게 훨씬 좋았지만, 지금은 그것도 설파제로 바뀌었어요."

"파년 선생, 허풍이 대단하시군. 터무니없는 허풍이야." 농부는 투덜거렸다. "하지만 우리 암소한테 뭐가 제일 좋은지는 내가 잘 알고 있으니까, 요오드를 줄 거요 안 줄 거요?"

"드리지 않겠습니다." 시그프리드가 대답했다. 미소가 그의 얼굴에서 서서히 사라져가고 있었다. "그렇게 시대에 뒤떨어진 약을 처방하면 나는 유능한 수의사가 아닐 겁니다." 그는 나를 돌아보았다. "제임스, 약품

보관실에 가서 1파운드짜리 설파제 한 상자만 가져오게."

내가 서둘러 진료실을 나갈 때 비긴스 씨는 시그프리드에게 항변하고 있었다. 약품보관실에는 설파제 상자가 선반에 즐비하게 놓여 있었다. 1파운드짜리도 있고 반 파운드짜리도 있었지만, 당시에는 이 약이 우리 수의사 생활에 매우 중요하게 여겨졌기 때문에 재고는 충분했다. 설파제 덕분에 우리의 재래식 치료법은 놀랄 만큼 개선되었다. 그것은 수많은 세균성 질병에 유용했고, 상처에 뿌리는 가루약으로 뛰어난 효과를 발휘했으며, 시그프리드가 말했듯이 흔히 목설병이라고 불리는 악티노바실로스균증을 아주 빠르게 치료해주었다.

상자는 네모났고, 하얀 종이로 싼 뒤 끈으로 묶여 있었다. 선반에서 하나를 꺼낸 나는 두 사람의 목소리가 복도를 따라 메아리치는 것을 들으면서 종종걸음으로 돌아왔다.

내가 진료실로 돌아왔을 때도 논쟁은 여전히 계속되고 있었다. 나는 시그프리드의 인내심이 바닥나고 있다는 것을 알 수 있었다. 그는 내게서 약상자를 낚아채어 라벨에 지시 사항을 쓰기 시작했다.

"처음에는 물 1리터에 약을 세 숟갈 타서 먹이세요. 그다음에는……."

"하지만 분명히 말하겠는데, 나는 그 약을 쓰고 싶지……."

"……다음에는 한 숟갈씩 하루에 세 번……."

"……새로 나온 것들을 나는 전혀 믿지 않아……."

"……약을 다 먹이면 우리한테 알려주세요. 필요하면 약을 더 드리겠습니다."

농부는 내 동업자를 노려보았다.

"그 약은 아무 효과도 없을 거요."

"비긴스 씨." 시그프리드는 기분 나쁠 만큼 침착하게 말했다. "이 약은 당신 암소를 낫게 해줄 겁니다."

"천만에!"

"확실합니다."

"그럴 리가!"

시그프리드는 책상을 손으로 쾅 내리쳤다. 마침내 그의 인내심이 바닥난 것이다.

"이 약을 먹이세요. 효과가 없으면 약값도 받지 않겠습니다. 됐죠?"

비긴스 씨는 눈을 가늘게 떴지만, 뭔가를 공짜로 받는다는 생각이 그에게는 저항할 수 없는 매력이라는 것을 나는 알 수 있었다. 그는 천천히 손을 뻗어 설파제 상자를 받아들었다.

"좋아요!" 시그프리드는 벌떡 일어나 농부의 어깨를 두드렸다. "그 약을 다 쓰거든 우리한테 연락해주세요. 이제 곧 당신 암소는 훨씬 좋아질 겁니다. 무엇이든 걸고 내기해도 좋아요."

이 면담이 있은 지 열흘쯤 뒤, 시그프리드와 나는 함께 송아지를 거세하러 나갔다가 병원으로 돌아오는 길이었다. 도중에 우리는 비긴스 씨가 사는 마을을 지나가게 되었다.

시그프리드는 농가를 보고 속도를 늦추었다. 정면이 네모나고 육중한 집이었다. 앞쪽 텃밭에는 감자 싹이 얼굴을 내밀고 있을 뿐이었다. 비긴스 씨는 장식에 돈을 낭비하는 것을 좋게 생각지 않았다.

"좋은 생각이 있어, 제임스." 동업자가 중얼거렸다. "저기 잠깐 들렀다 가세. 우리는 그 설파제에 대해 아무 소식도 듣지 못했어. 체면을 잃고 싶지 않은 거겠지." 그는 낮은 소리로 웃었다. "우리가 그 양반 잘못을 좀 되살려줄 수 있을 거야."

시그프리드는 핸들을 돌려 집 뒷마당으로 돌아갔다. 부엌문 밖에서 시그프리드는 문을 두드리려고 손을 들어 올렸다가 갑자기 그 손으로 내 팔을 움켜잡았다.

"저것 좀 보게, 제임스!" 그는 다급하게 속삭이는 소리로 말했다. 그러면서 부엌 창문을 가리켰다. 거기 창턱에 하얀색의 네모난 상자가 놓여 있었다. 상자는 뜯지도 않은 채 원래 상태 그대로였고, 상자를 묶은 끈도 풀리지 않은 채였다.

시그프리드는 주먹을 불끈 쥐었다.

"빌어먹을 영감탱이! 한번 해보려고도 하지 않다니. 순전한 앙심 때문에!"

바로 그때 농부가 문을 열었다. 시그프리드는 그에게 쾌활하게 인사를 했다.

"안녕하십니까, 비긴스 씨. 지나가던 길에 당신네 암소가 얼마나 좋아졌는지 확인하러 들렀습니다."

텁수룩한 눈썹 아래서 눈이 갑자기 경계심을 드러냈지만, 시그프리드는 한 손을 들어 그를 안심시켰다.

"걱정 마세요. 수고비는 받지 않을 테니까. 약속할게요. 이건 단지 호기심을 채우기 위해서니까요."

"하지만…… 나는 벌써 실내화로 갈아 신었고, 차를 한 잔 마시는 중이었소. 댁들이 일부러 들를 필요는 전혀……."

하지만 시그프리드는 이미 외양간 쪽으로 성큼성큼 걸어가고 있었다. 어떤 소가 환자인지는 쉽게 분간할 수 있었다. 피부는 불쑥 튀어나온 갈비뼈와 골반뼈 위로 팽팽하게 당겨져 있었고, 입술에서는 침이 질질 흘러내리고, 턱 밑에서는 퉁퉁 부어오른 기다란 무언가가 튀어나와 있었다. 암소는 영양이 좋고 윤기가 자르르 흐르는 이웃들 틈에 섞인 허수아비 같았다.

시그프리드는 재빨리 암소의 머리 쪽으로 다가가서 주둥이를 움켜잡고 자기 쪽으로 잡아당겼다. 그리고 다른 손으로는 암소의 입을 비집어 열고 혀를 손가락으로 만져보았다.

"이걸 만져보게, 제임스." 그가 낮은 소리로 말했다.

나는 나무옹이 같은 혹이 도톨도톨 돋아나 있는 딱딱한 혓바닥을 손으로 쓸어보았다. 악티노바실로스균증이 수세기 동안이나 목설병이라는 이름으로 불린 것은 바로 그 증상 때문이다.

"끔찍한데요. 이런 혀로 먹이를 먹을 수 있다는 게 놀랍네요." 나는 내 손가락의 냄새를 맡아보았다. "요오드 냄새가 나는 것 같은데요."

시그프리드는 고개를 끄덕였다.

"그래. 내가 그렇게 말했는데도 저 영감은 약국에 간 거야."

그 순간 외양간 문이 홱 열리고, 비긴스 씨가 약간 숨을 헐떡이면서 서둘러 들어왔다.

시그프리드는 암소의 머리 쪽에서 슬픈 눈으로 그를 바라보았다.

"당신이 옳았던 것 같군요. 우리 약은 전혀 효과가 없었어요. 왜 그런지 이해할 수가 없군요." 그는 턱을 문질렀다. "이 가엾은 암소는 엉망인 것 같네요. 굶어 죽어가고 있어요. 사과드립니다."

농부의 얼굴은 정말 가관이었다.

"아, 예…… 그건 맞는 말이오. 그 암소는 아무 쓸모도 없었소. 아무래도 이제 곧⋯⋯."

시그프리드가 농부의 말을 가로막았다.

"이것 보세요. 나는 이 일에 책임을 느낍니다. 내 약이 실패했으니까, 이 암소를 고쳐주는 건 내 책임이라고요." 그는 암소들 사이에서 성큼성큼 걸어 나왔다. "내 차에 주사약이 있는데, 그 약을 쓰면 효험이 있을 겁니다. 잠깐 실례할게요."

"아니, 저⋯⋯ 잠깐만요⋯⋯ 나는 모르겠는데⋯⋯."

하지만 시그프리드는 농부의 말을 들은 체도 하지 않고 서둘러 마당으로 나갔다.

그는 뭔지 알 수 없는 병을 들고 곧 돌아왔다. 그는 병을 들어 올리고 20시시짜리 주사기에 약을 채우기 시작했다. 주사기의 수위가 올라가는 것을 지켜보면서 낮은 소리로 휘파람을 불었다.

"꼬리를 잡고 있어주게, 제임스." 그는 나에게 말하고 주삿바늘을 암소 엉덩이에 찌를 준비를 했다. 그는 여전히 손을 높이 들어 올린 채 비긴스 씨를 돌아보았다. "이건 아주 좋은 주사약이지만, 당신이 그동안 우리 약을 계속 써준 게 다행입니다."

"그건 왜요?"

"이 약만 쓰면 따로 동물한테 심각한 영향을 줄 수도 있거든요."

"그러니까⋯⋯ 그 암소를 죽일 수도 있다는 거요?"

"충분히 가능합니다." 시그프리드는 중얼거렸다. "하지만 당신은 걱정하실 거 없습니다. 이 암소는 설파제를 계속 복용했으니까요."

그가 주삿바늘로 암소를 막 찌르려 할 때 농부가 아우성을 쳤다.

"이봐요, 잠깐만. 그러지 마쇼!"

"왜 그러세요, 비긴스 씨? 뭐 잘못된 거라고 있습니까?"

"아니, 그게 아니라 좀 오해가 있었던 것 같아서." 상반된 감정들이 농부의 얼굴을 스치고 지나갔다. "사실은 이렇게 된 거요. 내 생각에 이 암소는 선생네 약을 충분히 복용한 것 같지 않아요."

시그프리드는 팔을 내렸다.

"그러면 복용량을 멋대로 줄여서 먹였다는 겁니까? 기억하실지 모르겠지만, 나는 약상자에 복용법을 적어드렸는데요."

"그건 그렇지만, 내가 좀 혼동한 것 같소."

"그건 아무 문제도 되지 않습니다. 그 약을 전부 다 먹이기만 하면 다 잘될 겁니다." 시그프리드는 주삿바늘을 찌르고, 비긴스 씨가 비명을 지르는 것도 무시하고 주사기에 든 내용물을 모두 주입했다.

그는 주사기를 케이스에 넣으면서 만족스럽게 한숨을 내쉬었다.

"이제 만사가 다 잘될 겁니다. 하지만 잊지 마세요. 이제 다시 세 숟갈부터 먹이기 시작해서 약상자에 든 약을 다 먹일 때까지 계속해야 합니다. 암소는 지금 상태가 너무 심각하니까, 지금 남은 약을 다 먹인 뒤에도 약이 더 필요할 겁니다. 약이 다 떨어지면 우리한테 알려주세요. 아셨죠?"

차를 몰고 떠나면서 나는 동업자를 빤히 바라보았다.

"도대체 그 주사약은 뭐였습니까?"

"종합 비타민제였어. 그 가엾은 암소의 상태를 개선하는 데에는 도움이 되겠지만 목설병과는 아무 관계도 없었지. 그냥 내 계획의 일부였을 뿐이라네." 그는 즐거운 듯이 미소를 지었다. "이제 그 양반은 설파제를 사용할 수밖에 없어. 무슨 일이 일어나는지 보면 재미있을 거야."

그것은 정말로 재미있었다. 일주일도 지나기 전에 비긴스 씨가 잔뜩 주눅이 든 모습으로 다시 진료실에 나타났다.

"그 약을 좀 더 얻을 수 있을까요?" 그가 중얼거렸다.

"물론이죠." 시그프리드는 너그러운 몸짓으로 팔을 뻗었다. "원하시는 만큼 드리겠습니다." 그는 책상 위로 몸을 내밀었다. "암소는 나아지고 있겠죠?"

"예."

"침도 흘리지 않죠?"

"예."

"살도 많이 오르고 있죠?"

"아, 예, 그렇소." 비긴스 씨는 더 이상 대답하고 싶지 않은 듯이 고개를 숙였다. 시그프리드는 그에게 약상자를 주었다.

우리는 진료실 창문을 통해 그가 길을 건너는 것을 지켜보았다. 시그프리드는 내 어깨를 탁 쳤다.

"제임스, 작은 승리였어. 마침내 우리가 비긴스 씨를 이긴 거야."

나도 웃었다. 그 승리는 정말로 달콤했기 때문이다. 하지만 지난 세월을 돌아보면, 우리가 그를 이긴 것은 그때뿐이었다.

12

투베르쿨린 검사에는 자극적인 면이라고는 전혀 없다. 그래서 나는 보
험회사 영업사원인 조지 포사이드가 외양간에 들어와 대화를 시작했을
때 무척 기뻤다.

나는 허드슨 형제네 작은 농장에서 연례적인 투베르쿨린 검사를 하고
있었다. 형인 클렘은 마흔 살쯤 되었는데, 장부에 정성들여 숫자를 적고
있었고, 그보다 몇 살 아래인 동생 딕은 소 귀에 문신한 표시를 찾기 위
해 안쪽 표면을 문지르고 있었다.

나는 소의 털을 깎고 주사약을 주입하면서 날씨와 최근 크리켓 성적과
돼지 가격에 대한 조지의 의견에 귀를 기울였다. 그는 벽에 몸을 기댄 채
세상의 시간을 모두 가진 것처럼 느긋하게 담배를 피우고 있었지만, 나
는 그가 잡담보다 중요한 용무로 여기 왔다는 것을 분명히 알고 있었다.

잠시 후 그가 용건을 꺼냈다.

"이봐요 클렘, 당신들은 마땅히 보험에 들어야 돼요."

클렘은 장부에 숫자 하나를 주의 깊게 적어 넣었다.

"무슨 소리를 하고 있는 거야? 우리 차는 화재보험과 풍수해보험도 들
었어. 그거면 충분하잖아?"

"충분하다고요?" 조지는 충격을 받았다. "그건 아무것도 아니에요. 우

선 당신들은 둘 다 생명보험부터 들어야 해요."

"아니, 싫어." 클렘은 고개를 저었다. "나는 생명보험을 좋게 생각지 않아. 사실은 우리가 의무적으로 들어야 하는 보험을 제외하고는 애당초 보험을 믿지 않아."

딕이 암소 앞쪽에서 고개를 들었다.

"나도 보험을 믿지 않아. 당신은 시간을 낭비하고 있는 거야, 조지."

"솔직히 말하면……" 보험회사 직원이 말했다. "당신들 두 사람은 과거에 살고 있어요. 당신들이 죽을 경우, 딸린 식구들이 목돈을 받으면 좋겠다고 생각지 않아요?"

"죽으려면 아직 멀었어." 클렘은 투덜거리듯 말하고 다음 암소한테 옮아갔다.

"도대체 그걸 어떻게 알아요?"

"우리 집안사람들은 모두 장수했어." 딕이 말했다. "개중에는 총으로 쏘아 죽이기라도 하지 않으면 도무지 죽을 것 같지 않은 사람들도 있지. 우리 아버지는 여든이 넘었는데 아직도 정정하셔. 우리한테 농장을 넘겨주시긴 했지만, 지금도 일하고 싶으면 얼마든지 일하실 수 있다고."

암소 한 마리가 위험하게 꼬리를 들어 올리자, 조지는 에나멜 구두의 뒤꿈치를 들고 우아하게 한쪽으로 몸을 피했다.

"당신들은 논지를 파악하지 못하는 것 같지만, 이 문제를 밀어붙이지는 않겠습니다. 하지만……" 그는 손가락 하나를 들어 올렸다. "질병보험은 반드시 들어야 돼요."

이 말에 형제는 둘 다 실컷 웃었다.

"질병이라고?" 클렘은 상대를 불쌍히 여기는 듯한 미소를 지으며 말했다. 미소를 짓자, 딱딱하고 우락부락한 얼굴에 주름이 잡혔다. "우리는 둘 다 평생 동안 한 번도 병에 걸린 적이 없어. 감기도 한 번 안 걸렸다니까. 우리는 이곳에서 일을 시작한 이래 단 하루도 일을 쉰 적이 없어."

"하지만 앞으로도 계속 그럴지, 어떻게 알아요?" 보험회사 영업사원은 힘없이 대답했다. "나이를 먹을수록 병에 걸리기가 더 쉬워질 거예요."

"그만둬, 조지." 딕이 암소 두 마리 사이에서 밀치고 나왔다. "말했잖아. 우리는 보험을 믿지 않는다고. 그것뿐이야. 그리고 우리는 절대로 당신의 터무니없는 보험에 돈을 내버리진 않을 거야."

조지는 눈을 가늘게 떴다. 이것은 도전이었다. 나는 그가 그 도전에 대처하려는 것을 알 수 있었다.

"내 말 좀 들어보세요." 그가 말을 시작했지만, 그때 나는 외양간 끝에 다다라 있었다.

"이제 어디로 갑니까?" 내가 물었다.

클렘은 마당 건너편을 가리켰다.

"저기 우리에 어린 암소가 몇 마리 있습니다."

어린 암소들은 덩치가 크고 거칠었다. 암소들이 깔짚 위에서 이리저리 뛰어다니고 있었기 때문에 나는 벽에 바싹 붙어 있었다. 두 형제는 밧줄을 몇 번 던졌지만 매번 빗나갔다. 그때 나는 우리 문 위로 조지의 머리가 나타나는 것을 알아차렸다.

"내 말 좀 들어보라니까요." 그가 같은 말을 되풀이했다. 나는 "보험을 파는 사람처럼 끈질긴 사람은 없다"는 옛말이 생각났다. "그럼 사고나 재난으로 다쳤을 때 보상해주는 상해보험은 어떻습니까? 둘 다 상해보험 하나는 들어야 합니다."

클렘은 질주하는 암소들 가운데 한 마리를 간신히 올가미로 잡은 다음, 몸을 뒤로 젖히고 밧줄을 잡아당겼다.

"상해라고? 당치도 않아! 우리는 한 번도 사고를 당한 적이 없어."

"아하! 바로 그거야말로 당신이 이제부터라도 자신을 보호해야 하는 이유예요. 지금까지 아무 일도 일어나지 않았다는 사실은 이제 곧 무슨 일이 일어날 가능성을 더 높여주니까요. 그건 간단한 수학입니다."

"그건 전혀 간단하지 않아." 딕이 말했다. "우리가 지금까지 사고를 당한 적이 없다고 해서, 그게 곧……." 그의 말이 도중에 끊겼다. 고삐에 묶인 소가 난폭하게 뒷걸음치는 바람에 뼈가 튀어나온 엉덩이가 딕의 몸통을 호되게 쳤기 때문이다. 소는 그를 거친 돌벽에 강하게 밀어붙였다.

딕은 숨이 막혀서 깔짚 위에 털썩 주저앉아 배를 움켜쥔 채 꼼짝도 않고 숨을 헐떡거렸다.

"그것 보세요!" 조지가 외쳤다. "내가 말하고 있던 게 바로 그런 겁니다. 당신들은 위험한 일을 하고 있어서, 언제 무슨 일이 일어날지 모른다고요."

"아, 괜찮아. 딕은 아무렇지도 않아." 클렘은 동생이 천천히 일어나는 것을 보면서 미심쩍은 듯이 말했다.

조지의 눈이 열광적으로 번득였다. 갑자기 운명의 여신이 자기 쪽으로 돌아선 것을 발견한 보험회사 영원사원의 전형적인 눈빛이었다.

"아, 예, 아마 이번에는 괜찮겠죠. 하지만 내장이 다쳤을 수도 있잖아요? 그래서 오랫동안 일을 못할 수도 있잖아요? 그러면 어떻게 할 겁니까? 사람을 사면 품삯을 주어야 하잖아요? 나한테서 보험금을 받으면 그 돈으로 사람을 고용할 수도 있을 겁니다."

'돈'이라는 낱말의 음악적인 소리가 클렘의 마음속에 있는 무언가를 자극한 것 같았다. 그는 보험회사 영업사원을 슬쩍 곁눈질했다.

"얼마나?"

그러자 조지의 태도는 사무적으로 바뀌었다.

"마침 당신들한테 안성맞춤인 보험이 있는데……." 그는 안주머니에서 보험증권을 한 묶음 꺼냈다. "보험료를 매년 10파운드만 내면, 일을 못할 정도로 다칠 경우 일주일에 20파운드의 보험금을 받게 됩니다. 물론 다른 혜택도 있지요. 자, 여길 보세요."

클렘은 쇠테 안경을 쓰고 서류를 꼼꼼히 읽었다. 딕도 형의 어깨 너머로 서류를 보았다. 나는 그들이 중얼거리는 소리를 들을 수 있었다.

"일주일에 20파운드…… 거액이야…… 나쁘지 않아."

자격증을 가진 수의사 조수의 평균 주급이 10파운드였던 1948년에 20파운드는 정말로 큰돈이었다.

마침내 클렘이 눈을 들었다.

"시험 삼아 한번 들어볼 생각이야. 일주일에 20파운드는 큰 도움이 될 거야."

"좋습니다. 아주 좋아요." 조지는 은색 연필을 내밀었다. "여기 서명만 해주세요. 두 분 다. 정말 고맙습니다." 그는 잠시 말을 끊었다가 덧붙였다. "그런데 막내인 허버트도 여기서 당신들 일을 돕고 있죠?"

"아, 허버트는 저 아래 목초지에 있어." 딕이 말했다. "허버트는 왜?"

"허버트도 보험을 들어야 합니다."

"하지만 허버트는 아직 어린애야."

"좋습니다." 조지는 두 팔을 벌렸다. "허버트는 보험료를 좀 싸게 해드리죠. 1년에 5파운드. 혜택은 같습니다."

형제의 저항은 무너진 것 같았다.

"좋아. 그것도 괜찮을 것 같군. 그럼 허버트도 보험에 들겠어."

조지는 즐겁게 휘파람을 불면서 경쾌한 걸음으로 자기 차를 향해 걸어 갔고, 우리는 투베르쿨린 검사를 계속했다.

내가 대러비 장터에서 클렘을 만난 것은 달포 뒤였다. 그는 가게 진열 창을 들여다보면서 장터를 어슬렁거리고 있었다. 그런데 여느 때와는 달리 짙은 색의 멋진 양복을 입고 있었다. 그게 그의 작업복이 아닌 것은 분명했다. 늦은 오후였으니까, 여느 때라면 그는 젖을 짜기 위해 암소들을 우리로 몰아넣고 있을 시간이었다. 그런 시간에 그가 읍내에 나타난 것은 이상한 일이었다. 내가 의아하게 생각하고 있을 때 그가 내 쪽으로 몸을 돌렸다. 그제야 나는 그의 팔이 팔걸이붕대에 매달려 있는 것을 보았다.

"도대체 무슨 일입니까?" 나는 물었다.

그는 두툼한 깁스붕대를 내려다보았다.

"팔이 부러졌어요. 외양간 바닥에서 미끄러졌답니다. 믿을 수 있겠어요?" 그는 눈을 크게 떴다. "내가 보험계약서에 서명한 지 겨우 사흘 뒤였어요. 나는 일주일에 20파운드를 받고 있는데, 의사는 내가 앞으로도 9주가 더 지나야 일을 다시 시작할 수 있을 거라고 하더군요. 그러면 나는 결국 200파운드가 넘는 돈을 받게 될 겁니다. 맞죠?"

"맞습니다. 조지 포사이드의 권고를 받아들인 게 얼마나 다행입니까? 농장 일은 일꾼을 고용해서 하고 있겠군요?"

"아니요. 지금 상태로는 우리끼리 그럭저럭 해나가고 있답니다." 그는

179

킬킬거리면서 가버렸다.

클렘의 팔은 내가 암소를 '세정'하려고 다시 허드슨네 농장을 방문했을 때쯤에는 벌써 다 나아 있었다. 클렘은 뜨거운 물이 든 양동이를 나에게 갖다 주었고, 내가 팔에 비누칠을 하고 있을 때 딕이 들어왔다. 그런데 그는 목발을 짚고 있었다.

나는 그를 뚫어지게 바라보았고, 운명의 여신이 조화를 부렸다는 오싹한 느낌이 내 마음속에서 꿈틀거렸다.

"다리가 부러졌나요?"

"예." 딕은 짤막하게 대답했다. "아주 간단히 부러졌어요. 언덕 위 방목장에서 늙은 암양 한 녀석을 잡으려다가 토끼굴에 빠졌지 뭐예요."

"그럼 한동안 활동을 못하겠군요?"

"14주 동안은 깁스를 하고 있어야 해요. 정말 성가시지만, 일주일에 20파운드씩 받는 건 아주 좋지요. 우리가 그 서류에 서명한 건 정말 잘한 일이에요."

내가 그를 다시 본 것은 그가 어느 장날 진료비 청구서를 지불하러 병원에 왔을 때였다. 그는 깁스를 풀었지만 아직도 약간 절뚝거리고 있었다.

"다리는 어때요?" 나는 그에게 받은 돈을 장부에 기입하면서 물었다.

그는 얼굴을 찡그렸다.

"좋지도 나쁘지도 않아요. 이따금 지독하게 아프지만, 차츰 튼튼해지고 있는 것 같아요."

"아, 그래요." 나는 영수증을 건네주면서 말했다. "몸이 정상으로 돌아갈 때까지는 너무 무리하지 말고 마음을 좀 더 여유있게 먹어야 할 거예요."

"그럴 수 없어요." 그는 고개를 저으면서 말했다. "지금 상태로는 일손이 부족해요. 허버트가 사고를 당했거든요."

"뭐라고요?"

"건초 쇠스랑으로 발을 찍는 바람에 패혈증에 걸렸거든요. 지금은 거의 다 나은 것 같은데, 의사 말로는 허버트가 다시 돌아다닐 수 있기까지는 꽤 오랜 시간이 걸릴 거라고 하더군요."

실제로 허버트가 다시 일을 시작한 것은 10주 뒤였지만, 클렘은 어느 날 밤 '드로버스 암스'에서 우연히 만났을 때 맥주를 마시면서 말하기를, 보험회사에서 받은 200파운드가 상당한 위안이 되었다고 털어놓았다.

"정말 놀랍군요." 나는 말했다. "조지 포사이드는 그날 아침에 하늘에서 보내준 사람인 게 분명합니다. 그 사람의 보험회사는 당신들한테 엄청난 도움이 되었어요."

클렘은 시큰둥한 얼굴로 맥주잔을 침울하게 들여다보았다.

"내 말 좀 들어보세요. 그 보험회사 사람들은 정말 웃기는 사람들이에요. 보험에 들라고 그렇게 끈질기게 졸라대더니, 이제는 더 이상 우리가 필요 없대요. 그걸 믿을 수 있겠습니까?"

"정말요? 아니, 그건 또 왜요?"

"보험회사에서 편지가 왔는데, '우리는 당신의 보험계약을 경신하고 싶지 않습니다'라고 쓰여 있는 거예요. 그걸 어떻게 생각하세요?"

"그런 일도 이따금 일어납니다." 나는 사실 속으로는 놀라지 않았다. 허드슨 형제는 보험료로 25파운드를 내고 겨우 몇 달 만에 700파운드가 넘는 보험금을 받았다. 어떤 보험회사라도 서둘러 퇴각하리라는 것은 쉽게 상상할 수 있었다.

"어쨌든······" 하고 그가 말을 이었다. "우리는 연말에 우리를 맡아줄 다른 보험회사를 구했어요. 그리고 우리 재산을 몽땅 보험에 들었답니다. 농장, 자동차, 그리고 땅."

"그리고 상해보험도 다시 들었겠죠?"

클렘은 술잔을 기울여 길게 한 모금 들이켰다.

"아, 예." 그리고는 상처받은 표정으로 나를 돌아보았다. "하지만 보험회사가 보험료를 일인당 1파운드씩 추가로 더 내라고 요구하더군요."

딕이 트랙터 속으로 떨어진 것은 몇 달 뒤 새 보험회사가 허드슨 형제의 보험을 떠맡은 직후였다. 딕은 중상을 입을 수도 있었지만 엄지손가락만 골절되었을 뿐이었다. 그래도 8주 동안은 일을 할 수 없었다.

그는 손가락이 나은 뒤, 내가 그의 농가에서 차를 한 잔 마시고 있을 때 그 일에 대해 직접 말해주었다.

"그 사고로 160파운드를 받았지요." 그는 스콘이 수북이 담긴 접시를 내 쪽으로 밀어주면서 달관한 듯 말했다.

그가 껄껄 웃은 것으로 보아 내가 어리벙벙한 표정을 지은 게 분명하다.

"그런데 그게 전부 다가 아니에요. 나는 자동차 사고도 당했다고요."

"설마!"

"정말이에요. 베시 트렌홀름의 차 옆구리를 들이받아서 내 차의 라디에이터와 전조등이 박살났다니까요."

"믿을 수가 없군요. 그래서 또 보험금을 청구했나요?"

딕은 쓴웃음을 지었다.

"좀 복잡한 사정이 있답니다. 그건 베시의 잘못으로 일어난 사고였어요. 베시가 느닷없이 자기네 농장에서 튀어나왔거든요. 하지만 나는 내 차가 남에게 입힌 손해만 보상해주도록 보험을 들었고, 사고가 누구 책임인지를 두고 분쟁이 일어나면 베시가 잘못했다는 내 주장만으로는 승산이 없을 겁니다. 베시는 젊고 예쁜 아가씨니까요. 그래서 나는 보험금을 청구하지 않기로 결심했죠. 보험회사 직원한테는 사실을 말했지만."

"그래서 이번에는 한푼도 못 받았군요?"

딕의 얼굴에 미소가 번져갔다.

"나는 그렇게 생각했지만, 보험회사 직원이 며칠 뒤에 나를 만나러 와서는 자기가 실수를 저질렀다고 털어놓지 뭡니까. 내 차를 종합보험에 들어놓은 거예요."

"세상에! 그래서 또 보험금을 받았군요?"

"예, 또 150파운드를 받았지요." 딕은 치즈를 한 조각 잘랐다. 그의 표정이 진지해졌다. "그래서 걱정되는 게 딱 한 가지 있는데, 보험회사 직원이 돈을 줄 때 좀 이상하게 구는 거예요. 별로 기뻐하는 것 같지 않더군요. 우리는 이 보험회사가 지난번 보험회사처럼 우리를 밀어내지 않기만 바랄 뿐이에요."

"이해합니다. 그렇게 되면 곤란하겠죠."

"곤란하다마다요." 딕은 엄숙하게 고개를 끄덕였다. "클렘 형과 나는 열렬한 보험 신봉자거든요."

13

"나는 심장을 무심한 손에 떨어뜨렸어." 어린 로지의 목소리가 울퉁불퉁한 길로 차를 몰고 가는 내 귀에 울려 퍼졌다. 이제는 차를 운전하는 동안 노래가 내 기운을 북돋워주었다.

나는 암소의 등에 난 상처를 치료하러 가는 길이었고, 노래를 듣는 것은 즐거웠다. 하지만 그보다 훨씬 좋은 무언가가 일어날 거라는 생각이 문득 내 머리에 떠오르기 시작했다. 나는 지미와 함께 했던 일을 둘째 아이와 처음부터 다시 시작하고 있었다. 지미가 학교에 들어갔을 때 나는 늘 함께 차를 타고 다녔던 지미가 없는 것을 아쉬워했지만, 그 모든 게 로지와 함께 다시 시작되리라는 것을 나는 미처 알아차리지 못했던 것이다.

아이들이 농장의 동물들이나 시골 풍물에 경탄하는 것을 볼 때의 짜릿한 즐거움, 결코 물리지 않는 어린애다운 재잘거림, 나의 일상을 환하게 밝혀준 재미와 웃음—이 모든 것이 나에게는 두 번 일어났다.

노래는 라디오그램(라디오 겸용 전축)을 샀을 때 시작되었다. 음악은 항상 나한테 중요했고, 음악을 즐기기 위해 나는 레코드플레이어를 한 대 갖고 있었다. 그래도 나는 더 좋은 것, 내가 좋아하는 오케스트라와 가수와 연주자들의 소리를 좀 더 충실하게 재생해주는 수단을 갖고 싶었다.

당시에는 하이파이 장치가 존재하지도 않았고, 청음 세계에 혁명을 일으킨 스테레오나 서라운드 사운드 같은 것들도 마찬가지였다. 음악 애호가들이 할 수 있는 일은 기껏해야 품질 좋은 라디오그램을 마련하는 정도였다.

나는 수많은 팸플릿을 읽으면서 고민을 거듭하고 여러 분야의 조언을 들은 뒤, 후보를 세 가지 모델로 압축하고 그것을 모두 스켈데일 하우스로 가져오게 하여 〈베토벤 바이올린 협주곡〉 도입부를 하나씩 차례로 재생해보고 나서 가장 마음에 드는 모델을 선택했다. 전파상에서 전축을 가져온 두 남자는 미칠 지경에 이르렀지만, 결국 내 마음속에는 어떤 의구심도 남지 않았다.

그것은 '머피'(1929년에 설립된 라디오·전축 제조업체)가 아니면 안 되었다. 머피는 앞에 미늘창이 달려 있고 우아한 다리를 갖고 있어서 가구로서도 아름다웠고, 필하모닉 오케스트라의 음량이 그대로 고스란히 울려 나왔다. 소리가 힘을 잃거나 명해지는 일은 전혀 없었다. 나는 거기에 매혹되었지만, 한 가지 장애가 있었다. 가격이 90파운드가 넘었는데, 1950년에 90파운드는 큰돈이었다.

"여보." 나는 전축을 거실에 설치했을 때 아내에게 말했다. "우리는 이 전축을 조심해서 다루어야 해. 아이들이 내가 전에 쓰던 플레이어에 레코드판을 거는 건 괜찮지만, 머피는 만지지 못하게 해야 해."

소용없는 짓이었다. 바로 이튿날, 내가 현관을 들어섰을 때 복도에는 '이피 아이 오오오오, 이피 아이 아아아이, 고스트 라이더스 인 더 스카이이이!'가 울려 퍼지고 있었다. 그것은 빙 크로스비의 〈경솔한 손〉 음반에 수록된 곡이었고, 머피가 그 노래의 가치를 최대한 살려주고 있었다.

나는 거실문 뒤에서 거실을 엿보았다. 〈고스트 라이더스〉가 끝나자, 로지가 그 오동통하고 작은 손으로 레코드판을 들어 올려 커버 속에 돌려 놓고, 땋아 늘인 머리를 대롱대롱 흔들면서 음반 수납장으로 걸어갔다. 로지가 다른 레코드판을 골라서 거실을 반쯤 가로질렀을 때 내가 로지를 불러 세웠다.

"그게 뭐지?" 내가 물었다.

"〈리틀 진저브레드 맨〉이야." 로지가 대답했다.

나는 라벨을 보았다. 정말로 〈리틀 진저브레드 맨〉이었다. 로지는 그것을 어떻게 알았을까? 수납장에 들어 있는 음반들은 모양새가 똑같아 보였기 때문이다. 색깔도 같고 낱말들의 디자인도 같았다. 그리고 세 살인 로지는 글을 읽지 못했다.

로지는 레코드판을 능숙하게 턴테이블 위에 올려놓고 작동시켰다. 나는 〈리틀 진저브레드 맨〉을 끝까지 듣고, 로지가 다른 음반을 고르는 것을 지켜보았다.

나는 로지의 어깨 너머로 그 레코드판을 보았다.

"이번에는 뭐지?"

"〈투비 더 투바〉야."

정말로 그랬다. 내가 쉬는 한 시간 동안 로지는 나를 위해 음악회를 열어주었다. 우리는 〈맥 아저씨의 자장가〉와 〈행복한 왕자〉와 〈피터와 늑대〉를 들었고, 내가 예나 지금이나 열렬히 좋아하는 빙 크로스비의 노래도 많이 들었다. 로지가 제일 좋아하는 빙 크로스비의 음반이 〈플리즈〉나 〈바다는 얼마나 깊은가〉나 그의 다른 명반이 아니라 〈경솔한 손〉이라는 것을 알고 나는 흥미를 느꼈다. 이 노래는 로지한테 특별한 무언가를 갖고 있었다.

음악회가 끝났을 때 나는 로지와 머피를 떼어놓으려고 애써봤자 헛수고라고 판단했다. 로지는 나와 함께 외출하지 않을 때는 라디오그램을 갖고 놀았다. 그것은 로지의 장난감이나 마찬가지였다.

내 판단은 결국 최선의 결과를 낳았다. 내 귀중한 전축에 로지는 아무런 해도 끼치지 않았기 때문이다. 나와 함께 왕진을 다닐 때는 전축으로 자주 들어서 가사까지 외우고 있는 노래들을 부르곤 했다. 나는 로지가 부르는 노래를 정말로 좋아했다. 그리고 오래지 않아 나도 〈경솔한 손〉을 가장 좋아하게 되었다.

이 농장으로 가는 길에는 게이트가 세 개 있었다. 우리는 이제 첫 번째 게이트에 다가가고 있었다. 노랫소리가 갑자기 뚝 그쳤다. 이것은 로지에게 중요한 순간들 가운데 하나였다. 내가 차를 세우자 로지는 차에서 뛰어내려 씩씩하게 게이트로 다가가서 문을 열었다. 이 임무를 로지는 아주 진지하게 받아들였다. 내가 게이트를 통과할 때 로지의 작은 얼굴은 엄숙한 표정을 띠고 있었다. 동승석에 앉아 있는 애견 샘의 옆이 로지의 자리였다. 로지가 자리로 돌아오자 나는 로지의 무릎을 토닥여주었다.

"고맙다. 너는 항상 아빠한테 큰 도움이 돼."

로지는 아무 말도 않고 얼굴만 붉혔을 뿐이지만, 우쭐한 기분으로 가슴이 벅차오르는 것 같았다. 로지는 내 말이 진심이라는 것을 알았다. 게이트를 여는 것은 귀찮고 힘든 일이기 때문이다.

우리는 비슷한 방식으로 나머지 게이트 두 개도 통과하여 농가 마당으로 차를 몰고 들어갔다, 농부인 빈스 씨는 금방이라도 무너질 것처럼 낡아빠진 축사에 벌써 아픈 암소를 가두어두고 있었다. 축사는 막다른 곳에 있었고, 거기서 밖으로 이어지는 샛길이 뻗어 있었다.

축사를 들여다보던 나는 그 암소가 갤러웨이종이라는 것을 알고 좀 불안해졌다. 털이 텁수룩한 검은 소였다. 심술궂어 보이는 눈 위에 더부룩한 털이 늘어져 있었다. 암소는 나를 지켜보면서 고개를 숙이고 꼬리를 휘둘렀다.

"소를 묶어둘 수는 없었나요, 빈스 씨?" 나는 물었다.

농부는 고개를 저었다.

"아니요. 여긴 공간이 부족하고, 이 녀석은 들판에서 대부분의 시간을 보낸다오."

그 말은 믿을 만했다. 이 녀석한테는 길들여진 흔적이 전혀 없었다. 나는 내 딸을 내려다보았다. 일하는 동안은 대개 로지를 건초다락이나 칸막이벽 위에 올려놓았지만, 갤러웨이종 근처에는 두고 싶지 않았다.

"로지야, 여긴 네가 있을 곳이 없어. 그러니 방해되지 않게 저 샛길 끝에 가서 있으렴."

우리는 축사 안으로 들어갔다. 암소는 이리저리 뛰어다니며 벽 위로 올라가려 애쓰고 있었다. 농부가 암소의 머리 위로 굴레를 씌웠을 때 나는 유쾌한 놀라움을 느꼈다. 그는 구석으로 뒷걸음쳐서 기둥을 단단히 잡았다.

나는 미심쩍은 눈으로 그를 바라보았다.

"암소를 잡고 있을 수 있겠습니까?"

"할 수 있을 거요." 빈스 씨는 가볍게 숨을 헐떡이면서 대답했다. "거기 암소의 등 끝에 종기가 보일 겁니다."

그것은 정말 이상한 종기였다. 꼬리가 붙어 있는 엉덩이 근처에 고름이 흘러나오는 커다란 종기가 있었다. 그리고 그 꼬리는 좌우로 끊임없이 휙휙 움직이고 있었다. 소과 동물이 그렇게 꼬리를 흔드는 것은 성질이 나쁘다는 확실한 증거다.

나는 부어오른 종기를 손가락으로 살며시 쓸어보았다. 그러자 자연스러운 반사작용처럼 뒷발이 휙 올라와서 내 넓적다리를 스치듯 때렸다. 나는 예상했기 때문에 침착하게 검진을 계속했다.

"이 종기가 난 지 얼마나 됐습니까?"

농부는 뒤꿈치를 바닥에 박아 넣고 몸을 뒤로 기울이면서 밧줄을 힘껏 잡아당겼다.

"두 달쯤 됐어요. 종기가 터졌다가 다시 고름이 차고, 그걸 몇 번 되풀이하고 있지요. 매번 이게 마지막일 거라고 생각했는데, 영원히 나을 것 같지 않네요. 원인이 뭡니까?"

"나도 모르겠습니다. 언젠가 이 부위에 상처를 입은 게 분명합니다. 거기에 세균이 감염된 거죠. 게다가 종기가 등에 있으면 당연히 고름이 잘 배출되지 않습니다. 죽은 조직이 많으니까, 우선 그걸 말끔히 제거해야만 종기가 나을 겁니다."

나는 축사에서 밖으로 몸을 내밀었다.

"로지야, 가위와 솜과 병에 든 과산화수소를 좀 갖다줄래?"

농부는 작은 로지가 자동차로 달려갔다가 세 가지 물건을 들고 돌아오는 것을 놀란 눈으로 지켜보았다.

"와아, 꼬마 아가씨가 그런 걸 다 알고 있다니, 대단하네요."

"아, 예." 나는 미소를 지으면서 말했다. "로지가 차에 있는 물건의 위치를 전부 다 알고 있다고는 말하지 않겠지만, 내가 정기적으로 사용하는 물건에 대해서는 전문가예요."

내가 문 너머로 손을 내밀자 로지는 내가 요구한 것들을 건네주었다.

그러고는 샛길 끝의 자기 자리로 물러갔다.

나는 종기를 치료하기 시작했다. 조직이 괴사했기 때문에 암소는 내가 가위로 자르고 솜으로 닦아내도 아무 감각을 느끼지 못했지만, 그래도 암소는 몇 초마다 한 번씩 뒷다리를 피스톤처럼 움직이는 것을 그만두지 않았다. 어떤 동물은 어떤 종류의 간섭도 참지 못하는데, 이 암소가 바로 그런 부류에 속하는 동물이었다.

나는 마침내 괴사한 조직을 말끔히 제거했고, 그 넓은 부위에 과산화수소를 조금씩 똑똑 떨어뜨렸다. 나는 이 유서 깊은 치료제를 고름 나는 종기의 소독제로 신뢰하고 있었다. 과산화수소가 피부 표면에서 부글부글 거품을 내는 것을 나는 흐뭇하게 지켜보았다. 하지만 암소는 그 감각이 마음에 들지 않는 것 같았다. 갑자기 공중으로 펄쩍 뛰어올라 농부의 손에서 밧줄을 낚아채더니 나를 옆으로 밀어내고 문으로 달려갔기 때문이다.

문은 닫혀 있었지만, 얇아서 암소를 막을 힘이 없었다. 암소는 우지끈 소리와 함께 문을 산산조각내고 곧장 문을 통과했다. 털투성이의 시커먼 괴물이 샛길로 쏜살같이 들어갔을 때 나는 암소가 왼쪽으로 돌아주기를 간절히 바랐지만, 녀석이 오른쪽으로 가는 것을 보고 공포에 사로잡혔다. 암소는 발바닥으로 자갈을 맹렬히 긁어댄 뒤, 내 어린 딸이 서 있는 막다른 곳을 향해 쿵쿵거리며 달려가기 시작했다.

그것은 내 평생 겪은 최악의 순간 가운데 하나였다. 나는 부서진 문을 향해 달려갈 때 "마마!" 하고 부르는 작은 목소리를 들었다. 공포의 비명 소리는 전혀 들리지 않았다. 조용한 그 한 마디뿐이었다. 내가 축사에서 나와 보니 로지는 샛길 끝의 막다른 벽에 등을 기댄 채 서 있었고, 암소는 로지한테서 한 걸음밖에 떨어지지 않은 곳에 멈춰 서서 로지를 바라보고 있었다.

암소는 내 발소리를 듣고 뒤를 돌아보더니 홱 돌아서서 내 옆을 지나 마당으로 달려갔다.

로지를 안아 올렸을 때 나는 덜덜 떨고 있었다. 암소는 로지를 간단히 죽일 수도 있었다. 온갖 상념이 뒤섞인 채 내 머릿속에서 소용돌이쳤다. 왜 로지는 '마마' 하고 말했을까? 나는 로지가 그 말을 쓰는 것을 들은 적이 없었다. 로지가 엄마를 부를 때는 언제나 '마미'나 '맘'이라고 불렀다. 왜 로지는 두려워하지 않았을까? 그런 의문들에 대한 대답을 나는 알 수가 없었다. 내가 느낀 것은 넘쳐나는 고마움뿐이었다. 오늘날까지도 나는 그 샛길을 볼 때마다 같은 감정을 느낀다.

차를 몰고 나오면서 나는 지미가 나와 함께 왕진을 나왔을 때도 이와 비슷한 일이 일어났다는 것을 생각해냈다. 물론 이번만큼 무섭지는 않았다. 지미는 막다른 길이 아니라 한쪽 끝이 목초지로 열려 있는 샛길에서 놀고 있었고, 내가 치료하던 암소가 탈출하여 지미를 향해 돌진했을 때 로지처럼 막다른 곳에 갇힌 상태도 아니었기 때문이다. 나는 아무것도 볼 수 없었지만, 내가 모퉁이를 돌기 전에 "아아악!" 하는 날카로운 고함 소리가 들렸다. 지미는 목초지를 가로질러 내 차가 서 있는 쪽으로 번개처럼 달려가고 있었고 암소는 다른 방향으로 달려가고 있는 것을 보고 나는 안심하여 가슴을 쓸어내렸다.

이 반응은 지미다웠다. 지미는 항상 가족 중에서 가장 시끄러웠기 때문이다. 어떤 상황에서도 지미는 요란한 외침 소리로 제 감정을 알리는 것이 좋다고 믿었다. 앨린슨 박사가 지미에게 통상적인 예방주사를 놔주러 왔을 때 지미는 "와우! 아플 거야! 와우! 와우!" 하는 외침 소리로 주사기의 출현을 알렸다. 그 훌륭한 의사 선생님도 지미와 비슷한 기질을 갖고 있어서 지미에게 마주 고함을 질렀다. "그래, 네 말이 맞아. 이 주사는 아파! 우와! 우와!" 하지만 지미는 정말로 우리 주치의를 놀라게 했다. 전신 마취를 했는데도 시끄럽게 떠드는 지미의 성향은 마취되지 않았기 때문이다. 지미는 마취 가스를 마시고 의식을 잃었는데도 떨리는 소리로 길게 울부짖었기 때문에 가엾은 의사는 불안해서 진땀을 흘렸다.

로지는 돌아가는 길에 게이트 세 개를 엄숙하게 연 다음, 기대에 찬 눈으로 나를 쳐다보았다. 나는 그게 뭔지 알고 있었다. 로지는 좋아하는 게임을 하고 싶은 것이다. 지미가 나에게 질문하기를 좋아했듯이 로지는 질문 받는 것을 좋아했다.

나는 로지가 보낸 신호를 받고 게임을 시작했다.

"파란색 꽃 여섯 개의 이름을 말해볼래?"

로지는 만족하여 얼굴이 금세 빨개졌다. 물론 로지는 대답을 알고 있었기 때문이다.

"체꽃, 초롱꽃, 물망초, 붓꽃, 꼬리풀, 수레국화."

"잘했다. 다음 문제는…… 어디 보자…… 새 이름 여섯 가지는 어때?"

또다시 로지는 만족스럽게 얼굴을 붉히고 재빨리 대답했다.

"까치, 마도요, 개똥지빠귀, 물떼새, 멧새, 까마귀."

"아주 잘했어. 이젠 빨간색 꽃 이름을 여섯 개 말해봐."

이런 문답은 날마다 다양하게 변화하면서 계속되었다. 내가 얼마나 운이 좋은지를 그때는 절반밖에 깨닫지 못했다. 나는 하루 24시간 일해야 하는 힘든 직업을 갖고 있었지만, 그와 동시에 내 아이들과 함께 시간을 보낼 수 있었다. 많은 남자들이 가정을 꾸려가기 위해 너무 열심히 일하기 때문에, 정작 가정의 핵심인 가족과 어울릴 시간은 별로 갖지 못한다. 하지만 그런 일이 내게는 일어나지 않았다.

지미와 로지는 학교에 들어갈 때까지 나와 함께 농장을 돌아다니면서 대부분의 시간을 보냈다. 로지는 항상 나를 걱정했지만, 학교에 갈 날이 다가오자 눈에 띄게 엄마 같은 태도를 취하게 되었다. 자기가 없으면 내가 어떻게 해나갈지 정말로 알 수가 없었고, 다섯 살이 되었을 때쯤에는 명백하게 나를 걱정했다.

"아빠." 로지는 진지하게 말하곤 했다. "내가 학교에 가면 어떻게 할 거야? 아빠 혼자 게이트를 모두 열어야 하고, 자동차 트렁크에서 물건을 꺼내야 하잖아? 아빠는 정말 힘들 거야."

나는 차 안에서 걱정스럽게 나를 쳐다보는 로지의 머리를 토닥이며 안심시키려 애쓰곤 했다.

"그래, 네가 없으면 아쉽겠지. 하지만 어떻게든 해나갈 수 있을 거야."

로지의 반응은 항상 똑같았다. 안심한 듯 미소를 지은 다음, 나를 위로하는 말을 늘어놓는 것이다.

"하지만 괜찮아, 아빠. 매주 토요일과 일요일에는 내가 함께 다닐 거니까. 그때는 아빠도 괜찮을 거야."

우리 아이들은 아주 어릴 적부터 수의사가 하는 일을 보았고 내가 일에서 얻는 만족과 기쁨을 직접 보았기 때문에, 수의사가 아닌 다른 직업을 가질 생각조차 하지 않은 것은 지극히 당연한 결과였을 것이다.

지미의 경우에는 아무 문제도 없었다. 지미는 강인해서 우리 직업의 풍파를 잘 견뎌낼 수 있었지만, 내 딸아이가 걷어차이고 짓밟히고 넘어지고 오물을 뒤집어쓸 것을 생각하면 나는 도저히 참을 수가 없었다. 당시에는 수의사 일이 훨씬 힘들었다. 버둥거리는 짐승을 가두어둘 금속 울타리 길은 존재하지 않았고, 아직도 농장에는 말들이 많이 돌아다녔고, 수의사들이 다리와 갈비뼈가 부러져서 정기적으로 병원 신세를 지는 것은 바로 그 말들 때문이었다. 로지는 시골 수의사가 되고 싶다는 뜻을 분명히 밝혔지만, 나에게 이 직업은 남자가 해야 할 일로 여겨졌다. 결국 나는 로지를 설득하여 수의사가 되겠다는 꿈을 포기하게 했다.

이것은 정말 나답지 않은 일이었다. 나는 결코 고압적인 아버지가 아니었고, 아이들은 자신의 뜻에 따라 살아야 한다는 것이 내 지론이었기 때문이다. 하지만 로지가 십대에 접어들자 나는 노골적인 암시를 오랫동안 수없이 주었고, 불쾌하고 더러운 일을 최대한 많이 로지에게 보여주는 부당한 짓도 꺼리지 않았다. 로지는 결국 인간을 치료하는 의사가 되기로 결심했다.

이제 수의과대학에서 여학생이 차지하는 비율이 높고 우리 병원에서도 두 여자 조수가 일을 훌륭하게 해내는 것을 보면, 내가 한 일이 과연 옳았는지 의심스러울 때가 있다.

하지만 로지는 이제 행복하고 성공적인 의사이고, 어쨌든 부모는 자신들이 옳은 일을 했다는 확신을 결코 가질 수 없다. 부모는 자기가 옳다고 생각하는 일을 할 수 있을 뿐이다.

하지만 내가 세 살배기 딸아이를 옆에 태우고 빈스 씨네 농장에서 집으로 돌아갈 때, 그 모든 것은 아직 먼 미래의 일이었다. 로지는 다시 노래를 부르기 시작했고, 애창곡의 첫 소절을 막 끝내가는 참이었다.

"무심한 손은 꿈이 손가락 사이로 빠져나가도 마음 안 써."

14

내가 존경하는 조지 버나드 쇼(영국의 극작가·소설가·비평가[1856~1950])가 정원에서 사과나무를 가지치기하다가 다리가 부러진 것은 1950년이었다. 우연히도 같은 주에 나는 그가 쓴 글을 몇 편 읽으며 그의 독특한 재치를 마음껏 즐기고 있었다. 그것은 어느 시대의 어떤 문인들보다 훨씬 넓은 지평을 가진 인물과 정신적으로 교감하고 있다는 느낌이었다.

나는 버나드 쇼가 사고를 당했다는 기사를 읽고 충격을 받았다. 신문도 나와 같은 기분이었는지, 1면에 나온 대문짝만 한 표제는 다른 중대한 국사를 뒤로 밀어냈고, 걱정하는 대중을 위해 몇 주 동안 그의 병세가 계속 발표되었다. 그렇게 하는 것이 당연했고, 나는 기자들의 타자기에서 쏟아져 나오는 구구절절에 동의했다. '문학적 천재……' '여론의 흐름에 두려움 없이 맞선 멋진 발상의 평론가……' '우리 시대의 가장 존경받는 극작가……'

캐슬링네 송아지의 다리가 부러진 것도 바로 그 무렵이었다. 나는 그 송아지의 부러진 뼈를 이어달라는 부탁을 받았다. 캐슬링네 농장은 히스가 무성한 요크셔의 황량한 고지대에 자리 잡은 농장들 가운데 하나였다. 이 농장들은 외따로 떨어진 곳에 있어서 찾기 어려울 때가 많았다. 어떤 농장에 가려면 마늘 냄새가 나는 음침한 골짜기로 내려갔다가 건너편으로 올라가야 했다. 다른 농장들의 경우에는 제대로 된 길도 없이 히스 사이로 질퍽거리는 샛길이 나 있을 뿐이어서, 그 샛길 끝에서 발견한 농장 건물들은 언제나 놀라움으로 다가왔다.

캐슬링네 농장은 이 두 부류의 어느 쪽에도 속하지 않았다. 그 농장은 폭풍우 같은 자연력을 완전히 무시하고 황무지 꼭대기에 올라앉아 있었다. 농장 서쪽에 우거진 숲이 그나마 황량한 기분을 달래주고 있었는데, 그쪽에서 끊임없이 불어오는 바람을 막기 위해 내한성 나무를 심어놓은 것이다. 그 나무들이 돌로 지은 집과 헛간 쪽으로 똑같이 기울어져 있는 것은 바람이 거의 쉬지 않고 분다는 사실을 말해주었다.

내가 차에서 내리자 캐슬링 씨와 덩치 큰 두 아들이 별로 단정치 못한 걸음으로 나를 향해 다가왔다. 농부는 이런 곳에 딱 어울리는 남자였고, 예순 살인 그의 얼굴은 비바람에 시달려 자줏빛으로 거칠어져 있었다. 넓은 어깨는 뼈만 앙상해서 낡은 재킷 속에서 뼈가 튀어나와 보였다. 아들인 앨런과 해럴드는 둘 다 30대였고, 거의 모든 면에서 아버지를 빼닮았다. 두 손을 주머니에 깊이 찔러 넣고 머리를 앞으로 쑥 내밀고 무거운 고무장화를 질질 끌면서 걷는 걸음걸이까지도 아버지와 비슷했다. 또한 그들은 절대로 웃는 법이 없었다. 사실은 모두 좋은 사람들이었고 훌륭한 가족이었지만, 잘 웃는 사람들은 아니었다.

"아, 헤리엇 선생." 캐슬링 씨가 닳아 해진 모자챙 밑에서 나를 바라보며, 거두절미하고 곧장 본론으로 들어갔다. "송아지는 목초지에 있소."

"좋습니다." 나는 말했다. "물을 한 양동이만 갖다 주시겠습니까? 미지근한 물이면 됩니다."

아버지가 고개를 까딱하자 해럴드는 말없이 부엌으로 갔다가 몇 분 만에 여기저기 찌그러진 양동이를 들고 돌아왔다.

나는 손가락으로 물의 온도를 재보았다.

"딱 좋네요. 됐습니다."

우리는 게이트를 지나 목초지로 출발했다. 작지만 다부진 체격을 가진 양치기개 두 마리가 우리 뒤를 살금살금 따라왔다. 사나운 바람이 기쁜 듯이 우리를 맞아주었다. 벌거벗은 고원이 몇 킬로미터나 굽이치며 뻗어 있고, 그 위에서 소용돌이치는 바람은 늙고 쇠약한 사람한테는 차갑고 위협적이지만 젊고 건강한 사람한테는 신선하고 달콤했다.

스무 마리쯤 되는 송아지가 히스 무성한 목초지에서 어미와 함께 달리고 있었다. 내 환자를 분간하기는 쉬웠지만, 소떼는 우리를 보자마자 달아나버렸다. 뒷다리가 부러져서 대롱거리는 녀석이 그렇게 빨리 달릴 수 있다는 게 놀라웠다.

캐슬링 씨가 큰 소리로 짧게 명령을 내리자 개들은 소떼 속으로 쏜살같이 뛰어들어 소의 뒤꿈치를 덥석 물고, 반항적인 소들이 뿔을 들이대면 이빨을 드러내면서 문제의 암소와 송아지를 가려냈다. 그러자 젊은 두 아들이 뛰어들어 작은 송아지를 땅바닥에 쓰러뜨리고 내리눌렀다. 그러는 동안 개들은 소떼를 지키며 서 있었다.

나는 좀 유감스러운 기분으로 송아지의 다친 다리를 살며시 만져보았다. 물론 나는 그 송아지를 고쳐줄 수 있다고 확신했지만, 뒷다리보다는 앞다리가 부러진 편이 나았을 것이다. 요골과 척골은 부러져도 깨끗이 나았다. 하지만 이 경우에는 정강이뼈 중간쯤에서 골절된 뼈가 삐걱거리는 소리가 들렸는데, 이런 골절은 다루기가 더 어려웠다.

하지만 대퇴골이 아닌 것은 그나마 다행이었다. 대퇴골이 부러졌다면 정말로 문제였을 것이다.

내 환자는 캐슬링 부자의 능숙한 솜씨로 꼼짝도 못하게 되었다. 해럴드가 머리를 잡고 앨런은 꼬리를 잡고 아버지는 몸통을 잡고 드문드문 나 있는 잔디 위에 쓰러뜨려 움직이지 못하게 한 것이다. 시골 수의사의 어려움 하나는 가만히 있으려 하지 않는 환자에게 생사가 걸린 치료를 해야 할 때가 많다는 것이었다. 하지만 세 쌍의 커다란 손은 텁수룩한 송아지를 바이스에 끼운 것처럼 단단히 잡고 있었다.

나는 석고붕대를 물에 담갔다가 골절 부위에 감기 시작했을 때 우리 머리가 서로 가까이 있다는 것을 알아차렸다. 환자는 생후 한 달쯤 된 아주 작은 송아지여서, 때로는 세 사람의 얼굴이 거의 맞닿을 정도였다. 하지만 아무도 입을 열지 않았다.

수의사의 작업은 재미난 대화가 있으면 유쾌하게 지나간다. 다행히 일을 도와주는 사람들 가운데 천연스럽게 시치미를 떼고 농담을 하는 요크셔 특유의 이야기꾼이 있으면 정말 즐겁다. 이따금 메스를 내려놓고 실컷 웃지 않으면 일을 계속할 수 없을 때도 있었다. 하지만 이곳에는 오로지 침묵만 있을 뿐이었다.

바람이 쌩쌩 불었다. 한번은 마도요의 애처로운 울음소리도 들려왔다. 하지만 땅바닥에 납작 엎드린 동물을 둘러싼 이들은 트라피스트회(엄격한 봉쇄 속에서 침묵으로 공동 수행하는 가톨릭 수도회)의 수도승이었을지도 모른다. 나는 어색한 기분을 느끼기 시작했다. 부러진 다리에 석고붕대를 감는 것은 어려운 일이 아니었다. 100퍼센트 정신을 집중할 필요는 없었다. 나는 누군가가 아무 말이라도 해주기를 간절히 바랐다.

바로 그때, 최근 신문에서 떠들고 있는 사건이 번득이는 영감처럼 내 머리에 떠올랐다. 어쨌든 내가 대화를 시작할 수는 있을 터였다.

"버나드 쇼와 똑같네요. 그렇죠?" 나는 가볍게 웃으면서 말했다.

침묵은 여전히 난공불락이었다. 약 30초 동안은 어떤 대답도 얻지 못할 것처럼 여겨졌다.

이윽고 캐슬링 씨가 헛기침을 했다.

"누구요?" 그가 물었다.

"버나드 쇼, 조지 버나드 쇼 말입니다. 그 사람도 다리가 부러졌어요." 나는 빠른 말투로 지껄이지 않으려고 애쓰고 있었다.

침묵이 다시 내리덮였다. 그냥 그대로 내버려두는 게 낫겠다는 느낌이 나를 강하게 사로잡았다. 나는 일을 계속했다. 하얀 깁스에 물을 끼얹고, 석고가 내 손톱 밑에서 굳는 동안 손으로 깁스를 반반하게 매만졌다.

다음에 입을 연 사람은 해럴드였다.

"이 근처에 사는 사람인가요?"

"아니요…… 설마 그럴 리가 있겠어요?" 나는 이 화제를 꺼낸 것을 후회하면서 석고붕대를 한 겹 더 감기로 결정했다.

내가 양철통에서 석고붕대를 꺼내고 있을 때 앨런이 끼어들었다.

"대러비 사람이죠?"

상황은 점점 더 어려워지고 있었다.

"아뇨." 나는 쾌활하게 대답했다. "그 사람은 대부분의 시간을 런던에서 보내고 있을 겁니다."

"런던!" 지금까지의 대화는 사실 대화라고 할 정도도 아니었지만, 머리를 전혀 움직이지 않은 채 이루어졌다. 하지만 이제는 세 사람의 얼굴이 동시에 내 쪽으로 홱 올라왔다. 그 얼굴들은 깜짝 놀란 표정을 숨김없이 드러내고 있었다. 세 사람의 목소리가 마치 하나의 목소리처럼 말했다.

최초의 충격이 가라앉자 그들은 다시 송아지를 내려다보았다. 나는 이 화제가 여기서 끝나기를 바랐지만, 그때 캐슬링 씨가 중얼거렸다.

"그럼 그 사람은 농부가 아니겠군?"

"예…… 그 사람은 희곡을 씁니다." 나는 버나드 쇼가 바그너를 위대한 작곡가라고 인정한 것에 대해서는 물론 한 마디도 하지 않았다. 슬쩍 곁눈질만 해보아도, 내가 이미 지나치게 깊이 빠져들었다는 것을 알 수 있었다. "석고가 마를 때까지만 기다리면 됩니다."

그러고는 푹신한 잔디에 털썩 주저앉았다. 다시 침묵이 내리덮였다.

잠시 후 나는 하얀 깁스를 끝에서 끝까지 손가락으로 가볍게 두드려보았다. 깁스는 돌처럼 단단했다. 나는 일어났다.

"이젠 송아지를 놔줘도 됩니다."

송아지는 벌떡 일어나서 아무 일도 없었던 것처럼 어미와 함께 종종걸음으로 가버렸다. 석고붕대 덕분에 절룩거림은 많이 줄어들었고, 나는 빙긋 웃었다. 그것은 언제 보아도 기분 좋은 광경이었다.

"한 달 뒤에 깁스를 풀겠습니다." 나는 말했지만, 목초지를 지나 게이트로 가는 동안 아무도 입을 열지 않았다.

그래도 나는 농가의 저녁 식탁에서 어떤 말이 오갈지를 잘 알고 있었다.

"그 수의사는 정말 이상한 젊은이야. 런던에 사는 친구의 다리가 부러졌다는 얘기나 늘어놓고 말이야."

"마치 그 사람이 우리를 아는 것처럼 말하더라고요."

"그래, 이상한 젊은이야."

차를 몰고 떠나면서 내가 마지막으로 느낀 것은 명성이란 상대적이라는 것이었다. 그리고 앞으로는 이 근동에 살지 않는 사람에 대해 내가 먼저 이야기를 꺼내지 않도록 조심해야겠다고 생각했다.

15

중산모를 쓴 황소—

그것은 전쟁이 끝난 뒤 인공수정이 처음 등장했을 때 거기에 붙여진 무례한 용어들 가운데 하나였다. 물론 인공수정은 놀라운 진보였다. 수소 공인제도가 시행되기 전에 농부들은 자기네 암소가 송아지를 낳게 하기 위해 가까이에 있는 쓸 만한 수소라면 어떤 소하고도 교미를 시켰다. 암소가 젖을 내리려면 우선 송아지를 낳아야 했고, 낙농업자들의 목적은 바로 소젖이었지만, 불행히도 이런 '잡종' 수소의 자손은 대개 몸도 허약하고 질도 낮았다.

하지만 인공수정은 공인제도를 크게 개선시켰다. 혈통이 분명하여 신뢰할 수 있는 검증된 순종 수소를 이용하여 수많은 암소를 수정시킨다는 것은 그런 수소를 소유할 여유가 없었던 농부들에게는 예나 지금이나 멋진 발상이다.

오랫동안 나는 수천 마리의 뛰어난 어린 암소와 어린 수소가 영국 농장에 사는 것을 보면서 기뻐했다.

나는 이론적으로 말하고 있을 뿐이다. 나도 실제로 인공수정을 해보긴 했지만 그 경험은 짧고 불운했다.

인공수정이 처음 시작되었을 때, 대부분의 수의사들은 이리저리 바쁘게 뛰어다니며 자신의 책임으로 수많은 암소를 수정시킬 거라고 생각했다. 시그프리드와 나는 하루라도 빨리 시작하고 싶어서 좀이 쑤실 지경이었다. 우리는 인공 질을 구입했다. 단단한 가황고무로 만들어지고 안에 라텍스를 댄 인공 질은 길이가 50센티미터쯤 되는 튜브였다. 튜브 끝에는 작은 마개가 달려 있었고, 진짜 암소 질의 온도를 흉내내기 위해 따뜻한 물을 튜브 안으로 흘려 넣었다. 인공 질의 한쪽 끝에는 원뿔 모양의 라텍스 콘이 고무줄에 묶여 있고, 이 콘 끝에는 정액이 모이는 유리관이 달려 있었다.

이 기구는 인공수정에 쓰일 뿐만 아니라 농부가 키우는 수소들의 번식력을 테스트할 때도 쓸 수 있는 훌륭한 수단이었다. 내가 이 기구를 처음 써본 것은 바로 이런 상황에서였다.

월리 하틀리는 대규모 낙농업자한테 젊은 에어셔종 수소 한 마리를 구입했다. 그는 새로운 방법으로 그 수소의 번식력을 테스트하고 싶었다. 그래서 나에게 전화를 걸어 그 일을 해줄 수 있겠느냐고 물었고, 나는 우리가 사들인 새 기구를 시험해볼 기회다 싶어서 반갑게 응했다.

농장에서 나는 혈액과 같은 온도의 물을 튜브에 가득 채우고 라텍스 콘과 유리관에 그것을 고정시켰다. 준비는 끝났고, 나는 그 기구를 빨리 써보고 싶어서 조바심이 났다.

발정이 나서 수정을 시킬 필요가 있는 암소는 마당에서 조금 떨어진 넓은 외양간에 있었다. 농부는 수소를 그쪽으로 데려갔다.

"녀석은 작은 송아지일 뿐입니다." 하틀리 씨가 말했다. "하지만 나 같으면 녀석을 믿지 않을 겁니다. 건방진 녀석이에요. 아직 한 번도 암소와 교미를 하지 않았지만, 교미를 하려는 의욕은 아주 왕성하죠."

나는 수소를 자세히 살펴보았다. 몸집은 크지 않았지만, 전형적인 에어셔종답게 비열한 눈빛과 날카로운 뿔을 갖고 있었다. 어쨌든 이 일은 별로 힘들지 않을 것이다. 나는 인공수정하는 것을 한 번도 본 적이 없었지만, 그 일을 다룬 책자를 대충 훑어보았는데 아주 간단해 보였다.

수의사가 해야 할 일은 수소가 암소한테 올라탈 때까지 기다렸다가 불쑥 튀어나온 생식기를 인공 질 속으로 집어넣는 것뿐이었다. 그러면 놀랄 만큼 멍청한 수소는 물로 가득 찬 실린더 속으로 밀고 들어가서 튜브에 정액을 방출한다. 지극히 간단한 일이라는 말을 나는 몇 번이나 들었다.

나는 외양간으로 들어갔다.

"수소를 들여보내세요." 내가 말하자 농부는 쪽문을 열었다.

수소가 안으로 들어와 암소 주위를 돌며 킁킁 냄새를 맡자, 벽에 박힌 고리에 고삐로 묶인 암소는 침착하게 받아들였다. 수소는 상대가 마음에 든 것 같았다. 마침내 열렬한 기대를 품고 암소 뒤에서 올라탈 태세를 갖추었기 때문이다.

지금이 중요한 순간이었다. 수소의 오른쪽에 자리를 잡으라고 책자에는 쓰여 있었다. 그러면 나머지는 간단히 끝날 것이다.

젊은 수소는 놀랄 만큼 빠른 속도로 앞다리를 암소의 엉덩이에 올려놓고 앞으로 돌진했다. 나는 재빨리 움직여야 했다. 수소의 생식기가 포피에서 나오자 나는 그것을 움켜잡고 인공 질에 넣을 준비를 했다.

하지만 나는 기회를 얻지 못했다. 수소는 당장 암소의 엉덩이에서 내려오더니, 모욕당한 눈빛으로 나를 노려보면서 내 주위를 빙글빙글 돌았다. 수소는 자기가 본 것을 믿을 수 없다는 듯 주의 깊게 나를 위아래로 훑어보았다. 수소의 표정에는 우호적인 상냥함 따위는 티끌만큼도 없었다. 이윽고 수소는 긴급히 해야 할 일이 있다는 것을 생각해낸 것처럼 다시 암소한테 관심을 돌렸다.

수소는 뛰어올랐고, 나는 수소의 생식기를 움켜잡았고, 또다시 수소는 갑자기 행동을 멈추고 앞발을 땅바닥에 쿵 하고 내려놓았다. 수소의 눈에는 이번에는 모욕당한 위엄 이상의 무언가가 있었다. 그것은 바로 분노였다. 수소는 거센 콧바람을 내뿜으며 뾰족한 뿔을 내 쪽으로 흔들고, 바닥에 깔려 있는 밀짚을 발굽으로 긁어모은 다음, 나를 평가하는 듯한 눈으로 한참 동안 나를 노려보았다. 수소는 말할 필요가 없었다. 수소가 보내는 메시지는 명백했다. 한 번만 더 그런 짓을 하면 넌 끝장이야.

수소의 눈길이 나에게 박히자 모든 것이 움직임을 멈추고 조용해진 것 같았다. 마치 내가 그림의 일부가 된 것 같았다. 암소는 참을성 있게 서 있었다. 소들의 몸 밑에 있는 깔짚은 마구 휘저어졌고, 농부는 소들 너머에 있는 마당에서 쪽문 너머로 몸을 기울이고 다음 조치를 기다리고 있었다.

나는 그다음 조치를 특별히 기대하고 있지는 않았다. 나는 좀 숨이 막혔고 내 혀는 입천장에 바싹 달라붙었다.

마침내 수소는 마지막으로 경고하는 시선을 나에게 던진 뒤, 일을 다시 시작하기로 결심하고 다시 한 번 암소 엉덩이에 올라탔다. 나는 침을 꿀꺽 삼키고는 재빨리 허리를 굽혔다. 그러고는 가늘고 붉은 수소의 생식기가 불쑥 튀어나오자 그것을 움켜잡고 인공 질을 그 밑에 대려고 애썼다.

수소가 이번에는 쓸데없이 빈둥거리지 않았다. 암소한테서 펄쩍 뛰어 내리더니 머리를 낮추고 총알처럼 나에게 돌진해왔다.

그 짧은 순간, 나는 문과 나 사이에 소들을 둔 채 서 있었던 내가 얼마나 바보였는지를 깨달았다. 내 뒤에는 외양간의 어두운 구석이 있을 뿐이었다. 나는 꼼짝없이 갇혀버렸다.

다행히 인공 질이 내 오른손에서 대롱거리고 있었다. 그래서 수소가 달려왔을 때 나는 그것으로 소의 주둥이에 어퍼컷을 먹일 수 있었다. 내가 수소의 정수리를 때렸다면 녀석은 아무 느낌도 없었을 테고, 그 위험한 뿔은 내 내장을 들쑤셨을 것이다. 하지만 실제로는 단단한 고무 실린더가 수소의 코빼기를 강타했고, 그러자 수소는 주르르 미끄러지면서 멈춰 섰다. 수소가 눈을 껌벅거리며 두 번째 공격을 시도할 것인지 말 것인지를 생각하고 있는 동안 나는 공포심 때문에 광란 상태에 빠져 미친 듯이 수소에게 공격을 퍼부었다.

그 후에도 종종 생각하곤 하는데, 인공 질을 방어용 무기로 사용한 수의사가 나 말고 또 있을까. 인공 질이 그런 목적으로 만들어지지 않은 것은 분명했다. 그것으로 계속 수소의 코빼기를 때리자 분해되기 시작했기 때문이다. 우선 유리관이 이 사태에 깜짝 놀라 눈을 크게 뜨고 문간에서 지켜보고 있던 농부의 귀를 스치고 날아갔다. 이어서 라텍스 콘이 빙글빙글 돌면서 날아가, 바로 옆에서 벌어지고 있는 드라마 따위는 안중에도 없이 차분하게 되새김질을 하고 있는 암소의 옆구리를 때렸다.

나는 맹타만 휘두르는 것이 아니라 펜싱의 달인에게나 어울리는 찌르기와 돌진 같은 공격법을 번갈아 사용했지만, 여전히 그 구석에서 빠져나가지 못한 상태였다. 하지만 보잘 것 없는 내 무기가 수소에게 고통을 주지는 못할지라도 녀석을 어리둥절하게 만든 건 분명했다. 수소의 본능에 따르면 지금쯤은 아주 즐거운 시간을 보내고 있어야 마땅했지만 실제로는 코를 얻어맞고 있을 뿐이었다. 이 난데없는 날벼락을 심사숙고하고 있는 동안 수소는 뿔을 휘두르거나 뿔로 찌르려는 동작을 계속할 뿐, 처음과 같은 돌격을 되풀이할 기색은 전혀 보이지 않았고, 나를 좁은 공간에 가두어놓고 있는 데 만족하는 듯했다.

하지만 시간문제일 뿐이라는 것을 나는 알았다. 수소는 나를 해치우려 애쓰고 있었다. 쇠뿔에 들이받히면 어떤 기분일까 하고 생각하고 있을 때, 수소가 한 걸음 뒤로 물러났다가 고개를 숙이고 다시 전속력으로 돌진해왔다.

나는 인공 질을 백핸드로 휘둘러 수소와 맞섰다. 그리고 그것이 나를 구해주었다. 안에 라텍스를 댄 고무관의 뚜껑이 열리면서 안에 들어 있던 따뜻한 물이 분수처럼 솟아져 나와 수소의 눈 속으로 들어갔기 때문이다.

수소는 우뚝 멈춰 섰고, 그냥 포기하기로 결심한 것은 바로 그때였을 것이다. 수소는 그때까지 나 같은 인간을 경험해본 적이 없었다. 나는 수소에게 생소한 존재였다. 수소가 정당한 임무를 수행하려 할 때 나는 녀석에게 무례한 짓을 했고, 고무 기구로 그를 호되게 때렸고, 마지막에는 물을 얼굴에 끼었었다. 수소는 나한테 질려버린 게 분명했다.

수소가 생각을 하느라 멈춰 서 있는 동안 나는 날쌔게 그 옆을 빠져나가 문을 열고 마당으로 달아났다.

농부는 숨을 쉬려고 헐떡이는 나를 바라보았다.

"맙소사! 인공수정은 정말 힘든 일이군요?"

"그래요." 나는 떨리는 목소리로 대답했다. "좀 힘드네요."

"항상 그런 식입니까?"

"아닙니다, 아니에요." 나는 더러워진 인공 질을 슬픈 눈으로 내려다보았다. "이건 예외적인 경우예요. 이 녀석한테 정액 샘플을 채취하려면 전문가를 부르는 게 좋을 것 같습니다."

농부는 귀를 문질렀다. 튜브가 지나가면서 그의 귀를 때렸기 때문이다.

"알았습니다. 그럼 언제 다시 오실 건지 알려주세요. 그 날을 기다리는 것도 즐겁겠는데요."

그의 말은 비참한 낭패를 맛보고 농장을 떠나는 내 참담한 기분을 전혀 달래주지 못했다. 이제 수의사들은 날마다 아무 문제도 없이 정액 샘플을 모으고 있었다. 그런데 나는 어찌된 일인가?

병원으로 돌아오자 나는 이런 문제에 대해 조언해주는 관청에 전화를 걸었다. 그들은 불임증 자문관을 보내겠다고 말했다. 자문관은 이튿날 아침 10시에 농장에서 만나기로 했다.

이튿날 내가 농장에 도착해보니 자문관은 이미 마당에 와 있었다. 그런데 자갈 위를 어슬렁거리며 담배 연기를 구름처럼 내뿜고 있는 태평한 인물의 뒷모습이 어딘지 모르게 낯익다는 생각이 들었다. 그가 돌아섰을 때 나는 그가 다름 아닌 트리스탄인 것을 알고 안도감이 용솟음치는 것을 느꼈다. 사실 내 부끄러운 실패담을 낯선 사람한테 이야기할 마음은 내키지 않았다.

그의 환한 웃음은 내 기운을 북돋워주는 강장제 같았다.

"짐, 오랜만이군. 어떻게 지내?"

"좋아. 이 정액 모으는 일만 빼고는. 네가 그 일을 하고 있다는 건 알지만 나는 어제 아주 혼란스러운 경험을 했어."

"정말?" 그는 담배 연기를 깊이 빨아들였다. "어떻게 했는지 말해줘. 하틀리 씨는 지금 목초지에서 돌아오고 있는 중이야."

우리는 전날 내 실패담의 무대가 되었던 외양간 안으로 들어갔다. 거기서 나는 어제 있었던 일을 털어놓기 시작했다.

내 이야기가 그렇게 많이 진행되기도 전에 트리스탄이 입을 딱 벌렸다.

"수소가 제 발로 혼자 들어오게 했단 말이야? 고삐나 굴레도 없이?"

"그렇다니까."

"정말 정신 나간 바보로군. 지금 네가 무사히 여기 있는 게 천만다행이야. 우선, 이 일은 탁 트인 야외에서 해야 돼. 둘째, 수소는 항상 기둥에 묶어놓거나 코뚜레에 고삐를 꿰어야 돼. 두세 명이 나를 도와주었으면 좋겠는데……." 그는 다시 담배에 불을 붙이면서 나에게 도저히 믿을 수 없다는 눈길을 던졌다. "어쨌든 이야기를 계속해봐."

내가 이야기하는 동안 그의 표정이 바뀌기 시작했다. 입이 씰룩거리고 턱이 덜덜 떨리더니 킬킬거리는 웃음소리가 터져 나왔다.

"수소의 물건을 손으로 잡았다는 거야?"

"응…… 그래."

"맙소사." 트리스탄은 벽에 등을 기대고 한참동안 미친 듯이 웃어댔다. 겨우 웃음이 가라앉자 그는 동정하는 눈으로 나를 빤히 바라보았다. "짐, 수소의 생식기를 인공 질로 유도할 때는 포피에만 손을 대도록 되어 있어."

나는 쓴웃음을 지었다.

"나도 이젠 알아. 어젯밤에 책자를 다시 읽어보고 내가 실수했다는 걸 깨달았지."

"괜찮아. 그래, 이야기 계속해봐. 점점 흥미가 생기는데."

그 후 몇 분은 내 친구에게 압도적인 영향을 주었다. 수소가 나를 어떻게 공격했는지를 설명하자 그는 털썩 주저앉아 문에 등을 기대고 소리를 질렀다. 내가 이야기를 다 끝냈을 때쯤에는 나무문 위에 두 팔을 걸치고 팔을 대롱거리며 힘없이 늘어져 있었다. 눈물이 그의 두 뺨을 타고 흘러 내렸다. 그의 입에서는 힘없는 신음 소리가 새어나왔다.

"저 구석에서 인공 질을 휘두르며 수소와 싸우고 있었단 말이지. 그걸로 소의 불알을 때리면서…… 이리저리 도망다니면서." 그는 손수건을 꺼냈다. "제발 더 이상 말하지 마. 배가 아파 죽을 것 같아."

그는 눈물을 훔치고 일어났지만, 나는 트리스탄이 완전히 기진맥진한 것을 알 수 있었다.

그는 마당에서 나는 농부의 발소리를 듣고 휘청거리며 돌아섰다.

"아, 안녕하세요, 하틀리 씨? 이제 시작할 수 있습니다."

트리스탄은 아주 능률적으로 작업을 지시했다. 어제의 암소는 아직 발정 중이었고, 몇 분도 지나기 전에 암소는 마당의 문기둥에 묶이고 양쪽에 남자가 한 명씩 섰다.

"저건 수소가 올라탈 때 암소가 몸을 돌리는 것을 막기 위해서야." 그는 나에게 설명했다.

그는 농부 쪽으로 돌아서서 그에게 인공 질을 건네주었다.

"여기에 따뜻한 물을 채우고 마개를 단단히 닫아주세요."

농부는 종종걸음으로 안채에 들어갔다. 그가 돌아오자 또 다른 일꾼이 수소를 끌고 나왔다. 어제의 내 적이 오늘은 코뚜레에 꿴 고삐로 단단히 묶여 있었다.

트리스탄은 모든 일을 질서정연하게 조정했다.

농부는 수소가 교미를 열망하고 있다고 말했고, 그의 말은 그 젊은 수소가 암소를 보자마자 정욕의 화신이 되어 돌진했을 때 사실로 입증되었다. 트리스탄이 인공 질을 손에 쥐자마자 수소는 목표물인 암소한테 열심히 올라타기 시작했다.

나는 트리스탄이 허리를 숙인 채 수소의 포피를 잡고 생식기를 인공 질 속으로 쑤셔 넣는 동작이 번개처럼 빨랐다는 것을 인정할 수밖에 없었다. 그러니까 저렇게 하면 되는구나 하고 나는 감탄했다. 아주 쉽고 간단했다.

내 수치심이 점점 고조되어가고 있을 때, 수소가 혀를 내밀더니 귀청이 터질 듯한 분노의 외침 소리를 길게 토해냈다. 수소는 생식기가 인공 질에 들어가자마자 뒤로 펄쩍 물러나더니 고삐에 묶인 채 이리저리 뛰어다니면서 불만스러운 고함 소리로 공기를 가득 채웠다.

"도대체 무슨……." 트리스탄은 당황하여 수소를 노려보았다. 그러더니 인공 질 속에 손가락을 집어넣었다. "맙소사!" 그는 소리를 질렀다. "이 물은 펄펄 끓고 있어!"

"그럼요." 월리 하틀리는 그 말을 칭찬으로 받아들이고 고개를 끄덕였다. "내가 집에 들어갔을 때 주전자의 물이 막 끓기 시작했거든요."

트리스탄은 이마를 누르며 신음을 토했다.

"맙소사!" 그는 나에게 중얼거렸다. "나는 항상 물의 온도를 확인하지만 오늘은 네 이야기를 듣느라…… 펄펄 끓는 물이라니! 가엾은 녀석이 재빨리 빼낸 것도 당연해."

그러는 동안 수소는 더 이상 비명을 지르지 않고 암소 주위를 빙글빙글 돌면서 킁킁 냄새를 맡고 불신과 존경심이 뒤섞인 눈으로 암소를 살펴보고 있었다. "뭐 이런 여자가 다 있어!"—이게 수소의 마음을 지배하는 생각인 게 분명했다.

"어쨌든 다시 한 번 시도해보자." 트리스탄은 말하고 농가로 향했다. "이번에는 내가 직접 물을 채워오겠어."

곧 무대가 다시 한 번 갖추어졌다. 트리스탄은 준비 자세로 서 있고, 방금 전의 경험에도 전혀 의욕이 꺾이지 않은 수소는 다시 한 번 전투에 뛰어들고 싶어서 안달이 나 있었다. 지금 수소의 태도를 보면, 녀석은 무슨 일이 있어도 암소와 교미할 작정인 게 분명했다.

수소가 갑자기 암소한테 돌진했을 때 나의 느낌은 사실로 확인되었다. 트리스탄은 놀라서 눈이 좀 휘둥그레졌지만, 수소의 생식기가 맹렬한 속도로 옆을 지나갈 때 재빨리 그것을 인공 질 속에 쑤셔 넣는 데 성공했다. 하지만 그때 무언가가 잘못되었는지, 좌절감 때문에 난폭해지고 주위의 두 발 달린 바보들 때문에 정신이 산만해진 수소가 발을 헛디뎠다. 다음 순간 두 가지 장면이 내 눈앞에서 번득였다. 수소가 벌렁 넘어지더니 등을 바닥에 댄 채 여전히 앞으로 돌진하여 암소 밑으로 쑥 미끄러져 들어갔다. 같은 순간, 나는 트리스탄의 손에서 튕겨 나온 인공 질이 공중으로 높이 날아오르는 것을 볼 수 있었다. 하틀리 씨와 나는 입을 딱 벌린 채, 뻔한 운명을 향해 우아한 포물선을 그리는 유리관을 눈으로 좇았다. 하지만 유리관이 마당 반대쪽 끝에 쌓여 있는 짚더미 위에 무사히 안착하자 우리는 믿을 수 없는 기분으로 입을 다물었다.

수소는 버둥거리며 일어났고, 트리스탄은 서두르는 기색도 없이 짚더미 쪽으로 어슬렁어슬렁 걸어갔다. 유리관은 여전히 실린더에 부착되어 있었고, 내 친구는 그것을 눈높이로 들어올렸다.

"아, 됐어." 내 친구가 중얼거렸다. "샘플 3시시를 멋지게 채취했어."

농부가 우쭐대면서 다가왔다.

"원하던 걸 얻었군요?"

"그래요." 트리스탄은 쾌활하게 대답했다. "이게 바로 내가 원하던 겁니다."

농부는 감탄하는 표정으로 고개를 저었다.

"수의사 일이 이렇게 발전하다니, 정말 놀랍지 않나요?"

트리스탄은 어깨를 으쓱했다.

"시대의 추세를 따라가야죠. 하틀리 씨, 새로운 과학은 새로운 방법을 의미합니다. 이제 차에서 현미경을 가져와 샘플을 조사하겠습니다."

그 일은 오래 걸리지 않았다. 곧 우리는 모두 부엌에서 차를 마시고 있었다.

트리스탄은 찻잔을 내려놓고 스콘으로 손을 뻗었다.

"저 녀석은 번식력이 왕성한 좋은 소예요, 하틀리 씨."

"예, 챔피언이죠." 농부는 두 손을 맞비볐다. "저 녀석을 사느라 돈이 꽤 많이 들었는데, 상태가 좋다는 걸 알게 되니 좋군요." 그는 탄복하는 마음을 숨김없이 드러내며 젊은이를 건너다보았다. "일을 아주 멋지게 해냈어요. 나 같으면 백 년이 지나도 그렇게 못할 겁니다."

차를 홀짝거리고 있을 때, 세월이 흘러도 상황이 변하지 않았다는 생각이 문득 내 머리에 떠올랐다. 부드러운 짚더미 위에 안착한 유리관처럼 트리스탄은 항상 운이 좋았다.

16

"큰일 났어요! 큰일 났어! 큰일 났어요!"

수화기에서 들려오는 목소리가 너무 겁에 질려 있어서 나는 하마터면 전화기를 떨어뜨릴 뻔했다.

"누구…… 누구세요?"

"데릭 부인이에요! 세상에, 이런 일이 일어나다니!"

"네, 데릭 부인, 도대체 무슨 일이 일어났습니까?"

"우리 염소 때문이에요, 헤리엇 선생님! 정말 지독해요."

데릭 부부는 최근에 대러비 근처 마을로 이사 온 젊은 부부였다. 30대 초반이었고, 남편인 로널드 데릭은 날마다 브로턴으로 통근하는 사업가였다. 그의 아내는 모든 면에서 매력적이고 유쾌한 여성이었지만, 좀 차분하지 못하고 산만한 편이었다. 그래서 그녀가 염소를 한 마리 샀다고 말했을 때 나는 왠지 불길한 예감을 느꼈다.

나는 전화기를 움켜잡았다.

"염소가 사고라도 당했나요?"

"그건 아니에요. 제가 걱정하는 건 염소가 아니라 토마토예요!"

"토마토요?"

"네. 그놈의 염소가 남편의 토마토를 몽땅 먹어버렸어요. 제가 깜박하고 온실 문을 열어두었거든요."

나는 온몸이 오싹했다. 로널드 데릭은 자기가 재배하는 토마토를 끔찍이 사랑했고, 나도 토마토가 매력적인 식물이라고 생각했기 때문에 그가 나에게 토마토를 보여주었을 때는 강한 흥미를 느꼈다.

시골로 살러 온 사람들이 대부분 그렇듯이, 로널드와 그의 아내도 집 뒤의 넓은 텃밭에 온갖 채소를 재배하고 가축을 키우는 등, 전원생활에 대한 열정에 사로잡혀 있었다. 그들은 암탉 몇 마리, 자녀를 위한 조랑말 몇 마리, 그리고 문제의 염소를 키우고 있었다. 하지만 로널드에게는 토마토 재배가 가장 큰 즐거움이었다.

텃밭에는 작은 온실이 있었다. 내가 지난번에 그 집을 방문했을 때 로널드는 토마토 열두 포기를 자랑스럽게 보여주었는데, 그가 자랑스러워하는 것도 당연했다. 그때는 7월 초여서 어린 열매는 아직 초록색이고 작았지만, 분명 왕성하게 자라고 있었다. "굉장하군요. 토마토를 적잖게 수확하겠는데요." 내가 감탄하자, 지금도 기억하지만 그의 얼굴에는 뿌듯한 미소가 떠올랐다.

그의 아내가 말을 이었다.

"남편은 아침마다 토마토 개수를 헤아린답니다. 사실은 오늘도 출근하기 전에 토마토가 293개나 열렸다고 말했어요. 제발 와주세요, 선생님. 남편이 귀가하면 염소만이 아니라 저까지 죽일까봐 겁이 나요." 잠시 침묵이 흘렀다. "창문으로 남편이 보인 것 같아요. 맙소사. 맞아요. 남편이 돌아왔어요!"

그녀가 전화기를 쾅 내려놓자 내 귀에도 쾅 소리가 울려 퍼졌다. 정신을 차리고 보니 나도 몸을 덜덜 떨고 있었다. 내가 뭘 어떻게 해야 하지?

조정자 노릇을 해야 하나? 살인을 막아야 하나? 어쨌든 로널드 데릭은 온화하고 점잖은 사람이니까 폭력을 쓰지는 않을 거야. 물론 화는 나겠지만. 그런데 염소는, 그렇게 많은 토마토를 한꺼번에 먹었으니 아마 배탈이 날 것이다. 나는 자동차로 달려갔다.

10분도 지나기 전에 나는 재난의 현장에 도착했다. 데릭 부부의 집은 과거에 영주 저택이었던 우아한 장원이었고, 한쪽에 텃밭으로 이어지는 찻길이 있었다. 나는 요란한 소리를 내며 그 길을 내려가 차에서 뛰어내렸다. 슬픈 광경이 내 앞에 펼쳐져 있었다.

두 볼을 따라 흘러내리는 눈물에도 불구하고 여전히 매력적인 데릭 부인은 작은 잔디밭에 서서 흠뻑 젖은 손수건을 손가락으로 비틀고 있었다.

"여보." 그녀가 말하고 있었다. "나는 물뿌리개를 가지러 잠깐 안에 들어갔을 뿐이야. 왜 내가 문 닫는 걸 잊었는지 모르겠어."

남편은 아무 대답도 하지 않았다. 나는 그가 말도 할 수 없을 만큼 깊은 낭패감에 빠져 있는 것을 알 수 있었다. 그는 열린 문간에 기댄 채 온실 안을 노려보고 있었다. 그는 꼼짝도 하지 않았고, 집에 도착한 뒤부터 지금까지 그렇게 있었던 게 분명했다. 짙은색 양복에 중산모를 쓰고 한 손에 서류가방을 들고 있는 모습이 그 자리에 얼어붙은 듯이 보였기 때문이다.

나는 앞으로 나가서 그의 어깨 너머로 온실을 들여다보았다. 그 광경은 예상했던 것보다 훨씬 더 처참했다. 염소의 기호와 식습관은 이해할 수 없을 때가 많았지만, 무엇 때문인지 이 녀석은 토마토와 잎사귀를 몽땅 먹어치우고 가느다란 초록빛 줄기만 남겨놓았다. 열매도 이파리도 없이 벌거벗은 줄기는 온실의 유리지붕까지 올라간 지지대에 아직도 잘 묶여 있었다.

나도 토마토 애호가로서 그에게 깊은 동정심을 느꼈지만, 그렇다고 내가 할 수 있는 일은 아무것도 없었다. 나는 그의 어깨를 토닥이며 동정인지 위로인지 모를 몇 마디를 중얼거렸지만, 여전히 그는 줄지어 늘어선 토마토 줄기만 계속 노려보고 있었다.

나는 텃밭 반대쪽 끝에 묶여 있는 염소를 볼 수 있었다. 그게 또 다른 문제였다. 도대체 염소는 어떻게 풀려나서 이 참사를 초래한 것일까? 하지만 나는 의문을 새삼 제기하여 상황을 더욱 긴장시킬 생각은 없었다.

나는 염소에게 다가가서 유심히 살펴보았다. 반짝이는 눈을 가진 염소는 쾌활했고, 어떤 면에서도 내 도움이 필요할 것 같지 않았다. 실제로 내가 지켜보는 동안 염소는 아주 맛있게 양배추를 물어뜯기 시작했다. 앞에서 말했듯이 나는 데릭 부부를 동정했지만, 어떤 동물이든 토마토를 293개나 먹고도 식욕을 채우지 못한 동물이라면 탄복하는 눈으로 바라볼 수밖에 없을 것이다.

수의사 생활은 태반이 이런 사건들로 이루어져 있는 것 같다. 사소하지만 보람도 있는 사건들이다. 루프 로니와 윌 로니의 농장에 왕진을 갔을 때가 생각난다. 둘은 형제지만 뜻이 맞지 않았다. 총각인 두 형제는 오랫동안 함께 낙농장을 운영해왔지만, 사사건건 의견이 부딪치는 모양이었다.

그 농장에 왕진을 가면 두 형제가 말다툼을 하면서 각자의 일거수일투족을 비판했기 때문에 수의사가 난처한 입장에 놓일 수도 있었다. 하지만 이 특별한 날, 그들은 나를 위해 암소들을 붙잡아두어야 한다는 것을 까맣게 잊고 있었다. 그들이 서로 으르렁대고 있는 동안 나는 한쪽 옆에 가만히 서 있었다.

"너한테 말했잖아. 엽서에 오늘로 적혀 있다고."

"아니야, 형은 그렇게 말하지 않았어. 형은 화요일이라고 말했지. 오늘 이라고 말한 건 나였어."

"그럼 집에 가서 그 빌어먹을 엽서를 가져와. 다시 한 번 읽어보게."

"그걸 어떻게 가져온다는 거야? 형이 불태워버렸잖아! 바보같이!"

나는 말다툼이 몇 분 더 계속되게 내버려두었다가 슬쩍 끼어들었다.

"그건 괜찮습니다. 아무 문제도 없어요. 암소들은 바로 저기 목초지에 있으니까 여기로 데려오는 데 그렇게 오래 걸리진 않을 겁니다."

루프는 동생을 마지막으로 한 번 더 노려보고 내 쪽으로 돌아섰다.

"물론 오래 걸리진 않을 거예요. 외양간 문은 열려 있습니다. 내가 금방 소들을 외양간으로 불러들이겠습니다."

그는 허파를 부풀렸다가 날카로운 외침 소리를 연달아 내지르기 시작 했다.

"이리 와, 점박이 코. 이리 와, 큰 귀. 이리 와, 더러운 꼬리. 이리 와, 살 찐 젖꼭지. 이리 와, 솜털 젖통!"

무대에서 밀려나 불리한 입장에 놓인 데 화가 난 월은 자기도 큰 소리 로 암소들을 부르면서 형을 방해했다.

"이리 와, 긴 다리! 이리 와, 느린 마차!"

루프는 무서운 눈초리로 동생을 꼼짝 못하게 한 뒤, 내 쪽으로 고개를 숙였다.

"내 동생을 너그럽게 봐주셔야 할 겁니다, 헤리엇 선생님." 그는 비밀이라도 털어놓는 것처럼 작은 목소리로 속삭였다. "나는 수없이 동생한테 말하려고 애썼지만, 동생 녀석은 고집스럽게 암소들을 저따위 어리석은 이름으로 부른다니까요."

사람들의 뚜렷한 차이는 항상 나를 매혹시킨다. 나는 발 하나가 퉁퉁 부어오른 수소를 봐달라는 전화를 받았다. 주인은 농업대학을 졸업하고 근대과학에 열중해 있는 새로운 부류의 젊은 농부였다. 그는 좋은 청년이었지만, 그런 부류의 농부들이 대개 그렇듯이 소에 대해 나만큼 잘 알고 있다는 태도로 나를 불쾌하게 했다.

그는 나에게 아픈 수소를 보여주었다.

"거기가 감염되었어요. 피부가 벗겨진 부위로 박테리아가 들어간 모양이에요. 프로카인 페니실린을 20시시쯤 주사할 필요가 있을 것 같습니다."

물론 그의 말이 옳았다. 나는 지체 없이 페니실린을 수소의 엉덩이에 주사했다.

내가 다음에 방문할 곳은 거기서 길을 따라 1킬로미터밖에 떨어지지 않은 곳이었다. 그곳 환자도 이 농장의 수소와 비슷한 증세였지만, 이번 주인은 빠른 속도로 사라져가는 옛날 사람이고 내가 무척 좋아하는 테드 버클 노인이었다.

"자, 헤리엇 선생." 그는 가축우리로 쓰는 마당으로 나를 데리고 들어가서 구석에 서 있는 절름발이 수소를 가리키면서 말했다. "엉덩이를 한 방 찔러주었으면 하는 어린 녀석이 저기 있소."

그런가 하면 근검절약이 규범인 공동체에서도 웃음거리가 될 만큼 인색한 보그 씨 같은 사람도 있었다. 그의 인색함에 대해 많은 이야기를 들었지만, 나 자신도 그것을 몇 번 경험하고 소중한 추억으로 간직하고 있다.

그는 훌륭한 에어셔종 암소 한 무리를 소유하고, 칠면조와 병아리도 부업으로 약간 키우고 있었다. 그가 돈에 쪼들릴 형편이 아닌 것은 확실했다.

그의 칠면조는 자주 흑두병에 걸렸기 때문에, 그는 당시 인기 있는 치료제였던 스토바르솔 정제를 사러 우리 병원에 오곤 했다.

어느 날 오후, 병원에서 그가 나에게 다가왔다.

"이보쇼, 그 작은 알약을 쉰 개나 백 개 사려고 여기 계속 오고 있는데, 그게 정말 지긋지긋할 만큼 귀찮거든요. 그래서 한 통을 통째로 사고 싶소. 그러면 여기 자주 안 와도 될 테니까."

"맞습니다. 좋은 생각이네요. 지금 한 통 갖다드리지요."

나는 약제실에서 돌아와 양철통을 들어올렸다.

"이건 원래 천 알이 들어 있는 통인데, 공교롭게도 지금은 재고가 이것뿐이네요. 이 통은 이미 개봉해서 몇 알 꺼내긴 했지만 거의 새 통이나 마찬가집니다."

"몇 알…… 꺼냈다고?" 나는 그의 눈 속에서 공포와 불안을 읽을 수 있었다. 그는 천 알보다 적은 개수의 약을 사면서 천 알 값을 치러야 한다는 생각에 놀라고 당황한 것 같았다.

"아, 걱정 마세요. 기껏해야 열 알쯤 모자랄 겁니다. 그보다 많지는 않아요."

하지만 그는 안심하지 못한 눈치였다. 병원에서 나갈 때 그의 얼굴은 뭔가 골똘히 생각하는 듯이 보였다.

같은 날 저녁에 그가 또 병원에 나타났다. 그는 8시쯤 초인종을 울렸고, 나는 현관 앞 계단에서 그와 얼굴을 맞댔다.

"이 말을 하려고 잠깐 들렀소. 알약을 다 세어보았는데, 987개가 들어 있었소."

한번은 내가 보그 씨에게 달걀을 사러 갔다. 그의 농장은 변두리에 있었기 때문에 나는 대개 일주일에 한 다스씩 달걀을 샀다. 그런데 이때는 집에 돌아와서 봉지를 열어보니 달걀이 열한 개밖에 들어 있지 않았다. 그래서 일주일 뒤에 그를 만났을 때 그 사실을 언급했다.

"보그 씨, 지난주에는 봉지에 달걀이 열한 개밖에 들어 있지 않던데요."

"아아, 알고 있소." 그는 나를 뚫어지게 바라보면서 대답했다. "하지만 그중 하나는 노른자가 두 개인 쌍알이었소."

딱 한 번뿐이지만 내가 반바지 차림으로 농장을 돌아다녔을 때의 소중한 추억도 있다.

나는 가족과 함께 스코틀랜드로 휴가를 갔다가 막 돌아온 참이었다. 날씨는 더없이 좋았고, 셔츠와 반바지 차림으로 2주를 보낸 뒤라서 근무복으로 갈아입어야 한다는 생각에 거부감을 느꼈다.

맑은 하늘에서 활활 타오르는 태양을 우리 침실 창문으로 쳐다보다가 나는 갑작스러운 결정을 내렸다. 나는 반바지를 입었다. 그리고 내 차에 타려고 정원을 걸어 내려가자 바람이 내 다리 주위에서 장난을 쳤다. 나는 눈을 지그시 감고 시원함과 해방감을 만끽했다. 나는 아직 휴가 중이고, 아직도 얼러풀(스코틀랜드의 하일랜드 지방에 있는 휴양 도시)을 둘러싼 구릉지를 성큼성큼 걷고 있는 기분이었다.

내가 옳은 일을 했다는 확신은 첫 번째 농장에 도착하여 차에서 내렸을 때 더욱 강해졌다. 날은 정말로 더워지고 있었고, 초록빛 풍경 전체가 아침 아지랑이 속에서 가물거리고 있었다. 그래, 여름에 시골을 돌아다니는 수의사한테는 이게 딱 맞는 옷차림이지.

그 농장은 작은 자작농지였다. 내가 문을 두드리자, 연로한 메이넬 부인이 문을 열어주었다. 부인은 내 인사에 아무 대답도 않고, 드러난 내 무릎을 말없이 내려다보았다. 몇 초 후에 나는 질문을 되풀이했다.

"아저씨는 안에 계신가요?"

"아니…… 아뇨……" 그녀는 여전히 내 다리에서 눈을 떼지 못했다. "남편은 목초지에서 돌담을 고치고 있어요." 드디어 그녀는 내 얼굴을 쳐다보았다. "죄송해요. 집에서 유리창 밖을 내다보았을 때는 보이스카웃이 우리를 만나러 오는 줄 알았거든요."

나는 약간 겸연쩍어하면서 목초지로 통하는 게이트를 열고, 농부가 돌담 위에 돌을 다시 쌓고 있는 곳까지 길게 뻗어 있는 오솔길을 걸어갔다.

농부는 내가 다가가는 소리를 듣지 못했기 때문에, 나는 그의 등에 대고 말을 걸었다.

"안녕하세요, 메이넬 씨. 날씨가 좋군요."

노인은 뒤를 돌아보았고, 그때 그의 반응은 그의 아내와 아주 비슷했다. 노인은 아무 말도 않고, 내가 불쾌감을 느낄 때까지 한참 동안 엄격한 눈으로 내 무릎을 노려보고 있었다.

마침내 내가 침묵을 깼다.

"여기 아픈 송아지가 있다고 들었는데요."

노인은 여전히 아래쪽을 내려다본 채 천천히 고개를 끄덕였다,

나는 헛기침을 했다.

"설사를 하겠죠?"

"아…… 예…… 맞아요." 농부의 태도는 조금도 변하지 않았고, 나는 우리 대화가 삐걱거리고 있다는 것을 깨달았다.

"그러면…… 우리 가서 그 송아지를 살펴볼까요?"

아무 예고도 없이 노인은 털썩 무릎을 꿇더니 단거리 경주의 출발 자세를 취했다. 한쪽 무릎은 잔디밭 위에 놓고 손가락은 모두 쫙 펼쳤다.

그는 열띤 눈으로 나를 쳐다보았다.

"자, 집까지 누가 먼저 가나 경주합시다."

17

부모에게는 강철 같은 신경줄이 필요하다는 개럿 씨의 말은 오랫동안 수없이 내 머리에 되살아나곤 했다. 그중에서도 특히 두드러진 사건은 미스 리빙스턴의 피아노 교실이 해마다 여는 연주회였다.

미스 리빙스턴은 부드러운 목소리의 매력적인 50대 여성이었는데, 동네의 많은 아이들에게 피아노를 기초부터 가르쳤고, 제자들의 실력이 그동안 얼마나 좋아졌는지를 보여주기 위해 감리교회관에서 1년에 한 번씩 연주회를 열었다. 그녀의 제자들은 여섯 살 꼬마부터 십대 청소년까지 걸쳐 있었고, 감리교회관은 자녀를 자랑스러워하는 부모들로 가득 찼다. 그때 지미는 아홉 살이었고, 그 중요한 날을 대비해 피아노 연습을 했지만 그다지 대단한 열성은 보이지 않았다.

대러비 같은 소도시에서는 주민들이 다 아는 사이다. 연주회장이 가득 차고 의자를 제자리로 옮기느라 바닥에 질질 끄는 소리가 나는가 하면, 사람들이 서로 알아보고 고개를 끄덕이거나 미소 짓는 장면이 여기저기서 펼쳐졌다. 나는 어쩌다 보니 중앙 통로의 바깥쪽 의자에 앉게 되었다. 헬렌은 내 오른쪽에 앉아 있었고, 1미터밖에 떨어지지 않은 곳에 윌리 리처드슨 영감네 농장에서 소를 돌보는 제프 워드가 두 무릎 위에 손을 올려놓고 꼿꼿이 앉아 있는 게 보였다.

그는 주일에 입는 가장 좋은 나들이옷을 입었는데, 짙은색 서지 옷감이 근육질인 그의 몸을 감싸느라 팽팽히 늘어나 있었다. 뼈대가 튼튼해 보이는 그의 검붉은 얼굴은 너무 심하게 문질러 씻어서 반짝반짝 윤이 났고, 평소에는 제멋대로 뻗쳐 있는 숱 많은 머리카락은 처덕처덕 처바른 포마드 덕분에 반반해져 있었다.

"제프, 오랜만이네." 내가 말했다. "자네 아이도 오늘 연주하나?"

그는 나를 돌아보며 싱긋 웃었다.

"예, 선생님. 우리 마거릿이 피아노를 꽤 잘 치게 되었거든요. 오늘 오후에 실력을 제대로 보여주기만 바랄 뿐입니다."

"물론 그렇겠지. 미스 리빙스턴은 훌륭한 선생이야. 마거릿은 잘 해낼 거야."

연주회가 시작되었기 때문에 그는 나에게 고개를 끄덕이고 정면으로 몸을 돌렸다. 처음 무대에 오른 연주자들은 반바지에 양말을 신은 어린 사내아이들이거나 프릴 달린 드레스를 입은 작은 여자아이들이었다. 그 아이들이 건반 앞에 앉자, 발이 페달에 닿지 않고 페달 위에서 대롱거렸다.

미스 리빙스턴은 그들을 격려하기 위해 아이들 곁을 맴돌았지만, 아이들이 사소한 실수를 저질러도 청중은 너그러운 미소로 받아들였고, 연주가 끝날 때마다 우레 같은 박수를 보냈다.

하지만 무대에 오르는 아이들의 나이가 많아지고 곡이 어려워질수록 연주회장에 긴장감이 더해지는 것을 나는 알아차렸다. 실수는 별로 달갑지 않았고, 과수원집 딸인 제니 뉴컴이 연주 도중에 두어 번 손을 멈춘 뒤 금방이라도 울음을 터뜨릴 것처럼 고개를 숙이자 연주회장은 불안한 기운과 함께 쥐죽은 듯 조용해졌다. 나도 그것을 느낄 수 있었다. 이를 악무는 것과 동시에 내 손톱이 손바닥을 파고들었다. 제니가 연주를 다시 시작하자 청중이 모두 그랬듯이 나도 긴장을 풀었다. 연주회장을 가득 채운 우리는 단순히 자식들의 연주를 지켜보는 부모가 아니라 고통도 함께 나누는 형제자매라는 사실을 나는 갑자기 깨달았다.

어린 마거릿 워드가 계단을 지나 무대로 올라가자 자리에 앉아 있던 그애 아빠의 몸이 경직되는 것을 분명히 알아차릴 수 있었다. 나는 노동으로 거칠어진 제프의 굵은 손가락이 무릎을 꽉 움켜잡는 것을 곁눈질로 볼 수 있었다.

마거릿은 아주 잘해 나갔지만, 좀 복잡한 화음에 이르자 귀에 거슬리는 불협화음으로 청중을 놀라게 했다. 마거릿은 자기가 틀린 것을 알고 다시 시도했다. 그렇게 몇 번이고 같은 대목을 되풀이하면서 그때마다 힘을 주느라 머리를 경련하듯 움직였다.

"아니, '도'와 '미'를 쳐야지." 미스 리빙스턴이 속삭였다. 마거릿은 다시 한 번 힘차게 손가락으로 건반을 때렸지만, 또 틀렸다.

"아이고 저런! 어렵겠는데……." 나는 속으로 중얼거렸지만, 그 순간 맥박이 빨라지고 온몸의 근육이 뻣뻣해지는 게 느껴졌다.

나는 제프를 돌아보았다. 그런 안색을 가진 사람의 얼굴이 창백해지는 것은 불가능했지만, 그의 얼굴은 기괴하게 얼룩덜룩한 잡색을 띠었고 다리는 경련하듯 꿈틀거리고 있었다. 그때 내 눈길을 느꼈는지, 괴로워하는 눈을 내 쪽으로 돌리며 억지 미소 비슷한 웃음을 던졌다. 그 너머에 있던 그의 아내는 몸을 앞으로 숙이고 있었다. 그녀의 입은 약간 벌어져 있고 입술이 바르르 떨리는 게 보였다.

마거릿이 올바른 건반을 누르려고 애쓰는 동안 사람들로 가득 찬 연주회장은 아무 소리도 들리지 않고 아무런 움직임도 보이지 않았다. 어린 소녀가 잘못을 바로잡고 곡의 나머지 부분을 서둘러 칠 때까지의 시간이 영원처럼 길게 느껴졌다. 연주가 끝나자 모두 자리에서 긴장을 풀고 연주에 대한 칭찬과 안도감으로 열렬한 박수를 보냈지만, 나는 이 사건이 우리 모두에게 타격을 주었다는 느낌을 받았다.

확실히 나는 그렇게 기분이 좋지 않았고, 아이들이 연달아 무대에 올라가 무사히 연주를 마치는 것을 거의 몽롱한 상태로 바라보았다. 이윽고 지미의 차례가 왔다.

대부분의 연주자와 부모들이 신경과민에 시달리고 있었지만, 지미는 딴판이었다. 계단을 종종걸음으로 올라갈 때는 휘파람을 불다시피 했고, 피아노로 다가가는 걸음걸이에는 으스대는 태도마저 엿보였다. 지미는 이번 연주를 일종의 놀이로 여기고 있는 게 분명했다.

하지만 나는 대조적으로, 지미가 나타나자마자 일종의 경직 상태에 빠졌다. 손바닥에는 당장 땀이 홍건했고, 숨을 쉬기도 어려워졌다. 바보같이 굴지 말라고 나 자신을 타일렀지만 아무 소용도 없었다. 그게 내 상태였다.

지미가 연주할 곡은 〈방앗간 주인의 춤〉이었다. 경쾌한 멜로디였고, 나는 이 곡을 마지막 16분 음표까지 다 알고 있었다. 그리고 지미는 전성기 때의 아르투르 루빈스타인(폴란드 태생의 미국 피아니스트[1887~1982])처럼 두 손을 이리저리 던지고 머리를 뒤로 젖히면서 멋지게 연주를 시작했다.

〈방앗간 주인의 춤〉 중간쯤에 경쾌한 '타-룸-툼-티들-이들-옴-폼-폼'에서 느리게 질질 끄는 '타아-룸, 타아-룸'으로 바뀐 뒤 빠른 템포로 잠깐 쉬는 대목이 있고, 이어서 다시 경쾌한 속도로 멜로디가 시작된다. 그것은 작곡가의 영리한 책략이었고, 곡 전체에 유쾌한 변화를 주었다.

지미는 이 부분까지 팔을 도리깨처럼 휘두르며 돌진한 뒤, 익숙한 '타아-룸, 타아-룸, 타아-룸'에서 속도를 늦추었다. 나는 지미가 다시 빠른 템포로 나아가기를 기다렸지만 아무 일도 일어나지 않았다. 지미는 손을 멈춘 채 몇 초 동안 건반을 뚫어지게 내려다보다가 다시 느린 부분을 연주하고는 다시 멈추었다.

나는 가슴이 철렁 내려앉았다. 얘야, 정신 차려. 다음 멜로디를 알고 있잖아. 네가 그 부분을 연주하는 걸 나는 골백번도 넘게 들었어. 내 소리 없는 절규는 절망에서 태어난 것이었지만 지미는 전혀 난감해 보이지 않았다. 어느 건반을 쳐야 할지 몰라서 좀 어리둥절한 표정으로 건반을 내려다보며 턱을 몇 번 문질렀다.

미스 리빙스턴의 부드러운 목소리가 흔들리는 침묵 위로 내려왔다.

"지미야, 처음부터 다시 시작하는 게 좋을 것 같구나."

"네." 내 아들은 다시 자신만만하게 연주를 시작하면서 쾌활하게 대답했다. 운명을 결정하는 중대한 대목이 다가오자 나는 눈을 감았다. '타-룸-툼-티들-이들-옴-폼-폼, 타아-룸, 타아-룸, 타아-룸……' 그리고는 아무 소리도 들리지 않았다. 지미가 이번에는 입술을 오므리고 두 손을 무릎 위에 올려놓았다. 그리고는 마치 건반이 녀석에게 무언가를 숨기려 애쓰고 있기라도 한 것처럼 건반 위로 바싹 몸을 숙였다. 당황한 기색은 전혀 없었고, 약간의 호기심만 보였을 뿐이다.

실내에 내리덮인 침묵은 손으로 만질 수 있을 만큼 뚜렷했다. 그 적막 속에서는 내 심장이 고동치는 소리도 들릴 것 같았다. 헬렌의 다리가 덜덜 떨리면서 내 다리에 닿는 것을 느낄 수 있었다.

미스 리빙스턴의 목소리는 서쪽에서 불어오는 산들바람처럼 부드러웠다. 그러지 않았다면 나는 비명을 질렀을 것이다.

"지미야, 처음부터 다시 한 번 쳐볼까?"

"네, 그럴게요." 또다시 지미는 허리케인처럼 맹렬하게 건반을 두드리기 시작했다. 그런 놀라운 기교에 결함이 존재할 수 있다고는 믿기 어려웠다.

실내 전체가 괴로워하고 있었다. 이제는 다른 부모들도 〈방앗간 주인의 춤〉을 나만큼 잘 알게 되었고, 우리는 그 끔찍한 대목을 다 함께 기다렸다. 지미는 무서울 만큼 빠른 속도로 거기에 이르렀다. '타-룸-툼-티들-이들-옴-폼-폼', 이어서 '타아-룸, 타아-룸, 타아-룸……' 그리고 침묵.

헬렌의 무릎은 이제 분명하게 떨리고 있었다. 나는 걱정이 되어 아내의 얼굴을 훔쳐보았다. 헬렌은 창백했지만 아직 기절할 것 같지는 않았다.

지미는 생각에 잠긴 듯이 손가락으로 피아노 테두리를 톡톡 두드리고 있을 뿐, 의자에 그냥 가만히 앉아 있었다. 그래서 나는 더욱 숨이 막힐 것 같았다. 필사적으로 주위를 둘러보던 나는 통로 건너편에 앉아 있는 제프 워드가 위험한 상태인 것을 알았다. 그의 얼굴은 다시 얼룩덜룩해졌고, 턱 근육은 앞으로 튀어나와 팽팽한 등성이를 이루었고, 번들거리는 땀이 이마를 뒤덮고 있었다.

무언가가 빨리 이 침묵을 깨뜨려야 했다. 그리고 이번에도 그 상황을 타개한 것은 미스 리빙스턴의 목소리였다.

"됐다, 지미야. 괜찮아. 이젠 자리로 돌아가는 게 좋겠다."

내 아들은 의자에서 일어나 무대를 가로질렀다. 그리고 계단을 내려와 앞쪽에 앉아 있는 피아노 교습생들 사이로 돌아갔다.

나는 등받이에 털썩 몸을 기댔다. 아, 그래. 이것으로 다 끝났어. 녀석은 가엾게도 실수를 저질렀어. 당황한 것 같지는 않았지만, 곡을 끝내지 못한 데 수치심을 느끼고 있을 거야.

비참한 기분이 물결처럼 밀려와 나를 감쌌다. 다른 부모들은 대부분 헬렌과 나를 돌아보며 동정과 우정이 섞인 미소를 보내주었지만, 그것은 전혀 도움이 되지 않았다. 나는 남은 연주회를 거의 듣지 않았는데, 그것은 애석한 일이었다. 고학년 남학생과 여학생들이 연주하기 시작하자 음악적 수준이 놀랄 만큼 높아졌기 때문이다. 쇼팽의 야상곡에 이어 모차르트의 소나타가 연주되었고, 키 큰 사내아이가 슈베르트의 즉흥곡을 연주한 게 어렴풋이 내 인상에 남아 있었다. 그것은 정말 멋진 공연이었다. 유일하게 곡을 끝내지 못한 지미를 제외하고는 모두 훌륭한 연주를 보여주었다.

공연이 끝나자 미스 리빙스턴이 무대 앞으로 나왔다.

"여러분, 저의 제자들에게 성원을 보내주셔서 고맙습니다. 여러분도 우리만큼 연주를 즐기셨기를 바라 마지않습니다."

청중은 다시 박수를 쳤고, 의자를 뒤로 밀기 시작하자 나도 가벼운 메스꺼움을 느끼면서 의자에서 일어났다.

"여보, 우리도 갈까?" 나는 말했다. 아내는 슬픈 가면 같은 얼굴로 나를 바라보며 고개를 끄덕였다.

하지만 미스 리빙스턴의 말은 아직 끝나지 않았다.

"여러분, 한 가지만 더 말씀드리겠습니다." 그녀는 한 손을 들어올렸다. "제가 알기로는 훨씬 더 잘 연주할 수 있는 아이가 있습니다. 그 아이한테 한 번 더 기회를 주지 않고 지금 그냥 집에 돌아가면 저는 속상한 마음을 풀지 못할 것 같습니다." 그러고는 앞에서 둘째 줄을 향해 손짓을 했다. "지미야, 한 번 더 해보지 않을래?"

헬렌과 내가 놀라고 겁먹은 눈빛을 주고받았을 때 앞쪽에서 당장 반응이 있었다. 우리 아들의 목소리가 쾌활하고 자신만만하게 울려 퍼졌다.

"예, 해볼게요!"

나는 믿을 수가 없었다. 설마 그 수난이 처음부터 다시 시작되는 건 아니겠지? 하지만 그건 사실이었다. 모두 다시 자리에 앉았고, 낯익은 작은 형체가 계단을 올라가 피아노 쪽으로 성큼성큼 다가가고 있었다.

멀리서 미스 리빙스턴의 목소리가 다시 들려왔다. "지미가 〈방앗간 주인의 춤〉을 연주하겠습니다." 그녀가 곡목을 말할 필요는 없었다. 이미 누구나 다 알고 있었으니까.

나는 악몽을 꾸고 있는 것처럼 다시 자리에 앉았다. 몇 초 전만 해도 극심한 피로감밖에 느끼지 못했지만, 이제는 오후 내내 느낀 것보다 더 강렬한 긴장감에 사로잡혔다. 지미가 건반 위에 두 손을 올려놓자 고동치는 듯한 긴장감이 조용한 실내를 휘감았다.

지미는 늘 그랬듯이 자신 있게 피아노를 치기 시작했다. 세상에 근심걱정이라곤 하나도 없는 것 같았다. 나는 빠르게 다가오는 그 순간을 무사히 넘기기 위해 떨리는 몸으로 숨을 길게 들이마셨다가 내쉬는 심호흡을 되풀이하기 시작했다. 지미가 또다시 그 대목에서 멈출 거라고 예상했기 때문이다. 그리고 지미가 연주를 멈추면 나는 기절해서 바닥에 쓰러질지도 몰랐다.

나는 아무도 돌아보지 못했다. 사실은 지미가 그 중요한 대목에 다다랐을 때 나는 눈을 꽉 감았다. 하지만 음악 소리는 여전히 들을 수 있었다―그것도 아주 또렷하게. '타-룸-툼-티들-이들-옴-폼-폼, 타아-룸, 타아-룸, 타아-룸……' 참을 수 없을 만큼 긴 침묵이 지난 뒤, '티들-이들-옴-폼, 티들-이들-옴-폼'. 지미는 기쁨에 넘쳐 다시 피아노를 쳤다.

지미는 곡의 후반부를 빠르게 내달렸지만 나는 눈을 감은 채 온몸 가득 퍼져가는 안도감을 느끼고 있었다. 그리고 내가 잘 아는 마지막 음표에 다다랐을 때에야 비로소 눈을 떴다. 지미는 그 마지막 음표를 필요 이상으로 거창하게 다루고 있었다. 고개를 숙이고 손가락으로 건반을 쾅쾅 내리치더니, 요란하게 울려 퍼지는 마지막 화음에 이르자 콘서트의 피아니스트와 똑같이 한 손을 건반 위로 30센티미터쯤 보란 듯이 들어 올렸다가 옆으로 툭 떨어뜨렸다.

그 뒤에 이어진 환호성, 그처럼 큰 소리가 이 연주회장에서 그 이후에도 난 적이 있었는지 의심스럽다. 박수 소리와 환호성이 폭풍처럼 터져 나왔다. 지미는 그런 칭찬을 무시할 아이가 아니었다. 다른 아이들은 모두 연주가 끝나면 아무 감정도 드러내지 않은 채 무대에서 내려갔지만, 내 아들은 그러지 않았다.

놀랍게도 지미는 피아노 의자에서 무대 앞쪽으로 성큼성큼 걸어 나와 한쪽 팔을 배에 대고 다른 팔은 등 뒤에 댄 다음 다리 하나를 쭉 뻗고 18세기 궁정신하처럼 우아하게 한쪽 청중에게 절을 했다. 그러고는 두 팔의 위치를 반대로 바꾸고 다른 쪽 다리를 밀어낸 뒤 반대쪽 청중에게 절을 되풀이했다.

박수갈채는 요란한 웃음소리로 바뀌었다. 이 웃음은 지미가 침착하게 미소를 지으며 계단을 내려올 때도 계속되었다. 우리가 밖으로 나갈 때도 사람들은 모두 킬킬거리고 있었다. 우리는 문간에서 지미가 다니는 작은 학교를 운영하고 있는 미스 멀리언을 만났다. 그녀는 제 눈을 가볍게 두드리고 있었다.

"오오, 지미야." 그녀는 숨을 헐떡이며 말했다. "지미는 언제나 위안을 준답니다. 그건 믿으셔도 돼요."

나는 스켈데일 하우스까지 아주 천천히 차를 몰았다. 나는 아직도 기운이 없는 상태여서 시속 40킬로티를 초과하면 위험하다고 생각했다. 헬렌의 얼굴에는 핏기가 돌아와 있었지만, 유리창을 통해 앞을 뚫어지게 바라보는 헬렌의 입과 눈 주위에는 피로 때문에 주름이 잡혀 있었다.

뒷좌석에 탄 지미는 시트에 팔다리를 쭉 뻗고 드러누워 두 다리를 허공으로 차올리면서 그날 연주된 몇몇 곡을 휘파람으로 불고 있었다.

"엄마! 아빠!" 지미가 그 특유의 스타카토로 외쳤다. "나는 음악이 좋아."

나는 백미러로 지미를 힐끔 보았다.

"그거 잘됐구나. 정말 잘됐어. 우리도 음악을 좋아한단다."

갑자기 지미가 뒷좌석에서 굴러 내려오더니 우리 사이에 머리를 들이밀었다.

"왜 내가 음악을 좋아하는지 알아요?"

"글쎄……?" 나는 고개를 저었다.

"왜냐하면 그건……" 지미는 열심히 적당한 표현을 찾았다. "왜냐하면 마음에 위안을 주니까요."

18

나는 고개를 숙이고 가슴 높이까지 올라오는 커다란 단두대에 기대서 있었다. 내 자세가 오래된 그림에서 본 사형집행인의 자세와 똑같다는 생각이 문득 떠올랐다. 월터 롤리 경(영국의 탐험가[1554?~1618]. 엘리자베스 1세의 총애를 받아 북아메리카의 식민 사업을 했으나 실패하고 제임스 1세 때 반역 혐의로 처형당했다)을 비롯하여 수많은 사람들의 목을 벤 그 망나니도 꼭 이런 자세로 도끼에 기대서 있었다.

하지만 나는 두건도 쓰고 있지 않았고, 처형대가 아니라 짚이 푹신하게 깔린 우리 안에 서 있었다. 그리고 불운한 희생자가 단두대 위에 머리를 올려놓기를 기다리는 게 아니라 뿔이 잘릴 어린 수소를 기다리고 있었다.

1950년대에 쇠뿔이 갑자기 유행하지 않게 되었다. 수의사와 농부들에게 쇠뿔이 사라지는 것은 결코 한탄할 일이 아니었다. 뿔은 성가신 존재였고, 최악의 경우에는 아주 위험했다. 쇠뿔은 수의사의 코트 밑으로 들어와 단추를 잡아당기고 주머니를 찢었다. 쇠뿔은 홱 방향을 돌려서, 목에 주사를 놓고 있는 수의사의 손이나 팔이나 심지어 머리까지도 강타할 수 있었고, 정말로 사나운 소의 경우에는 쇠뿔이 사람 목숨을 빼앗는 흉기가 될 수도 있었다.

뿔은 다른 소에게도 위협이 되었다. 일부 암소와 수소는 약한 소를 못

살게 구는 골목대장 기질을 타고났고, 한 녀석이 좀 더 소심하고 겁많은 이웃에게 공포통치를 시행할 수 있었다. 녀석들은 마당 여물통에서 약한 소들을 쫓아내고, 저항하는 소가 있으면 무자비하게 공격하여 상처를 입혔다. 요크셔의 농부들은 이런 상처를 '하이프'라고 불렀는데, 하이프는 광범위한 늑골 혈종에서부터 유방의 깊은 열상에 이르기까지 다양했다. 우두머리 암소가 유방을 노리는 것도 기묘했고, 그 결과는 파멸을 초래할 때가 많았다. 뿔이 사라진 이후, 이제는 '하이프'라는 말도 들을 수 없게 되었다.

멋진 뿔을 중요하게 여기는 농부들, 특히 혈통 좋은 순종 소를 사육하는 농부들도 있었다. 그들은 경진대회 때 균형 잡힌 '건방진' 뿔이 얼마나 멋져 보이는가를 지적하고, 뿔을 자르면 혈통 좋은 자기네 소들의 가치가 손상될 거라고 주장했지만, 그들의 목소리는 쇠뿔을 자르는 데 찬성하는 외침 소리에 묻혀버렸다.

실제적인 어느 낙농장 주인은 언젠가 나에게 말했다. "뿔에서 젖이 나오는 것도 아니잖아요." 그것이 일반적인 의견인 것 같았다.

내 처지에서 보면, 암소를 잡을 때 편리한 손잡이가 없어져서 아쉬웠을 뿐이다. 오랫동안 나는 한 손으로 뿔을 잡고 다른 손의 손가락을 소의 콧구멍 속으로 밀어 넣는 방법을 썼지만, 쇠뿔을 자르는 혁명이 일어난 뒤로는 손잡이로 쓸 만한 것이 아무것도 없었다. 대부분의 암소는 주둥이를 땅바닥에 박거나 사람이 잡을 수 없는 쪽으로 돌리는 데 능숙했지만, 사실 그것은 사소한 문제였다.

그래서 위험하고 거의 쓸모없는 이 부속기관이 사라진 것은 전반적으로 아주 고마운 일이었지만, 엄청난 난관이 하나 있었다. 뿔은 저절로 사라지지 않았다. 반드시 수의사가 잘라주어야 했고, 그 작업은 수의학의 역사에 유혈이 낭자한 장을 새로 썼다. 그리고 그것은 아직도 내 기억에 먹구름처럼 드리워져 있다.

시그프리드와 나는 우리와 같은 직업을 가진 다른 이들과 똑같은 반응을 보였던 것 같다. 그런 상황이 발생했을 때 우리 마음에 떠오른 생각은 어떻게 작업을 시작할 것인가였다. 전신 마취를 할 것인가 국소 마취를 할 것인가? 뿔을 톱으로 자를 것인가 도끼로 잘라낼 것인가?

처음에는 도끼파가 우세한 것 같았다. 《월간 수의사》에 단두대 광고가 많이 실렸기 때문이다. 우리도 단두대를 하나 주문했지만, 도착한 단두대를 풀었을 때는 둘 다 충격을 받았다. 앞에서 말했듯이 단두대는 키 작은 남자만큼 높았고 놀랄 만큼 무거웠다.

시그프리드는 가벼운 신음 소리를 내면서 단두대에 달려 있는 기다란 나무 손잡이를 들어 올렸다. 거대한 도끼날이 눈높이에 올 때까지 손잡이를 들어 올린 다음, 재빨리 그것을 내리고는 벽에 등을 기댔다.

그는 부들부들 떨면서 숨을 길게 들이마셨다.

"저놈의 것을 들어 올리려면 운동 선수여야 돼!" 그는 잠시 생각에 잠겼다가 덧붙였다. "덩치 큰 짐승 뿔을 자를 때는 저런 게 필요할 테지만, 작은 소한테는 다른 도구를 찾아야 해." 그러더니 손가락 하나를 들어 올렸다. "제임스, 내가 바로 그런 도구를 알고 있지."

"그래요?"

"어제 앨버트 케닝의 가게 진열창에서 산울타리를 자를 때 쓰는 가벼운 전정가위를 보았어. 그러면 쇠뿔도 충분히 자를 수 있을 거야. 거기 가서 그걸 한번 시험해보세."

시그프리드는 어떤 생각이 떠오르면 잠시도 망설이지 않았다. 몇 초도 지나기 전에 우리는 종종걸음으로 장터를 지나 철물점으로 서둘러 가고 있었다. 시그프리드가 가게 안으로 뛰어 들어갔을 때 나도 그 뒤를 바싹 따라갔다.

"앨버트!" 시그프리드가 외쳤다. "저 전정가위! 좀 보여주게!"

그것은 확실히 괜찮아 보였다. 어렴풋이 빛나는 나무 손잡이 끝에 구부러진 날이 달려 있고, 날 두 개가 가위처럼 교차되어 있었다.

"으음, 그렇군요." 나는 말했다. "그런데 날이 쇠뿔을 자를 수 있을 만큼 튼튼할까요?"

"그걸 알아내는 방법은 하나뿐이야." 시그프리드는 무기를 머리 위로 쳐들었다. "저 대나무 하나만 갖다주게, 앨버트!"

작달막한 사내는 꽃과 관목을 묶는 지지대로 팔고 있는 굵은 대나무 다발 쪽을 돌아보았다.

"이거요?"

"그래. 빨리 가져와."

앨버트는 대나무 한 개를 골라서 가져왔다.

"그걸 내 쪽으로 내밀게." 시그프리드가 말했다. "아니, 그렇게 하지 말고 똑바로 세워. 좋아, 됐어."

그는 꼭대기부터 시작하여 번개처럼 빠른 속도로 대나무를 자르기 시작했다. 한 치 길이로 잘린 나무토막이 사방으로 날아갔고, 앨버트는 귀 옆을 스치고 날아가는 나무토막을 피하려고 몇 번이나 머리를 홱 숙여야 했다. 하지만 가위날이 빠르게 아래로 내려오고 있었기 때문에 그는 귀보다 손을 더 걱정했다. 불안에 사로잡힌 앨버트는 시그프리드가 엄지손가락 바로 위를 마지막으로 벨 때까지 손을 계속 아래로 내렸다. 앨버트는 작은 대나무 토막만 쥐고 있는 손을 쭉 뻗은 채, 눈을 크게 뜨고 시그프리드를 쳐다보았다.

하지만 시그프리드는 아직 끝나지 않았다. 허공에서 가위질을 계속하면서 자기가 하고 있는 일을 즐기고 있는 게 분명했다.

"하나만 더 잘라보세, 앨버트!"

작달막한 사내는 말없이 두 번째 대나무를 가져와서, 눈을 반쯤 감고 제 몸에서 최대한 멀리 대나무를 잡고 있었다.

시그프리드는 힘차게 공격을 재개했고, 둥근 대나무 토막들이 기관총 알처럼 가게 안을 핑핑 날아다녔다. 문으로 들어오려던 손님 하나가 뒷걸음쳐서, 거기에 쌓여 있는 착유용 양동이 뒤로 몸을 피했다.

시그프리드가 두 번째 대나무를 다 토막 내고 또다시 앨버트의 엄지손가락 바로 위에서 가위질을 마쳤을 때쯤, 그 작달막한 사내는 완전히 창백해져 있었다.

"이건 작지만 굉장한 기계야, 제임스." 시그프리드는 몇 번 더 연습 삼아 가위질을 해본 다음 철물점 주인을 돌아보았다. "하나만 더 가져오게, 앨버트."

"파넌 씨, 이제 그만하시죠……."

"뭐 하고 있나. 우린 할 일이 많아. 꾸물거리지 말고 어서 가져와!"

이번에는 작달막한 사내의 턱이 아래로 떨어지면서 입이 벌어졌고, 그가 손에 쥔 대나무는 사시나무처럼 떨었다. 시그프리드는 이 마지막 테스트를 최대한 활용하기로 작심한 듯 대나무를 자르는 데 모든 것을 쏟아 부었고, 그의 동작은 너무 빨라서 눈으로 따라가기가 어려울 정도였다. 마치 연속 사격처럼 가위질이 잠깐 사이에 빠른 속도로 이어진 뒤, 앨버트는 조금밖에 남지 않은 대나무를 움켜쥔 채 숨도 쉬지 못하고 있었다.

"훌륭해!" 시그프리드가 기쁜 얼굴로 외쳤다. "이걸 사겠어. 얼마지?"

"12실링 6펜스요." 철물점 주인이 헐떡거리며 말했다.

"그리고 대나무는?"

"어어…… 1실링입니다."

시그프리드는 주머니를 뒤져서 지폐와 동전과 작은 수의사용 기구를 한 움큼 꺼냈다.

"여기 1파운드 금화가 하나 있으니까 찾아서 가져가게, 앨버트."

작달막한 사내는 덜덜 떨면서 시그프리드의 손바닥에서 1파운드짜리 금화를 꺼낸 다음, 카펫처럼 깔려 있는 대나무 토막들을 우둑우둑 밟으면서 거스름돈을 가지러 갔다.

시그프리드는 거스름돈을 보지도 않고 주머니에 집어넣은 뒤, 새로 구입한 전정가위를 겨드랑이에 끼웠다.

"잘 있게, 앨버트. 고맙네." 그가 말했고, 우리는 가게를 나왔다.

경쾌한 걸음으로 가게 진열창 앞을 지날 때 나는 철물점 주인이 의아한 눈으로 우리를 좇는 것을 볼 수 있었다.

전정가위는 확실히 작은 소의 뿔을 자를 때는 훌륭하게 제 몫을 해냈지만, 다른 곤란한 문제가 너무 많았다. 우리는 오랫동안 클로로포름 입마개를 사용하여 전신 마취를 했고, 소가 의식을 잃고 쓰러지면 재빨리 뿔을 잘라냈다. 하지만 그렇게 하면 피가 예상 외로 많이 나온다는 것을 알고 당황했다. 붉은 피가 공중으로 분출하여 사방 몇 미터 안에 있는 물건과 사람 위에 뿌려졌다. 당시에는 수의사가 농장에서 쇠뿔을 자르고 온 것을 항상 알 수 있었다. 수의사의 옷깃과 얼굴에 피가 잔뜩 묻어 있었기 때문이다.

절묘한 지혈법이 고안되었다. 기다란 노끈을 뿔 안쪽에 세로로 길게 대고, 다른 노끈으로 뿔을 두 개 다 친친 감는다. 다음에는 뿔 안쪽에 대놓은 노끈으로 뿔에 친친 감은 노끈을 꽉 묶으면 동맥이 효과적으로 압박되어 출혈이 멎었다.

하지만 뿔을 자르는 가위날이 노끈을 절단하는 경우가 많아서, 우리는 또다시 곤경에 빠지곤 했다.

시간이 흐르면서 두 가지 진보가 이루어졌다. 첫 번째는 톱으로 뿔을 자르고 뿔과 함께 피부를 1센티미터쯤 자르면 피가 거의 나오지 않았다. 두 번째는 국소 마취가 훨씬 쉬워지고 더 효과적이 되었다. 측두골 융기 아래 그리고 뿔로 통해 있는 제5뇌신경 가지에 국소 마취제 몇 시시를 주사하는 것인데, 방법은 아주 간단했지만 신경을 완전히 차단해주기 때문에 소는 아무것도 느끼지 못했다.

나는 뿔을 자르는 동안 암소들이 되새김질하고 있는 것을 보았다. 우리 방법이 이처럼 자비롭게 개량된 것은 재래식 방식의 종말을 알렸다. 무서운 도끼와 단두대와 지혈대는 하룻밤 사이에 사라졌다.

물론 요즘에는 어디에서도 뿔이 보이지 않는다. 이 신경 차단술을 이용하여 송아지들이 아주 어렸을 때 고통 없이 뿔의 싹을 잘라버리기 때문이다.

하지만 다 자란 소의 뿔을 자른 시대는 내 기억에 상처를 남겼고, 앤드루 브루스가 나를 찾아온 것은 바로 그런 단두대 시대였다.

전쟁이 끝난 뒤 몇 년 동안, 사람들은 전쟁 때 연락이 끊겼던 사람들과 다시 소식을 주고받기 시작했다. 전쟁은 그렇게 많은 사람들의 정상적인 생활을 중단시켰기 때문에, 그 후 이어진 시대는 현재 상황을 점검하고 주위를 둘러보고 친지들이 어떻게 됐는지 궁금해하는 시대였다.

나는 학창 시절 이후 앤드루를 만나지 못했기 때문에, 짙은색 양복에 중산모를 쓰고 현관 계단에 서 있는 사람을 거의 알아보지 못했다. 알고 보니 그는 글래스고의 은행에서 아주 잘나가고 있었고, 남쪽으로 출장을 왔다가 대러비로 가는 이정표를 보고 나를 찾아보기로 한 것이었다. 내 고등학교 동창들 가운데 상당수가 금융업계로 진출한 것 같았다. 나는 셈을 할 때면 손가락을 사용해야 했기 때문에, 금융업에 종사하는 친구들에게 상당한 경외심을 품고 있었다.

"나는 네가 어떻게 그 일을 해내는지 모르겠어, 앤디." 나는 점심을 먹고 나서 말했다. "나라면 네가 일하는 곳에서는 사나흘도 견디지 못할 거야."

그는 어깨를 으쓱하며 싱긋 웃었다.

"나한테는 더할 나위 없이 즐거운 일이야. 기억하고 있는지 모르겠지만, 나는 학교에 다닐 때 수학을 무척 좋아했지."

"그래, 맞아." 나는 몸을 부르르 떨었다. "너는 삼각법 같은 걸로 상을 받곤 했지."

우리는 커피를 마시면서 몇 분 동안 잡담을 나누었다. 그런 다음 나는 일어나서 말했다.

"나는 이만 가봐야 할 것 같아. 두 시 15분까지 어떤 농장에 가야 하거든."

"그렇구나. 그런데 혹시 내가 같이 가도 될까? 나는 시골 수의사가 일

하는 걸 본 적이 없어. 게다가 오늘 저녁에 버밍엄까지 차를 몰고 가는
건 어렵지 않을 거야."

나는 미소를 지었다. 많은 사람들이 내 왕진에 동행하고 싶어 했다. 수
의사 생활에는 어떤 매력이 있는 것 같았다.

"물론이지. 하지만 그게 아주 재미있다는 생각은 들지 않을 거야. 오늘
내가 할 일은 오후 내내 쇠뿔을 자르는 것뿐이니까."

"그래? 그거 재미있을 것 같은데. 너만 괜찮다면 따라가고 싶어."

나는 그를 위해 여벌의 고무장화를 찾아냈고, 우리는 차에 올라탔다.
차가 출발하자 그는 주위를 둘러보기 시작했다. 뒷좌석에 놓인 여러 개
의 상자에는 유리병과 각종 기구가 들어 있었다. 그의 말쑥한 옷차림과
는 너무나 대조적인 내 옷차림도 그의 눈길을 끌었다. 내가 수의사 자격
증을 땄을 무렵에는 반바지와 각반이 수의사 제복이나 마찬가지였지만,
이때 나는 그 제복을 버리고 갈색 코르덴 바지와 범포 재킷을 입고 있었
다. 어느 독일군 포로가 나를 위해 만들어준 이 재킷을 나는 오랫동안 소
중히 애용하고 있었다.

코르덴 바지는 닳아서 해졌고, 진흙과 오물 때문에 뻣뻣해져 있었다.
나는 항상 재킷 위에 보호용 덧옷을 입고 있었지만, 재킷에도 내 직업이
무엇인지를 알려주는 증거가 풍부하게 남아 있었다.

거름과 개털과 온갖 화학약품이 뒤섞인 강한 냄새는 내 차의 통상적
인 분위기였다. 나는 그 공기를 처음 들이마셨을 때 앤디의 콧구멍에 주
름이 잡히는 것을 볼 수 있었지만, 몇 분이 지나자 그는 창밖을 내다보며
냄새 따위는 모두 잊어버린 듯했다.

10월의 황금 같은 오후였다. 돌담 너머로 마른 고사리를 망토처럼 뒤

집어쓰고 이글이글 타오르는 산비탈이 구름 한 점 없는 짙푸른 하늘로 조용히 솟아 있었다. 우리는 길가의 나무들이 우리 머리 위에 만들어준 단풍 차양 아래를 지난 뒤, 하얀 자갈이 깔린 강을 따라 달리다가 좁은 오솔길로 구부러져 언덕 비탈을 올라갔다.

우리가 데일스 지방의 진면목이라고 말할 수 있는 황량하고 바람 몰아치는 고지대로 올라가는 동안 앤드루는 말이 없었다. 하지만 비탈을 다 올라와서 오솔길이 평탄해지자 그가 내 팔을 잡았다.

"짐, 잠깐만 차 좀 세워줄래?"

나는 차를 세우고 창문을 내렸다. 히스 우거진 황무지가 끝없이 펼쳐져 있고, 둥그스름한 산마루들이 햇빛을 받으며 잠들어 있었다. 그는 잠시 그 풍경을 내다보다가 마치 혼잣말처럼 조용히 말했다.

"그러니까 이게 네 일터구나?"

"그래, 이게 내 일터야."

그는 숨을 한 번 길게 들이마시고, 더 많은 공기를 갈망하는 것처럼 또 한 번 길게 숨을 들이마셨다.

"와인 같은 공기가 있다는 말은 많이 들었지만, 그 말이 무슨 뜻인지 실감한 건 오늘이 처음이야."

나는 고개를 끄덕였다. 고지대에 감도는 풀향기밖에 나지 않는 상쾌하고 시원한 공기는 아무리 많이 들이마셔도 부족하다고 나는 늘 생각했다.

"넌 정말 행운아야, 짐." 앤드루는 약간 지친 듯이 말했다. "넌 차를 몰고 이런 시골을 돌아다니면서 평생을 보내는데 나는 빌어먹을 사무실에 틀어박혀 있어."

"난 네가 네 일을 좋아하는 줄 알았는데."

그는 한 손으로 머리카락을 쓸어 넘겼다.

"그야 물론 좋아하지. 숫자를 다루는 건 내가 제일 잘하는 일이야. 하지만 그걸 모두 실내에서 해야 돼." 그는 좀 흥분하면서 말을 이었다. "사실 생각해보면 나는 창문도 없고 온종일 전깃불이 켜져 있는 중앙난방식 상자 속에서 살면서 일하고 있어. 명색이 공기라고 불리는 것을 수많은 사람들과 함께 마셔야 돼." 그는 등받이에 털썩 몸을 기댔다. "차라리 너랑 여기 오지 않았더라면 좋았을 거라는 생각이 들어."

"미안해, 앤디."

그는 후회하는 듯이 쓴웃음을 지었다.

"사실 그 말은 진심이 아니었어. 하지만 솔직히 여긴 목가적이군."

황무지 끝에는 낭떠러지가 있고, 낭떠러지 밑에는 푸른 풀이 무성한 깊은 골짜기가 있었다. 더닝 씨의 소들은 거기에 있는 농장 건물 주위에서 풀을 뜯으며 포동포동 살이 찌고 있었다. 데일스의 농부는 대개 낙농가였지만, 더닝 가족은 젖소가 아니라 육우를 키웠다. 그것도 대규모로 키우고 있어서, 돌보는 소가 200마리가 넘었다.

나는 지난 며칠 동안 오후에 뿔을 자르러 거기에 갔는데, 다행히도 뿔을 자르러 가는 것은 오늘이 마지막이었다. 내가 상대하고 있는 짐승들은 덩치가 크고 뿔이 짧은 세 살배기 더럼종 수소여서 며칠 동안 꽤나 고생을 했기 때문이다. 요즘에는 주부들이 뼈가 딸린 요리용 고기를 살 때 크기가 더 작고 기름기도 적은 고기를 선호하기 때문에, 대부분의 육우가 생후 18개월쯤이면 도축되고, 내가 더닝 씨의 농장에서 다뤄야 했던 거대한 동물은 이제 좀처럼 눈에 띄지 않았다.

우리가 농가 마당으로 차를 몰고 들어가자, 스무 마리쯤 되는 육우가

떼를 지어 우리 안을 어지럽게 돌아다니고 있었다.

"여느 때처럼 한 번에 한 마리씩 외양간 안으로 몰아넣을게요." 더닝 씨가 종종걸음으로 다가오면서 외쳤다. 그는 몸집은 작지만 에너지가 터질 것처럼 꽉 차 있고 성미가 급해서 쉽게 흥분하는 남자였다. 그는 평소에도 귀청이 떨어져 나갈 만큼 큰 소리로 외쳤고, 그의 목소리가 그보다 낮게 내려가는 경우는 거의 없었다.

그의 아들들은 아버지 뒤를 더 천천히 따라왔다. 아버지와는 달리 몸집이 큰 그들은 토머스와 제임스와 윌리엄이라는 데일스의 전통적인 이름을 가진 젊은이들이었다.

나는 그들에게 앤디를 소개했고, 앤디는 커다란 고무장화와 낡은 작업복과 모자 밑으로 삐져나온 헝클어진 머리카락을 흥미롭게 바라보았다. 농부들도 내 친구의 차림새에 흥미를 느낀 듯, 세로줄무늬가 들어 있는 양복과 은은하게 빛나는 하얀 칼라와 멋진 넥타이를 유심히 바라보았다.

일단 작업이 시작되자 더닝 씨는 막대기로 소의 엉덩이를 쿡쿡 찌르면서 "하오, 하오, 쿠시쿠시, 저리 가!" 하고 목청껏 고함을 지르기 시작했다.

마침내 수소 한 마리가 외양간 안으로 들어왔다. 형제들은 그 소를 칸막이 안으로 유도했다. 나는 클로로포름 입마개를 그들에게 건네주고, 내 강력한 단두대에 기대서, 지난 며칠 사이에 일이 많이 쉬워졌구나 하고 생각했다.

이 농장에서 일을 시작한 첫날은 내가 직접 지혈대를 댄 뒤 클로로포름 입마개를 채우고 그 위에 노끈을 묶었다. 하지만 더닝 형제가 융통성 좋은 농부답게 곧 더 좋은 방법을 궁리해낸 것이다.

둘째 날, 맏이인 토머스가 조용히 제안했다.

"입마개를 씌우고 노끈으로 묶는 것은 우리가 할 수 있으니까, 그동안 선생님은 칸막이 밖에서 기다리세요."

나는 이 제의를 기꺼이 받아들였다. 그 거친 노끈은 아주 팽팽하게 잡아당겨야 했고, 그래서 내 부드러운 손바닥은 노끈에 쓸려 살갗이 벗겨지고 아팠지만, 더닝 형제의 단단한 손가락은 그런 정도의 사소한 자극에는 둔감할 터였다. 게다가 나는 소를 묶는 작업에 시간과 체력을 낭비하지 않아도 될 것이다.

단두대에 기대서서 또다시 사형집행인 같은 기분을 느끼고 있을 때, 내 친구가 생각났다.

"앤디, 너는 저기 올라가 있는 게 좋을 것 같아." 나는 짚으로 덮인 마당 한가운데를 따라 한 줄로 길게 늘어서 있는 네모난 나무 여물통 가운데 하나를 가리켰다. 여물통 위에는 여물통의 길이와 같은 길이의 건초 시렁이 쇠사슬에 매달려 있었다.

그는 너그러운 미소를 지었다.

"아니, 괜찮아. 난 그냥 여기 있을게." 그는 칸막이 우리 맞은편에 있는 기둥에 한쪽 어깨를 기대선 채 담배에 불을 붙였다. "아무것도 놓치고 싶지 않아. 어쨌든 저 칸막이 안에서는 아주 흥미로운 소리가 나고 있어."

실제로 칸막이 우리의 나무문 뒤에서는 흥미로운 소리가 나고 있었다. 항상 그랬다. "아야!" "이 녀석, 가만히 서 있어!" "내 발 밟지 마!" 하고 퉁명스럽게 외치는 굵은 목소리가 덩치 큰 짐승이 목재에 몸을 부딪칠 때 나는 요란한 소리와 어우러졌다.

마침내 예상대로 고함 소리의 일제사격이 일어났다.

"조심해! 도망친다!"

문이 활짝 열리고, 거대한 동물이 노끈을 꽃줄 장식처럼 머리에 감고 방독면 같은 입마개를 쓴 채 밖으로 뛰쳐나왔기 때문에 나는 바싹 긴장했다. 삼형제 가운데 둘이 고삐를 잡고 필사적으로 매달려 있었다.

수소는 짚이 무릎에 휘감기는 것을 느끼자 무모한 질주를 잠시 멈추고 주위를 둘러보았다. 그러다가 입마개 가장자리 위를 노려보던 녀석의 눈이 기둥에 기대서 있는 내 친구의 우아한 형체에 초점을 맞추었다. 그러고는 고개를 숙이고 돌진했다.

앤디는 700킬로그램이 넘는 털북숭이 육우가 자기를 향해 돌진하자 잠시도 망설이지 않고 여물통 위로 뛰어올라 건초시렁의 가로대를 움켜잡고는 몸을 번드쳐 안전한 시렁 위로 휙 올라갔다. 바로 그 순간 쇠뿔이 그의 발밑에 있던 여물통을 날려 보냈다. 나는 그가 학교 체육관에서 늑목(두 개의 나무 기둥 사이에 여러 개의 가로대를 고정한 체조기구)을 오르는 솜씨가 뛰어났던 것을 생각해냈다. 그가 학창시절의 민첩함을 전혀 잃지 않은 것은 분명했다.

그는 향긋한 클로버 속에 엎드려서 나를 내려다보았다. 건초시렁은 쇠사슬에 묶인 채 천천히 앞뒤로 흔들리고 있었다.

"내가 너라면 그냥 거기에 머물러 있겠어."

앤디는 고개를 끄덕였다. 그를 애써 설득할 필요는 없다는 것을 알 수 있었다. 안색이 조금 창백해졌고 눈썹은 이마에서 위로 치켜 올라가 아치 모양을 이루고 있었다.

수소를 멈추게 하기 위해서는 삼형제가 힘을 합쳐야 했다. 그들은 거기서서 밧줄에 등을 기댄 채 숨을 헐떡이며 내가 다음 조치를 취하기를 기다렸다.

이때가 방심할 수 없는 순간이었다. 나는 단두대를 여물통에 기대어 세워놓고 천천히 소에게 다가가서, 입마개의 앞쪽을 열고 클로로포름을 스펀지에 똑똑 떨어뜨렸다. 이 순간에는 무슨 일이 일어날지 알 수 없었다. 어떤 소는 당장 잠들었지만, 이상한 냄새를 들이마시자마자 분노에 사로잡혀 미친 듯이 달려드는 녀석도 있었다. 그런데 바닥에는 짚이 푹신하게 깔려 있어서 소가 덤벼들면 피하기도 어려웠다.

이 녀석은 첫 번째 유형이라는 것을 알고 나는 안심했다. 앤디를 공격하고 그 후 사납게 몸부림치는 바람에 숨이 차서 헐떡거리던 녀석은 마취제를 깊이 들이마셨고, 순식간에 눈이 풀리면서 휘청거리기 시작했다. 소는 비틀거리며 몇 걸음 걸은 뒤 옆으로 털썩 쓰러져 혼수상태에 빠졌다.

이제 나는 빠르게 움직여야 했다. 깊이 쌓인 짚을 뚫고 여물통으로 가서 단두대를 움켜잡고 그 아랫날과 윗날 사이에 쇠뿔을 끼웠다. 그리고는 손잡이를 잡고 당기기 시작했다. 작은 녀석인 경우에는 한 번만 재빨리 당기면 일이 끝나지만, 이렇게 큰 녀석의 뿔은 뿌리 쪽이 아주 굵어서, 두 개의 날이 맞물릴 때까지 몇 초 동안 숨을 헐떡거리며 있는 힘껏 손잡이를 잡아당겨야 했다. 다른 쪽 뿔을 자를 때도 이 과정을 되풀이했고, 그 뿔도 역시 자르기가 어려웠다.

"됐어요." 나는 헐떡이며 말했다. "입마개를 벗겨요." 나는 벌써 땀을 흘리고 있었다. 이제 겨우 한 마리를 끝냈을 뿐이고, 앞으로도 스무 마리 정도가 남아 있었다.

더닝 형제는 당장 행동을 개시하여 입마개를 벗기고 다른 수소를 우리에서 데려오려고 달려갔다. 우리에서는 그들의 아버지가 벌써 고함을 지르며 막대기를 도리깨처럼 휘두르고 있었다.

나는 땀을 뻘뻘 흘리며 두 번째와 세 번째 소를 끝냈지만, 네 번째 소가 나를 좌절시켰다. 그 녀석은 뿔이 너무 거대해서 손잡이를 일직선이될 만큼 넓게 벌려야 했다. 나는 끙 소리를 내며 용을 썼지만, 벌어진 손잡이를 닫을 수 없을 것은 뻔했다. 헤비급 레슬링 선수 같은 체격을 가진토머스가 내 뒤로 다가왔다.

"소한테 조금만 더 가까이 가세요, 선생님." 토머스가 말했다.

나는 손잡이의 중간을 잡았고, 토머스는 큼직한 손으로 손잡이 끝을 잡았다. 우리가 함께 힘을 주는데도 몇 초 동안은 아무 일도 일어나지 않았다. 그러다가 딱 소리를 내면서 뿔이 잘렸다. 하지만 불행히도 나는 손잡이 중간에 있었고, 손잡이가 맞물리면서 무자비한 힘으로 내 갈비뼈를 쳤다. 다른 쪽 뿔도 마찬가지였다. 토머스가 다시 나를 도와주어야 했고, 내 갈비뼈는 또다시 손잡이에 얻어맞았다.

더닝 형제가 다음 소를 데려오려고 종종걸음으로 떠나자 나는 깔짚 위에 털썩 주저앉아 쿡쿡 쑤시는 옆구리를 문지르며 낮게 신음 소리를 냈다.

"짐, 괜찮냐?" 위에서 친구 목소리가 들려왔다. 나는 앤디의 걱정스러운 얼굴을 쳐다보았다. 나는 그동안 줄곧 사슬에 매달려 흔들리는 건초시렁 위에서 되도록 많은 것을 보려고 몸을 이리저리 비틀고 있는 앤디를 어렴풋이 의식하고 있었다.

나는 그에게 쓴웃음을 지어 보였다.

"응, 괜찮아. 좀 멍이 들었을 뿐이야."

"당연히 그랬겠지. 나 같으면 그 덩치 큰 녀석이 절단기 손잡이 사이에나를 끼우고 손잡이를 당기게 하고 싶진 않을 거야." 나에게는 건초 속에서 불쑥 튀어나와 있는 머리밖에 보이지 않았지만, 그의 눈은 깜짝 놀란 것처럼 보였다.

다음 소가 클로로포름 냄새를 맡자마자 앞으로 돌진하여 나를 나자빠지게 했을 때, 앤디는 아까보다 더 놀란 것 같았다. 사실 작달막한 더닝 씨가 새된 소리로 끊임없이 고함을 지르고 막대기로 소를 마구 쑤셔대어 소떼를 혼란에 빠뜨리고 있는 것은 분명했다.

토머스도 그렇게 생각한 모양이었다.

"아버지! 제발 그 빌어먹을 막대기 좀 치우고 조용히 하세요." 하지만 그는 아버지를 좋아했기 때문에 목소리에 짜증기가 담겨 있지는 않았다. 더닝 씨는 본디 마음이 상냥한 사람이었기 때문에 실은 나도 그를 좋아했다.

더닝 씨는 조용해졌지만, 자신을 억제할 수 있었던 것은 잠시뿐이었다. 그는 금세 또 고함을 지르고 있었다.

일이 절반쯤 끝났을 때 무서운 사고가 일어났다. 내가 쇠뿔에 댄 지혈대를 실수로 잘라버린 것이다.

"빨리! 노끈을 더 가져와요!" 나는 잠들어 있는 소한테서 분수처럼 뿜어져 나오는 붉은 피 속을 더듬어 노끈을 찾으면서 외쳤다. 나는 얼굴에 뜨뜻미지근한 액체를 뒤집어쓰면서 지혈대를 다시 묶어야 했다. 피할 길이 없었다. 나는 마지막 매듭을 단단히 잡아당기면서 더닝 씨를 돌아보았다.

"따뜻한 물 한 양동이와 비누, 수건을 갖다주실래요?" 내 눈은 거의 감겨 있었고, 빠르게 엉겨붙는 핏덩어리가 속눈썹에 찐득찐득하게 들러붙어 있었다.

작달막한 노인은 서둘러 집으로 달려갔다가 김이 피어오르는 양동이를 들고 돌아왔다. 나는 그 따뜻한 물 속에 얼른 두 손을 집어넣었다. 1초 뒤에 나는 고통으로 비명을 지르고 끓는 물에 덴 손가락을 흔들면서 우리 안을 팔짝팔짝 뛰어다니고 있었다.

"끓는 물이잖아요!" 나는 큰 소리로 외쳤다.

더닝 형제는 둔감한 눈으로 나를 바라보았지만 더닝 씨는 몹시 즐거운 기색이었다. "히히, 히히, 히히." 그렇게 우스운 장면을 오랫동안 본 적이 없었다는 듯이, 그의 높은 웃음소리는 언제까지나 계속되었다.

그가 웃음을 진정시키는 동안 윌리엄이 찬물을 가져와서, 내가 손과 얼굴을 대충 씻을 수 있을 만큼 수온을 조금 낮추었다.

나는 극심한 피로 속에서 거의 자동적으로 내 일을 계속했다. 수소를 칸막이 우리 안으로 몰아넣고, 문 뒤에서 쿵쾅거리는 소리와 욕지거리가 들려오고, 마침내 "마취되고 있어요!" 하는 외침 소리가 들리고, 단두대 손잡이를 닫으려 용을 쓰고 뿔을 자르고…… 그러는 동안 나는 그 시대의 수의사라면 누구나 자문했을 게 분명한 의문을 마음속으로 되씹고 있었다. '대학에서 5년이나 공부한 게 고작 이런 일을 하려고 그랬단 말인가?'

하지만 마침내 나는 한 녀석만 더 처리하면 일이 다 끝난다는 것을 알고 안도의 한숨을 내쉬었다. 나는 거의 한계점에 다다라 있었다. 토머스는 몇 번 더 내 갈비뼈를 공격했고, 내 몸속의 모든 근육이 나에게 아우성치고 있는 것 같았다. 더닝 씨가 마지막 소를 우리로 몰아넣는 것을 나는 고마운 마음으로 지켜보았다.

하지만 이 녀석은 작달막한 노인의 고함 소리와 막대기질에 다른 소들과는 다른 반응을 보이고 있었다. 나는 더닝 형제가 그 소를 '골목대장'

이라고 부른 것을 기억해냈다. 정말로 녀석의 생김새와 표정에는 활력 넘치는 강렬한 수컷다움이 있었다. 그 녀석을 보면서, 거세꾼이 일을 제대로 해내지 못했을지도 모른다는 생각이 들었다.

녀석은 더닝 씨의 끈질긴 재촉을 피해 털북숭이 머리를 반대쪽으로 돌리기는커녕 오히려 더닝 씨 쪽으로 계속 밀어붙였다. 작달막한 농부는 막대기로 소의 주둥이를 찔렀지만, 그래도 녀석은 계속 덤벼들었다. 그 시점에서 더닝 씨는 소를 피하는 게 상책이라고 판단한 게 분명했다.

그가 바닥에 깔린 짚을 헤치며 소 곁을 떠나자 녀석은 그 뒤를 졸졸 따라갔다. 더닝 씨는 종종걸음을 치기 시작했고 녀석도 똑같이 걸음을 빨리했다. 종종걸음을 치던 더닝 씨는 뻣뻣한 다리로 전력 질주하기 시작했고, 녀석도 주인이 하는 대로 따랐다.

소는 한 번도 공격할 조짐을 보이지 않았지만 더닝 씨는 안심하는 것 같지 않았다. 그는 계속 달렸고, 그의 얼굴은 점점 더 불안한 표정을 띠었다. 바닥에 푹신하게 깔린 짚이 그의 전진을 방해했다. 마치 무릎까지 올라오는 물속에서 달리는 것과 마찬가지였을 것이다. 하지만 그럼에도 불구하고 그는 예순 살 노인치고는 상당히 빠른 속도로 달렸다.

아무도 간섭하지 않았다. 우리는 모두 그날 오후 내내 더닝 씨의 괴상한 짓에 좀 짜증이 나 있었지만, 한 걸음 뒤로 물러나서 유쾌하게 웃어댔다. 더닝 씨가 여물통의 이쪽을 따라 달려 내려오다가 다시 저쪽을 따라 올라가면, 덩치 큰 소는 더닝 씨의 목덜미에 주둥이를 바싹 들이대고 뒤따라갔다. 나는 그 광경을 보고 너무 웃어서 멍든 갈비뼈가 아플 정도였다. 어쩌면 고대 로마 시대의 투기장이 그랬을지도 모른다. 우리는 조롱하는 구경꾼이었고, 앤디는 머리 위에 매달려 위험하게 흔들리는 요람

속에서 이 추적 장면을 구경하고 있었다.

그래도 언젠가는 끝날 수밖에 없었다. 두 번째로 우리를 돈 뒤 더닝 씨의 모자가 날아갔다. 그는 몇 걸음 더 돌진한 뒤 앞으로 고꾸라져 깔짚 속에 얼굴을 묻고 납작 엎드렸다. 소는 그를 밟고 지나갔을 뿐, 마치 우리를 애태우며 놀리려 그랬던 것처럼 순순히 붙잡혔다.

더닝 씨는 벌떡 일어났다. 다친 것은 그의 체면뿐이었다. 그는 바닥에 떨어진 모자를 집어 들면서 우리를 노려보았다.

나는 삼형제의 도움으로 그 녀석의 뿔을 잘랐고, 그날 오후의 일도 다 끝났다.

우리는 앤디를 도와 시렁에서 내려주었고, 그의 멋진 양복에서 건초 부스러기를 떼어내는 데 꽤 오랜 시간이 걸렸다. 내가 단두대를 깨끗이 씻고 물기를 닦은 뒤 힘들게 들어 자동차 트렁크에 싣는 동안 앤디는 무표정한 눈으로 그것을 지켜보았다. 이어서 나는 내가 갖고 다니는 솔로 내 장화에 달라붙은 오물을 씻어낸 뒤, 장화를 벗고 구두를 신었다.

우리는 차에 올라타고 어둠이 내리는 시골 풍경 속으로 들어갔다. 앤디는 다시 담배에 불을 붙였고, 나는 그가 땀과 피로 얼룩진 내 얼굴과, 재킷 속에서 아픈 갈비뼈를 더듬고 있는 내 손을 힐끔거리는 것을 알 수 있었다.

마침내 그가 말했다.

"짐, 내 직업도 그렇게 나쁘지는 않은 것 같아."

19

"선생님, 괜찮으세요?"

내가 두 손과 무릎으로 엉금엉금 기어서 철조망 밑에 뚫린 개구멍을 막 통과하려 할 때 라이어넬 브라우가 걱정스럽게 나를 내려다보며 물었다.

"아, 예……." 나는 헐떡거리며 말했다. 라이어넬은 말라깽이여서 그 개구멍을 뱀처럼 스르륵 빠져나갔지만 나는 좀 어려움을 겪고 있었다.

우리 마을에는 색다른 농장과 자작농지가 몇 군데 있었지만, 특이하다는 점에서는 이 농장이 으뜸이라고 나는 늘 생각했다.

라이어넬은 부업과 취미로 가축을 키우는 도로공사 인부였는데, 당시에는 이런 사람을 많이 볼 수 있었다.

암소나 돼지를 몇 마리 키우는 사람도 있었지만, 라이어넬은 많은 가축을 갖고 있었다.

그는 잡다한 가축을 오두막 옆에 있는 커다란 축사에서 키웠다. 이 축사는 여러 구획으로 나뉘어 있었는데, 미궁처럼 복잡했고, 침대틀과 베니어판, 골함석, 철망 따위를 이용하여 동물들을 분리해놓은 임시변통의 기념비적 작품이었다. 문도 없고 통로도 없었다.

나는 약간 헐떡거리면서 일어났다.

"그 송아지는 어디 있습니까?"

"거의 다 왔습니다. 여기서 별로 멀지 않아요."

우리가 한 마리뿐인 암소를 지난 다음, 새끼 돼지들이 내 발꿈치를 물어뜯는 동안 라이어넬은 우리가 다음 칸막이로 들어갈 수 있도록 거친 노끈으로 묶어놓은 매듭을 힘들게 풀어야 했다.

여기서는 암염소 두 마리가 태연히 우리를 바라보았다.

"저 두 녀석은 젖을 많이 낸답니다." 라이어넬은 툴툴거리듯이 말했다. "집사람이 그걸로 아주 좋은 치즈를 만들죠. 염소젖은 건강에 좋잖아요."

"네, 맞아요." 결핵 감염이 아직도 위협적이었던 당시에는 비교적 면역력이 강한 염소젖이 높은 평가를 받았다. 염소 우리의 한쪽 벽은 옆으로 눕혀놓은 마호가니 식탁으로 이루어져 있었는데, 식탁 다리는 안쪽으로 불쑥 튀어나와 있었다. 나는 조심스럽게 그것을 피해 나아가다가 식탁을 기어올랐다. 조심한다고 했는데도 식탁 여기저기 튀어나와 있는 둥근 장식에 몇 번이나 호되게 부딪혔다.

우리는 이제 송아지들 사이에 들어와 있었다. 송아지는 세 마리였다. 그중에서 어떤 녀석이 내 환자인지는 쉽게 알아볼 수 있었다. 화농성 고름 때문에 콧구멍에 부스럼딱지가 앉은 작고 검은 송아지였다.

나는 체온을 재려고 허리를 굽히면서, 시끄럽게 꼬꼬댁거리는 암탉 두 마리를 옆으로 밀어내야 했다. 통통하게 살찐 사향오리 한 마리가 나를 피해 어기적어기적 걸어갔다. 이 깃털 달린 동물들은 우리에서 우리로, 그리고 건물 안팎에서 점프를 하거나 날개를 퍼덕거리며 이 축사를 마음대로 드나드는 것 같았다. 송아지 옆에 있는 내 위치에서는 다양한 종류의 고양이들이 창턱이나 칸막이 위에 올라앉아 있는 것을 볼 수 있었다. 축사 끝에서 갑자기 개들이 으르렁거리는 소리가 들린 것은 라이어넬이 키우는 개 세 마리 사이에 장난스러운 싸움질이 시작된 것을 말해주었다. 문간 너머로는 오두막 옆 목초지에서 속편하게 풀을 뜯고 있는 양 두 마리가 보였다.

나는 체온계를 보았다. 39.5도였다. 이어서 나는 청진기로 송아지의 가슴을 청진했다.

"가벼운 기관지염이지만, 나를 부른 건 잘한 일입니다, 폐에서 잡음이 나니까 자칫하면 폐렴에 걸릴 수도 있거든요. 하지만 주사를 몇 대 놓으면 깨끗이 나을 겁니다."

라이어넬은 만족한 듯 조용히 고개를 끄덕였다. 그는 무슨 생각을 하는지 알 수 없는 남자였지만 친절했고, 그가 키우는 동물들은 그 특이한 농장에서 잘 먹으며 쾌적하게 지내고 있었다. 깔짚은 푹신하게 깔려 있었고, 건초시렁과 여물통에는 건초와 여물이 충분히 공급되고 있었다.

나는 주머니를 뒤졌다. 주머니는 약병과 주사기로 불룩해져 있었다. 나는 필요할지 모르는 약을 모두 가져왔다. 이 농장에서는 뒤늦게 생각이 나서 무언가를 가져오려고 해도 차로 돌아가기가 쉽지 않았기 때문이다.

주사를 놓은 뒤에 나는 라이어넬을 돌아보았다.

"내일 아침에 잠깐 들를게요. 내일은 일요일이니까 일을 나가지 않겠지요?"

"그럼요. 고맙습니다, 선생님." 그는 돌아서서 다시 나를 안내하여 장애물 코스를 통과하기 시작했다.

이튿날 가서 보니 송아지는 상태가 많이 좋아져 있었다.

"체온은 정상이군요. 이젠 자기 발로 서 있습니다. 그건 좋은 징조예요."

라이어넬은 멍하니 고개를 끄덕였다. 나는 그의 마음이 딴 데 가 있다는 것을 알 수 있었다. "아, 예, 그렇군요…… 정말 다행입니다." 그의 눈은 나를 지나쳐서 몇 초 동안 허공을 멍하니 바라보았다. 그러다가 갑자기 현실로 돌아온 것 같았다.

"그런데……" 그의 목소리가 그답지 않게 절박한 울림을 띠고 있었다. "여쭤보고 싶은 게 있는데……."

"아, 그래요?"

"실은 말입니다." 그는 열띤 눈으로 나를 바라보았다. "돼지를 대규모로 키워볼까 하는데……."

"그러니까…… 돼지를 많이 사육한다는 뜻인가요?"

"맞아요. 다른 건 키우지 않고 돼지만 제대로 된 우리에서 키우는 겁니다."

"하지만 그러려면 축사를 새로 지어야 할 텐데요."

그는 주먹으로 제 손바닥을 탁 때렸다.

"바로 그겁니다. 내가 생각하는 게 바로 그거예요. 나는 항상 돼지를 좋아했고, 그래서 그 일을 한번 제대로 해보고 싶어요. 돼지우리는 저기 목초지에 지을 수 있을 겁니다."

나는 놀라서 그를 바라보았다.

"하지만 라이어넬 씨, 그러려면 돈이 많이 들 텐데요. 문제가……."

"돈요? 돈은 좀 있습니다. 우리 삼촌이 얼마 전에 돌아가신 거 기억하시죠? 오랫동안 우리와 함께 살았지요. 삼촌이 나한테 유산을 조금 남겨주셨어요. 큰 재산은 아니지만, 사업 규모를 조금은 키울 수 있을 겁니다."

"글쎄요, 그건 물론 당신이 결정할 일이지만…… 그게 정말로 원하는 일이라고 확신하세요? 가축들을 이렇게 소규모로 키우면서도 항상 즐겁고 행복해 보였는데……. 당신은 이제 젊은이가 아니에요. 쉰 살이 넘으셨죠?"

"예, 쉰여섯입니다. 하지만 뭔가 새로운 일을 시도하는데 너무 늦어서 못하란 법은 없다고 하잖습니까?"

나는 빙긋 웃었다.

"나도 그 말을 신봉하는 사람입니다. 나는 전적으로 찬성해요. 당신이 그 일을 하면서 행복하기만 하다면."

그는 깊은 생각에 잠긴 듯이 볼을 몇 번 긁었다. 행복한 사람들이 대부분 그렇듯이, 그도 자기가 행복하다는 사실을 깨닫지 못했던 것 같다. "비켜, 이 녀석아!" 그는 다리 사이로 지나가려는 오리를 발끝으로 살짝 밀어내면서 짜증스럽게 툴툴거렸다. 여전히 깊은 생각에 잠긴 채 그는 허리를 숙여 구석의 깔짚 속에서 달걀 한 개를 주워서 주머니에 집어넣었다.

"지금 잠깐 생각해봤는데, 내 마음은 정해졌습니다. 한번 해봐야겠어요."

"좋습니다, 라이어넬 씨. 그럼 해보세요. 행운을 빕니다."

데일스 지방에서는 이례적인 속도로 목초지에 돼지우리가 생겨났다. 바닥이 포장된 콘크리트 우리가 몇 줄로 세워지고, 보름도 지나기 전에 수퇘지 한 마리와 암퇘지 몇 마리가 우리에 들어갔고, 새끼들이 한 덩어리가 되어 깔짚 사이에서 꿀꿀거렸다.

내가 보기에 이 현대식 건축물은 그 배경을 이루고 있는 초록빛 목초지를 에워싼 오래된 돌담과 부드러운 곡선을 그리고 있는 언덕들과 그 너머에 우뚝 솟아 있는 황무지와는 전혀 어울리지 않아 어색해 보였지만, 그래도 나는 라이어넬이 그토록 소망하는 만족감을 거기서 얻게 되기를 바랐다.

그는 여전히 도로공사 인부로 일하고 있었다. 그래서 돼지들한테 먹이를 주고 우리를 청소하기 위해 아침에 더 일찍 일어나야 했지만, 그는 건강한 남자였고 그 일을 즐기고 있는 듯이 보였다.

물론 수의사에게 지불해야 하는 돈도 늘어났지만 심각한 문제는 전혀 없었고, 이따금 암퇘지가 유선염에 걸리거나 새끼 몇 마리가 관절염에 걸리는 정도였지만, 내가 치료한 돼지들은 모두 경과가 좋았다. 그는 불평도 하지 않고 그런 문제들을 받아들였다. "가축이 있는 곳에 골칫거리가 있다"는 옛 격언은 그에게도 친숙했기 때문이다.

나를 조금 걱정시킨 것은 하나뿐이었다. 라이어넬이 전에는 다양한 칸막이에 기대선 채 가축을 바라보고 파이프를 피우면서 많은 시간을 보냈지만, 이제는 그럴 시간이 전혀 없다는 것이었다. 그는 외바퀴수레를 밀고 여물통을 채우고 오물을 청소하면서 항상 바쁘게 돌아다녔는데, 내가 보기에는 이 모든 것이 그의 천성에 맞지 않는 것 같았다.

분명히 그는 전처럼 느긋하지 않았다. 새로 키우게 된 가축을 돌보면서 충분히 행복했지만, 그의 표정에는 긴장이 감돌았고 전에는 없었던 약간의 불안도 엿보였다.

어느 날 저녁 전화를 걸어온 그의 목소리에서도 불안이 느껴졌다.

"방금 일을 마치고 돌아왔는데, 우리 새끼 녀석들의 상태가 아무래도 마음에 걸리는군요."

"어떤 증상을 보이던가요?"

"얼마 전부터 좀 이상했어요. 다른 새끼들처럼 잘 자라질 않아요. 하지만 먹이는 계속 잘 먹었고, 정말로 상태가 좋지 않은 건 아니에요. 그래서 굳이 선생을 성가시게 하지 않은 겁니다."

"그런데 지금은 어떤가요?"

잠깐 침묵이 흘렀다.

"지금은 달라 보입니다. 뒷다리가 약간 약해졌고, 설사를 좀 하고 있습니다. 그리고 한 마리는 죽었어요. 좀 걱정이 되네요."

나도 걱정이 되었다. 그것은 무서운 돈역처럼 들렸다. 돈역이라는 말은 내가 수의사가 된 초기에 내 영혼에 새겨졌다. 하지만 오늘날의 젊은 수의사에게 그것은 아무 의미도 없다.

약 20년 동안 돈역은 문자 그대로 나를 줄곧 따라다니며 괴롭혔다. 죽은 돼지를 검시할 때마다 나는 무서운 단추 모양의 궤양과 출혈을 보게 될까봐 겁이 났다. 그리고 내가 더 두려워한 것은, 내가 돈역을 발견하지 못해서 그 전염병이 퍼지면 그에 대한 책임을 져야 할지도 모른다는 것이었다.

돈역은 그 점에서는 구제역만큼 나쁘지 않았지만, 같은 원칙이 적용되었다. 내가 증상을 알아차리지 못하면 돼지들은 농장에서 시장으로 나가 여기저기로 팔려가서 아주 멀리까지 흩어질지도 모른다. 그리고 이 병에 걸린 돼지는 모두 병원균을 가져갈 것이고, 건강한 이웃 돼지들한테 퍼뜨릴 것이다. 그러면 도움을 요청받은 농산부가 나서게 될 테고, 그들은 감염 경로를 추적한 끝에 그 용서할 수 없는 실수를 애초에 저지른 장본인이 바로 헤리엇이라는 사실을 알아낼 것이다.

그것은 되풀이되는 악몽이었다. 구제역과는 달리 돈역은 항상 가까이에서 기다리고 있는 흔한 질병이었기 때문이다. 나는 돈역 같은 것만 없어도 더없이 행복할 거라고 생각할 때가 많았다. 실제로 그 전염병이 나와 내 동시대 사람들을 얼마나 걱정시켰는가를 돌이켜보면, 오늘날의 수의사들은 아침마다 침대에서 즐겁게 뛰쳐나와 "만세, 이제 돈역은 사라졌어!" 하고 외치면서 춤을 추어야 한다고 생각한다.

농장에 가자 라이어넬은 돈사 끝에 있는 우리로 나를 데려갔다.

"저 안에 있습니다." 그는 침울하게 말했다.

나는 칸막이벽 너머로 몸을 기울였다. 고통의 물결이 내 몸에 퍼져갔다. 우리 안에는 생후 두 달쯤 된 새끼 돼지가 여남은 마리 있었는데, 모두 같은 증상을 보이고 있었다.

새끼들은 비쩍 말라서 꾀죄죄한 데다 경제적으로도 도움이 안 되어 보였다. 귀 뒤쪽은 짙은 자주색을 띠었고, 걸을 때 약간 비틀거렸다. 그리고 힘없이 축 늘어진 꼬리를 따라 묽은 설사똥이 줄줄 흘러내리고 있었다. 몇 마리의 체온을 재보니 모두 41도 정도였다.

교과서에서 바로 꺼내온 것처럼 전형적인 증상이었지만 나는 라이어넬에게 당장 말해주지 않았다. 사실은 모든 의례적 절차를 다 밟을 때까지는 돼지 주인에게 말하는 것이 허용되지 않았다.

"이 새끼들은 어디서 샀습니까?"

"해버틴 시장에서요. 처음 데려왔을 때는 상태가 아주 좋았는데, 병에 걸려버렸어요." 그는 작은 돼지의 시체를 고무장화 끝으로 밀었다. "그리고 이젠 이렇게 죽은 녀석까지 나왔네요."

"죽은 돼지의 배를 갈라서 안을 들여다봐야 합니다." 내 목소리는 피곤하게 들렸다. 나는 괴로운 회전목마에 올라타고 어지럽게 돌듯 또다시 바쁘게 움직이기 시작했다. "차에 가서 칼을 가져오겠습니다."

나는 해부용 칼을 갖고 돌아와서 죽은 돼지를 반듯하게 눕히고 배를 갈랐다. 이렇게 돼지 배를 가를 때마다 느끼는 긴장과 불안은 언제나 마찬가지였다.

회장맹장 판막은 교과서에도 나오는 자리여서, 나는 우선 그 부위를 겨냥했다. 하지만 칼로 창자를 절개하고 점막을 긁어내자 출혈과 괴사성 반점만 보였다. 반점은 새빨간 것도 있고 누르스름한 것도 있었다.

때로는 결장에서 진짜 목표물을 발견하는 경우도 있기 때문에 나는 오랫동안 가위로 꼬불꼬불한 창자를 잘라보았지만, 결정적인 것은 아무것도 발견하지 못했다.

나는 또다시 궁지에 몰렸다. 나는 돈역이라고 확신했지만 농부한테 그렇게 말할 수는 없었다. 농산부에서는 진단을 내릴 권한은 자기네한테 있다고 주장했고, 그들이 확인할 때까지는 나도 아무 말 할 수 없었다.

신장과 방광에는 통상적인 점상 출혈이 있었지만 전형적인 궤양은 보이지 않았다.

나는 발꿈치에 엉덩이를 대고 허리를 폈다.

"라이어넬 씨, 정말 미안하지만 나는 이것을 돈역 의심 증세로 농산부에 보고해야 돼요."

"이런, 제기랄. 그건 나쁜 거죠?"

"예…… 나쁩니다. 하지만 농산부가 확인할 때까지는 단정할 수 없어요. 나는 샘플을 채취해서 서리에 있는 연구소로 보낼 겁니다."

"돼지들을 치료하기 위한 처치는 아무것도 할 수 없나요?"

"예, 할 수 없을 것 같습니다. 아시다시피 그건 바이러스예요. 치료법이 없어요."

"다른 돼지들은 어떻게 됩니까? 병이 퍼질까요?"

나는 이 질문에 대답해야 하는 것이 싫었지만, 문제를 가볍게 다루어봤자 아무런 의미가 없었다.

"예, 맹렬히 퍼집니다. 모든 예방조치를 취해야 할 거예요. 이 우리 바깥에 소독약을 담은 쟁반을 놓고, 우리 안에 들어가야 할 때는 장화를 거기에 담가서 소독하세요. 나 같으면 되도록 들어가지 않겠습니다. 사료와 물도 칸막이 너머로 주고, 항상 건강한 돼지들을 먼저 돌보세요."

"다른 돼지들도 그 병에 걸리면 어떡하죠? 얼마나 죽을까요?"

이것도 무서운 질문이었다. 책에는 치사율이 80퍼센트 내지 100퍼센트라고 나와 있다. 내 경험으로는 100퍼센트였다.

나는 숨을 길게 들이마셨다.

"병에 걸렸다 하면 전부 다 죽을 수도 있습니다."

라이어넬은 새로 지은 콘크리트 우리들을 천천히 바라보았다. 줄지어 늘어선 우리 안에는 암컷들과 새끼들이 들어 있었고, 돈사에서는 돼지들이 바닥에 깔린 짚 사이를 주둥이로 헤적거리고 있었다. 나는 아무리 엉터리 같은 말이라 해도 무슨 말이든 해야 한다고 생각했다.

"어쨌든 내가 걱정하는 병이 아닐지도 몰라요. 이 샘플을 연구소로 보내고, 거기서 검사 결과가 나오면 알려드리겠습니다. 그때까지는 이 가루약을 돼지들한테 먹이세요. 사료에 섞어 먹여도 좋고 그냥 물에 타서 먹여도 됩니다."

나는 자동차 트렁크에 잘라낸 돼지 창자를 싣고, 우리를 돌아다니면서 돼지들의 상태를 여러 등급으로 나누어 기록했다. 서류 작성이라는 또 다른 고역이 나를 기다리고 있었기 때문이다. 나는 서류와 관련된 일에 맹점을 갖고 있고, 돈역 보고서 양식은 길이가 50센티미터나 되는 끔찍한 분홍색 종이 양면에 암퇘지와 수퇘지의 수, 젖을 떼지 않은 돼지와 젖을 뗀 돼지의 수, 도축하기 위해 살을 찌우고 있는 돼지의 수에 관한 질문이 빽빽이 적혀 있었고, 숫자를 잘못 적기라도 하면 야단난다.

그날 저녁 스켈데일 하우스에서 나는 이 분홍색 종이와 오랫동안 씨름한 다음, 진짜 두려운 것—포장한 창자 샘플—으로 주의를 돌렸다. 농산부는 이 목적을 위해 특별히 고안된 장비 일습을 공급했다. 처음에 언뜻 보면 납작한 정사각형 골판지 한 장, 기름기가 배지 않는 납지 몇 장, 거친 끈 약간, 갈색 포장지 한 장에 불과한 것처럼 보였다. 하지만 좀 더 자세히 살펴보면 골판지를 접어서 정육면체의 작은 상자로 만들 수 있다는 것을 알 수 있다. 지시 사항은 아주 명료했다. 창자를 상자에 그냥 던져 넣으면 안 된다. 창자를 1미터 길이로 잘라서 납지 위에 놓아야 한다. 그런 다음 납지 가장자리를 안쪽으로 접고, 그 모든 것을 끈으로 묶어야 한다.

하지만 여기에는 함정이 하나 있었다. 돈역용 장비 일습에는 '병리 검사용 표본, 긴급'이라는 문구가 큼지막하게 인쇄된 붉은색과 검은색 카드가 들어 있었기 때문이다. 이 카드에는 감염된 농장의 주소를 비롯하여 온갖 것을 다 적어 넣는 칸이 있었다. 이 카드 양쪽 끝에는 구멍이 하나씩 뚫려 있고, 창자를 묶은 끈을 이 구멍에 꿴 뒤에 상자 뚜껑을 닫아야 했다. 다른 카드는 상자 바깥쪽으로 나왔다.

나는 이 의식을 힘겹게 통과한 뒤, 마침내 서투른 솜씨로 바깥쪽 카드 구멍에 끈을 꿰고 갈색 포장지로 상자를 쌌다. 이런 일은 암소의 출산보다 더 많은 기력을 빼앗아갔기 때문에, 일을 다 끝내자 나는 완전히 기진맥진하여 뒤로 벌렁 자빠졌다.

내가 본부에 보낼 서류와 지부에 보낼 서류가 들어 있는 봉투와 마침내 꾸려진 골판지 상자를 멍한 눈으로 바라보고 있을 때, 탁자 위에 다른 카드가 놓여 있는 것이 문득 눈에 띄었다. 그 카드를 내용물과 함께 상자 속에 넣는 것을 깜박 잊어버린 것이다.

"빌어먹을!" 나는 고함을 질렀다. "나는 만날 이래! 만날 이 모양 이 꼴이야!"

헬렌은 내가 무슨 발작을 일으켰나 보다고 생각한 게 분명했다. 내가 일하고 있던 조제실로 헬렌이 서둘러 달려왔기 때문이다.

"괜찮아요?" 헬렌이 불안한 얼굴로 물었다.

나는 고개를 숙이고 있다가 힘없이 고개를 끄덕였다.

"괜찮아. 미안해. 이 빌어먹을 돈역 때문이야."

"정말 괜찮아요?" 그녀는 미심쩍은 듯이 나를 바라보았다. "하지만 목청 좀 낮추려고 애써보세요. 애들이 깨겠어요."

험악한 침묵 속에서 나는 상자를 해체하고, 카드에 끈을 꿰고 다시 장비를 조립했다. 나는 이런 실수를 자주 저질렀는데, 그게 싫어서 견딜 수가 없었다. 한가한 저녁에 심심풀이로 할 일이 필요하면 돈역 보고서만 작성하면 될 거라고 나는 씁쓸하게 생각했다.

나는 상자를 역으로 가져가서 보내고, 내 마음을 편하게 해주려고 수의학의 바이블 가운데 하나인 데니 어딜(미국의 수의학자[1874~1955])의 『수의학의 실제』를 펼쳤다. 하지만 그 신성한 책 속에서도 나는 위안을 찾지 못했다. 그 위대한 인물의 의견은 내 의심을 확인해주었을 뿐이다. 그는 미국인이라서 그것을 돈역이 아니라 돼지 콜레라라고 불렀지만, 그가 묘사한 모든 증상은 내가 라이어넬네 돼지우리에서 본 것을 상기시켰다. 그는 건강한 돼지를 보호하는 혈청 주사에 대해 말했지만, 내가 시험 삼아 해보니 그것은 전혀 효과가 없었다. 확실한 효과도 없는데 그 방법을 쓰는 것은 라이어넬의 비용 부담만 늘릴 뿐이다.

사나흘 뒤에 결과가 나왔다. 농산부는 이 농장에서 돈역의 존재를 확인하지 못했다. 바로 그날 나는 라이어넬한테서도 소식을 들었다.

"돼지들은 상태가 더 나빠졌어요. 선생이 준 가루약은 아무 효과도 없었고, 돼지 한 마리가 또 죽었어요."

나는 또다시 돼지우리로 달려가서 검시 해부를 했고, 이번에는 창자를 갈랐을 때 정말로 결정적인 무언가를 발견했다고 생각했다. 그 궤양은 확실히 좀 부풀어 올랐고 집중적이었다. 농산부도 이번에는 그것을 돈역으로 확인할 게 분명하고, 그러면 적어도 현재 우리가 처한 상황을 알 수 있을 터였다.

나는 서류를 작성하고 골판지 상자와 납지와 포장지를 갖고 씨름하면서 또 하루 저녁을 보냈지만, 샘플을 보낼 때 나는 이번에야말로 의혹이 풀릴 거라고 기대했다.

농산부가 이번에도 질병을 확인하지 못했다는 답장이 왔을 때 나는 하마터면 울음을 터뜨릴 뻔했다.

나는 시그프리드에게 하소연을 했다.

"도대체 그들은 무슨 짓을 하고 있는 거죠? 연구소에서 이런 샘플로 어떻게 돈역을 진단하는지 나한테 말해주실 수 있나요?"

"그야 물론이지." 동업자는 엄격한 눈으로 나를 바라보았다. "그들은 납지에서 긴 창자를 집어서 천장에 던진다네. 그 창자가 천장에 찰싹 달라붙으면 양성이고, 떨어지면 음성이야."

나는 헛헛한 웃음소리를 냈다.

"그 얘기는 전에도 들은 적이 있어요. 때로는 나도 그걸 믿고 싶어져요."

"하지만 농산부 사람들한테 너무 심하게 굴진 마. 그들도 확신을 갖기 전에는 질병을 확인하지 못해. 그랬다가 틀리기라도 하면 그땐 진짜 바보처럼 보일 테니까 말이야. 게다가 돈역처럼 보일 수 있는 질병이 아주 많아. 예를 들면 기생충에 감염된 돼지한테서도 괴사성 궤양을 볼 수 있어. 확인하는 건 쉽지 않아."

나는 신음을 토했다.

"나도 알아요. 안다고요. 정말로 그 사람들을 탓하고 있는 건 아니에요. 다만 가엾은 라이어넬 브라우가 벼랑 끝에 앉아 있는데 내가 도와줄 수 있는 게 아무것도 없을 뿐이죠."

"그래, 그건 정말 지옥 같은 상황이지. 나도 그런 처지에 놓인 적이 있어서 잘 알아."

이틀 뒤, 라이어넬이 전화해서 돼지가 또 한 마리 죽었다고 말했다. 나는 이번에는 좀 더 전형적인 궤양을 발견했고, 농산부가 뭐라고 할지는 여전히 알 수 없었지만 나는 내가 해야 할 일을 정확히 알고 있었다. 밤중에 내 두뇌가 해결책을 생각해낸 것 같았다. 내 결정은 수정처럼 명백했기 때문이다.

"라이어넬 씨, 여기 있는 건강한 돼지를 모조리 도축해야 합니다."

그는 눈을 크게 떴다.

"하지만 도축할 준비가 되어 있는 돼지는 아직 없는데요. 게다가 새끼를 밴 암놈도 있고, 온갖 돼지들이 다 있어요."

"나도 압니다. 하지만 이 병이 확인되었다면 나는 당신한테 돼지를 모두 살처분하라고 조언했을 겁니다. 아시다시피 당신은 엄격한 제한을 받고 있어서, 시장에 어떤 돼지도 내보낼 수 없어요. 하지만 나는 당신이 건강한 돼지들을 베이컨 공장으로 보낼 수 있도록 출하 허가서를 드릴 수 있습니다."

"아아, 하지만……."

"당신 기분은 이해할 수 있어요. 그건 비극적이지만, 다른 돼지들도 그 병에 걸리면 나는 출하 허가를 내줄 수 없고, 그렇게 되면 당신은 돼지들이 죽는 꼴을 그냥 지켜봐야 할 겁니다. 건강한 돼지들을 지금 도축하면 당신은 수천 파운드를 건질 수 있어요."

"하지만 베이컨용…… 식용 돼지는…… 지금부터 두 달만 지나면 훨씬 많은 돈을 받을 수 있을 텐데요."

"그렇긴 하지만, 지금 팔면 조금이라도 돈을 벌 수 있지만, 돼지들이 돈역에 걸리면 그땐 한푼도 받을 수 없어요. 돈은 제쳐놓고라도, 돼지들이 병들어 쇠약해지는 꼴을 보기보다는 인도적으로 도축시키는 편이 낫지 않을까요?"

이 말을 하면서 나는 시골 수의사가 하는 일의 슬픔을 절실히 느꼈다. 우리 환자의 대부분은 결국 도축장의 갈고리에 걸릴 운명이고, 농장 동물이 아무리 매력적이라 해도 우리의 활동은 모두 상업적인 토대 위에서 있다는 것이다.

"글쎄요, 잘 모르겠네요. 그건 큰 문제예요." 그는 새로 지은 돼지우리와 자기가 그토록 정성껏 보살핀 동물들을 다시 한 번 바라본 다음, 고개를 돌려 나를 똑바로 바라보았다.

"저 녀석들이 돈역에 걸린 게 아니라면 어떡하죠?"

그가 내 급소를 찔렀다. 나를 뚫어지게 바라보는 그에게 나는 정직하게 대답할 수밖에 없었다.

"만약 돈역이 아니라면, 당신은 수천 파운드를 건지는 게 아니라 수천 파운드를 잃게 되겠죠."

"그렇군요…… 알겠습니다. 하지만 선생은 돈역이라고 생각하시죠?"

"전에도 말했듯이 나는 공식 진단을 내릴 수 없지만, 속으로는 돈역이 분명하다고 확신합니다."

그는 빠르게 고개를 끄덕였다.

"알겠습니다. 출하 허가서를 써주세요. 나는 선생한테 약간의 신뢰를 갖고 있거든요."

'약간의 신뢰'는 소박한 요크셔 사람에게는 엄청난 경의의 표시였다. 그 신뢰가 배반당하지 않기를 나는 간절히 바랐다. 나는 푸른색 용지를 꺼내 출하 허가서를 작성했다.

오래 않아 돼지우리는 텅 비고 조용해졌다. 감염된 돼지들이 갇혀 있는 우리만 남았고, 녀석들은 빠르게 죽어 나갔다. 돈역은 무서운 병이지만 고통스러운 병은 아니었다. 이 작은 비극에서 한 줄기 빛은 병에 걸린 돼지들이 조용히 사라져갔고 나머지 돼지들은 인도적인 최후를 맞았다는 것이다. 진정한 고통은 전혀 없었다.

이 사건이 마무리될 즈음, 나는 농산부로부터 질병을 확인했다는 연락을 받았다. 내가 그 편지를 라이어넬에게 보여주자 그는 안경을 쓰고 주의 깊에 읽었다.

"그럼 선생 판단이 옳았군요. 그러니까 우리가 그렇게 한 것은 잘한 일이네요." 그는 편지를 접어서 나에게 돌려주었다. "우리가 보낸 돼지 값으로 베이컨 공장에서 꽤 많은 돈을 받았어요. 꾸물거렸다면 한푼도 못 받았겠지요. 선생이 고마울 뿐이에요."

꿈이 무너지고 서서히 사라져가는 것을 지켜본 그 소박한 농부한테서 내가 받은 것은 그것이었다. 그는 비탄에 빠져 끙끙대지도 투덜대며 불평하지도 않고 오로지 나에게 감사했을 뿐이다.

사람들은 이런 끔찍한 일로 손해를 보았을 때 저마다 다른 반응을 보였다. 하지만 다행히도 이제는 그 모든 것이 과거의 일이다. '크리스탈 바이올렛 백신'이 도입되었고, 이것이 돈역을 억제하는 데 도움이 되었지만, 결국 농산부에서는 구제역과 마찬가지로 돈역에 대해서도 강제 살처분 정책을 펴기 시작했고, 그것으로 돈역은 종말을 맞았다. 내가 이런 재난을 목격하고 서류와 상자와 납지와 씨름해야 했던 때로부터 30년 세월이 지났지만, 그 기억은 좀처럼 사라지지 않는다.

한편 나는 라이어넬이 돈사 건물을 어떻게 처리할 것인지 궁금했다. 마지막 돼지가 죽자 그는 우리를 구석구석 청소하고 소독했지만, 향후 계획에 대해서는 아무 말도 하지 않았다. 우리가 넉 달 동안 빈 채로 있는 것을 보고 나는 그가 대규모 가축 사육에는 질려버린 모양이라고 생각했지만, 내 생각이 틀렸다.

어느 날 저녁, 나는 개와 고양이 몇 마리를 진찰한 뒤, 라이어넬이 대기실 구석에 앉아 있는 것을 알아차렸다.

"헤리엇 선생." 그는 다짜고짜 말했다. "다시 시작하고 싶습니다."

"돼지를 또 키우겠단 말씀인가요?"

"예, 돼지우리를 또 채우고 싶어요. 텅 빈 채 있는 걸 차마 볼 수가 없네요."

나는 생각에 잠긴 눈으로 그를 바라보았다.

"확실합니까? 당신은 지난번에 심한 타격을 받았어요. 그래서 나는 당신이 대규모 가축 사육에는 정나미가 떨어졌을 줄 알았는데……."

"아니, 천만에요. 나는 돼지를 키우고 싶어요. 그런데 한 가지 문제가 있어서 선생한테 물어보려고 온 거예요. 그 병균이 아직도 남아 있을 가능성이 있을까요?"

그것은 내가 답변하고 싶지 않은 질문이었다. 이론상으로는 전염병이 이미 오래전에 그곳에서 사라졌어야 하지만, 나는 돈역 바이러스가 오랫동안 살아남았다는 이야기를 들은 적이 있었다. 하지만 넉 달이니까…… 지금쯤은 안전할 게 분명했다.

어쨌든 수의사가 모른다고 말하는 것은 별로 도움이 되지 않는다. 라이어넬은 나에게 대답을 듣고 싶어 했다.

"이제는 돼지를 더 많이 데려와도 안전할 거라고 확신합니다. 당신이 마음을 굳혔다면."

"예, 알겠습니다. 나는 다시 시작할 거예요." 그는 돌아서서, 지금 당장 시작하고 싶은 것처럼 서둘러 내 곁을 떠났다.

그리고 실제로 오래지 않아 돼지우리에는 다시 한 번 꿀꿀거리는 소리와 거친 콧바람 소리와 꽥꽥 우는 소리가 메아리쳤다. 그리고 역시 오래지 않아 문제가 생겼다.

전화기에서 들리는 라이어넬의 목소리는 내가 들은 어느 목소리보다 흥분해 있었다.

"방금 일을 끝내고 돌아왔는데, 돼지들 상태가 아주 안 좋습니다. 우리 전체에 여기저기 널브러져 있어요."

내 심장이 쿵 하고 강력하게 내 갈비뼈를 때렸다.

"무슨 뜻입니까…… 널브러져 있다고요?"

"발작을 일으키는 것 같아요."

"발작요?"

"예, 옆으로 누워서 발을 버둥거리고 침을 흘리고 있습니다. 어쩌다 일어나면 비틀거리며 돌아다니다가 다시 털썩 쓰러지고요."

"곧 가겠습니다." 나는 전화기를 받침대 위에 내동댕이치듯 내려놓았다. 갑자기 기력이 몸에서 빠져나가는 게 느껴졌다. 나는 이 가엾은 농부에게 돼지를 다시 우리에 넣어도 안전하다고 조언했는데, 돈역이 신경 증상을 보일 수 있는 것은 의심할 여지가 없었다. 나는 서둘러 어델의 『수의학의 실제』로 달려가 페이지를 휙휙 넘겼다. 거기에 있었다. '초기에는 운동신경의 흥분이 맴돌기, 근육 경련, 심지어는 경기의 형태로도 나타날 수 있다.'

좁은 길을 전속력으로 달릴 때 내 눈에는 아무것도 들어오지 않았다. 차창 밖을 쏜살같이 지나가는 나무들이나 그 너머에 높이 솟아 있는 초록빛 언덕도 알아차리지 못했다. 그저 길 끝에서 나를 기다리고 있는 끔찍한 장면만 마음속으로 상상하고 있을 뿐이었다.

현실은 내가 예상한 것보다 더 나빴다. 훨씬 나빴다. 돈사 여기저기에 아직 젖도 떼지 않은 어린 새끼부터 새끼를 밴 암컷에 이르기까지 다양한 크기의 돼지들이 흩어져 있었다. 몇 마리는 깔짚 위에서 휘청거리거나 비틀거리고 있었지만, 대부분은 옆으로 누워서 입에 게거품을 물고 덜덜 떨거나 자전거 페달을 밟는 것처럼 허공에 미친 듯이 발길질을 하고 있었다. 어딜은 경련에 대해 말했지만, 나는 이보다 더 심한 경련은 본 적이 없었다.

얼굴이 창백해진 라이어넬은 말없이 앞장서서 우리를 한 바퀴 돌았다. 새끼에게 젖을 먹이고 있는 암컷들은 새끼들이 젖을 먹으려고 젖통과 씨름하는 동안 옆으로 누워서 씰룩씰룩 경련을 일으키고 있었다. 수컷들은 눈이 먼 것처럼 벽에 부딪히면서 돌아다니다가 망연자실하여 개처럼 주저앉았다. 돼지우리 안에 정상적인 동물은 거의 없었다.

라이어넬은 미소를 지으려고 애쓰면서 나를 돌아보았다.

"이번에는 출하 허가를 낼 수 없겠네요. 건강한 돼지가 전혀 없으니까요."

나는 말없이 고개를 끄덕였다. 나는 분명 당황하고 있었다. 한참 뒤에야 겨우 목소리가 나왔다.

"이런 일이 언제 시작됐습니까?"

"오늘 아침만 해도 아주 건강했어요. 전부 다 팔팔했죠. 여느 때처럼 먹이를 달라고 꽥꽥 소리를 지르고 있었어요. 그런데 내가 일을 끝내고 집에 오니까 이 꼴이 되어 있더라고요."

"하지만 라이어넬 씨, 너무 갑작스럽고, 이치가 안 맞아요." 나는 거의 외치듯이 말했다.

그는 고개를 끄덕였다.

"배관공도 돼지들을 보았을 때 그렇게 말하더군요. 그 친구도 상당한 충격을 받았어요."

"배관공이라뇨?"

"어제 저녁에 마누라가 돼지들이 마실 물이 없는 걸 알아차렸어요. 그 래서 오늘 아침에 배관공인 프레드 불러를 불렀는데, 프레드가 오후에 와서 보고는 수도관이 막혔다고 하더래요. 지금은 고쳐서 괜찮아요."

"그럼 돼지들은 거의 온종일 물을 마시지 못했군요?"

"예, 그런 것 같네요."

아이고, 고마워라. 이제 알았다. 나는 아직도 불안에 가득 차 있었지만 죄책감의 무게는 갑자기 가벼워졌다. 지금 무슨 일이 일어났다 해도 그 것은 내 탓이 아니었다.

"바로 그겁니다!" 나는 헐떡거리듯이 말했다.

라이어넬은 무슨 소리냐고 묻는 듯이 나를 바라보았다.

"무슨 뜻이죠? 물이라고요? 물을 안 마셨다 해도 돼지들은 그저 갈증 만 좀 느낄 뿐일 텐데요."

"목이 마른 게 아니라 소금 중독에 걸린 겁니다."

"소금 중독이라고? 하지만 돼지들은 소금을 먹지 않았는데요."

"아니, 먹었습니다. 돼지 사료에는 거의 다 소금이 들어 있지요." 내 머 리가 바쁘게 돌아가고 있었다. 맨 먼저 뭘 해야 하지? 나는 그의 팔을 잡 고 돈사 안으로 그를 밀어 넣었다.

"자, 이 돼지 몇 마리를 일으켜 세웁시다."

"하지만 돼지들은 항상 같은 사료를 먹었어요. 그런데 오늘은 무슨 일 이 일어난 겁니까?" 그는 나와 함께 우리 바닥에 깔린 짚을 헤치고 걸어 가면서 어리둥절한 표정을 지었다.

나는 경련을 일으킨 뒤 조용히 누워 있는 암퇘지 한 마리를 골라서 녀석의 어깨를 밀기 시작했다.

"돼지들은 온종일 물을 마시지 못했어요. 오늘 일어난 일은 바로 그거예요. 물을 마시지 않으면 뇌 속에 소금이 더 많이 농축됩니다. 그러면 발작이 일어나죠. 밀어요. 어서요! 저 여물통까지 이 녀석을 데려가야 합니다. 지금은 여물통에 물이 충분히 들어 있으니까요."

라이어넬은 내가 헛소리를 하고 있다고 생각하는 눈치였지만, 나를 도와서 암돼지를 일으켜 세웠다. 녀석이 우리 한쪽 벽에 있는 기다란 금속 여물통으로 비틀거리며 걸어가는 동안 우리는 양쪽에서 녀석이 쓰러지지 않게 받쳐주었다. 암돼지는 물을 몇 모금 마시고 다시 쓰러졌다.

라이어넬은 헐떡거리며 숨을 몇 번 몰아쉬었다.

"물을 별로 마시지 않는데요."

"예, 그건 좋은 겁니다. 물을 너무 많이 마시면 상태가 더 악화돼요. 이젠 다른 녀석을 데려와서 물을 먹여봅시다. 이 녀석은 아주 조용히 누워 있군요."

"상태가 더 나빠진다고?" 그는 나를 도와서 돼지를 일으켜 세우기 시작했다, "어떻게 그런 일이?"

"걱정 마세요. 그냥 그런 겁니다." 나도 모른다고, 지금까지 소금 중독에 걸린 돼지는 본 적도 없고, 그저 교과서에 나온 대로 하고 있을 뿐이라고, 그렇게 말할 수는 없었다.

두 번째 돼지를 여물통 쪽으로 밀어내면서 그는 신음 소리를 냈다.

"아이고, 이건 정말 우스꽝스러운 짓이네요. 이런 일은 지금까지 한 번도 본 적이 없어요."

나도 마찬가지라고 속으로 생각했다. 나는 다만 대학에서 배운 것이 사실이기만 바랄 뿐이었다.

우리는 쓰러진 돼지를 여물통으로 데려가거나 움직이지 못하는 돼지한 테는 조심스럽게 물을 먹이면서 한 시간을 바쁘게 보냈다. 우리는 고무 장화의 앞부리를 돼지의 입 안에 밀어 넣고 장화의 정강이 부분을 따라 물을 흘려 넣는 방법으로 물을 먹였다. 유리병으로 먹이면, 돼지는 유리 병의 목 부분을 우적우적 깨물어버릴 터였다.

나는 가장 강력한 경련을 일으킨 돼지들한테는 경련을 억제하기 위해 진정제를 주사했다.

일을 다 끝내자 나는 돼지우리를 둘러보았다. 모든 돼지들이 어느 정도 물을 마시고 나서, 여물통에 쉽게 갈 수 있는 범위 안에 누워 있었다. 내 가 바라보고 있을 때 돼지 몇 마리가 일어나서 물을 몇 모금 더 마시고는 다시 드러누웠다. 내가 바란 게 바로 그거였다.

"우리가 할 수 있는 일은 이제 없습니다." 나는 지친 얼굴로 말했다.

그는 어깨를 으쓱했다.

"알겠습니다. 그럼 집에 들어가서 차나 한잔하시죠."

그를 따라 집으로 가면서 나는 그의 어깨가 축 늘어진 것을 보고 그가 희망을 잃은 것을 알 수 있었다. 그는 패배자의 모습이었지만 그를 탓할 수는 없었다. 내 말과 행동이 그에게는 미친 짓으로 여겨졌을 게 분명하 다. 사실은 나 자신한테도 그렇게 느껴졌다.

이튿날 아침 7시에 침대 옆 전화가 울렸을 때 나는 눈을 반쯤 감은 채 전화기로 손을 뻗었다. 여느 때처럼 암소가 송아지를 낳거나 젖소가 유 열에 걸렸다는 전화일 거라고 생각했는데, 전화를 걸어온 사람은 라이어 넬이었다.

"지금 일하러 나가는 참인데, 선생도 돼지들에 대해 알고 싶으실 거라고 생각했지요."

나는 잠이 확 달아났다.

"예, 물론입니다. 돼지들은 어떻습니까?"

"아주 좋습니다."

"아주 좋다는 게 무슨 뜻이죠? 모두 살아 있습니까?"

"예, 한 마리도 빠짐없이 모두 살아 있어요."

"어떤 식으로든 아프진 않습니까?"

"아니, 아닙니다. 모두 어제 아침과 마찬가지로 아침밥을 달라고 꽥꽥 소리를 지르고 야단이에요."

나는 여전히 전화기를 움켜쥔 채 베개에 몸을 기댔다. 내 안도의 한숨 소리가 그쪽에도 들린 게 분명하다. 라이어넬이 킬킬 웃었기 때문이다.

"나도 꼭 그런 기분입니다, 헤리엇 선생. 이건 기적이에요. 어제 소금이 어쩌고저쩌고 했을 때는 머리가 이상해진 줄 알았어요. 하지만 선생이 옳았어요. 중대한 손실을 모면한다는 이야기 말이에요. 선생은 정말로 내가 중대한 손실을 면하게 해주었잖습니까?"

나는 소리 내어 웃었다.

"그런 것 같군요, 여러 가지 면에서."

40년 넘게 수의사로 일하는 동안 내가 본 소금 중독이나 탈수증 같은 것은 여섯 번 정도밖에 안 된다. 그것이 그렇게 흔하다고는 생각지 않는다. 하지만 라이어넬의 돼지우리에서 벌어진 사건은 내 마음속에 가장 조마조마하면서도 가장 행복한 기억으로 남아 있다.

나는 이 예기치 않은 승리 때문에 라이어넬이 도로공사 인부를 그만두고 영원히 돼지치기로 정착할 줄 알았지만, 이번에도 내 예상은 빗나갔다. 내가 그의 돈사로 다시 왕진을 간 것은 그로부터 몇 주 뒤였는데, 내가 막 떠나려고 할 때 한 젊은이가 자전거를 타고 다가왔다.

라이어넬이 그를 나에게 소개했다.

"헤리엇 선생, 이쪽은 빌리 포더길입니다."

나는 미소를 짓고 있는 스물두어 살쯤 된 젊은이와 악수를 했다.

"빌리는 내달에 내 돈사를 인수할 계획이에요."

"뭐라고요?"

"나는 돼지들을 빌리한테 팔았고, 빌리는 내게서 돈사 건물을 빌릴 겁니다. 사실 빌리는 지금 돈사 일을 도맡아 하고 있지요."

"아니, 놀랐습니다. 당신이 하고 싶었던 일이라, 계속할 줄 알았는데……."

그는 야릇한 표정으로 나를 바라보았다.

"한때는 그럴 작정이었죠. 하지만 그 소금 소동은 정말이지 나한테 충격을 주었어요. 파산하는 줄 알았고, 이 나이에 파산한다는 건 생각만 해도 끔찍한 일이죠. 빌리는 3년 동안 토머스 로우 경네 농장에서 돼지를 돌봤고, 얼마 전에 결혼도 했어요. 그래서 자기 사업을 하고 싶어 하는 것 같습니다."

나는 젊은이를 바라보았다. 키는 크지 않지만 둥근 머리와 근육이 발달한 어깨와 약간 굽은 다리는 아주 힘센 사내라는 인상을 주었다. 벽돌벽도 뚫고 나갈 수 있을 것처럼 보였다.

"나는 그게 최선이라는 걸 알고 있어요," 라이어넬이 말을 이었다. "저돼지우리는 괜찮았지만 나한테는 좀 벅찼어요. 늘 어떤 걱정이 내 마음을 짓눌렀죠. 빌리는 나보다 잘 해낼 거예요."

나는 다시 빌리의 땅딸막한 체격과 갈색 피부, 티없이 맑은 눈과 자신만만한 미소를 바라보았다.

"아, 예, 잘 해낼 겁니다."

라이어넬과 함께 내 차로 걸어가면서 나는 그의 팔꿈치를 톡 건드렸다.

"라이어넬 씨, 가축이 그리워지지 않을까요? 그건 중요한 취미였잖아요?"

"맞습니다. 전에도 그랬고 지금도 마찬가지예요. 가축을 돌보지 않고는 살아갈 수가 없어요. 그래서 다시 축사를 채웠습니다. 한번 가서 보세요."

우리는 축사로 걸어가서 문을 열었다. 마치 시계를 뒤로 돌려놓은 것 같았다. 암소 한 마리, 송아지 세 마리, 염소 두 마리, 돼지 두 마리, 여러 종류의 닭들이 다양한 칸막이로 구획된 우리 안에 들어가 있었다. 침대틀과 철망이 눈에 띄었다. 철망의 네 모서리에는 노끈 고리가 매달려 있었다. 유일한 차이점은 식탁이 문 바로 안쪽으로 옮겨졌고 그랜드피아노 뚜껑이 암소 옆에 자랑스럽게 세워져 있다는 것뿐이었다.

그는 여러 동물을 가리키면서 각 동물의 짧은 내력을 말해주었다. 이야기하는 동안 그의 얼굴에는 한동안 보지 못했던 만족감이 떠올라 있었다.

"돼지는 두 마리뿐이네요?" 내가 말했다.

그는 천천히 고개를 끄덕였다.

"그거면 충분해요."

나는 그를 거기 남겨두고 자동차로 갔다. 그리고 차 문을 열면서 목초지를 돌아보았다. 이 각도에서는 번쩍거리는 새 돈사는 보이지 않았고 돌로 지은 오두막만 보일 뿐이었다. 집을 보호하듯 에워싸고 있는 나무들과 가까이에 있는 낡은 축사도 보였다. 라이어넬은 뒤집힌 식탁에 기대서 있었다. 그가 돌봐야 하는 잡다한 동물들을 바라보는 동안 그의 파이프에서 피어오른 담배연기가 배경막 같은 언덕을 배경으로 높이 올라갔다. 이 모든 광경이 딱 적당해 보였다. 나는 속으로 혼자 미소를 지었다.

그것이 라이어넬식 목축이었다.

20

세월을 훌쩍 건너뛴 이야기를 하자. 때는 1963년이었다. 존 크룩스 (1951~54년에 헤리엇의 동물병원에서 조수로 일했다)가 나를 찾아왔다. 그는 의자에 등을 기대고 껄껄 웃었다.

"선배님의 러시아 여행을 자주 생각하는데, 솔직히 말해서 선배님은 별로 즐거운 시간을 보낸 것 같지 않아요. 강풍을 만나고, 감옥에 갇힐 뻔하고, 개한테 물어뜯길 뻔까지 했으니, 내가 생각하는 즐거운 여행과는 거리가 먼 여행이었죠. 나도 실은 선배님을 러시아에 보낸 것에 대해 약간 죄책감을 느끼고 있어요."(1961년 8~10월에 헤리엇은 존 크룩스의 주선으로 양 떼를 배에 싣고 러시아[소련]에 다녀왔다.)

"그런 생각 말게. 나는 그 여행이 즐거웠어. 무엇을 준다 해도 그 기회를 놓치지 않았을 거야."

그는 등받이에 기댔던 몸을 일으켜 똑바로 앉았다.

"줄곧 생각하고 있었어요. 그런 일을 겪었으니 선배님도 이제는 약간의 사치와 휴양을 즐길 자격이 있다고 말예요. 그런데 마침 선배님한테 딱 맞는 일거리가 들어왔지 뭡니까."

"그게 뭔데?"

그는 내 쪽으로 가깝게 몸을 기울이고는 열띤 눈으로 나를 바라보았다.

타고난 열의와 설득력은 그를 수의업계의 정상으로 밀어 올렸고, 대다수 사람들과 마찬가지로 나도 쉽게 그의 마력에 빠져들었다.

"지난봄에 저지종 암소를 데리고 이스탄불까지 멋진 항해를 했어요. 선배님은 어떻게 생각하세요? 선배님도 그러고 싶지 않으세요?"

"이스탄불?" 내 마음은 당장 신비로운 동방에 대한 흥미로 가득 찼다. 모스크, 첨탑, 푸른 하늘, 잔잔한 바다, 이국적인 향수, 셰에라자드……

"그래요, 그건 정말 잊지 못할 여행이었죠. 우리는 헐(요크셔 동해안에 있는 항구도시)에서 저지(프랑스 노르망디 반도 서쪽에 있는 영국령 섬. 저지종 젖소의 생산지로 유명하다)까지 배를 타고 가서, 거기서 소떼를 싣고 곧장 지브롤터로 갔지요. 그다음은 그냥 아름다운 지중해 크루즈였어요. 암소들은 한 놈도 병에 걸리지 않았고, 내가 한 일은 그저 맛있는 음식을 먹고, 갑판에서 일광욕을 즐기고, 쾌적한 선실에서 잠을 잔 것뿐이죠. 바다는 잔물결도 일지 않을 만큼 잔잔했고, 언제나 태양이 빛나고, 나는 그때까지 꿈만 꾸었던 곳들을 보았지요. 그리스의 섬들, 아시아 해안, 그리고 이스탄불."

"매력적인 도시라고들 하더군."

"정말 그래요. 선배님도 눈으로 직접 봐야 해요. 말로는 설명할 수가 없어요. 그건 마법이라니까요."

"구경하고 다닐 시간이 있었나?"

"물론이죠. 여행은 17일 걸렸는데, 나는 꼬박 이틀 동안 탐험을 다녔어요. 소떼는 도착하자마자 배에서 내려졌고, 그 후로는 완전히 자유 시간이었죠. 수출회사에서는 숙소로 별 다섯 개짜리 호텔까지 잡아주었다고요. 호화로운 객실에 미식가를 위한 최고급 요리—정말 굉장했다니까요. 술탄처럼 산다는 건 바로 그런 걸 겁니다."

"그런데 그 대가로 수고비는 받았나?"

"그럼요. 그러니까 선배님도 수고비를 받게 될 거예요."

"그럼 정말로 내가 가도 된다는 거지?"

"그렇다니까요." 존은 미소를 지었다. "8월에 또 저지종 암소들이 거기로 갈 예정이니까, 내가 선배님 이름을 명단에 올려둘게요."

나는 두 손을 맞비볐다.

"믿기 어려울 만큼 굉장한 일이지만, 자넨 어때? 또 가고 싶지 않나?"

"여행을 가면 좋겠지만, 너무 자주 병원을 비울 수는 없거든요. 선배님이 안 가면 내 친구들 가운데 누군가를 보내야 할 거예요."

그것은 또 다른 모험의 시작이었다. 그 후 몇 주 동안, 차를 몰고 왕진을 다니면 빠른 속도로 차창을 지나는 초록빛 언덕과 고사리 무성한 비탈은 나를 도취시키는 내 상상 속의 풍경들과 뒤섞였다. 새로운 곳은 항상 나를 매혹시켰고, 내 몸속에는 뱃사람의 피가 흐르고 있는 것 같았다. 지난번 클라이페다(리투아니아 서부, 발트해 동쪽 연안에 있는 도시)로 항해할 때 내 피를 끓게 했던 드넓은 바다의 소금기 섞인 냄새를 아직도 맡을 수 있었다. 그런데 이번에 내 가슴을 두근거리게 하는 것은 찬란한 햇빛과 잔잔한 바다, 항해 끝에 기다리고 있는 세계에서 가장 흥미진진한 도시였다.

존이 약속했듯이 8월 초에 수출회사의 대리인인 코스틴 씨한테서 전화가 걸려왔다.

"8월 8일 목요일 두 시에 우리 사무실로 와주셨으면 하는데요. 그러면 선생님을 개트윅(런던 남쪽에 있는 국제공항)으로 모시고 가겠습니다."

"개트윅요?"

"예. 비행기는 저녁 여덟 시쯤 출발합니다."

"비행기요? 배로 가는 줄 알았는데……."

이 말에 코스틴 씨는 한참동안 웃어댔다.

"아닙니다. 왜 그런 생각을 하셨죠?"

"존 크룩스가 그러던데요."

"아, 예, 맞습니다. 존은 배를 타고 갔었지요. 그래서 다음 여행도 그럴 거라고 생각했나 보군요. 하지만 선생님은 비행기 여행을 즐기게 됩니다. 비행기를 이용하면 일도 빨리 끝나니까, 나흘도 안 걸릴 거예요."

나는 일이 빨리 끝나는 것을 바라지 않았다. 느긋한 17일간의 여행을 기대하고 있었다. 하지만 괜찮아. 비행기 여행도 재미있을 수 있어.

"알겠습니다. 그날 뵙겠습니다."

떠나기 전날 밤에 나는 러시아에 갈 때 가져갔던 서류가방을 다시 채웠다. 항생제, 칼슘, 스테로이드, 붕대와 봉합 재료. 이 서류가방에 넣은 것들을 아무것도 쓸 필요가 없다면 얼마나 좋을까 하고 생각했다. 특히 구석에 박혀 있는 안락사용 약물은 정말 쓰고 싶지 않았다.

1963년 8월 8일—

런던행 기차를 타고 가면서 내 의욕은 점점 불타올랐다. 항해를 못하게 된 것은 유감이었고, 그렇게 짧은 여행에서는 날마다 일기를 쓸 필요가 없으리라는 것도 유감이었다. 일기는 나중에 써야 할 것이다. 하지만 나는 사실 비행을 좋아했다. 그리고 동물들의 반응을 관찰하는 것도 흥미로울 것이다. 클라이페다로 항해할 때는 배에 탄 동물들의 행동에 대해 많은 것을 배웠는데, 이제는 공중으로 올라갔을 때 암소들의 반응을 관찰할 기회를 얻었다. 어떤 수의사가 경주마들을 비행기에 싣고 미국으로 가게 되었는데 한 마리가 난폭해져서 이리저리 날뛰다가 비행기 옆면을 발로 차서 구멍을 냈다는 이야기를 생각해내고 나는 희미한 불안을 느꼈다. 하지만 나는 마음을 어지럽히는 그 상상을 떨쳐버렸다. 저지종 암소는 절대로 그런 짓을 하지 않을 것이다.

또 한 가지 즐거운 생각은 내가 카메라를 가져가서 모험에 대한 기록을 집으로 가져올 수 있게 되었다는 것이다.

코스틴 씨는 유쾌하고 상냥했다. 우리는 개트윅행 기차를 탔고, 비행장에서 수백 미터 떨어진 곳에 서 있는 우리 비행기를 처음으로 보았다. 비행기는 아주 멋져 보였다. 붉은색과 흰색과 은회색 페인트가 햇빛을 받아 반짝거렸다.

"우와, 정말 큰데요!" 내가 말했다.

코스틴 씨는 고개를 끄덕였다.

"예, '글로브매스터'라는 기종입니다. 그리고 내가 아는 한 현재로서는 세계에서 가장 큰 비행기지요."

그의 말이 맞는지 어떤지는 모르지만 쉽게 믿을 수 있었다. 우리가 다가갈수록 비행기가 점점 커지는 것 같았기 때문이다. 하지만 가까이에서 보니 페인트는 칙칙했고, 거대한 기체가 전반적으로 낡아 보였기 때문에 멋지다는 느낌은 줄어들었다. 고무 타이어는 닳아서 반들거렸고, 군데군데 문드러진 곳이 보였다. 그런 타이어가 달린 자동차를 타고 나갔다가는 벌금을 물기 십상일 것이다.

비행기에는 네 개의 프로펠러가 장착되어 있고, 한쪽 옆면에 '헤라클레스'라는 이름이 붉은 글씨로 큼지막하게 쓰여 있었다.

나는 계단을 올라가 객실로 들어갔다. 비행기가 낡았고 오랫동안 고된 생활을 했다는 인상은 여기서 더욱 강해졌다. 검은색 페인트는 조종석의 계기판과 조종간에서 거의 지워진 상태였고, 페인트 밑에서 드러난 금속이 은은하게 빛났다. 좌석은 충전재가 부풀어 올라 그 윤곽이 가죽 커버에 또렷이 드러나 있었다. 커튼을 옆으로 젖히자 가장 원시적인 형태의 변기가 드러났다. 이것은 정말로 낡은 항공기였다.

나는 꼬리까지 뻗어 있는 거대한 빈 공간을 놀란 눈으로 돌아보았다. 바로 그때 코스틴 씨가 계단에서 머리를 내밀었다.

"굉장하죠? 전쟁 때 병력과 물자를 실어 나르는 수송기로 쓰인 비행기예요."

나는 말없이 고개를 끄덕였다. 그것은 아주 옛날 일이었다.

우리는 함께 공항 터미널로 돌아가서 소떼가 도착하기를 기다리는 동안 차와 샌드위치를 먹었다. 그 자리에서 듣고 알았는데, 우리는 순종 암소와 어린 암소 40마리를 데려갈 예정이었다. 시간이 흘러서 6시 반이 되자, 비행기가 8시에 출발하는데 그때까지 어떻게 소들을 태울 것인지 걱정스러워졌다.

마침내 가축 운반용 화물차가 덜컹거리며 비행장으로 들어왔다. 우리는 서둘러 소떼를 맞으러 갔다. 저지 섬에서 온 농부 둘이 함께 갈 예정이라는 것을 알고 나는 기쁨과 안도감을 느꼈다. 하역이 시작되기 전에 나는 두 농부에게 소개되었다. 그들은 점잔을 빼면서 천천히 말했다. 그 느린 말투는 요크셔의 내 고객들과는 전혀 달랐다. 노엘은 30대 초반쯤 되어 보였고, 미소 짓는 얼굴은 영리하고 창의적인 분위기를 풍기고 있었다. 그보다 열 살쯤 많아 보이는 조지는 노엘처럼 붙임성 있고 싹싹했지만, 실제로는 빈틈없고 실제적인 사람으로 여겨졌다.

그들이 각자 맡은 일을 잘 알고 있다는 사실을 내가 깨닫는 데에는 그리 오랜 시간이 걸리지 않았다. 승무원인 카를이라는 이름의 작달막한 덴마크 사람이 양옆에 튜브 모양의 금속 난간이 달려 있는 전동식 화물용 승강기를 조작하자 비행기 아래쪽에서 승강기가 내려왔다. 그러자 조지와 노엘은 소들을 이끌고 경사로를 올라가 승강기에 태웠다. 이윽고 승강기가 소들로 가득 채워질 때까지 그들은 그 작업을 되풀이했다.

동굴 같은 비행기 속으로 올라가자 그들은 앞쪽을 향해 여섯 마리씩 소들을 늘어세우고, 줄 사이사이에 금속 튜브를 끼워서 고정시켰다.

그들은 훌륭한 목부였다. 소리를 지르지도 않았고, 막대기를 휘두르지도 않았고, 계속 부드럽게 소의 옆구리를 찌르거나 낮은 목소리로 격려의 말을 속삭일 뿐이었다. 그리고 그들이 다루고 있는 소들은 더할 나위 없이 이상적인 상대였다. 나는 모든 소가 저지종이었으면 좋겠다고 자주 말하곤 했지만, 그날도 새삼 그렇게 느꼈다.

나는 지금까지 그보다 더 아름다운 소떼를 본 적이 없는 것 같다. 녀석들은 대부분 새끼를 낳지 않은 어린 암소였고, 새끼를 낳아본 적이 있는 젊은 암소가 몇 마리 섞여 있었다. 비행기 안에 자리를 잡자 부드럽게 빛나는 눈으로 흥미롭게 우리를 바라보는 녀석들은 모두 뼈대가 훌륭하고 우아했다.

런던의 저녁은 안개가 짙고 후텁지근했다. 조지와 노엘은 힘들게 일했기 때문에 땀이 얼굴을 타고 줄줄 흘러내렸다. 하지만 내 요크셔 친구들처럼 그들은 중노동을 당연하게 여기는 것 같았다. 소매를 높이 걷어 올려 햇볕에 탄 팔을 드러낸 채 쉬지도 않고 작업을 계속했다.

소를 절반 넘게 태웠을 때 주요 승무원들이 도착했다. 버치 기장은 비쩍 말랐지만 육척이 넘는 큰 키로 나를 내려다보면서 악수를 했고, 백발이 섞인 턱수염 위의 거무스름한 얼굴은 권위를 발산하고 있었다. 그는 만만찮은 존재감을 지닌 남자였다.

부조종사 겸 항법사인 에드와 엔지니어인 데이브는 20대 청년이었고, 가방을 기내로 들어 올리면서 쾌활하게 웃었다. 영국인 기장은 짙은색 제복을 입고 있었지만, 미국인인 두 젊은이의 옷차림은 내 흥미를 자아냈다. 그들은 헐렁한 흰색 상의와 가벼운 옷감으로 지은 바지를 입고 있었는데, 삐딱하게 쓴 챙모자와 함께 태평한 인상을 주었다.

내가 예상했듯이 8시에 이륙할 가능성은 전혀 없었다. 마지막 암소가 비행기에 실려 안전하게 고정되었을 때는 11시가 가까워져 있었다. 40마리의 소가 깔짚 속에 발을 묻고 각자 건초를 한 아름씩 앞에 두고 참을성 있게 줄지어 서 있는 광경은 볼만했다. 길게 뻗은 소들의 잔등은 비행기의 실내등 밑에서 금빛에 가까운 황갈색의 잔물결을 이루었다. 한 가지 장애는 소들로 가득 찬 기내의 열기가 압도적이었다는 것이다. 나는 비행기가 하늘로 올라가면 환기장치가 작동하기를 기도했다.

코스틴 씨는 떠날 준비를 했다. 그는 금전적인 문제를 교섭하는 데 오랜 시간을 보냈고, 운송료에 대해 기장과 입씨름을 벌였다. 나는 기장이 이 비행기를 개인적으로 소유하고 있거나 아니면 비행기를 소유하고 있는 회사의 사장일 거라고 추측했다. 그들은 마침내 합의에 도달했고, 코스틴 씨는 나와 악수를 나누었다.

"잘 다녀오십시오, 헤리엇 씨." 그가 말했다. "로마에서 급유를 하고 이스탄불에는 내일 아침에 도착할 겁니다. 그 도시가 마음에 드실 거예요.

그럼 안녕히 가세요."

무거운 짐을 실은 이 거대한 비행기가 민둥민둥하게 닳아버린 타이어로 어딘가에 착륙할 생각을 하자 나는 잠깐 불안해졌다. 하지만 그 걱정을 마음에서 몰아내고 조지와 노엘과 함께 낡아빠진 시트에 앉았다.

우리는 무슨 일인가가 일어나기를 기다렸고 또 기다렸지만, 조종실에서는 영원히 끝나지 않을 것처럼 여겨지는 토론이 벌어지고 있었다. 비행기에 탄 사람들은 분명히 두 부류—비행기 승무원과 농부들—로 나뉘어 있었고, 기다리는 동안 우리 세 사람이 관심을 받은 것은 기장이 날카로운 눈으로 우리를 바라보면서 엄격하게 경고했을 때뿐이었다.

"당신들이 이 소들을 돌봐야 합니다. 아시겠죠? 이 소들은 아주 귀중하고 내 책임입니다. 잠시도 눈을 떼지 마세요."

"물론이지요. 그게 바로 우리가 이 비행기에 탄 이유니까요." 나는 자신만만하게 말했지만, 이 괴물 같은 비행기가 요란한 소리를 내며 하늘로 올라갈 때 소들이 어떻게 반응할지는 짐작도 가지 않았다. 소들이 마구 날뛰다가 다리라도 부러지면 내가 할 수 있는 일은 안락사를 시키는 것 말고는 별로 많지 않았지만, 소를 안락사시키는 것을 기장이 좋아하리라고는 생각되지 않았다.

두 농부와 나는 오래 기다리는 동안 조명이 희미한 객실에서 대화를 나누었다. 그들은 자신들이 키우는 가축의 여러 가지 문제에 대해 이야기했고, 나는 요크셔의 수의사 생활을 이야기했다. 이윽고 자정이 넘어서야 비행기 엔진이 콜록거리며 살아나기 시작했기 때문에 우리는 마음을 놓았다. 실제로 우리는 활주로 끝으로 이동하기 시작했다.

내가 오랫동안 기다리고 있던 순간이었다. 비행기 바퀴가 구르기 시작하자 나는 자리에서 몸을 돌려 마흔 개의 매끄러운 잔등을 바라보았다. 엔진이 굉음을 내고 비행기가 활주로를 달려가자 거대한 기체가 부르르 떨고 삐걱거리며 진동했다. 이어서 바퀴가 활주로에서 떠오르고 기체가 점점 위로 올라가는 것이 감각으로 느껴졌다.

그런데 소들은 차분하고 조용하게 나를 바라보면서 좌우로 천천히 몸을 흔들고 있을 뿐이었다. 밤하늘로 올라가는 동안, 아랑곳하지 않고 앞에 놓인 여물을 우적우적 씹어먹는 녀석까지 있었다.

다행히 비행은 소들에게 제2의 천성인 것 같았다. 행복하게 긴장을 풀고 있던 나는 객실 쪽에서 소동이 일어난 것을 알아차렸다. 거대한 바퀴가 제대로 올라오지 않아서, 카를과 데이브와 에드가 온힘을 다하여 바퀴에 부착된 고리를 당겨 바퀴를 끌어올리고 있었다. 몇 분 동안 노력을 쏟은 끝에 바퀴가 덜컹 소리와 함께 올라왔고, 승무원들도 자기 자리로 돌아갔다. 그들은 그게 통상적인 절차라도 되는 것처럼·침착하게 그 일을 해냈다. 바퀴 말고 이 비행기에서 제대로 작동하지 않는 게 얼마나 많을지 궁금했다.

그래도 한 가지는 다행스러웠다. 더위에 대한 걱정은 괜한 것이었다. 하늘로 높이 올라갈수록 기온이 꾸준히 내려갔기 때문이다.

노엘과 조지와 나에게는 긴 하루였다. 우리는 그날 아침 일찍 집을 떠났기 때문에, 이제 어두컴컴한 기내에서 불편한 자리에 앉아 이따금 소들을 힐끔거리며 꾸벅꾸벅 졸았다. 두어 시간 뒤에 나는 흠칫 놀라 잠에서 깨어났다. 우리는 착륙 태세에 들어가 비행장의 불빛 위에서 빠른 속도로 하강하고 있었다. 바퀴가 쿵 소리와 함께 활주로에 부딪히고 덜컹거리며 달려가자 나는 다시 소들을 바라보았다. 하지만 녀석들은 그 모든 것을 전처럼 차분하게 받아들였다.

비행기가 멈추자 나는 창밖을 내다보았다. 환하게 밝혀진 표지판이 보였다. 거기에는 뮌헨이라고 쓰여 있었다.

"급유를 할 겁니다." 카를이 중얼거렸다. 코스틴 씨는 로마에서 급유할 거라고 말했는데, 이곳은 뮌헨이었다. 존 크룩스가 처음 시나리오를 쓴 이후 지금까지 이 여행에서 예상대로 된 것은 아무것도 없었다는 생각이 되살아나 나를 괴롭혔다.

어쨌든 우리는 그 끔찍한 타이어로 무사히 착륙했고, 또다시 카를과 데이브가 온힘을 다해 바퀴를 제자리로 끌어올려야 했지만, 이륙도 무사히 끝냈다.

오전 5시가 되자 두 농부와 나는 완전히 기진맥진했고, 비좁은 좌석에 갇힌 채 쥐가 난 사지를 펴고 싶어 죽을 지경이었다. 마침내 조지가 우리에게 따라오라는 손짓을 했다. 우리는 소들 옆을 더듬거리며 지나서 건초더미가 쌓여 있는 비행기 꼬리까지 갔다. 그는 팔다리를 쭉 펴고 그 위에 드러누웠고, 노엘과 나도 그를 본받았다.

이것도 쾌적한 선실의 편안한 침대에서 잠을 잔 존 크룩스의 지중해 여행과는 달랐지만, 나에게는 여기가 천국이었다. 나는 눈을 감고 꿈나라로 떠났다. 기장은 우리에게 임무를 충실히 수행하라고 엄명했지만, 나는 도저히 더 이상 눈을 뜨고 있을 수가 없었다. 그리고 나는 유고슬라비아의 수천 피트 상공 어딘가의 어두운 하늘에 떠 있었지만, 냄새와 소리가 대러비와 비슷했기 때문에 마음으로는 그곳으로 돌아갔을지도 모른다. 건초 냄새, 달콤한 가축 냄새, 수많은 소들이 낮게 투덜거리는 소리, 기침 소리와 건초를 우적우적 씹는 소리. 이것들은 나에게 익숙한 것이었고, 몇 분도 지나기 전에 나를 잠재웠다.

내가 다시 눈을 떴을 때는 눈부신 햇빛이 기내로 흘러들고 있었다. 나는 손목시계를 보았다. 일곱 시였다. 두 농부는 건초더미 속에 꼼짝도 않고 누워 있었다. 나는 일어나서 약간 불안한 마음으로 소들을 둘러보았다. 걱정할 필요는 없었다. 소들은 저지 섬의 외양간에 있는 것처럼 만족스러워 보였다. 짚단 위에 엎드려 있는 소들도 있고, 선 채로 되새김질하고 있는 소들도 있었다. 평화로운 광경이었다.

하지만 객실과 조종실은 평화롭지 않았다. 실제로 소들 너머로 비행기 앞쪽을 바라본 나는 격렬한 활동의 증거를 볼 수 있었다. 승무원들은 이리저리 뛰어다니고 있었고, 오른쪽 창문으로 밖을 내다보며 나에게는 보이지 않는 조종장치를 조작하고 있었다.

나는 금속 튜브 옆을 지나 객실로 가서 무슨 일인지 직접 확인했다.

우현의 안쪽 엔진이 꺼졌고, 네 개의 프로펠러 날이 멈춰 있었다. 엔진 내부에서 기름이 뿜어져 나와 흠잡을 데 없이 푸른 하늘에 소용돌이를 그리고, 검은 덩굴손 모양으로 날개 위를 흐르거나 유리창에 튀었다. 아무도 나한테 굳이 아침인사를 하지 않았다. 공황 상태는 아니었지만 모두 당황하고 있는 것은 분명했다.

내가 살펴보니, 기름이 새는 것보다 더 급박한 문제가 있었다. 불꽃이 엔진커버 주위에서 너울거리고, 불길이 날개 쪽으로 긴 혀를 날름거리고 있었다. 내가 이 사태의 의미를 파악하자마자 불길이 사라졌다. 불을 끄려고 애쓴 승무원들의 노력이 성공한 게 분명했다.

조종실에서는 전반적으로 긴장이 풀렸고, 서로 힘없는 미소를 주고받았다.

누군가가 내 귀에 속삭이는 소리가 들렸다. "이건 빌어먹을 비행기예요." 내가 서 있는 창가에 조지가 다가와서 흉터가 남은 채 멈춰버린 엔진을 믿을 수 없다는 눈으로 내다보고 있었다. 조지 뒤에서는 노엘이 놀란 듯 눈을 크게 뜨고 있었지만 아무 말도 하지 않았다.

우리는 세 개의 엔진으로 구름 한 점 없는 하늘을 계속 날았고, 밑에는 청록색 바다가 반짝거리고 있었다. 우리는 곧 고도를 잃기 시작했고, 나는 둥근지붕과 첨탑이 많은 대도시를 내려다보았다. 이것은 정말로 빌어먹을 비행기였지만, 어쨌든 우리를 이스탄불까지 데려다주었다.

21

1963년 8월 9일—

우리가 무사히 착륙하여 활주로를 달리다가 멈춰 서자 모두 재잘재 잘 지껄이고 기분이 밝아졌다. 나는 일행과 함께 비행기에서 내려 주위 를 둘러보았다. 우리는 콘크리트로 포장된 넓은 비행장에 서 있었다. 가 까이에 격납고가 있었다. 반대쪽에는 잡초 우거진 풀밭이 바다까지 길게 이어져 있었고, 그 모든 것 위에 아름답지만 뜨거운 햇빛이 기운을 북돋 워주듯 홍수처럼 쏟아져 내리고 있었다. 공항 건물은 400미터쯤 떨어져 있었고, 그 너머에 어른거리는 아지랑이 속에서 도시의 고층건물들을 알 아볼 수 있었다. 정각 8시였다. 소들을 내리고 나면 온종일 이스탄불을 탐험할 수 있을 것이다. 그 생각을 하자 나는 흥분으로 가슴이 설레었다.

두 농부는 곧 행동에 나설 채비를 하여, 재킷을 벗고 소매를 걷어 올렸 다. 노엘은 하룻밤 내내 움직이지 못해서 굳어버린 근육을 풀기 위해 관 절을 폈다 구부리며 나를 보고 싱긋 웃었다.

"그런데 트럭은 어디 있지?" 그가 물었다.

정말 트럭은 어디 있지? 트럭은 우리의 도착을 기다리고 있어야 했다. 하지만 비행장을 아무리 둘러보아도 소를 싣고 갈 트럭이 보이지 않았 다. 카를은 트럭에 대해 물어보려고 공항 건물로 걸어갔다가 낙담한 표정으로 돌아왔다.

"아무도 몰라요. 기다려야 돼요."

그래서 우리는 기다렸다. 태양이 콘크리트 위에 내리쬐고 셔츠 안에서는 땀이 줄줄 흘러내렸다. 한 시간이 넘게 지나서야 겨우 트럭들이 굴러왔다.

바로 그때, 키 큰 기장의 형체가 내 위에 나타났다.

"헤리엇 씨." 근엄한 눈이 나를 내려다보고 있었다. 그는 손가락 하나로 턱수염을 쓸어내렸다. 또다시 나는 사람과 상황을 능수능란하게 통제하는 원숙한 인격을 가진 사람이 주위에 미치는 강력한 힘을 느꼈다. "헤리엇 씨, 내가 해야 할 일이 몇 가지 있습니다. 저 엔진을 수리하는 문제를 처리해야 하고, 호텔 예약을 조정하는 문제도 있고요. 그래서 나는 지금 떠나야 하니까, 여기 일은 헤리엇 씨가 맡아서 처리해주세요."

"알았습니다. 걱정하지 마세요. 소들은 내가 잘 돌보겠습니다."

"좋습니다." 그는 천천히 고개를 끄덕였다. 그런 다음 두 농부에게 근엄한 눈길을 던졌다. "당신들도 마찬가지예요. 마지막 암소가 떠날 때까지는 아무도 자리를 떠나지 말아주세요. 아시겠죠?"

우리는 알았다고 중얼거렸다. 버치 기장한테 이의를 제기할 사람은 그리 많지 않을 것이다. 어쨌든 호텔이라는 말이 나왔기 때문에 나는 존 크룩스가 말한 5성급 호텔의 호화로움이 생각나서 마음속에 불이 켜진 것처럼 기분이 밝아졌다. 나는 계속 사치를 부리는 것에는 마음이 끌리지 않지만, 이따금 약간의 사치를 부리는 것은 좋아한다. 특히 지금이 그랬다. 나는 덥고 땀투성이가 된 데다 몹시 배가 고팠다. 개트윅에서 먹은 샌드위치는 아련한 기억에 불과했고, 목욕과 맛있는 식사는 한가로운 생각이었다. 나는 소들을 되도록 빨리 비행기에서 내리고 싶었다.

농부들이 벌써 어린 암소 몇 마리를 승강기에 태운 걸 보니 그들도 나와 같은 생각인 것 같았다. 작달막한 카를이 레버를 당기자 높고 날카로운 소리가 길게 났지만 아무 일도 일어나지 않았다. 그는 다시 레버를 당겼지만 결과는 마찬가지였다.

"승강기가 안 움직여." 그는 기계장치의 스위치와 그 밖의 부속품을 이것저것 만지작거리기 시작했다. 마침내 그는 반짝거리는 금속을 심술궂게 걷어찼다. 그러고는 어깨를 으쓱하고 우리를 바라보았다. "소용없어요. 전기공을 불러야겠어요."

그는 공항 건물로 느릿느릿 걸어갔고, 뒤에 남은 우리 세 사람은 낙담하여 서로 얼굴만 마주보았다. 날은 시시각각 더워지고 있었다.

10시 반이 되어서야 카를이 하얀 작업복 차림의 남자를 데리고 돌아왔다. 전기공은 승강기를 완전히 분해하기로 작심한 듯했다. 그는 일하는 동안 줄곧 터키어로 중얼거리고 소리를 질렀다. 고장 원인을 찾는 데 시간이 너무 오래 걸렸기 때문에 나는 그가 일을 제대로 알고 있기만 바랄 뿐이었다. 한 시간쯤 뒤에 레버를 당기자, 마침내 승강기가 반응하여 움직이기 시작했다. 하지만 우리는 너무나 많은 시간을 허비해버렸다.

그러는 동안 기계공들이 와서 손상된 엔진을 수리하는 것을 보니 조금은 안심이 되었다. 나는 그들이 자기네 일에 대해 잘 알고 있기를 더욱 간절히 바랐다.

노엘과 조지가 서둘러 소들을 내리기 시작했을 때 터키 수의사들이 소를 검사하기 위해 도착했다. 그들은 더없이 인상적인 집단이었다. 가벼운 양복을 멋지게 차려입은 올리브색 피부의 잘생긴 남자들은 영국의 보통 수의사들보다 훨씬 유복해 보였다. 그들 가운데 영어를 할 줄 아는 사람은 하나뿐이었지만, 그 사람도 거의 억양이 없는 영어를 구사했다.

"아름다운 녀석들이군요, 헤리엇 씨." 첫 번째 소가 경사로를 올라가서 트럭에 타자 그가 중얼거렸다. 다른 수의사들도 소들의 진가를 인정해주었고, 이 분야에서는 영국이 아직도 세계 최고가 될 수 있다는 생각에 나는 뿌듯한 자부심을 느꼈다. 많은 나라들이 자기네 가축의 품종을 개량하기 위해서는 우리 영국의 목초지에서 좋은 혈통의 가축을 찾아야 했다.

수의사들의 우두머리는 그들이 모두 터키 농산부에 소속된 수의사들이고 그들의 임무는 소들의 건강을 검진하고 소들의 귀에 달린 숫자가 정확한지를 확인하는 일이라고 설명했다. 이 말을 하면서 우리는 둘 다 진심으로 웃었다. 터키에서도 영국과 마찬가지로 소들의 귀에 달린 숫자가 세계를 뒤흔들 만큼 중요한 것 같았기 때문이다.

하역 작업은 진력이 날 만큼 느리게 진행되었다. 전기공이 일을 제대로 해내지 못한 탓에 승강기가 걸핏하면 공중에 멈춰 섰기 때문이다. 그때마다 카를은 레버를 잡아당기며 욕을 내뱉었고, 그러면 승강기는 되살아났고 작업은 계속되었다.

다행히 소들을 운반할 트럭들은 격납고 그늘에 세워져 있었다. 태양이 정말로 뜨거웠기 때문이다. 게다가 소들은 물도 마시고 건초도 조금 먹어서 꽤 편안한 상태였다.

하지만 농부들과 나도 같은 상태라고는 말할 수 없었다. 나는 더럽고 땀투성이가 된 데다 면도도 못했고 배가 고팠다. 그런 상태로 기체와 땅 사이를 오르내리며 작업을 감독하고 있었다. 소들과 씨름하고 있는 조지와 노엘이 어떤 기분일지는 짐작도 가지 않았다. 그리고 그동안 저 멀리 보이는 이스탄불은 우리 손이 닿지 않는 곳에서 우리를 애태우고 있었다.

몇 시간이 지나고 태양은 이글이글 타올랐지만 기장이 돌아올 기미는 전혀 보이지 않았다. 그래도 미국 젊은이인 에드와 데이브는 엔진 수리 상황을 점검하려고 자주 나타났다. 이따금 그들은 걸음을 멈추고 나를 상대로 자기네 생활과 일에 대해 말하곤 했다. 이 세상에 근심걱정이라곤 하나 없는 사람들 같았다. 그들은 헐렁한 양복 주머니에 두 손을 찔러 넣고 미소를 지으며 구부정한 걸음걸이로 이리저리 돌아다니곤 했다. 나중에 알았지만, 그 주머니에는 십여 개 나라의 화폐가 가득 들어 있었다. 그들은 낡은 비행기를 타고 새처럼 자유롭게 세계를 돌아다녔다. 날마다 새로운 나라에서 주어진 상황을 그때그때 처리하면서 살아왔다. 아직 청소년이라고 해도 될 만큼 젊은 나이였지만 거의 모든 것을 보았을 게 분명하다. 그들은 지금까지도 진정한 모험가로 내 마음속에 남아 있다.

4시가 다 되어서야 마지막 암소가 트럭에 실렸고, 터키 수의사들도 검사를 끝내가고 있었다. 그때 노엘이 다가왔다. 그의 셔츠는 흠뻑 젖은 넝마처럼 가슴에 찰싹 달라붙어 있었다. 그는 땀이 줄줄 흘러내리는 얼굴을 팔뚝으로 훔쳤다.

"이봐요 짐, 정말이지 내 배는 내 목이 잘린 줄 알아요."

"내 배도 마찬가지요." 나는 대답했다. "정말 굶어 죽을 것 같군요. 개트윅에서 샌드위치를 먹은 지 거의 하루가 지났어요."

"맥주도 천 시시 정도는 한 모금에 해치울 수 있을 것 같은데요." 조지가 끼어들었다. "이런 갈증을 느껴본 게 언제인지 기억도 안 나요."

우리 고생은 아직도 끝나지 않은 것 같았다. 수의사들은 시간을 들여 신중하게 소들을 검진하고 있었지만, 어쨌든 소들의 건강 상태에 불만이 있는 것 같지는 않았다. 그들이 눈으로 본 것에 만족하고 있는 것은 분명했다.

불행히도 이런 상태는 오래가지 않았다. 우리는 비행기의 날개 밑에서 햇빛을 피하고 있었는데, 거기에서 수의사들이 갑자기 조용해진 것을 보았다. 그들은 어떤 암소의 귀를 유심히 들여다보고, 서류 다발을 몇 번이고 되풀이해서 확인하고 있었다. 멀리서도 나는 그들의 긴장감을 느낄 수 있었다. 이어서 협의가 이루어졌고, 저마다 팔을 휘둘렀다.

마침내 수석 수의사가 이쪽을 향해 외쳤다.

"헤리엇 씨, 이리 와주세요!"

나는 농부들과 함께 트럭으로 걸어갔다.

"헤리엇 씨." 그가 말을 이었다. "틀린 번호 하나를 발견했어요." 그의 까무잡잡한 안색이 창백해졌고, 입술은 바르르 떨리고 있었다. 다른 수의사들도 한결같이 심란한 표정이었다.

나는 속으로 신음했다. 상상도 할 수 없는 터무니없는 일이 일어난 것이다.

수의사들 가운데 하나가 등을 꼿꼿이 펴고 단호한 표정을 짓더니 다소 과장된 몸짓으로 팔을 휘둘러 문제의 암소를 가리켰다. 나는 트럭에 올라타고 그 암소의 귀를 살펴보았다. 부착된 번호는 '15'였다. 수의사는 또다시 과장된 몸짓으로 나에게 서류 다발을 건네주었다. 서류에는 소들의 특징과 나이와 번호가 적혀 있었는데, 분명히 15번은 없었다.

나는 희미한 미소를 지었다. 이 일이 내 책임인지 아닌지는 확실치 않았다. 나는 개트윅에서 소를 실을 때 서류에 적혀 있는 숫자를 모두 확인했는데, 그때는 숫자가 모두 일치한다고 생각했다. 내가 무슨 실수를 저지른 것일까? 고국에서 멀리 떨어진 곳에 있다는 현실도 상황을 더욱 악화시켰다.

나는 조지를 돌아보았다.

"당신이 저지에서 목록을 가져왔지요?"

"예." 조지는 싸움이라도 거는 듯한 목소리로 대답했다. "그리고 목록은 정확해요. 내 가방 속에 있습니다."

"빨리 가서 그걸 좀 갖고 오세요. 우리가 이 문제를 해결할 수 있을지 조사해봅시다."

농부는 서두르는 기색도 없이 비행기로 어슬렁어슬렁 걸어가서 안으로 들어갔다가 서류를 들고 돌아왔다.

나는 조마조마한 마음으로 목록을 조사했다.

"여기 있다!" 나는 의기양양하게 말했다. "혈통 번호, 그다음에 15번이라고 적혀 있네요!" 안도의 물결이 내 온몸에 퍼져갔다. 이제 살았다.

터키 수의사가 조지의 목록을 받아들고 다른 수의사들과 의논하기 위해 물러갔다. 오랫동안 그들은 알아들을 수 없는 말로 지껄이고 팔을 휘두른 다음, 만장일치의 결론에 도달한 것 같았다. 모두 단호하게 고개를 끄덕였고 몇 명은 팔짱을 꼈다. 수석 수의사가 긴장한 표정을 지으며 앞으로 나왔다.

"헤리엇 씨, 이제 할 일은 한 가지뿐이라고 우리는 결론지었습니다. 우리가 우리 목록에 따라야 한다는 건 당신도 이해하실 겁니다. 이 소가 우리가 원래 산 소라는 보장이 없으니까, 유감스럽지만 이 소는 도로 데려가셔야 한다고 말씀드릴 수밖에 없군요."

"도로 데려가라고요?" 이것은 폭탄이었다. "하지만 그건 불가능합니다!" 나는 소리쳤다. "이 암소는 그냥 영국에서 온 게 아니라 저지 섬 출신이에요. 당신 말대로 다시 데려가려 해도, 어떻게 해야 할지 나는 그 방법을 모릅니다."

"죄송하지만, 무슨 일이 있어도 우리 결정을 바꿀 수는 없습니다. 잘못된 동물을 받아들일 수는 없으니까요. 어떻게 할지는 당신이 알아서 할 일이지만, 어쨌든 이 암소는 도로 데려가야 합니다."

"하지만 이게 잘못된 동물인지 어떻게 압니까?" 나는 떨리는 목소리로 말했다. "애당초 모든 건 단순한 서류상의 착오일 게 분명합니다. 아마 당신네 사무실에서 직원이 번호를 잘못 기록했겠죠."

그는 허리를 쭉 펴고 꼿꼿이 섰다. 그는 키가 180센티미터가 넘는데다 살집이 좋았기 때문에 그 자세로 나를 노려보면서 한 손을 들어 올리자 아주 인상적으로 보였다.

"헤리엇 씨, 다시 한 번 말하지만 내가 한 말은 취소할 수 없습니다."

"나는…… 나는…… 아시다시피……." 내가 빠르게 말하기 시작했을 때 조지의 손이 내 팔을 잡는 게 느껴졌다. 그는 나를 한쪽으로 살며시 밀어내고 수석 수의사 앞으로 성큼 다가섰다. 그는 두 손을 엉덩이에 대고, 땀이 줄줄 흘러내리는 우락부락한 얼굴을 수석 수의사의 콧수염에 바싹 들이댔다. 그리고 터키 수의사의 오만한 눈길을 피하지 않고 맞받아낸 다음, 입을 열었다.

"나는 저 암소를 도로 데려가지 않겠소." 그는 느릿느릿한 말투로 천천히 말했다. "그건 내 일이고, 나는 저 암소를 데려가지 않을 거요." 부드러운 목소리에 서두르지 않는 말투였지만, 그의 말은 이상하게도 확고부동한 최종 결말 같은 느낌을 주었고, 그 효과는 극적이었다. 수석 수의사의 단호한 태도는 놀랄 만큼 갑자기 무너졌다. 그의 얼굴 전체가 무너지는 듯했다. 그는 애처로울 만큼 호소하는 눈길로 조지를 바라보았다. 그의 입이 벌어졌다. 나는 그가 무슨 말을 할 거라고 생각했지만, 그는 아무 말도 않고 천천히 돌아서서 동료들 곁으로 돌아갔다.

그들은 이따금 어깨를 으쓱거리거나 슬픈 눈으로 조지를 힐끔거리며 속삭이는 소리로 한참 상의한 뒤, 수석 수의사가 트럭을 향해 출발 신호를 보냈다. 전투는 끝났다.

"고마워요, 조지." 내가 말했다. "아까는 다 틀린 줄 알았어요."

우리는 기장의 지시에 따라 소들이 비행장을 다 떠날 때까지 기다렸다. 소들이 앞으로 즐거운 생활을 할 거라고 생각하니 기뻤다. 그 소들은 모두 최고의 혈통을 가진 소를 키우는 일류 농장에 가게 될 것이다. 사실 그 소들은 동물계의 VIP였다.

터키 수의사들이 다가와서 우리에게 친절하게 작별인사를 했을 때도 나는 기뻤다. 나는 그들이 이 일로 하루를 망쳤을지도 모른다는 불편한 기분을 갖고 있었지만, 활짝 웃는 얼굴을 보니 마법같이 원래 상태를 되찾은 것 같았다.

나는 손목시계를 보았다. 5시였다. 우리는 그 찜통 같은 비행장에 무려 아홉 시간이나 있었던 것이다. 사실 터키 시각으로는 오후 7시였기 때문에, 귀중한 하루가 빠르게 지나가고 있었다. 나는 턱에 삐죽삐죽 돋아난 수염을 만져보았다. 우선 면도를 하고 몸을 씻어야 했다.

나는 농부들과 함께 공항 터미널로 가서, 남자 화장실에서 옷을 다 벗고 물을 잔뜩 마시고 몸을 씻었다. 내 벌거벗은 등에 계속 탤컴파우더(활석 가루에 붕산·향료 등을 섞어 만든 가루. 주로 땀띠약으로 쓰인다)를 발라주던 작달막한 사내가 지금도 기억에 생생하다. 나는 그가 팁을 받기 위해 그런 줄 알았는데, 그가 원한 것은 내 면도날 한 개뿐이었기 때문에 나는 기꺼이 그에게 면도날을 주었다.

"훨씬 낫군요." 라운지로 들어가면서 노엘이 말했다. "음식을 좀 구할 수 있다면 좋겠는데. 배가 고파 죽을 지경이에요."

그가 어떤 기분인지는 나도 알았다. 내 식욕은 이제 굶주린 늑대 같았지만, 음식은 그렇게 멀리 있을 리가 없었다.

이 기대는 버치 기장의 모습이 우리 쪽으로 성큼성큼 다가오고 있는 것을 보았을 때 더욱 크게 부풀어 올랐다.

"당신들을 찾고 있었어요." 그가 말했다. "몇 가지 말씀드리고 싶은 게 있어서요. 이리 와서 앉으세요."

우리는 작은 탁자를 둘러싸고 푹신한 의자에 앉았다. 기장은 우울한 눈으로 잠시 우리를 둘러보다가 입을 열었다.

"당신들 중에 누가 책임자인지 모르지만, 헤리엇 선생께 말씀드리겠습니다."

"내가 책임자 맞습니다."

"이런 말씀을 드리게 돼서 유감이지만, 엔진에서 기름이 새는 문제를 해결하려고 무진 애를 썼는데도 모든 시도가 실패로 끝났습니다."

"저런."

"그래서 말인데, 우리는 엔진이 세 개뿐인 비행기를 몰고 대대적인 수리를 위해 코펜하겐에 있는 본사로 날아가야 합니다."

"알겠습니다."

"그건 그러니까 당신들은 우리와 함께 갈 수 없다는 뜻입니다."

"뭐라고요?"

그의 표정이 부드러워졌다.

"이런 말을 이렇게 느닷없이 할 수밖에 없어서 정말 유감이지만, 솔직히 말씀드리면 비행기는 안전하지 못한 상태이고, 그런 경우에는 승무원 이외에 어떤 승객이나 관계자도 태울 수 없습니다."

"하지만……" 나는 뻔한 질문을 했다. "그럼 우리는 어떻게 집에 돌아갑니까?"

"그 문제에 대해 줄곧 생각하고 있었는데요." 기장이 대답했다. "분명한 건 런던의 수출회사에다 전화로 연락해야 한다는 겁니다. 수출회사 전화번호는 내가 갖고 있습니다. 그러면 당신들이 런던으로 날아갈 수 있도록 회사에서 주선해줄 겁니다."

"예…… 고맙습니다…… 아무래도 그래야 할 것 같네요." 또 다른 생각이 문득 떠올랐다. "그런데 비행기가 안전하지 않다고요?"

기장은 머리를 엄숙하게 끄덕였다.

"그렇습니다."

"바꿔 말하면 당신들은 코펜하겐에 도착하지 못할 수도 있겠군요?"

"맞습니다. 그럴 가능성은 있지요. 이런 상황에서 알프스를 넘는 건 좀 어려울 겁니다."

"그럼 당신들은 어떻게 되죠? 당신과 승무원들은?"

"아, 예." 그는 빙긋 웃었다. "그런 걱정을 하시다니 친절하시군요. 하지만 이건 우리 직업입니다. 우리는 가야 해요. 모르시겠습니까? 그게 우리 직업이에요."

나는 농부들을 돌아보았다.

"우리는 기장님 말씀대로 하는 게 좋을 것 같은데요?"

그들은 말없이 고개를 끄덕였다. 그들은 지친 것 같았고, 나도 같은 기분이었다. 하지만 나는 그 비행기의 문제점을 포착했다. 엔진 하나가 못 쓰게 됐다면, 나머지 세 개는 얼마나 믿을 만한가?

"나는 전화를 찾아보는 게 좋겠네요. 전화는 여기서 찾을까요? 호텔에 가서 찾을까요?"

기장은 헛기침을 했다.

"그게 내가 말씀드리려고 했던 또 다른 문제입니다. 사실은 호텔을 구하지 못했습니다."

"예?"

"호텔이 없는 것 같아요. 여기저기 다 알아봤지만, 공교롭게도 여기는 지금 무슨 축제라서 호텔 객실이 모두 동났답니다."

나는 할 말이 없었다.

"하지만 걱정하지 마세요." 그가 말을 이었다. "보스포루스 해협을 따라 몇 킬로만 올라가면 우리를 재워줄 여관 정도는 찾을 수 있을 겁니다."

여관이라고? 호화로운 5성 호텔의 환상은 순식간에 증발해버렸다.

"물론 그렇겠죠."

기장은 나를 격려하듯 미소를 지었다.

"밖에 미니버스가 대기하고 있는데, 곧 어딘가를 찾을 수 있을 겁니다."

데이브와 에드는 이미 미니버스에 자리를 잡고, 비단처럼 부드러운 양복 차림으로 편안하게 앉아 있었다.

"하이," 그들은 쾌활하게 말했다. "하이." 작달막한 카를이 뒷좌석에서 우리에게 싱긋 웃으며 말했다. 그런 뜻하지 않은 재난은 그들에게 일상적인 삶의 일부가 분명했다. 그들은 모든 어려움을 무난히 해결해 나가고 있었다. 나는 갑자기 결심했다. 나도 그렇게 하자. 상황은 좀 곤란해 보였지만, 나는 지금 이스탄불에 있으니까 나에게 주어진 얼마 안 되는 시간을 마음껏 즐겨보자.

나는 카메라를 꺼냈다. 나는 비행하는 동안 사진을 몇 장 찍었고, 소들을 비행기에서 내리는 동안 글로브마스터 사진도 찍었다. 차창 밖을 쏜살같이 지나가는 경치라 해도, 이 도시의 추억을 어느 정도는 포착할 수 있을 것이다.

미니버스가 거리를 맹렬히 달리는 동안 나는 미친 듯이 사진을 찍었다. 사진을 찍지 않을 때는 바깥 풍경을 탐욕스럽게 내다보았다. 이곳에는 잠깐밖에 있지 못할 거라는 사실을 알고 있었기 때문에 색다른 풍경들이 모두 마음에 새겨졌다.

햇빛 찬란한 그 아름다운 저녁, 북적거리는 차량 사이를 빠른 속도로 달리다 보면, 아름다운 모스크와 첨탑들이 근대적인 건물 위로 어울리지 않게 우뚝 솟아 있는 광경이 눈에 들어왔다. 그곳을 지나면 뜻밖에도 햇볕에 탄 풀이 우거져 있고 화려한 광고판이 서 있는 황무지가 길게 뻗어 있곤 했다. 꼴사나울 만큼 거대한 고대의 석조 수로가 차창에 잠깐 나타났지만 너무 빨리 사라져버려서, 나는 간신히 필름에 담는 것 말고는 제대로 감상할 시간도 갖지 못했다. 고대 콘스탄티노플 성벽의 거대한 유적, 부서진 성벽 위에서 무너져 내리는 요새—나는 그것들을 잠깐씩 얼핏 보았을 뿐이지만, 오늘날에도 나는 내 사진들 속에서 차창 너머로 약간 흐릿해진 형상들을 볼 수 있다.

이 모든 경이로움 속에서 이스탄불의 거리 풍경도 소용돌이치고 있었다. 색소를 넣은 음료나 사탕과자나 복숭아를 파는 노점상들, 케말 아타튀르크(터키를 개혁한 초대 대통령[1881~1938])가 의무화한 서양식 옷차림의 까무잡잡한 행인들, 무명 드레스 차림의 여자들, 너무 똑같아서 제복처럼 보이는 셔츠와 바지를 입은 남자들.

우리는 곧 보스포루스 해협을 따라 달리고 있었다. 그 해협은 확실히 세계에서 가장 아름답고 낭만적인 수로 가운데 하나였다. 넓고 푸른 해협 양쪽에는 나무가 우거진 언덕이 있고, 언덕 위에는 우아한 집들과 궁전까지 자리 잡고 있었다. 가족들은 작은 해변에 놓인 의자에서 일광욕을 즐겼고, 바다에는 형형색색의 배들이 닻을 내리고 정박해 있었다. 현대식 대형 선박도 있고, 작은 어선과 낡았지만 훌륭한 목조 선박도 있었다.

우리는 숙소를 찾으려고 자주 차를 세웠기 때문에 보스포루스 해협을 구경할 기회는 충분히 주어졌다. 마침내 우리는 숙소를 찾는 데 성공했고, 작은 건물 앞에서 미니버스를 내렸다. 클래리지스(런던의 최고급 호텔) 같은 고급 호텔은 아니었지만, 벼룩이 우글거리는 구지레한 건물도 아니었다. 그것은 골목에 있는 소박하고 작은 호텔이었다.

호텔 직원들은 친절하고 쾌활했지만, 우리가 묵든 말든 전혀 개의치 않는다는 인상을 주었다. 나는 런던에 전화를 걸고 싶다는 뜻을 지배인에게 간신히 전할 수 있었다. 그러자 지배인은 런던에 전화를 걸려면 우체국까지 가야 할 거라면서 근처에 택시가 있다고 미소를 지으며 말했다.

택시는 미니버스 운전사만큼이나 무모한 속도로 거리를 질주했다. 내가 당장 알아차린 사실이지만, 그곳에서는 모든 차들이 시속 100킬로미터 정도로 달리는 것 같았다.

우체국에서 나는 작달막하고 뚱뚱한 여자에게 내 용건을 설명했고, 그녀는 몇 번이고 고개를 끄덕이며 미소를 지었다. 그녀는 만사가 잘될 거라고 나를 안심시킬 수 있을 만큼 영어를 잘 알고 있었다.

그녀는 전화기를 들고 어딘가에 문의했다. 그리고 나를 돌아보며 환한 미소를 지었다.

"오래 기다리셔야 돼요. 아마 한 시간쯤 걸릴 거예요. 호텔에 돌아가 계시면 제가 택시를 보내드릴게요."

내가 호텔로 돌아와 보니 동료들은 모두 방에 들어가 있었다. 프런트도 없는 것 같기 때문에 나는 여러 직원에게 내가 잘 방을 물어보았다. 그들은 모두 내 질문을 알아듣지 못하고 어깨만 으쓱했다. 이런 문답은 내가 지배인을 찾을 때까지 계속되었다. 지배인은 내가 묵을 방이 없다고 말하는 데에서 상당한 쾌감을 느끼는 듯했지만, 내가 눈에 띄게 낙담하자 마음이 약해졌는지 나를 아래층으로 데려가서 감방 같은 지하실로 안내하고는 거기에 나를 남겨두고 가버렸다. 그곳에는 담요도 덮여 있지 않은 싱글베드 하나가 놓여 있고, 방구석에 놓인 의자에 담요가 아무렇게나 쌓여 있었다. 방에 있는 것은 그것뿐이었지만, 나는 그것도 감지덕지했다. 욕실은 아주 멀리 떨어진 곳에 있었다.

하지만 바로 그때, 내 모든 감각이 한 가지에 쏠렸다. 그것은 바로 음식 냄새였다. 향긋한 냄새가 그 작은 방에 스며들기 시작했다. 나는 냄새의 근원을 향해 비틀거리며 걸어갔다. 24시간이 넘도록 아무것도 먹지 않는 것은 다이어트를 하는 사람에게는 별로 중요하지 않은 일이겠지만, 나는 언제나 음식을 규칙적으로 배불리 먹는 게 좋다고 믿었고, 그 순간 나는 내 평생 어느 때보다도 굶주려 있었다.

나는 마침내 식당을 찾아냈다. 승무원들과 농부들은 벌써 식탁에 앉아 있었다. 내가 그들 사이에 자리를 잡자 호화로운 음식들이 들어오기 시작했다. 사프란을 넣어서 지은 밥과 고추 위에 수북이 담은 케밥, 김이 모락모락 나는 각종 채소를 담은 사발, 그리고 거친 터키식 빵. 나는 빵을 무척 좋아하기 때문에 당장 이 빵을 입에 물었다. 빵은 맛있었다. 에드가 내 표정을 보고는 웃음을 터뜨렸다.

"맛있죠?" 그가 말했다. "안에 해바라기 씨가 들었어요."

해바라기 씨가 들었든 안 들었든, 그것은 내가 지금까지 맛본 빵 가운데 최고였다. 하지만 나는 빨리 본격적인 식사를 하고 싶어서 조바심이 났다. 내가 각종 고깃덩어리를 꿴 꼬치를 포크로 막 찍으려 할 때 택시 운전사가 방 안으로 뛰어 들어왔다,

"헤리엇 씨, 빨리 오세요. 전화요, 전화!"

나는 울고 싶었다. 음식을 입에 넣기도 전에 낚아채가는 것은 너무 심했다. 하지만 이 전화는 중요했다. 나는 포크를 내려놓고 밖으로 뛰쳐나갔다. 또다시 택시는 나를 목이 부러질 만큼 무서운 속도로 우체국에 데려갔고, 우체국에서는 뚱뚱한 여직원이 여전히 활짝 웃으면서 전화기를 가리켰다.

나는 "여보세요, 여보세요"를 수없이 외친 뒤에야 겨우 무슨 소리를 들을 수 있었다. 멀리서 딱딱거리는 소리와 함께 희미한 목소리가 들려왔다. "헤에리이엇 씨이이, 헤리어어엇 씨이이이." 나는 "네, 네, 헤리엇입니다" 하고 대답했지만, 내가 알아들은 것은 거기까지였다. 내가 그 전화와 함께 보낸 시간을 자세히 설명하여 독자를 따분하게 하고 싶지는 않

다. 통화는 약 45분 동안 계속되었고, 그것은 긴 침묵과 희망에 부푼 짤까닥 소리와 딱딱 소리, 그리고 몇 분에 한 번씩 들리는 "헤리어어엇 씨이이" 하는 그 작은 목소리로 이루어져 있었다고 말하면 충분하다. 나는 필사적으로 소리를 질렀지만, 그것은 완전히 헛수고였다.

딱 한 번, 어둠 속에 희망의 빛줄기가 비쳤다. 지극히 영국적인 여자 목소리가 마치 같은 방에 있는 것처럼 또렷하게 "아무 소리도 안 들려!" 하고 말했을 때였다. 그것은 분명 런던이었고, 나는 눈물을 흘리다시피 울먹이는 소리로 대답했지만, 다시 침묵이 내리덮였다. 나는 희망을 갖고 기다렸지만 그 목소리는 두 번 다시 돌아오지 않았다.

땅거미가 지고 있는 길거리를 내다보는 동안, 내가 아무리 소리를 질러도 상대는 절대 내 말을 알아듣지 못하리라는 것을 깨닫게 되었다.

나는 뚱뚱한 여자에게 고맙다고 말하고 우체국을 나왔다.

호텔에 도착하자, 택시 운전사에게 돈을 얼마나 주어야 할지 알 수가 없었다. 그래서 나는 지폐를 한 움큼 내밀었다. 운전사는 활짝 웃으면서 지폐 두어 장을 골랐지만, 그가 돈을 주머니에 넣기 전에 호텔 직원으로 보이는 남자가 계단을 뛰어내려오더니 운전사한테서 돈을 낚아챘다. 호텔 직원은 그 돈의 절반만 운전사에게 주고 나머지는 나한테 돌려준 다음, 운전사의 얼굴에다 대고 주먹을 휘두르며 욕을 퍼붓고 나서 차에서 내렸다.

운전사는 여전히 활짝 웃으면서 나에게 공손히 손을 흔들어 작별인사를 하고 떠났다.

나는 은혜를 베풀어준 호텔 직원에게 고마움을 표했지만, 호텔 안으로 들어갈 때 내 기력은 완전히 바닥나 있었다. 집으로 돌아갈 수 있다는 전망도 없이 이스탄불에서 오도가도 못하는 신세가 되었고, 피로를 풀고 기분전환을 하기 위한 나의 오리엔트 여행도 지금까지는 계속 낭패의 연속이었을 뿐 아니라, 나는 지금 내 평생 어느 때보다도 배가 고팠고 저녁식사도 놓쳐버린 상태였다.

게다가 나는 친절한 두 농부에게 런던과 통화하는 데 실패했다고 말하고 싶지 않았다. 물론 그것이 내 탓은 아니지만, 귀국 방안을 마련하는 것은 나에게 맡겨진 책임이었는데 나는 지금 빈손으로 돌아가고 있었다.

조지와 노엘은 식당에서 나를 기다리고 있었다. 나는 그들이 당장 코앞에 닥친 자기네 문제보다 내 음식을 더 걱정해준 데 감동했다.

노엘이 벌떡 일어났다. "당신 음식을 따뜻하게 보온해달라고 부탁해뒀어요." 이렇게 외치고는 방에서 달려 나가더니, 몇 분도 지나기 전에 맛있는 빵을 포함하여 저녁식사가 담긴 쟁반을 들고 돌아왔다.

그들은 내가 음식을 마지막 부스러기까지 먹어치우는 것을 말없이 지켜본 다음, 기대에 찬 얼굴로 나를 바라보았다.

"미안해요. 거기서는 완전히 실패했어요." 나는 우체국에서 보낸 45분을 자세히 설명했다.

내가 이야기를 끝냈을 때 그들은 몹시 우울해 보였다. 조지는 제 무릎을 뚫어지게 내려다보다가 입을 열었다.

"우리는 이제 어떡하죠?"

몇 분 전만 해도 나는 모르겠다고 말할 수밖에 없었을 것이다. 하지만 어쩌면 음식이 내 두뇌를 자극했는지도 모른다. 갑자기 모든 게 분명해졌기 때문이다.

"내가 가져온 돈은 그렇게 많지 않아요. 하지만 수표책을 가져왔으니까 내일 공항에 가서 런던행 비행기표를 석 장 사겠어요. 그 비용은 나중에 수출회사가 변상해줄 겁니다. 그게 당연하잖아요? 애당초 오늘밤 전화를 걸 필요도 없었어요."

우리 일행의 분위기는 마법을 부린 것처럼 밝아졌고, 우리가 서로 등을 두드려주고 있을 때 기장이 문간을 지나가는 것이 보였다.

나는 밖으로 달려 나가 그에게 우리 계획을 이야기했다.

"그거 좋은 계획인 것 같군요." 그는 잠시 말을 끊고 손목시계를 보았다. "유일한 대안은 영국 영사관에 가는 것이겠지만, 지금은 아홉 시가 넘었으니까, 이 시간에는 영사관 사람들도 무슨 방안을 마련해줄 수 없을 겁니다. 그리고 우리는 내일 아침 열 시에 떠날 겁니다. 당신 계획이 가장 좋은 것 같네요."

그가 가버리자 우리는 거품처럼 덧없는 기쁨에 사로잡혀 우쭐해졌다.

"아무것도 걱정할 게 없어요." 조지가 말했다. "그러니까 이젠 마음껏 즐겨도 괜찮아요. 나는 아직 맥주 천 시시 정도는 해치울 수 있으니까 우리 시내에 나가서 즐깁시다."

조지가 제의한 맥주는 우리의 당면 목표가 되었지만, 우리 세 사람이 세상물정 모르는 촌뜨기였던 것은 분명하다. 이슬람 도시에서 술집을 찾는 것은 쓸데없는 모험이기 때문이다. 하지만 우리는 열의로 가득 차서 택시에 올라탔다.

이스탄불 시내에서 밤의 환락은 이제 막 본궤도에 오르기 시작한 것 같았다. 거리는 사람들로 북적거렸고, 그게 가능하지는 모르겠지만 차들은 어두워진 뒤에 더욱 빠른 속도로 달리고 있었다. 우리가 탄 택시는 맹렬히 달리는 다른 차들 사이에서 대포알처럼 달렸고, 운전사는 동료들과 욕설을 속사포처럼 주고받았다. 우리가 요구한 시내 중심가에서 그가 우리를 내려주었을 때 나는 안도의 한숨을 내쉬었다.

차에서 내리자마자 나는 따뜻한 어둠 속에서 우리가 동양에 온 것을 실감했다. 이제 낭만적인 건물과 유적은 아무것도 보이지 않았고, 불을 환하게 밝힌 상점 진열창밖에 보이지 않았지만, 공기는 신비로운 향기로 가득 차 있었고, 모든 것 위에 터키 담배의 강한 향기가 감돌고 있었다.

나를 압도한 또 다른 인상은 소음이었다. 자동차들이 끊임없이 귀에 거슬리는 소리로 경적을 울려댔다. 생각할 수 있는 모든 높낮이의 경적 소리가 합창을 했고, 새된 브레이크 소리와 엔진의 굉음이 그 소리를 더욱 강조해주었다.

우리는 술집을 찾으러 다니면서 흥미로운 가게의 진열창을 수없이 들여다보았다. 어떤 가게는 양탄자와 특산품과 기념품을 팔고 있었다. 나는 아주 달콤해 보이는 케이크와 과자를 만들어 팔고 있는 수많은 빵집에 흥미를 느꼈다. 거친 급류처럼 질주하는 차량들 속으로 뛰어드는 것은 자살행위처럼 여겨졌기 때문에 우리는 도로의 한쪽 보도만 따라서 걸었다. 사실 횡단보도가 있기는 했지만, 횡단보도를 건너려고 애쓴 사람을 나는 딱 한 명 보았다. 그 작달막한 사내가 길을 반쯤 건넜을 때 불운하게도 차에 치여 팔다리가 뒤엉킨 채 공중으로 날아오르는 것을 보고 나는 깜짝 놀랐다. 영국에서라면 그 차의 운전사는 많은 벌금을 물고 치안판사에게 호된 질책을 받았겠지만, 내가 지켜보고 있으려니까 헬멧을 쓴 경찰관이 다친 피해자에게 다가왔다. 피해자는 이제 두 발로 일어나서 엉덩이를 문지르며 덜덜 떨고 있었다. 경찰관은 그 사내의 머리 위에서 경찰봉을 휘두르며 큰 소리로 욕설을 퍼부었다. 나는 '바보'와 비슷하게 들리는 낱말을 제외하고는 무슨 말인지 알아들을 수 없었지만, 그 '바보'라는 말은 이 문제에서 그 경찰관이 취하고 있는 태도를 명확하게 반영하고 있었다. 경찰관은 자동차 운전자를 보지도 않았다.

"이봐요 짐, 저것 좀 보세요." 조지가 나를 팔꿈치로 쿡 찔렀다. "저기 많은 사람들이 들어가고 있는데 우리도 가볼까요?"

조지의 술집 찾기는 강박증이 되어가고 있었기 때문에 나는 어쩔 수 없이 그의 제안을 받아들이고 그를 따라 가게 입구를 지나 긴 계단을 올라갔다. 우리는 탁 트인 발코니로 나왔다. 그곳은 실제로는 아래층 가게의 지붕이었고, 셔츠 차림의 남자 수십 명이 탁자에 둘러앉아 담배를 피우면서 작은 컵에 든 커피를 마시고 있는 것을 보고 조지는 실망했다.

우리는 그때 물러나려 했지만, 웨이터가 다가왔기 때문에 할 수 없이 자리에 앉아 커피를 주문했다. 커피는 아주 진하고 달았다. 조지와 노엘은 얼굴을 찌푸렸지만 나는 그 커피가 꽤 마음에 들었다. 그냥 거기에 앉아서 시끄럽고 냄새나는 도시를 내려다보고 그곳의 분위기를 관찰하는 것도 즐거웠다. 짧은 이스탄불 여행에서 이것이 가장 오래 남아 있는 기억이고, 옳든 그르든 나에게는 터키의 가장 전형적인 장면으로 느껴졌다.

커피를 마신 뒤 우리는 다시 거리를 돌아다니기 시작했다. 조지는 시시각각 의기소침해지고 있었다. 그러다가 갑자기 외쳤다.

"저기 보세요! 술집일 가능성이 높아 보여요." 그는 유리창을 통해 환하게 불이 밝혀진 커다란 방을 가리켰다. 그 방에는 많은 남자와 여자들이 앉아서 길쭉한 유리잔에 담긴 무언가를 마시고 있었다. 커피잔은 하나도 보이지 않았다.

조지는 망설이지 않고 안팎으로 열리는 자동식 문을 열고 서둘러 안으로 들어갔다. 노엘과 나도 그 뒤를 따랐다. 우리는 빈 탁자에 앉았고, 조지가 웨이터를 손짓으로 불렀다.

"드링크! 드링크!" 그가 말했지만, 웨이터는 공손하게 알아들을 수 없다는 표정을 지었다. 그러자 조지는 유리잔을 입술로 들어 올리는 몸짓을 했다. 이것이야말로 오해의 우려가 없는 확실한 몸짓이었다.

웨이터는 당장 미소를 짓고 가더니, 새빨간 액체가 담긴 텀블러 세 개를 쟁반에 얹어서 가져왔다. 나는 그에게 돈을 주었지만 그는 고개를 젓고 웃으면서 가버렸다.

"도대체 이게 뭐지?" 조지가 투덜거렸다. 그는 액체를 한 모금 마시고는 커피를 마실 때보다 더 심하게 얼굴을 찌푸렸다. "빌어먹을 레모네이드야!" 그는 레모네이드를 뱉어냈다.

나도 그것을 마셔보았다. 그것은 레모네이드가 아니라 순하고 달콤한 혼합음료였다. 속이 거북할 만큼 달고, 알코올이 전혀 들어 있지 않은 것은 분명했다. 내게는 너무 달았지만, 술을 별로 좋아하지 않는 노엘의 입맛에는 맞는 것 같았다.

"이거 괜찮은데." 그는 만족스럽게 마시면서 말했다.

조지는 떨떠름한 표정으로 그를 바라보았다. 그 음료가 무엇이든 간에 거기에 달려들 엄두를 내지 못한 채 낙담한 태도로 의자 등받이에 털썩 몸을 기댔다.

몇 분도 지나기 전에 웨이터가 케이크와 페이스트리를 담은 접시를 들고 돌아와서 그것을 우리 앞에 놓았다. 그는 이번에도 돈 받기를 거절하고 웃으면서 고개를 저으며 가버렸다.

끈적거리는 케이크를 한 입 먹어보니, 그것도 커피나 새빨간 음료와 같은 특징을 갖고 있었다. 이스탄불에 사는 사람은 누구나 단것을 좋아하는 입맛을 필수조건으로 갖고 있는 것 같았다.

하지만 그것은 흥미로운 장면이었다. 큰 방은 아름답게 차려입은 사람들로 북적거렸다. 나는 여자들이 대부분 하얀 이브닝가운 차림인 것을 알아차렸다. 그리고 그들은 케이크를 조금씩 베어 먹고, 우리와 같은 유리잔으로 새빨간 음료만이 아니라 역시 푸른색과 초록색과 노란색의 음료도 마시고 있었다.

아이들이 여러 명 있는 것을 보았을 때 내 마음속에서 무언가가 꿈틀거리기 시작했다. 아이들은 탁자들 사이에서 놀고 있었고 어른 몇 명은 이 무리에서 저 무리로 옮겨 다니고 있었다. 그들은 모두 서로 아는 사이인 것 같았다.

"잠깐만." 내가 말했다. "내가 무슨 생각을 하고 있는지 알아요?"

조지가 나를 곁눈질했다.

"뭔데요?"

"이건 누군가의 사적인 파티이고, 우리는 불청객으로 앉아 있는 것 같은데……"

두 농부는 기대고 있던 몸을 일으켜 똑바로 앉았고, 나는 말을 이었다.

"저기 있는 사람들과 아이들은 서로 잘 아는 친구 사이인 것 같아요. 그리고 우리가 돈 주는 걸 웨이터가 웃으면서 사양한 거 기억하죠?"

바로 그 순간, 잘생긴 젊은 부부가 방 끝에 나타났다. 남자는 검정 양복을 입었고, 여자는 반짝반짝 빛나는 스팽글로 장식된 웨딩드레스를 입고 있었다.

"맙소사! 결혼 피로연이잖아!"

정말로 그것은 피로연이었다. 신혼부부는 손님들 사이를 돌아다녔고, 그들이 우리에게 오면 우리를 쫓아낼 거라고 예상했지만, 쫓아내기는커녕 우리를 귀한 손님으로 여기는 것 같았다. 그들은 우리에게 절을 하고 악수를 하고 미소와 몸짓으로 우리를 환영했다. 신부는 신랑과 함께 다른 탁자로 가기 전에 기다란 은실을 우리에게 한 가닥씩 주었다. 나는 그게 이곳의 명예로운 관습일 거라고 짐작했다. 은실은 아마 신부의 웨딩드레스에서 빼냈을 것이다. 어쨌든 나는 이런 기분으로 은실을 받았고, 그 후 은실이 닳아서 분해될 때까지 오랫동안 내 지갑에 간직했다.

우리가 아직도 놀라움에서 완전히 벗어나지 못하고 있을 때, 터키의 전통 의상을 입은 두 남자가 방의 반대쪽 끝에 있는 무대 위에 등장했다. 그들은 연예인이 분명했고, 게다가 코미디언이었다. 그들이 등장하자마자 실내에 요란한 웃음소리가 울려 퍼졌기 때문이다. 그들이 만담을 하면 사람들은 모두 요란하게 웃어댔고, 어린 아이들은 팔짝팔짝 뛰면서 손뼉을 쳤다. 그런 가운데, 우리 셋은 알아듣지도 못하면서 거기에 앉아 있었다.

그들은 아주 다재다능했다. 재미난 만담이 끝나자, 그중 한 사람은 외줄 바이올린을 꺼내 연주하기 시작했고 또 한 사람은 구슬픈 소리로 노래를 불렀다. 애절하게 울부짖는 듯한 그 소리는 오리엔트하고만 결부되는 독특한 소리다.

그게 사랑의 노래인지, 행복한 노래인지, 슬픈 노래인지는 알 수 없었지만, 끝없이 이어지는 그 울부짖음을 들으면서 나는 집에서 아주 멀리 떨어져 있는 듯한 기분을 느꼈다.

내 눈꺼풀이 처지기 시작한 것은 그때쯤이었다. 나는 전날 밤에 두 시간밤에 자지 못했고, 짧은 시간 동안 꽤 많은 일이 일어났다는 것을 기억해냈다. 몹시 피곤했다. 농부 친구들을 보려고 고개를 돌려보니, 조지는 꾸벅꾸벅 졸고 있었고 노엘은 턱을 가슴에 올려놓고 평화롭게 잠들어 있었다.

나는 이제 그만 가자고 말했다. 그들을 설득할 필요도 없었다.

호텔로 돌아오자 나는 지하실의 내 방으로 내려가 의자 위에 쌓여 있는 담요로 침대를 만들었다. 다른 문제가 없었다면 당장 잠들었겠지만, 내가 피로연에서 들은 그 울부짖는 소리가 아주 가까운 어딘가에서 들려왔다. 처음엔 내가 꿈을 꾸고 있는 줄 알았지만, 호텔의 어느 객실에서 파티가 열리고 있다는 것을 깨달았다. 게다가 아주 시끄러운 파티였다. 비명 같은 웃음소리, 요란하게 울려 퍼지는 음악 소리, 쿵쿵 발을 구르며 춤추는 소리. 그 소음이 끝없이 계속되었다. 소음이 가라앉고 내가 기진맥진한 상태로 잠 속에 빠져든 것은 한밤중이 지나서였을 것이다.

22

1963년 8월 10일—

보스포루스 해협의 호텔에서는 잠시밖에 수면을 취하지 못한 것 같다. 분명 몇 분도 지나기 전에 호텔 종업원이 나를 깨웠고, 눈을 떠보니 머리 위에 있는 도로에서 내 방으로 햇빛이 쏟아져 들어오고 있는 게 보였기 때문이다.

나는 세수와 면도를 하고 서둘러 식당으로 갔다. 노엘과 조지는 시끄러운 파티에 시달린 탓에 눈꺼풀이 무거워 보였다. 하지만 기장과 승무원들은 호텔 뒤쪽에서 잤기 때문에 아무 소리도 듣지 못했다. 이것은 다행이었다. 힘든 하루를 앞두고 있는 것은 그들이었기 때문이다.

아침을 먹은 뒤 미니버스는 우리를 태우고 햇빛에 반짝이는 보스포루스 해협을 따라 달리다가 시내로 들어갔다. 거기서 나는 차창을 쏜살같이 스쳐 지나가는 이스탄불의 경이로운 풍경을 두 번째로 얼핏 보았다. 그것은 나에게 깊은 좌절감을 안겨주었다. 한가할 때면 이스탄불의 보물을 탐험할 수 있으리라 기대했었다. 블루 모스크, 성 소피아 성당, 그리고 그 밖의 명소들. 하지만 아무래도 다음을 기약해야 할 것 같았다.

공항은 이른 아침에 떠나는 비행기로 부산했다, 비행기들이 이륙하여 화창한 하늘로 올라갔다. 하지만 나는 거대하지만 꾀죄죄한 모습으로 혼자 서 있는 우리 글로브매스터를 보고 무언가 불길한 예감 같은 것을 느꼈다. 쓸모없는 엔진에는 불에 그을린 자국이 남아 있었다. 데이브와 에드와 카를은 그 비행기로 다가갈 때 전혀 걱정하는 것 같지 않았다. 작달막한 덴마크인은 휘파람을 불고 있었고, 미국 젊은이들은 여느 때처럼 하얀 바지 주머니에 두 손을 찔러 넣은 채 어깨를 구부정하게 숙이고 느긋하게 걷고 있었다.

나는 '영국해외항공' 창구로 곧장 다가갔다. 젊고 활기찬 영국인 남자가 낯익은 제복을 입고 있는 것을 보고 나는 안심했다.

"손님, 무엇을 도와드릴까요?" 그가 미소를 지으면서 물었다.

나는 수표책을 보란 듯이 흔들었다.

"가능하면 다음번에 출발하는 런던행 비행기표를 석 장 사고 싶은데요."

"수표로 지불하고 싶으신 건가요?"

"예, 그렇습니다."

"죄송하지만 개인 수표는 받을 수 없습니다."

"뭐라고요?"

"규정입니다, 손님." 그는 여전히 미소를 짓고 있었다.

"하지만…… 우리는 여기서 오도가도 못하고 있어요." 나는 우리의 곤경을 그에게 간단히 요약해서 설명했다.

그는 안타까운 표정으로 고개를 저었다.

"도와드릴 수 있다면 좋겠지만, 저는 규정을 지켜야 합니다."

나는 몇 분 더 실랑이를 했지만 아무 소용이 없었다. 그 후 나는 그가 보고 있지 않을 때 다른 직원에게 부탁해보았다. 하지만 대답은 마찬가지였다.

공항 라운지에서 나를 기다리고 있는 친구들에게 돌아갈 때 내 심장은 빠르게 고동치고 있었다. 그들은 기장과 이야기를 나누고 있었다. 나는 나쁜 소식을 전하는 전문가라도 된 듯한 기분이 들었고, 그들에게 뭐라고 말해야 할지도 알 수가 없었다. 하지만 그들은 그 소식을 놀랄 만큼 태연하게 받아들였고, 설령 그들이 나를 구제불능의 조직책으로 여겼다 해도 자신의 감정을 아주 잘 감추었다.

우리는 모두 기장을 바라보았다.

"내가 당신들이라면 영국 영사관을 찾아갈 겁니다." 기장이 말했다.

나는 농부들을 돌아보았다.

"혹시 지금까지 영사와 무슨 관계를 가진 적이 있나요?"

그들은 말없이 고개를 저었다.

"나도 없어요. 영사가 이런 상황에서 어떤 반응을 보일지 모르겠네요. 정말로 우리를 집으로 돌아가는 비행기에 태워줄까요?"

"물론 그렇겠죠." 기장은 나를 안심시키려는 듯이 희미한 미소를 지었다. "당신들은 아무 문제도 없을 겁니다."

"문제 없을 거라고 하시지만, 절대로 확실한 건 아니겠죠?"

기장은 턱수염을 쓰다듬었다.

"글쎄요. 헤리엇 선생과 마찬가지로 나도 지금까지 영사관 사람들과 관계를 맺을 필요가 없었네요."

"언제 이륙합니까?"

"30분쯤 뒤에요."

나는 우리 세 사람이 터벅터벅 시내로 돌아갔다가 영사관에서 거절당

하고 주머니에 돈도 거의 없이 공항으로 돌아와 글로브매스터가 떠나버린 것을 발견하면 기분이 얼마나 고약할까 하고 생각했다.

"보세요, 기장님. 내가 보기에는 당신 비행기가 우리와 집을 연결해주는 유일한 수단입니다. 당신이 우리를 코펜하겐까지 데려다주면, 거기서 런던행 항공편을 주선해주실 수 있겠죠?"

그는 한참동안 나를 평가하는 듯한 눈으로 바라보았다.

"물론입니다. 코펜하겐은 우리 본사예요. 하지만 목숨을 운에 맡기는 건 너무 어리석은 짓이 아닐까요?"

"나는 기꺼이 운에 맡기겠습니다. 당신들은 어때요?"

농부들은 둘 다 주저 없이 고개를 끄덕였다.

"도박을 해보겠습니다." 조지가 말했다. "나는 집에 가고 싶어요."

기장은 그를 내려다보았다.

"하지만 위험하다는 건 아시겠죠?"

조지는 싱긋 웃었다.

"그건 전혀 걱정하지 않습니다. 기장님이 우리를 데려다줄 테니까."

그는 내 생각을 대변하고 있었다. 기장은 신뢰감을 불러일으켰다.

"그럼 좋습니다. 당신들이 그렇게 결심했다면." 덩치 큰 사내가 말했다. "하지만 당신들은 어떤 서류에 서명해야 할 겁니다. 나는 그걸 여기 이스탄불에 남겨둬야 해요. 내가 지금 가서 서류를 작정하도록 할게요." 그는 잠시 말을 끊었다가 이었다. "전에도 말했듯이 우리 비행기는 안전하지 않은 상태니까, 당신들은 요컨대 승인받지 않은 승객입니다. 그 서류에 서명하는 것은 당신들이 이런 사실을 알고 있고, 최악의 사태가 일어나도 보상받을 권리를 모두 포기한다는 것을 입증합니다." 그는 진지한 눈으로 다시 우리를 훑어보았다. "내가 지적해두어야 할 것은 당신들이 오늘 목숨을 잃어도 당신네 가족은 아무 보상도 받지 못할 거라는 겁니다. 보험금도 없고, 아무것도 없습니다."

이 말에 우리는 모두 약간 긴장했던 것 같다. 꽤 긴 침묵이 흘렀다. 이번에 침묵을 깬 것은 노엘이었다. 그는 동료가 한 말을 그대로 되풀이했다. "기장님이 우리를 데려다줄 거잖아요."

서류가 작성되었고 우리는 거기에 서명했다. 돌이켜 생각해보면 우리는 정말 바보같이 행동한 게 분명했다. 그건 의심할 여지가 없다. 위험은 상상이 아니라 현실이었기 때문이다. 우리는 그날 죽을 수도 있었다.

물론 기장의 조언이 옳았다. 우리는 영사관에 갔어야 했다. 나는 축구 팬들이 해외로 원정 응원을 갔다가 술을 마시는 바람에 전세기를 놓친 뒤 영사관의 도움으로 영국행 비행기를 타고 귀국했다는 기사를 자주 읽었다. 우리 세 사람이 적법한 일을 하고 있었다는 사실을 생각하면, 우리의 무모한 선택은 훨씬 더 미친 짓으로 보인다. 특히 나는 그렇게 어리석은 짓을 하지 말았어야 했다.

우리가 조리있게 생각하지 않았던 것도 이유의 하나일 것이다. 우리 세 사람은 잠도 부족한데다 낯선 환경에서 자질구레한 불운이 계속되는 바람에 완전히 녹초가 되어 있었다. 우리는 지푸라기라도 잡고 싶은 심정이었다.

어쨌든 이제 할 일은 다 끝났고, 우리는 뜨거운 콘크리트 위를 걸어서 비행기를 타러 갔다. 이스탄불 인구의 상당수가 우리 비행기 이야기를 듣고 구경하러 온 것 같았다. 수많은 군중이 우리를 지켜보고 있었기 때문이다. 게다가 그들은 우리가 이륙에 성공하기를 기대하지 않는 듯한 느낌이 들어서 나는 기분이 언짢았다.

비행기에 올라타자 나는 소들이 내린 뒤 내부가 깨끗이 청소되었고 비행기 동체의 한쪽에 있던 대형 문 하나가 제거되어 공기가 잘 통하게 된 것을 알았다.

조지는 객실 앞쪽에 자리를 잡았고, 노엘과 나는 뒤쪽에 있는 접이식 의자에 앉아서 안전띠를 맸다. 우리 앞에 입을 벌리고 있는 텅 빈 동체를 바라보자, 거기 꼬리 부분에 앉아 있는 것이 무의미하게 느껴졌다.

우리는 무슨 일이 일어나고 있는지 알 수 없었고, 갑자기 엔진이 으르렁거리며 살아났을 때는 충격을 받았다. 한쪽이 크게 뻥 뚫려 있어서 엔진의 굉음은 참기 어려울 정도였다. 우리는 둘 다 본능적으로 손가락을 귀 속에 밀어 넣었다. 노엘이 얼굴을 움직이며 나한테 무슨 말인가를 하려고 애썼지만, 입이 여닫히는 것만 보일 뿐 아무 소리도 들리지 않았다. 나는 우리가 이런 소음을 오래 참고 견딜 수 없다는 것을 알고 내 가방으로 손을 뻗었다. 그리고 거기서 솜을 조금 꺼내 농부의 귀에 밀어 넣고 내 귀도 솜으로 틀어막았다. 그것으로 소음 문제가 줄어든 것은 분명했지만, 그와 동시에 마치 지옥과 천국 사이의 중간지대에 있는 것처럼 기묘하고 비현실적인 느낌이 들었다.

비행기가 덜커덩 움직인 뒤 부르르 진동하는 것을 느끼고, 나는 우리가 이륙하기 전에 활주로 끝으로 이동하고 있을 거라고 짐작했다. 그러다가 비행기가 멈추었고, 나는 우리가 정해진 위치에 자리를 잡은 것을 알았다.

으르렁거리는 엔진 소리는 목구멍 깊숙한 곳에서 나오는 울부짖음으로 변해서 고막을 꿰뚫고 내 머리를 빙글빙글 돌게 했다. 나는 노엘을 바라보았다. 그가 입술 모양으로 "지금 이륙하나요?" 하고 물었다. 나는 그를 격려하듯 고개를 끄덕였다. 그의 기분이 어땠는지는 모르지만 나는 그 모든 일에 대해 숙명적인 기분을 느꼈다. 나는 결코 용감한 사람이 아니지만 비행에 대해서는 늘 그런 식으로 느꼈고, 지금은 아주 특별한 경우였지만 내 태도는 똑같았다.

우리는 오랫동안 거기에 앉아서 으르렁거리는 엔진 소리에 귀를 기울이고, 거대한 비행기가 흔들리는 것을 느끼고 있었다. 이것이 언제까지나 계속되었기 때문에 나는 우리가 정말로 땅을 떠날 수 있는지 궁금해졌다. 노엘이 어리둥절한 얼굴로 두 손바닥을 벌린 것은 그도 나와 같은 생각을 하고 있다는 것을 말해주었다. 다시 5분이 지난 뒤에 나는 우리가 지금쯤은 하늘 높이 올라와 있을 게 분명하다고 생각했지만, 확인하기 위해서는 밖을 내다보아야 했다. 나는 안전띠를 풀고, 두 손과 무릎으로 엉금엉금 기어서 뻥 뚫려 있는 쪽으로 갔다. 거기서 고개를 내밀고 아래를 내려다본 나는 겨우 1미터 아래에 활주로의 회색 콘크리트가 있는 것을 보고 실망했다.

나는 자리로 주르르 미끄러지듯 돌아와서 노엘에게 고개를 저어 보였다. 무슨 일이 벌어지고 있는지 궁금했다. 기장은 충분한 동력을 얻지 못한 것일까? 아니면 이륙을 시도하기 전에 남은 세 개의 엔진을 오랫동안 테스트하고 있는 것일까?

우리가 갑자기 달리기 시작한 것을 보면, 후자였던 게 분명하다. 우리는 아무것도 볼 수 없었지만 앞쪽으로 돌진하고 있는 것은 의심할 여지가 없었다. 진동이 점점 강해지면서 긴장된 몇 초가 흐른 뒤 조용해졌다. 그것은 우리가 공중에 떠 있다는 것을 말해주었다. 나는 착륙장치가 제자리로 들어갈 때의 쿵 하는 충격을 느꼈다. 첫 번째 장애물은 어쨌든 통과한 것이다.

안도감은 당장 노엘에게 영향을 준 것 같았다. 내가 고개를 돌려보니 그는 안전띠에 몸을 의지한 채 깊이 잠들어 있었다. 나는 타고난 호기심을 이겨내지 못하고, 아래를 지나가는 풍경을 보려고 비행기 동체에 뚫린 구멍으로 돌아갔다.

나는 황홀한 기분으로 온종일 거기에 앉아 있었다. 솜이 내 귀에 대롱대롱 매달려 있었다. 그것은 오늘날의 제트기 여행과는 달랐다. 제트기를 타면 구름 말고는 아무것도 볼 수 없다. 나는 산과 바다, 섬, 모래빛 해변, 메마른 고원, 집들이 빽빽이 들어찬 대도시와 작은 마을들이 눈 아래 펼쳐지면서 끊임없이 변화하는 파노라마를 보았다. 수천 미터 아래에 있는 눈부신 푸른 물과 나 사이에 있는 거라고는 거친 삼베로 만든 띠뿐이었다. 이따금 나는 그 띠에 위험하게 기대어 사진을 찍었다.

오후가 절반쯤 지났을 때 나는 기장이 이스탄불에서 엄숙한 얼굴로 우리에게 하나씩 건네준 하얀 상자를 열고 그 안에 들어 있는 음식을 먹었다. 도시락 상자에는 정체를 알 수 없는 고기 한 토막, 오래되어 끈적끈적해진 케이크, 그리고 고맙게도 그 맛있는 빵 몇 조각과 치즈 한 덩어리가 들어 있었다.

나는 또한 조종실에도 올라가 몇 분 동안 머물면서, 네 개의 프로펠러 날개가 아직도 쓸모없이 대롱대롱 매달려 있는 고장난 엔진 사진을 찍었다. 그것은 서글픈 광경이었지만, 나머지 엔진 세 개가 믿음직할 만큼 활기차게 윙윙거리며 돌고 있는 것을 보고 기뻤다.

구멍이 뚫린 쪽 옆에 있는 내 자리로 돌아오자 알프스 산맥이 거대한 성벽처럼 우리 앞에 솟아 있었다. 지금이 중요한 순간이라는 것을 나는 알았다. 비행기는 점점 더 높이 올라갔지만, 첩첩이 겹쳐 있는 산봉우리에 도달했을 때도 우리는 여전히 산꼭대기에 너무 가까이 있는 것 같았다. 내 바로 발밑에 산꼭대기가 있고, 거기에 흩어져 있는 둥근 돌과 상처투성이 바위가 아주 또렷이 보였다. 하지만 나는 일행과 마찬가지로 턱수염을 기른 기장의 능력을 믿었고, 실제로 그는 무사히 그 고비를 넘겼다.

우리가 코펜하겐 상공을 선회하기 시작한 것은 어스름이 깔리고 있을 때였다. 나는 코펜하겐 만에 있는 그 작은 인어상(안데르센의 동화 「인어공주」에서 착상을 얻어 덴마크의 조각가 에드바르드 에릭센이 1913년에 제작한 청동상)을 얼핏 보았다. 오래지 않아 조지는 공항 바에서 마침내 진짜 맥주잔을 손에 들고 만족해했다.

이제는 할 말이 별로 없다. 우리는 오전 2시까지 기다린 뒤 히스로 공항으로 가는 비행기를 탔고, 아침 7시경에 나는 킹스크로스 역에서 수화물 카트 위에 앉아 일요판 《타임스》지를 읽으려 애쓰고 있었다. 하지만 그 노력은 성공을 거두지 못했다. 나도 모르게 저절로 눈이 감겨서, 신문이 내 손가락에서 계속 미끄러졌기 때문이다.

내가 끝으로 기억하는 것은 북행열차의 칸막이 객실에서 어떤 붙임성 있는 노신사가 나를 대화에 끌어들이려고 애쓴 것이었다. 하지만 부끄럽게도 나는 그 노신사 앞에서 잠에 빠져들었고, 요크 역에 도착할 때까지 잠에서 깨지 않았다.

나는 다시 수의사의 일상으로 돌아간 뒤, 이스탄불 여행을 잊지 못할 경험으로 회상하게 되었다. 아마 좀 지나치게 농축되어 있고, 내 후배 존 크룩스가 묘사한 것과 같은 휴양은 결코 아니었지만 나름대로 매력적이었다. 그리고 나는 귀국할 때 우리에게 닥칠 수 있는 위험을 지나치게 과장했다고 느꼈다. 편안한 내 차를 몰고 데일스의 익숙한 길을 달리면서 돌이켜보면 그 모든 것이 환상처럼 생각되었다.

몇 달 뒤, 글로브매스터가 이스탄불에서 돌아오는 길에 지중해에 추락하여 승무원 전원이 목숨을 잃었다는 소식을 들었을 때, 그 모든 것은 환상이 아닌 엄연한 사실로 나에게 되살아났다. 나는 그 소식을 간접적으로 들었기 때문에, 사실인지 아닌지 알아내려고 최선을 다했지만, 시간이 너무 오래 흐른 뒤여서 사실 여부는 끝내 확인하지 못했다.

그 후 나는 그들을 종종 생각했다. 그 며칠 사이에 그들을 존경하게 되었고, 지금도 나는 그 끔찍한 소식이 틀렸을지도 모른다는 한 가닥 희망을 버리지 못하고 있다.

23

6월의 어느 일요일 아침이었다. 나는 맷 클라크의 부엌 싱크대에서 손을 씻고 있었다. 태양은 찬란하게 빛나고 상쾌한 바람은 언덕 비탈을 달리고 있어서, 나는 창문을 통해 초록빛 언덕을 또렷하게 갈라놓은 크고 작은 골짜기를 모두 볼 수 있었다. 구름 그림자가 그 위를 가로질러 달려갔다.

나는 고개를 돌려 뜨개질감 위에 허리를 굽히고 있는 클라크 할머니의 하얀 머리를 판석 너머로 힐끔 바라보았다. 서랍장 위에 놓인 라디오는 아침 예배를 중계하는 채널이 맞춰져 있었다. 나는 노부인이 뜨개질감에서 고개를 들어 잠시 설교에 귀를 기울이다가 다시 뜨개바늘을 움직이기 시작하는 것을 지켜보았다.

그 짧은 시간에 나는 마음의 평온과 절대적인 신앙을 느꼈다. 내 마음에 깊이 새겨진 그 인상은 오늘날까지도 나와 함께 남아 있다. 기묘한 일이지만, 오랫동안 종교에 대해, 다양한 믿음과 교의에 대해, 독실한 신앙을 가진 사람의 성실함이나 불성실함에 대해 토론하고 주장하는 이야기를 들을 때마다 내 눈앞에는 여전히 클라크 할머니의 주름진 얼굴과 차분한 눈매가 떠오른다. 클라크 할머니는 알고 있었고 전혀 의심하지 않았다. 할머니한테서는 언제나 선량함과 자애로움이 넘쳐흐르고 있는 듯했다.

할머니는 80대 후반이었고, 항상 검은 셔츠깃이 달린 검은 옷을 입고 있었다. 할머니는 농사를 지으며 힘든 시절을 보냈고, 집에서만이 아니라 밭에서도 힘들게 일한 긴 생애를 돌이켜볼 수 있었다.

내가 수건으로 손을 뻗었을 때 농부가 로지를 부엌으로 데리고 들어왔다.

"아빠, 클라크 아저씨가 병아리를 보여주셨어요." 로지가 말했다.

할머니가 다시 고개를 들었다.

"저 애가 헤리엇 선생의 어린 딸인가요?"

"네, 클라크 부인. 얘가 로지예요." 내가 대답했다.

"아, 그래요? 전에도 봤죠. 아주 많이 봤어요." 노부인은 뜨개질감을 내려놓고 뻣뻣한 몸을 의자에서 일으켰다. 노부인은 발을 질질 끌면서 찬장으로 다가가더니 화려한 색깔로 칠해진 양철통에서 초콜릿 바 하나를 꺼냈다.

"로지야, 지금 몇 살이지?" 노부인은 초콜릿을 내밀면서 물었다.

"고마워요, 할머니. 여섯 살이에요." 내 딸이 대답했다.

할머니는 파란 반바지와 샌들 속에 있는 튼튼하고 햇볕에 탄 다리를 미소 띤 얼굴로 내려다보았다.

"넌 정말 굉장한 꼬마 숙녀구나."

노부인은 노동으로 거칠어진 손을 어린 소녀의 볼에 잠깐 댔다가 자기 의자로 돌아갔다. 요크셔 노인들은 공연한 소란을 부리지 않았지만, 나에게는 그 몸짓이 축복처럼 느껴졌다.

노부인은 다시 뜨개질감을 집어 들었다.

"아들은 어때요? 지미는 잘 있나요?"

"아, 예, 잘 지내고 있습니다. 이제 열 살이죠. 오늘 아침에 친구들과 놀러 나갔어요."

"열 살이라고? 열 살과 여섯 살…… 열 살과 여섯 살……." 노부인은 뜨개바늘을 바쁘게 움직였지만, 몇 초 동안 노부인의 생각은 어딘가 먼 곳에 가 있는 것 같았다. 그러다가 다시 나를 쳐다보았다. "선생은 아마 모르겠지만, 지금이 선생의 인생에서 제일 좋을 때예요."

"그렇게 생각하세요?"

"그건 의심할 여지가 없어요. 아이들이 아직 어려서 당신 주위에서 한창 자라고 있을 때, 그때가 제일 좋을 때예요. 누구나 마찬가지예요. 다만 그걸 모르는 사람이 많고, 또 많은 사람이 뒤늦게야 그걸 깨닫죠. 그좋은 시절은 오래가지 않아요."

"저는 그걸 별로 생각지 않고도 항상 깨달았던 것 같은데요."

"아마 그랬겠죠." 노부인은 나를 곁눈질하면서 미소를 지었다. "선생은 왕진을 다닐 때 항상 아들이나 딸을 데리고 다니는 것 같더군요."

차를 몰고 농장을 떠날 때도 노부인의 말은 내 마음속에 남아 있었다. 그렇게 오랜 세월이 지나 헬렌과 내가 결혼 40주년인 루비혼식을 앞두고 있는 지금도 노부인의 그 말은 여전히 내 마음에 남아 있다. 인생은 우리에게 즐거웠고, 아직도 즐겁다. 우리는 운이 좋았다. 살면서 좋았던 때가 아주 많았다. 하지만 제일 좋은 때가 언제인지에 대해서는 클라크 할머니의 말이 옳다는 데 헬렌과 내 의견이 일치한다.

그 여름날 아침, 내가 스켈데일 하우스로 돌아와보니 시그프리드가 자동차 트렁크에 싣고 다니는 약품을 새로 보충하고 있었다. 그의 아들 앨런과 딸 재닛이 그를 돕고 있었다. 나와 마찬가지로 시그프리드도 왕진을 갈 때는 아들이나 딸을 데리고 다녔다.

이윽고 그가 트렁크 뚜껑을 쾅 닫았다.

"좋아. 앞으로 며칠은 견디겠지." 그는 나를 힐끔 보고 미소를 지었다. "왕진 의뢰가 지금은 더 이상 없어. 제임스, 뒷마당으로 산책이나 하러 가세."

아이들이 앞장서서 달려가고, 우리는 통로를 지나 집 뒤에 있는 정원으로 들어갔다. 이곳에는 햇빛이 높고 오래된 담장 사이에 갇혀 있었고, 바람은 위쪽으로 쫓겨나 사과나무 우듬지에 있는 나뭇잎을 뒤흔들고 있었다.

넓은 잔디밭에 이르자 시그프리드는 잔디 위에 털썩 주저앉더니 팔베개를 하고 누웠다. 나는 그 옆에 앉았다.

동업자는 풀잎 하나를 뜯어서 생각에 잠긴 얼굴로 그것을 씹었다.

"아카시아는 정말 안됐어." 그가 중얼거렸다.

나는 놀라서 그를 바라보았다. 한때 잔디밭 한복판에 우뚝 솟아 있던 그 아름다운 나무는 강풍에 쓰러진 지 오래였다.

"맞아요. 멋진 나무였죠." 나는 잠시 말을 끊었다가 이었다. "기억나세요? 일자리를 얻으러 여기 온 첫날 나는 그 나무에 기대어 잠이 들었죠. 우리는 바로 이 자리에서 처음 만났어요."

시그프리드는 소리 내어 웃었다.

"기억하고말고." 그는 부드러운 색깔의 벽돌과 담장의 갓돌, 암석 정원과 장미 화단, 정원 저쪽 끝에 있는 낡은 닭장 속에서 놀고 있는 아이들을 둘러보았다. "생각해보면 우리는 그때부터 정말 많은 일을 함께 겪어 왔어. 옛말에도 있듯이 많은 물이 다리 아래를 흘러갔지."

우리는 둘 다 한동안 말이 없었다. 내 생각은 그 시절의 고생과 웃음으로 돌아갔다. 거의 무의식적으로 나는 풀밭에 드러누워 눈을 감고, 얼굴에 내리쬐는 햇살의 따스함을 느끼고 꽃들 사이에서 벌들이 윙윙거리는 소리, 마당 위로 가지를 내민 거대한 느릅나무 위의 까마귀들이 까악까악 우는 소리를 들었다.

동업자의 목소리가 아주 멀리서 들려오는 것 같았다.

"제임스, 또 전과 똑같은 책략을 쓸 작정은 아니겠지? 내 앞에서 잠들어버리지는 않겠지?"

나는 일어나 앉아서 눈을 깜박거렸다.

"어이쿠, 미안해요. 하마터면 잠들 뻔했네요. 오늘 아침에는 다섯 시에 새끼 돼지를 받으러 나갔더니, 잠이 막 나를 따라잡고 있군요."

"아, 좋아." 그는 빙긋 웃으면서 말했다. "오늘 밤에는 책을 읽지 않아도 되겠군."

나는 소리 내어 웃었다.

"예, 책은 필요 없을 겁니다. 오늘 밤에는 필요 없어요."

시그프리드도 나도 불면증에 시달리지는 않았지만, 어쩌다 잠이 오지 않을 때면 우리는 특정한 책에 의존했다. 내 책은 『카라마조프 형제들』이었다. 위대한 소설이지만, 나한테는 등장인물들의 이름만으로도 수면제 효과를 발휘했다. 첫 장면부터 그랬다. '알렉세이 표도로비치 카라마조프는 표도르 파블로비치 카라마조프의 셋째아들이었다.' 그러다가 그리고리 쿠투조프, 예핌 페트로비치 폴레노프, 스테파니다 베드랴기나, 그 밖의 몇몇 사람을 만날 때쯤이면 나는 이미 꿈나라로 떠나고 있었다.

시그프리드가 침대 옆에 놓아두는 책은 눈의 생리기능에 관한 책이었는데, 그 책의 한 대목에 이르면 그는 어김없이 고개를 꾸벅이기 시작했다. 언젠가 그는 나에게 그 대목을 보여주었다. '제1모양체근은 모양체에 삽입되고, 그것의 수축에 의해 모양체를 앞쪽으로 잡아당겨 현수대의 긴장을 누그러뜨린다. 한편 제2모양체근은 모양체에 박혀 있는 원형 근육이고, 그 수축으로 모양체를 수정체 쪽으로 끌어당긴다.' 그는 거기서 더 앞으로 나간 적이 한 번도 없었다.

"오늘 밤에는 잠을 부르는 어떤 것도 필요 없을 겁니다." 나는 졸린 눈을 문지르면서 말했다. 그러고는 몸을 굴려 옆으로 누웠다. "그런데 오늘 아침에 맷 클라크네 농장에 갔다 왔어요."

나는 클라크 할머니가 한 말을 시그프리드에게 말해주었다.

시그프리드는 새 풀잎을 골라서 다시 씹기 시작했다.

"클라크 부인은 현명한 분이고, 모든 걸 보았어. 그분 말이 옳다면 우리는 미래에 어떤 후회도 갖지 않을 거야. 우리는 둘 다 아이들이 주는 기쁨을 마음껏 누리고 있고, 처음부터 줄곧 아이들과 함께 있었으니까."

내가 다시 졸음을 느끼기 시작했을 때 동업자가 벌떡 일어나 앉는 바람에 나는 깜짝 놀랐다.

"자넨 알고 있나? 나는 우리 직업에도 같은 말이 적용된다고 생각해. 우리는 직업에서도 제일 좋은 시절을 보내고 있어."

"그렇게 생각하세요?"

"물론이지. 전쟁이 끝난 뒤부터 시작된 새로운 진보를 봐. 우리가 꿈도 꾸지 못했던 약품과 치료법이 개발되고 있어. 몇 년 전만 해도 불가능했던 방식으로 동물들을 보살필 수 있게 되었어. 농부들도 이걸 알아차리고 있지. 자네는 장날마다 농부들이 병원으로 몰려와서 조언을 청하는 것을 보았잖아. 농부들은 수의사라는 직업을 새삼 존중하게 되었고, 이젠 수의사를 부르면 그만한 보람이 있다는 걸 알아."

"그건 사실이에요. 지금 우리는 확실히 어느 때보다도 바빠졌어요. 농산부 일도 전력을 다해서 해야 하고."

"그래, 모든 게 바쁘게 돌아가고 있지. 사실 나는 최근 몇 년이 시골 수의사의 전성기라고 생각한다네."

나는 잠시 생각에 잠겼다.

"원장님 말씀이 옳을 수도 있지만, 우리가 지금 정상에 올라와 있다면, 앞으로는 우리의 삶이 내리막길을 걸을 거라는 뜻이잖아요?"

"아니, 그런 뜻은 아니야. 앞으로의 삶은 달라. 그것뿐이야. 이따금 생각하는데, 지금까지 우리는 다른 일들의 변죽만 울린 듯한 느낌이 들어. 예를 들면 작은 동물을 치료하는 일이라든가……."

시그프리드는 이로 물어뜯은 풀잎을 나한테 휘둘렀다. 그의 눈은 나를 항상 고양시키는 열정으로 빛나고 있었다.

"제임스, 미래에도 멋진 날들이 우리를 기다리고 있어."

옮긴이의 덧붙임

마침내, 네 권으로 된 '수의사 헤리엇의 이야기' 시리즈의 마지막 권에 이르렀습니다. 이 책을 손에 들었다는 것은 앞의 세 권을 이미 만나보았다는 뜻일 테니, 저자인 제임스 헤리엇이나 이 시리즈에 대한 소개는 생략하겠습니다. 제1권에 이미 나와 있으니까요.

이 책의 시대적 배경은 제2차 세계대전이 끝난 뒤부터 냉전시대에 걸친 시기에 해당합니다. 그 무렵 세상에는 무슨 일이 일어나고 있었는가 하면, 우선 이데올로기의 대립을 들 수 있습니다. 동서 양 진영의 대립을 두고 당시 영국의 처칠 총리는 동서 간에 '철의 장막'이 드리워져 있다고 비유적으로 지적한 바 있습니다. 영국과 미국에서는 공산주의의 위협이 현실로 다가오고 있다고 인식되었고, 정부는 핵무기 개발을 중심으로 하는 군사력 확장으로 치달렸지요. 그 냉전의 영향이 교육이나 문화에도 미친 것은 말할 나위도 없습니다.

이 책에 실린 에피소드들은 전쟁이 끝난 직후의 이야기들입니다. 식량 배급 시대이기도 해서, 요크셔 데일스 사람들은 모두 검약한 생활을 하고 있습니다. 그것은 모두 기술혁신이 가져다준 소비사회 또는 소비문화라고 불리는 시대에 진입하기 전의 이야기지만, 변화의 조짐은 에피소드 도처에 드러나 있습니다. 예를 들면 인간에게 행해지고 있던 제왕절개술을 암소에 응용하는 이야기나 페니실린 도입에 대한 이야기가 그것입니다. 원자폭탄이나 수소폭탄 실험, 인공위성 발사가 세계의 이목을 모으고, 로큰롤에 젊은이들이 열광하는 시대가 바로 코앞까지 와 있지만, 헤리엇 선생이나 요크셔 데일스 사람들은 그런 시대적 변화에는 무관심한 채 옛날부터 내려오는 생활방식에 매달려 있습니다. 말하자면 모든 사람을 휩쓸어가는 시대의 흐름을 거슬러 물에 빠지려 하는 사람들이 이 책의 주인공들입니다.

변화가 지나치게 격심한 시대에 내던져져 있는 우리에게 이것은 웃음과 치유의 책이라고 말할 수 있을지도 모릅니다. 웃음이나 치유와 관계를 갖고 있는 것이 바로 이 책의 저자인 제임스 헤리엇의 독특한 태도입니다. 그 태도를 보수적이라고 말할 수도 있겠지만, 그 바탕에는 오래된 것이나 변하지 않는 것에 대한 애착이 자리 잡고 있습니다. 첫 번째 이야기부터 그것을 보여줍니다. 전쟁 때 공군 조종사로서 최신 기술과 지식을 배운 헤리엇은 요크셔로 돌아와 '삐걱거리는 게이트'와 격투를 벌이는데, 이 게이트는 만듦새부터 못된 근성까지 전쟁 이전과 조금도 다름이 없습니다. 무대 배경인 농장 부근에서는 등장인물을 포함하여 모든 것이 느긋하고 태평스럽습니다.

이 책에 언급되는 수의사의 의료 기술도 마찬가지입니다. 실제로 활약하는 것은 새로운 약이나 기구가 아닙니다. 약은 아직도 전래의 '만병통치약'이 쓰이고, 기술이라고는 숨이 멎은 개를 휘휘 돌리거나 젖이 나오지 않는 돼지의 자궁을 손가락으로 자극하거나 구식 거세기를 사용하여 완력으로 거세하거나 힘센 장정들이 밧줄을 잡아당겨 암소의 탈구를 치료하는 따위의 '원시적인' 것이지요.

요컨대 이 책에서는 구식/재래식이라서 재미난 일화가 차례로 전개되지만, 사실 그런 방식은 제임스 헤리엇이 이 책을 쓴 1981년에는 모두 사라진 형편이었고, 그러니 거기에 대한 미련과 아쉬움이 그로 하여금 이 책을 쓰도록 몰아낸 게 아닐까 싶기도 합니다. 변화를 따라갈 수 없는 사람들에게는 웃음 속에 담겨 있는 그의 메시지가 위안이 되겠지요.

  의사/수의사가 일상적인 진료 생활을 유머러스하게 저술한 책이 독자의 사랑을 받은 예는 적지 않습니다. 질병이라는 특수한 상황에서 빚어지는 인간관계는 사람들이 가진 다양한 측면을 도드라지게 해줍니다. 그래서 인간은 어쩔 수 없는 존재라고 생각하거나 좋은 점도 있구나 하고 감격하거나 하면서 자신의 일상을 돌아보게 되는 것이지요.

  헤리엇의 환자는 가축이나 반려동물입니다. '가축이 있는 곳에 고민이 있다'는 오래된 속담이 있다고 합니다. 물론 영국 속담이지만, 아마 지구 상의 어디나 마찬가지일 것입니다. 소나 양이나 돼지, 또는 개나 고양이가 일으키는 문제 때문에 헤리엇 선생의 전화기는 시도 때도 없이, 선생이 졸리거나 배가 고파도 상관하지 않고 아무 때나 울립니다. 그렇게 전화를 받고 달려가면 그곳에는 동물의 주인도 함께 있으니까, 수의사와 주인과 동물이라는 세 당사자 사이에 삼파전 같은 관계가 생겨나게 됩니다. 이 관계는 인간을 상대하는 의사의 경우보다 더 복잡하고, 따라서 재미난 장면이 펼쳐지게 마련이지요.

  제임스 헤리엇은 필명이고, 그가 살고 있는 대러비도 가공의 소도시입니다. 등장인물들도 각색되어 있어서 실존인물은 아니라지만, 헤리엇 선생의 체험담이기 때문에 생겨나는 재미야말로 이 에피소드들의 매력입니다. 헤리엇 선생의 뒤에 숨어 있지만 동물병원 원장으로 등장하는 시그프리드 파년의 존재도 중요합니다. 두 사람의 대화에서 시대를 느끼거나 인생의 기미를 포착할 수 있다는 점에서는 셜록 홈즈와 왓슨 박사를 연상시키기도 합니다.

　마지막 장면, 잔디밭에 누워서 자식들이 어렸을 때를 회상하며 나누는 두 사람의 대화가 참 좋습니다. 어떤 노부인한테 들은 이야기 - 인생에서 가장 즐거울 때는 아이들이 한창 자랄 때인데 그것을 깨닫지 못하는 사람이 많은 게 안타깝다 - 를 생각해내고, 둘 다 아이들 덕분에 즐거운 인생을 보냈으니까 나중에 후회는 남지 않을 거라고 말합니다. 그리고 시그프리드가 "우리는 직업에서도 제일 좋은 시절을 보내고 있다"면서 "전쟁이 끝난 뒤 꿈도 꾸지 못했던 약품과 치료법이 개발되고, 농부들은 수의사라는 직업을 새삼 존경하게 되었다"고 말하고, "하지만 우리가 지금 정상에 올라와 있다면 앞으로는 내리막길을 걷게 될 거"라고 걱정하는 헤리엇에게 "아니, 앞으로의 삶은 달라… 미래에도 멋진 날들이 우리를 기다리고 있어!" 하고 대답하지요.

　21세기인 지금은 세포나 유전자 연구도 많이 발전했고 더 새로운 기술이 태어나고 있으니까 그것을 받아들이는 것은 당연합니다. 하지만 변화하는 세상에서 요크셔와 시그프리드가 변하지 않은 것을 확인하고 안심하는 헤리엇에게 독자들도 안심하는 건 아닐까요. 하나하나의 이야기를 읽어보면 요크셔도 시그프리드도 변하지 않는 건 아니지만, 그 밑바탕에는 변하지 않는 게 있다는 것, 그것이 중요합니다. 또한 그런 요크셔와 시그프리드를 좋아하는 헤리엇 자신도 물론 변치 않는 무언가를 갖고 있고, 독자들은 그의 그런 점에 매력을 느끼고 있는 것입니다.

　주위에서는 언제나 소동이 일어나지만 그것이 결코 최악의 사태가 되지는 않고, 때로는 쓴웃음을 때로는 편안한 기분을 남기는 사람은 어디

에나 있는 법입니다. 그런 사람이 가까이에 있어주면 이쪽도 즐거워집니다. 헤리엇이야말로 그런 존재가 아닐까요? 그의 책과 그의 삶이 아직도 우리에게 깊은 감동과 위안을 주는 것은 세상이 갈수록 각박해지고 험난해지고 있는 현실을 말해주는 것이겠지요.

헤리엇 선생을 포함하여 개성 넘치는 이들이 살았던 대러비에 언젠가는 가보고 싶군요. 그곳에 가면, 물론 책 속의 인물들은 이제 존재하지 않지만, 그들이 살았던 '스켈데일 하우스'가 '제임스 헤리엇의 세계' 박물관로 개조되어 있으니까, 그들의 숨결과 자취를 되새겨볼 수는 있을 테지요.

2018년 초겨울, 제주 애월에서
김석희

옮긴이 김 석 희

서울대학교 불문학과를 졸업하고 대학원 국문학과를 중퇴했으며, 1988년 한국일보 신춘문예에 소설이 당선되어 작가로 데뷔했다. 영어·프랑스어·일어를 넘나들면서 고대 인도의 서사시인 『라마야나』와 『마하바라타』(아시아 출판사), '수의사 헤리엇의 이야기' 시리즈, 허먼 멜빌의 『모비딕』, 스콧 피츠제럴드의 『위대한 개츠비』, 헨리 데이비드 소로의 『월든』, 알렉상드르 뒤마의 『삼총사』, 쥘 베른 걸작선집(20권), 시오노 나나미의 『로마인 이야기』, 다니자키 준이치로의 『미친 사랑』 등 많은 책을 번역했다. 역자후기 모음집 『번역가의 서재』 등을 펴냈으며, 제1회 한국번역대상을 수상했다.

수의사 헤리엇의 이야기 4

그들도 모두 하느님이 만들었다

2019년 2월 8일 초판 1쇄 펴냄

지은이 제임스 헤리엇 | **옮긴이** 김석희 | **펴낸이** 김재범
편집장 김형욱 | **편집** 강민영 | **관리** 강초민, 홍희표 | **디자인** 나루기획
인쇄·제본 굿에그커뮤니케이션 | **종이** 한솔PNS

펴낸곳 (주)아시아 | **출판등록** 2006년 1월 27일 | **등록번호** 제406-2006-000004호
전화 02-821-5055 | **팩스** 02-821-5057
주소 경기도 파주시 회동길 445(서울 사무소: 서울시 동작구 서달로 161-1 3층)
이메일 bookasia@hanmail.net | **홈페이지** www.bookasia.org
페이스북 www.facebook.com/asiapublishers

ISBN 979-11-5662-355-7 04840
      979-11-5662-274-1 (세트)

*값은 뒤표지에 표시되어 있습니다.

이 도서의 국립중앙도서관 출판예정도서목록(CIP)은 서지정보유통지원시스템 홈페이지(http://seoji.nl.go.kr)와 국가자료공동목록시스템(http://www.nl.go.kr/kolisnet)에서 이용하실 수 있습니다.(CIP제어번호 : CIP2018007599)